会話とブレインストーミ[illegible]
常にわたしに刺激を与え[illegible]
なおかつすばらしいスト[illegible]かしさせる、
友人であり作家仲間でもあ[illegible]

スコットランドにまつわる[illegible]
ありとあらゆる知識を授け[illegible]
クリス・シミーに。

JN052603

公爵令嬢と月夜のビースト

おもな登場人物

アルシア・スタンウィック――元公爵令嬢
マーカス――アルシアの上の兄
グリフィス――アルシアの下の兄
チャドボーン伯爵――アルシアの元婚約者
ビースト(ベネディクト)・トゥルーラヴ―トゥルーラヴきょうだいの四男
ミック・トゥルーラヴ――ビーストの兄
ジリー・トゥルーラヴ――ビーストの姉
エイデン・トゥルーラヴ――ビーストの兄
フィン・トゥルーラヴ――ビーストの兄
ファンシー・トゥルーラヴ――ビーストの妹
エティ・トゥルーラヴ――ビーストの母親
ジュエル――娼館の経営者
ロッティ――娼婦

プロローグ

一八四〇年十一月初め　ロンドン

扉を執拗《しつよう》に叩《たた》く音で、エティ・トゥルーラヴは目を覚ました。ここ数日の間で久しぶりにぐっすり眠れていたというのに。寝不足なのは、子どもたちがそれぞれ歯が生え始める時期を迎え、最近では夜泣きすることが増えているせいだ。だがどういうわけか、今夜に限って全員が天使のようにぐっすり眠り込んでいる。

扉を叩く音はいっこうにやまない。応答しない限り、やみそうにもない。エティは上掛けをめくり、ベッドからはい出ると、ベッド脇の机にあるランプに火を灯《とも》し、その灯《あか》りを掲げながら扉のほうへ進み始めた。途中、小さな赤ちゃん用ベッドを通り過ぎたとき、思わず笑みを浮かべずにはいられなかった。三人もの男の子たちが狭いベッドに体を寄せ合うように眠っている。これからあっという間に成長し、体も大きくなるだろう。そうしたら別のベッドを用意しなければ。

慎重な足取りで扉へ近づく。ほんの少しだけ開けて外の様子をうかがい、驚きに息をのんだ。扉の向こう側に立っていたのは女性だ。こちらより少し年下に見え、毛布にくるまれた赤ん坊を両腕でしっかりと抱きしめている。いままで、ここに赤ん坊を預けにやってきたのは男性だけだったのに。

「あなたがエティ・トゥルーラヴ？　未婚の母親から生まれた赤ちゃんを引き取り、面倒をみてくれるという女性？」

強いスコットランドなまりだ。口調からは希望と恐れの両方が感じられた。

エティはうなずいた。彼女は金と引き換えに子どもの養育を請け負う者《ベビー・ファーマー》。誰にも望まれずに庶子として生まれた子どもたち——その存在が世間に知られたら、母親に恥辱と試練を与えることになる赤ん坊たち——を数ポンドの養育費と引き換えに受け入れている。

「ええ」

「わたしの息子を預かってくれる？　いまは持ち合わせが二、三シリングしかないけれど、そんなに長くこの子の面倒をみてもらう必要はないはずだから」若い女性は濃い色をした大きな瞳で、あたりをすばやく一瞥《いちべつ》した。「もうこの子は安全だと思えるまででいいの。そうしたら、必ず引き取りに来るから」

二、三シリングなら、ほんの数週間の食費にしかならない。しかも、おなかを空《す》かせている子どもがすでに何人もいる。それでもエティは玄関脇にある机にランプを置くと、扉をさらに開いて両腕を差し出した。「ええ、その子を預かるわ」

若い女性は毛布をずらすと、すやすやと眠っている赤ん坊の頬に唇を押し当てた。

「いったいその子に何をしたの？」あらわになった赤ん坊の顔を見つめ、エティは困惑しながら尋ねた。

女性は弾《はじ》かれたように頭をあげると、エティをまっすぐに見返した。「何もしていないわ。この子はこんなふうに生まれたの。でもとてもいい子よ。あなたにこれっぽっちも迷惑なんかかけないはずだわ。どうか背を向けないで。もう頼れる人はあなたしかいない。この子の命を奪おうとする人たちから、なんとしても守りたいの」

エティにもよくわかっている。この世には、庶子を罪深い存在と見なし、息の根を止めるべきだと考える人もいるのだ。

「わたしは赤ちゃんを責めてなんかいない。この世に生まれてきたのは、その子のせいではないもの」赤ん坊を責める気持ちがあれば引き取ったりなどしない。すでに何人か庶子の養育を引き受け、男の子はこれで四人めだ。「さあ、男の子をこちらへ」

赤ちゃんを起こさないよう注意しながら、若い女性――ランプの灯りに照らされると、まだほんの少女にしか見えない――はその子をエティに手渡した。「お願い、約束して。自分の子どもみたいにその子を愛するって」

「ええ。わたしはそういう愛し方しか知らないから」

不安げな笑みを浮かべつつも、少女はエティの手のひらに硬貨を握らせた。「ありがとう」

それから背を向けて立ち去りかけたが、肩越しに振り返ると、涙で目を光らせながら言った。「その子の名前はベネディクトというの。必ず引き取りに戻ってくるわ」

少女の口調には強い信念が感じられる。彼女がいったい誰を納得させようとしているのか、エティにはわからなかった。わたしだろうか、それとも彼女自身？

少女は濃い霧のなかへ踏み出したかと思うと、あっという間に漆黒の闇に姿を消した。

それから、エティ・トゥルーラヴは約束を守り続けた。預かったその赤ん坊をわが子のように大切に育て、実の母親にしかできないやり方で愛情をたっぷり注いでいったのだ。

1

一八七三年十二月　ホワイトチャペル

　彼女がいるべき世界はここじゃない。

〈人魚と一角獣《マーメイド&ユニコーン》〉には場違いな女性だ。しかも客としてではなく、酒を運んでいるのだから
どう考えてもおかしい。

　姉ジリーが経営する酒場の奥にある小さなテーブルに座りながら、ベネディクト・トゥルーラヴ――ホワイトチャペルでは〝ビースト〟として知られている――は考えを巡らせた。この直感は正しいという自信がある。間違いない。かつて、この自分が売春宿の所有者になるなど絶対にありえないと思っていたときと同じくらい、揺るぎない確信を持ってそう言える。

　だが波止場で力仕事をし、拳が巨大な肉塊のように大きくなった十七歳のとき、通りで客を取っている十六歳の売春婦サリー・グリーンから用心棒をしてほしいと頼まれた。せ

つかく金を稼いでも、そのほとんどをギャングのボス〝三本指のビル〟にゆすり取られてしまうせいだ。サリーは、ビーストならば〝三本指のビル〟とは違い、稼ぎの大半をよこせなどと無理は言わないだろうと考えた。彼女の読みは正しかった。

実際ビーストは、サリーの稼ぎなど欲しいとは思っていなかった。だがときどき、服のポケットに入れた覚えのない硬貨が入っていることに気づいた。サリーはスカートの裾を持ち上げる才能だけでなく、すりを働く才能にも恵まれていて、しばしばその二つの才能を同時に発揮していたのだ。ただ、すった金を誰かのポケットに入れるのは、すりのやることとは思えない。そう考えたものの、直接尋ねて彼女に気まずい思いをさせたくなかった。だから何も言わず、サリーからの銅貨や銀貨はありがたく受け取ることにした。

やがてサリーの友人たちからも用心棒をやってほしいと頼まれるようになり、彼女たちを同じ場所に集めて見張っているほうが事はずっと簡単だと気づいた。そこでいくつか部屋を用意した。同時に、そうすることで彼女たちも恩恵にあずかることになった。寒い冬も暖かな部屋にいられるおかげで体調を崩すことが減り、稼ぎが増えたのだ。最終的に、ビーストは女の子たちのために建物を丸ごと一棟借りることになり、いまではその建物の所有者となっている。

〝神様はいつだって、よい行いをする者にご褒美を与えてくださるものよ〟母からはずっとそう言い聞かされてきた。だがビーストの経験からすると、そういった褒美は何かに懸命に打ち込んだ者にのみ与えられる——たとえその〝何か〟が、高い道徳基準を持つ人たちには眉をひそめられる類いのものであってもだ。

先ほどからビーストが注目している女性は、どう見ても眉をひそめる側の人間だ。見た目からも話し方からも明らかだろう。発音を聞けば、高貴な生まれであり、上流階級の人間として何不自由なく育てられたことがすぐにわかる。

服装もそうだ。飾りけのない灰色のドレスだが、生地といい、仕立てといい、上等なのは間違いない。ただし賭けてもいい。そのドレスを仕立てたときに比べると、彼女はやや痩せたのだろう。給仕をしている他のメイドたちは客からのチップを期待して、胸の谷間をこれでもかと見せつけているのに、あの女性は顎のところまでボタンを留め、手首まで袖をおろし、ドレスをかっちりと着こなしている。それに比べると、月明かりのような薄い色の髪はやや乱雑に結わえられているせいで幾筋かの巻き毛がこぼれ、繊細な頬骨のあたりで躍っている。彼女の装いで完璧ではない点があるとしたら、その点だけだ。それ以外は非の打ちどころがない。姿勢はまっすぐだし、歩き方も優美そのもの。いまも貴婦人のごとき足取りで、数分前にビーストが注文したアルコールを届けに、テーブルに近づいてきている。

その給仕メイドはわずかに唇を開いて息を吐き出し、頬骨にほつれかかる巻き毛を払ってから、ビーストの前にウィスキー・グラスを置いた。「お待ちどおさま。バーテンダーからお代はいいと言われたわ」

今夜この店にジリーの姿は見当たらない。公爵夫人になってから店に立つことがほとんどなくなったものの、ジリーはビーストにこの店の飲食費を請求しようとしない。それはビーストも同じこと。自分が所有する船で、ジリーが買いつけた海外のアルコール類を運んでも、その輸送費用を彼女に請求することはない。きょうだいたちの間で代金の請求をすることはないし、自分がいくらおごっているか数え上げることもない。それがトゥルーラヴ家の暗黙のルールなのだ。

給仕メイドは背を向け、立ち去り始めた。

「いったいここで何をしている?」

ビーストに尋ねられ、彼女は弾《はじ》かれたように振り返った。濃い金色の眉をややひそめながら、青い瞳でこちらをじっと見つめている。なんと不思議な瞳の色だろう。濃い青に、ほんのわずか灰色が混じっているようだ。こんな目の色の持ち主には、いままでお目にかかったことがない。

「あなたにスコッチを持ってきたところよ」

ビーストはかぶりを振り、片手をひらひらとさせて店内を指し示した。「いや、俺はここホワイトチャペルで、しかもこの酒場で働いていることを言っているんだ。きみはどこからどう見てもメイフェアの人間だろう」

「あなたには関係ない」女性は完璧なコックニーなまりで切り返してきた。「それとも、この話し方のほうがお好みかしら？」今度は完璧な英国貴族の発音だ。

そしてくるりと背を向け、足早に立ち去った。後ろ姿といい、先ほどの切り返しといい、惚《ほ》れ惚《ぼ》れするほどすばらしいじゃないか――時間をかけてスコッチをすすりながら、ビーストは心のなかでつぶやいていた。認めざるをえない。あの給仕メイドには勇気がある。しかも彼女の言葉は正しい。俺にはなんの関係もないことだ。それでもなお、あの女性に興味を引かれる。給仕メイドにしては洗練されすぎている。こんな荒っぽい酒場には似つかわしくない。彼女は断じて給仕する側の人間ではない。給仕される側の人間であるべきだ。

元々物事を筋道立てて考えるのが好きな人間だが、あの女性はどうにも解せない。なんとも不可解な存在だ。納得がいくまで、俺はあの女性に関心を持ち続けるだろう。彼女の謎を見つけ出し、解きほぐし、完全に解決するまで。

アルシア・スタンウィックにはわかっていた。あの男性客がこちらを見つめ続けている。視線をまざまざと感じるのだ。自分の小さな背中に、彼の手がじかに置かれているかのように。

あの男性が大股で酒場に入ってきたときからずっと気づいていた。その瞬間、あたりの空気が一変したのだ。長身で、がっちりした肩の持ち主だからというだけではない。彼の全身から放たれる自信と堂々たる物腰のせいもあるだろう。何も恐れたりしないと言いたげな、野生動物のごときゆったりとした足取りだ。自分の一存しだいで、巨大な帝国もいっきに倒せると言わんばかりの迫力が伝わってくる。

うっとりすると同時に不安もかき立てられていたところ、男性は店の奥にあるテーブルへ腰をおろした。自分が担当するテーブルだ。ふいに胸が苦しくなった。誰かにコルセットの紐《ひも》をきつく引っ張られたように、呼吸することさえままならない。

他の客たちの相手をしながら、その男性のテーブルに近づくのをなるべく後回しにしようとしたが、とうとう彼のほうへ向かい始めたときに気づいた。彼はこちらの頭のてっぺんからつま先までじっと見つめている。わたしが彼のものであるかのように。男性の黒髪は長めで、毛先はシャツの襟元をゆうに越え、愛撫《あいぶ》を求めるようにがっちりした両肩まで伸びている。しかも顔の右側を隠すような髪型のため、彼の謎めいた印象は深まるばかりだ。秘密をいくつも抱え、けっして誰にも明かすことなく巧みに守り続けている――そんな神秘的な雰囲気をまとっている。

どこか見覚えがあるように思えるが、前にあの男性とどんなふうに関わったのか思い出せない。おそらく、近くの通りを歩いているときにでもすれ違ったのだろう。この地域にやってきたのは三カ月前のこと。そこから永遠にも思える長い時間が過ぎ、ようやくこの場所にも慣れつつある。あるいは、あの男性は前にも酒場にやってきて、その夜はたまたまわたしの受け持ちではないテーブルに座ったのかもしれない。だけど〈人魚と一角獣〉で一度でも見たことがあるとすれば、そう簡単に彼を忘れるとは思えない。

「ご注文は？」

その瞬間、彼がオニキスのごとき濡《ぬ》れた黒い目をわずかに見開いたのがわかった。ずっとこちらを熱心に見つめ続けていた瞳。そう意識していたせいで、彼の声がややかすれて聞こえたのかもしれない。「スコッチを」

その低いかすれ声に、全身を包み込まれたような気がした。厳しい寒さのなか、赤々と燃える炎に近づいたような温かさと心地よさが感じられる声だ。彼がわずか一言しか答えなかったのがつくづく残念だった。しかし注文の品を持ってテーブルへ戻ると、男性客はこちらの過去に関心を示した。それこそ、アルシアがけっして誰にも明かすことなく、巧みに守り続けている秘密にほかならない。もし真実を誰かに知られたら――

そんなことは考えたくもない。

男性客から離れたあと、テーブルの間を縫うように歩きながら、いまアルシアはこう考えている。もう彼のことも考えたくない。

そのとき片腕が伸びてきて腰に巻きつけられたかと思ったら、荒々しく体を持ち上げられ、誰かの硬い太ももの上に座らせられていた。その誰かはもう片方の手で、アルシアのヒップに触れようとしている。あってはならないことだ。こちらが許したわけでもないのに、ヒップをつねろうなんて。

その赤毛の若者はいたずらっぽく目を輝かせ、にやりとした。「なあ、楽しもうよ、可《か》愛《わい》い人。いったいきみは誰なんだい？」

アルシアは手を伸ばし、若者と同じテーブルにいた友人の手から大型ジョッキを奪うと、赤毛の頭の上から中身をぶちまけた。若者がののしり言葉と叫び声をあげる。腕の力が緩んだ隙を狙って、彼の膝から立ち上がり、手の届かないところまで飛びすさった。「失礼。すぐにお代わりを持ってくるわ」

本当ならジョッキで若者の頭を殴りつけてやりたいところだ。でもそんなことをすれば厄介なことになる。すでに厄介な事態に巻き込まれているのは百も承知。金持ちであろうとなかろうと、店にやってきてくれた客は大切におもてなしする――それがこの酒場〈人魚と一角獣〉の自慢なのだ。早足でバーコーナーへと向かい、白鑞《ピューター》製の大型ジョッキを磨かれた木製のカウンターに叩《たた》きつけた。「ギネスのお代わりを」

この店の管理もしているバーテンダーのマックはため息をついた。彼にとって、アルシアの存在そのものが悩みの種であるかのように。きっとそうなのだろう。「前にも言ったはずだ。客の頭からビールをかけるなんて許されない」

十日前にこの酒場で働き始めて以来、もうこれで三度めだ。自分の身を守るための行為だと考えているが、すでに二度も同じことをしている以上、バーテンダーも同情はしてくれないだろう。案の定、彼はそう言ったあと、険しい目つきでこちらを一瞥《いちべつ》するだけだ。だから叱責されても言い返さず、うなずくだけにとどめた。つい最近まで、面と向かって注意されることなど一度もない日々を送っていたのに。思いやりのかけらもない態度を取られるのは我慢ならない。おまえの意見など取るに足らないと言いたげに無視されるのも。でも、新たに始めた生活ではそんなことばかりだ。それがどうにも気に入らない。実際のところ、わたしが気に入ろうが入るまいが、誰も気にしないけれど。

「きみの週給から、このビール代を差し引いておく」

くびにならないよう、どうにか悔い改めたような表情を浮かべ、もう一度うなずいた。この調子だと、今週はお給料を一銭ももらえないかもしれない。

「ねえマック、ジミーは彼女のお尻をつねろうとしたのよ」給仕メイドのポリーが口を開いた。「あたし、見たんだから」

「どうやって見たってんだ、ポリー？　このカウンターの前に立ってたじゃないか」

「あたしは目がいいの」

「いや、そんなにいいわけがない」バーテンダーは背を向けると、大型ジョッキにビールを注ぎ始めた。

ポリーは同情するような目つきでアルシアを見た。「ジミーたちもちょっと楽しもうとしただけなのよ」

「でも楽しいことなんてちっともないわ。そうでしょう？」

豊満な胸の谷間の持ち主であることから察するに、ポリーもこれまで客の膝上に乗せられて我慢した経験が少なからずあるはずだ。でも彼女はそんなことなど気にしていないのだろう。酔っ払った客を相手に、いつも笑ったりいちゃついたりしている。そんな振る舞いを楽しんでいるようにすら見える。アルシアにとっては嫌で嫌でたまらないことなのに。

がっかりしたのは、さっきスコッチを運んだ背の高い客が、ぺらぺらしゃべり続けているジミーに近づいて体をかがめ、何か話しかけるのが見えたことだ。きっと〝あのメイドの尻の感触はどうだった？〟などとくだらない質問をしたに違いない。ところがジミーは突然へらへら笑いをやめた。〝幽霊のように青白い顔になる〟という表現を聞いたことがあるけれど、実際にそうなった人をこの目で見たのは初めてだ。男性からいっきに全身の血を抜かれたように、ジミーはみるみる真っ青になった。

「ジミーはあなたにちょっかいを出さなくなる」ポリーが勝ち誇ったような笑みを浮かべた。「ビーストから警告された以上、もう手出しはしないはず」

「ビースト？」

ポリーは驚いたような顔になったもののうなずいた。「ええ。あの大柄な男性よ」

その男性は振り返ることもせず、まっすぐ扉のほうへ向かっている。アルシアは不思議に思った。どうしてそんなあだ名がついたのだろう？　わたしにはあの男性がけだもの《ビースト》のようには見えない。むしろ彼には悪魔《デビル》という名のほうがふさわしい。はっきりした目鼻立ちで悪魔的なまでにハンサムだし、誰より堂々としているから。

「彼はどういう人なの？」アルシアは尋ねた。

ポリーは鋭い視線を向けてきた。「絶対に敵に回したくない人よ。そのほうが身のためだわ」

アルシアはほぞを噛《か》んだ。あの男性客と直接やりとりする前に、その忠告を聞いていればよかったのに。先ほど彼から質問され、けんもほろろの態度を取ってしまった。あんな対応をされ、彼が愉快な気分になったとは思えない。だからこそよくわからなかった。なぜ彼は、わたしにちょっかいをかけたジミーを真っ青にさせたのだろう？　ジミーはあの男性から金でも借りているのかもしれない。

マックが木製カウンターの上に大型ジョッキを置いた。「ポリー、これをジミーに持っていってくれ」

「アルシアが持っていったほうがいいと思うわ」

マックがポリーに命じるのを聞いて彼にキスしたくなったが、ポリーが断ったので彼女をにらみつけたくなった。でも考えてみれば、他のメイドに自分の仕事を押しつけるのは不公平だ。だからジョッキを手に取ると、テーブルの間を縫いながらふたたびジミーのテーブルに近づいた。どういうわけか、ジミーもその仲間も木製テーブルの表面をじっと見つめたままだ。まるで一度も木を見たことがなくて、このテーブルはなんの素材でできているのだろうと必死に考え込んでいるかのように。一言も話しかけないまま、アルシアはジョッキをテーブルに置いた。

「すまない」ジミーはぽつりと言った。

「いま、なんて？」

ジミーは何かを恐れるように目を見開きながらアルシアを見上げた。「すまない。あんなことはすべきじゃなかった。もう二度としない」

アルシアは驚きの表情をどうにか隠そうとした。「それはよかったわ。謝ってくれてありがとう」

「今度ビーストがこの店に来たら、俺がきみにちゃんと謝ったことを、きみから彼に伝えてほしいんだ。指を折られるのはごめんだから」ジミーは堰《せき》を切ったように話し出し、息継ぎもしないまま、いっきにそう言った。

今回は驚きの表情をうまく隠しきれたとは言えない。あの男性は指を折るぞとジミーを脅したのだろうか？　ジミーの友人たちはテーブルに目を落としたまま、こちらを見ようとさえしていない。アルシアから注目されたくないと言いたげに肩をすぼめ、身を縮こまらせている。「ええ。彼にそう伝えるわ」

「よかった」ジミーはジョッキを手に取ると、ぐいっとあおった。

手のひらを返したようなジミーの態度を非難すべきかどうか、アルシアにはわからなかった。それに、なぜあの見知らぬ大柄な男性が自分をかばってくれたのかも。とはいえ、あの男性がこちらの肩を持ってくれたことを知り、喜びがふつふつとわいてくる。いつ以来だろう？　兄たち以外の誰かが、わたしを守ろうとしてくれたのは？

空いたグラスを下げようと、大柄な男性が座っていたテーブルへ向かったところ、ソブリン金貨が置いてあるのに気づいた。グラスを手に取り、そのまま立ち去ろうとする。

「それはきみにだ」

声をかけてきたのは、近くのテーブルを拭いていたロブだった。ひょろ長い体つきの若者で、客が立ち去ったあとにテーブルを拭いてきれいに片づける仕事をしている。だがテーブルを汚すほど長居していないことから察するに、あのビーストという客はチップを惜しまないたちなのだろう。「あの人はあなたにこのチップを置いていったんだわ」どう考えても気前のいい金額ではあるけれど。

ロブはアルシアのほうへ歩いてきた。「いや、俺はもう彼からチップをもらった。そのとき言われたんだ。これはきみの分のチップだって」

「あの人はわたしたちそれぞれにソブリン金貨をくれたの？」ソブリン金貨一枚で二〇シリングの価値がある。先ほどのビール代が引かれなかった場合、アルシアが六日間仕事をして稼ぐ週給と同じだ。

肩をすくめた拍子に、ロブの茶色の巻き毛がはらりと目にかかった。「トゥルーラヴ家のみんなと同じように、彼も億万長者なんだろう」

あの男性はトゥルーラヴ家の一員なの？　だとしたら、彼をどこかで見たような気がしたのもうなずける。最近トゥルーラヴ家の面々は相次いで貴族と結婚している。きっと結婚式であの男性を見かけたのだろう。実際この酒場の所有者はソーンリー公爵と結婚している。あのビーストという男性客は自分の女きょうだいに、今夜わたしにどれほど失礼な態度を取られたか話して聞かせるだろうか？　わたしはくびになってしまうの？　でも、もし彼がわたしをこの店から追い出すつもりだとしたら、なぜこれほど気前のいいチップを置いていったのだろう？

「ほら、しまって」ロブは濡れた布でテーブルの上を拭き始めた。

アルシアは慎重な手つきでソブリン金貨を手に取ると、ポケットへ滑り込ませた。「あの人はここによく来るの？」

「きみが考える〝よく来る〟っていうのは何回くらい？　それによって答えが変わってくる。結婚前、あのきょうだいは本当によくこの店で集まっていたんだ。いまも彼は一人だけ結婚という足かせから逃れているけど、結婚を機に他のきょうだいがあまり来なくなったから、彼自身も前ほど来なくなった」

今度ミスター・トゥルーラヴが店にやってきたら、ジミーから謝られたことを知らせるつもりだ。それだけではない。あの乱暴な若者に意見してくれたお礼も伝えなければ。ジミーも彼の連れもここしばらくは、わたしのヒップに関心を向けなくなるだろう。

案の定、その夜は何事もなく過ぎていった。アルシアにちょっかいをかけようとする者は誰一人いなかったのだ。

それでも真夜中になり、店の客が全員立ち去って入り口にかんぬきがかけられると、ほっとせずにはいられなかった。同僚たちと手分けしてテーブルの上に椅子を次々とのせ、床を掃いてモップがけをし、片づけをこなして、ようやく三十分ほど経《た》った頃、みんなと一緒に店の裏口から外へ出た。裏口の鍵をかけたマックがおやすみの挨拶をして帰路につくと、他の者たち――ポリー、ロブ、料理人、もう一人のバーテンダー、さらに一人の給仕メイド――もアルシアにおやすみと言い、その場から歩き去った。一人残された彼女は、歩いて〈人魚と一角獣〉の正面に面した通りに向かった。いつも兄グリフィスが酒場の正面で待っていて、自宅まで付き添ってくれるからだ。夜にアルシアがホワイトチャペル界隈《かいわい》を一人で歩くのは感心しないと兄は言う。もちろんアルシア自身も、夜に一人歩きなどしたくない。

目指す通りに出たが、兄の姿がどこにも見当たらず、たちまち不安に襲われた。グリフィスはいつも時間に正確なのに――初めてそれを知ったときは意外だったけれど。次男として生まれたグリフィスは演劇にしか興味がなく、いままでなんの責任も取ろうとせず、楽しい時間を過ごすことだけが生きがいの放蕩者《ほうとうもの》のような日々を送ってきたのに。

この界隈は街灯が灯《とも》されているおかげで、真っ暗な場所など存在しない。あたりを見回すと、遠くに数人が歩いているのが見えたが、どんどん小さくなっていく。こちらに向かってくることはないのだ。でもグリフィスの姿は依然として見当たらない。おそらく時間に遅れただけなのだろう。

〝神よ、どうか兄の身に何も起きていませんように〟

グリフィスは射撃もフェンシングも上手だし、ボクシングもたしなんでいる。でも、だからといって、ホワイトチャペルをねぐらにする悪党たちを相手にしても必ず勝てるとは限らない。グリフィスはわたしに比べても、こういった危険な通りを歩くのに慣れているとは言えない。

毛皮で縁取られた外套《がいとう》の襟元をかき寄せながら、アルシアは歩き始めた。祈るような気持ちだった。すぐにグリフィスと落ち合えますように……そしてすぐに自宅へたどり着きますように。十時間近く仕事をしたせいで、足も腰も肩も痛い。一刻も早く家に帰りたい。二度と本当のわが家に戻ることはないとわかっていても。前に住んでいた屋敷は奪われてしまい、いま住んでいる場所は〝わが家〟とは言いがたい。

ふいにうなじが総毛立った。首筋を何者かの温かな指でたどられたかのよう。弾かれたように振り返る。

先ほど見えていた人たちはすでに遠ざかっている。彼らがここまでやってくるはずがない。差し迫った危険は感じていないものの、誰かがいるような不安を振り払うことができない。はっと息をのむこちらの様子を、近くから何者かが見つめているような気がする。とはいえ、振り返っても誰もいない。あたりに影が落ちるなか、ときおりネズミたちのすばやい足音が聞こえるだけだ。

小さな手提げ袋《レティキュール》に手を差し入れ、短剣を取り出した。いまは姿をくらましているもう一人の兄マーカスから与えられ、使い方を教えられたものだ。刃渡り十センチほどの短剣で、相手の命を奪えるかどうかは疑問だけれど、少なくともならず者を立ち止まらせ、それ以上近づけないようにできるかもしれない。

そのうえ、すべてはわたしの想像の産物にすぎない可能性だってある。三カ月前には、どんな場所であれ、一人で外を歩いたことなどなかったのだ。外出するときには常に誰か――侍女や従者、母や友だち――が付き添ってくれていたため周囲に注意を払う必要もなく、怪しい人間から声をかけられる心配などしなくてよかった。でもいまは違う。日が経つにつれ、用心深く周囲を観察し、警戒を怠らないようになっている。心配や不安を募らせている自分が嫌でたまらない。安心して暮らせるのが当然だと考えていたあの屈託のない日々は思い出したくもなかった。もし思い出せば、自分がなんの悩みもなく、いかに甘やかされて大切に育てられていたか思い知らされることになる。あのほがらかな笑い声に満ちた、心穏やかで楽しかった毎日を。

うしろを振り返り、危うく叫びそうになった。数歩しか離れていない場所にグリフィスが立っていたせいだ。突然ぬっと姿を現した兄へのいらだちが募った。「いったいどこにいたの？」

グリフィスは金髪の頭をわずかに傾けた。「すまない。あることに夢中になっていたせいで、時間が経つのを忘れていたんだ」

「あること？」

「それは大して重要じゃない。さあ、家に帰ろう」グリフィスは近づいてきて、守るように片手をアルシアの肩に置き、前へとうながした。アルシアと同じく、兄もまたあたりに注意を払っている。何か問題はないかと警戒するように絶えず頭を動かしている。

人生が激変する前、グリフィスとはほとんど口もきいたことがなかった。二人の兄たちと仲がよかったとは言いがたい。世継ぎである年長の兄マーカスはアルシアより五歳年上で、次男グリフィスは三歳年上だ。以前は兄たちの態度を見ていると、自分が邪魔者のように思われている気がしてならなかった。二人とも可能な限り妹を避けようとし、三人一緒にならざるをえない場合でも妹を会話に引き込もうとはしなかったのだ。ぎこちない沈黙を続けながら座っているだけ。兄二人と自分に共通するのは〝親が同じ〟という点しかないように思えた。

　兄と歩き始めてすぐ、先ほどうなじのあたりに感じていた温かな感覚がなくなっているのに気づいた。肩越しに振り返りながら心のなかでつぶやく。誰かがわたしを見張っていたのだろうか？　グリフィスがやってきたせいで、その何者かは立ち去ったの？

「ここにやってくる途中で誰かに会わなかった？」兄に尋ねてみる。

「いや、誰ともすれ違わなかったし、おまえに変な関心を抱いているような奴《やつ》も見当たらなかった。本当に遅れてすまない。くそっ、馬車がつくづく恋しいよ。前は行きたい場所があればいつでも呼び止められたのに」

　これまで生きてきた二十四年間で、兄が口汚い言葉を使うのを耳にしたことは一度もなかった。でも最近の兄は、レディの前で口にしてはいけない言葉をひんぱんに発するようになっている。とはいえ、わたしはもはやレディではない。それに、わたしも馬車が恋しくてたまらない。長い時間働いたせいで、これ以上歩けるかどうかわからないいまは特に。

　でもどうにか足を動かし続け、ようやく古ぼけた小さな建物にたどり着いた。建物は二階まであり、二人が借りて暮らしているのは一階部分だ。二階は外階段からしか出入りできない造りになっていて、足音がうるさい何者かが住んでいる。グリフィスは鍵を開けて扉を大きく開き、アルシアを先に入らせてから自分もなかへ入った。建物の設備も新しいとは言えない。ガスが使えれば、少しは暮らしやすくなるはずなのに。ほとんど空っぽの炉床近くにあるオーク材のテーブルに石油ランプがのせられており、グリフィスは急いでそのランプに火を灯した。

「マーカスがやってきたようだな」グリフィスはテーブルの上に置かれていた小包に手を伸ばした。茶色の紙に包まれ、しっかりと紐がかけられている。兄は小包を開け、なかに入っていたポンド紙幣数枚を見せながら続けた。「これがあれば、あと少しは路頭に迷わずにすみそうだ」

「なぜマーカスはこんな謎めいた行動を取っているの？　こんなふうに、わたしたちがいない間にこっそり贈り物を届けるなんて。どうして直接わたしたちを訪ねてこないの？」マーカスは二人きょうだいが社交界での立場を失い、文字どおりすべてを失ったとき、マーカスは二人の面倒をみてくれた、この家も見つけてくれた。ところが、二人がようやくこの家に落ち着くと、マーカスは突然姿を消してしまったのだ。それ以来、アルシアは上の兄の姿を一度も見ていない。

「そのほうがより安全だからだ。僕らにとっても、マーカスにとっても」

「マーカスはいったい何をしようとしているの？　どうしてお兄様はわたしに何も教えようとしないの？」グリフィスに対して、もう何度も問いかけている質問だ。

「僕も詳しいことは知らないんだ」いつもと変わらない答えだ。ただ最近では、兄が嘘をついているのではないかと勘ぐり始めている。

「でもなんであれ、危険なのは変わりないはずよ」どうにかその話題を続けようとした。まず間違いなく、兄マーカスは心配すべき状況にあるはずだ。

グリフィスは眉をこすった。「もう遅い。僕は明日の朝も早くから波止場に行かなければいけないんだ。もう寝るよ」

「その前にお兄様の手を見せて」

「いや、大丈夫だ」

「もし菌に感染したら、両手を失うことになるのよ。そうなったらどうするつもり？」

兄は長く重々しい劇的なため息をつくとうなずいた。かつて、グリフィスが女優とつき合っているという噂《うわさ》を耳にしたことがある。この劇的なしぐさも、その女優をまねたものではないだろうか。

アルシアはわざわざ外套を脱ごうとはしなかった。夜気は身も凍るように冷たいが、今夜も暖炉に火をくべるつもりはない。ボウルに水を汲《く》み、リネンの布と軟膏《なんこう》を手に取ってテーブルに戻ると、グリフィスはすでに両手の包帯を外していた。今朝兄が仕事に出かける前に、アルシアが巻いた包帯だ。

手袋をはめているにもかかわらず、波止場で木箱を持ち上げて運ぶ作業のせいで、兄の両手は生傷が絶えない。皮膚がはがれたり、水ぶくれやタコができたりしている。生々しい傷が残る部分を手当てするたびに、グリフィスは痛そうに顔をしかめている。この兄がどうやってあんな重労働を続けているのだろう？　いくら考えてもアルシアにはわからない。わずか三カ月前、グリフィスはビールジョッキや賭けのカードよりも重たいものを持ったことがなかったのだ。夜明け前に起きたこともなかったはずだ。いつもお昼になるまで姿を見せない兄だったのだから。

「そうそう、忘れていたわ。ちょっといいことがあったの。今夜誰かがチップとして、わたしにソブリン金貨を置いていってくれたのよ」

「そいつはどうしてそんなことを？」グリフィスの声には疑念がにじんでいた。誰も信用するな――それがアルシアたちの学んだことなのだ。

「わたしの笑顔のせいかもしれない」

グリフィスはにやりとした。「男を一撃でノックアウトすると評判だからな」

そう、かつてわたしは英国貴族の間の人気者で、慌てて結婚相手を選ぶ必要もなかった。最終的に婚約したチャドボーン伯爵とは、いまから数週間後の一月に結婚するはずだったのだ。

「その金貨はお兄様に持っていてほしいの。わたしは大丈夫だから」

「おまえが取っておくんだ。必要になるときがくるだろう」

「わたしも役に立ちたいの」酒場の仕事を始めたのはその一心からだ。最近自分が無力に感じられてしかたなかった。片づけものをしたり、食事の準備をしたり――自分としては、それだけでも大きな挑戦だったけれど――グリフィスの服を繕ったりしても、丸一日かかるわけではない。残りの時間はただ座って心配を募らせているしかなかったのだ。

「だったら、なおさらその金貨を持っていてほしい。必要になったら必ず知らせる」

妹を守ろうとしてくれている兄たちには感謝しているが、自立した一人の人間として見てほしいのも事実だ。兄たちと同じように、わたしにもこの現状を変える能力があるのだと理解してほしい。

グリフィスは、たとえここへやってきたマーカスと顔を合わせたとしても、〝この家にこそこそ忍び込んで金を置いていくのはやめてほしい〟とは言わないだろう。それほどお金に困っているのに、妹からはソブリン金貨を受け取らない。

包帯を巻き直した兄の手を軽く叩き、言った。「さあ、できあがり。もうこれで傷が治ったも同然よ」

「いや、そうでもない」グリフィスは苦笑すると、椅子から立ち上がった。「ランプを持ってくれるか？」

なぜ兄がわざわざそんなふうに尋ねるのかわからないが、毎晩儀式のように同じことを繰り返している。わたしがランプを手にして、二人で小さな部屋を横切って廊下へ出ると、兄が右側の寝室へ、こちらが左側の寝室へ向かうのだ。いつもそのまま廊下で、兄が寝室へ姿を消すのを待つようにしている。グリフィスは暗闇でも平気だし、なんの問題もなく室内を歩けるらしいけれど。兄が扉を閉めると、アルシアは自分の寝室へ入った。がらんとした室内を見回したとたん、物悲しさが込み上げてきた。家具らしい家具はなく、床にベッド代わりの毛布の山があるだけだ。

昔のような暮らしに戻ることは二度とないだろう。それは百も承知だけれど、心のどこかで信じ続ける必要がある。いつか時が経てば、状況もよくなるはずだと。

床にランプを置くと、服を脱いで寝巻きに着替え、髪をほどいて何度も櫛《くし》で梳《と》かしてから三つ編みにした。それから毛布の山の上に横たわり、毛皮で縁取られた外套を体の上にかけた。ソブリン金貨のことを思い出したのはそのときだ。起き上がってドレスのポケットから金貨を取り出し、手のひらにのせて握りしめると、ふたたび毛布の山に横たわった。どういうわけか、この金貨がこれからいいことを引き寄せてくれるお守りのように思える。

握ったままの拳を当てた胸には、先ほどから相反する思いが去来している。あのビーストという男性がまた店にやってくるのを心待ちにする思いと、二度と彼に会わずにすみますようにと祈るような思いだ。あの男性の目に狂いはない。わたしが高級住宅地メイフェアの出身だと正確に見抜かれた。

あとは時間の問題かもしれない。彼ならばいずれ、そんなわたしが酒場のメイドとして働くようになった理由を突き止めるだろう。裏切り者の公爵の、呪われた娘だからだと。

ビーストは大股で建物のなかへ入ると玄関広間を横切り、客間をのぞいた。女主人であるジュエルが紳士四人――自分の順番がくるのを待っているのだ――にアルコールをすすめながら、ひわいな話や下品な冗談で楽しませている。ジュエルはこの稼業を始めてからもう何年も経つベテランだ。こちらに気づくと、彼女は小さな笑みを浮かべた。〝何も問題ない。すべて順調だ〟というサインだ。

くそっ。この仕事がつくづく嫌でたまらない。

階上へ向かう途中、リリーと一人の紳士とすれ違った。男のほうはずいぶん誇らしげな様子だ。もしかして初体験をすませたのでは？　ふとそう考えたが、自分には関係のない話だ。そんなことはどうでもいい。この建物をうろついている紳士たちにも、彼らを楽しませようとする女たちにも、もううんざりだ。それに、彼女たちを守らなければならない自分の仕事も。

ようやく一番上の階にたどり着いた。ビーストとこの館で働いているレディたち全員が、この階にある個室で暮らしている。だが自分の寝室ではなく図書室へ向かうと、グラスにスコッチを注《つ》ぎ、火が燃え盛っている暖炉近くの袖椅子にどっかりと腰をおろした。座り心地のいい椅子にもたれながら、先ほどの給仕メイドのことを考えずにはいられない。考えまいとしても、どうしても思い出してしまう。なんと美しい女だっただろう。いかなる聖人にでも罪を犯させるような、まさに天使のごとき美貌の持ち主だった。

のように。
あの女性のことを思い出しただけで体がうずく。まるで彼女が向かい側に座っているか
酒場から出てきたあの女性に男が近づいてきたのを目撃したときは、警戒心がにわかに強まった。ひそかに見張るつもりなどなかった。だが、どう見ても彼女はホワイトチャペルの人間ではない。彼女が深夜に一人であの界隈を歩き回るような愚かなまねをしないかどうか、確かめたかっただけだ。でも男はあの女性を守るために近づいてきたようだ。おそらく夫か恋人なのだろう。彼女の身に危険が及ぶことはない。そう確認できたため、闇に姿を溶け込ませ、わが家に戻ることにした。

わが家。女たちが体を売って金を稼ぐ場所には、ふさわしくない呼び方だ。もう何年も前から、ここで働く女たちには別の仕事を見つけるようにしている。ようやく残り六人となったが、彼女たちがこの稼業から足を洗うためにはまったく新たな技術を学び、自分に磨きをかける必要がある。

彼女たち全員がここを出ていかない限り、こちらも出ていくわけにはいかないのだ。自分の庇護下《ひごか》にある女たちを見捨てるつもりはないし、彼女たちを平気で痛めつけようとする男どもの手にはけっして渡さない。俺は、サリー・グリーンに大きな借りがある。彼女は俺を心から信頼してくれていたのに、結局彼女を失望させることになってしまった。

スコッチを飲み干し、グラスを脇に押しやると、暖炉で燃え盛る炎をにらみつけた。落

ち着け。怒りをやりすごせ。平静を装うんだ。今夜酒場で出会った、あの給仕メイドのように――ただし、あのメイドはどこから見ても上流階級だ。生まれ落ちた瞬間から、洗練された世界に生きることを約束されていたに違いない。彼女のありとあらゆる部分が育ちのよさを主張していた。周囲の注目を浴びるべく大切に育てられ、数えきれないほどの家庭教師から、手取り足取りマナーを教えられてきたはずだ。両手の優雅な動かし方といい、グラスを置いたときの落ち着きといい、豊かな髪の――

いや、彼女の髪はやや乱れていた。自分で髪をまとめるやり方を教えられていないせいだろう。いつもメイドに髪を整えられていたはずだが、もはや彼女の髪型が完璧に仕上げられることはない。できることならピンを次々と引き抜いて、あの女性の豊かな巻き毛を両肩に跳ね回らせたかった。

ふいに、彼女が口を歪《ゆが》めていた様子を思い出した。息を吹きかけて顔にほつれかかる巻き毛を払おうとしていた。あの女性がメイフェアであんなしぐさをしていたとは思えない。今夜彼女が見せたしぐさのなかで、ただ一つホワイトチャペルらしいものだった。

あの女性は醜聞に巻き込まれたのだろうか？　どこかのハンサムな悪党に心奪われ、みずから評判を落とすような間違いをしでかしたとか？　あるいは平民と恋に落ち、用意されていた人生のレールを踏み外した？　その相手が、今夜彼女を迎えに来ていた男なのだろうか？　その姿に気づいたとたん、傍目《はため》にもわかるほど彼女を安堵《あんど》させていたあの男が。

どうしてあの女性のことばかり考えてしまうんだ？　姉が所有する酒場で、いつも注文するお気に入りの酒を運んできただけなのに。なぜあの女性がメイド以上の、俺の人生に関わりのある存在に思える？

今度あの店に行くときは、この館の女たちの誰かを一緒に連れていくべきだろう。あの女性の無駄のない洗練された振る舞いを見せてやりたい。完璧な姿勢も、落ち着いた物腰も、揺るぎない表情も――

いや、その前にまず〝振る舞い〟や〝表情〟について説明しなければならないだろう。この館の女たちに、ただあの女性を観察させるだけでは足りない。どうすればああいう立ち居振る舞いができるかを、根本的に理解させる必要がある。彼女のように内面からにじみ出る自信をどうやって身につけるかを。そう、ここの女たちには教師役が必要だ。だがロンドンでも最も貧しいこの地域で、そんな先生役を見つけることができるだろうか？いや、無理だ。上流階級の者たちがおおぜい行き交っているわけでもないのに。

ビーストは椅子の背にもたれてグラスを掲げると、燃え盛る暖炉の炎をクリスタルのガラス越しに見つめた。ホワイトチャペルは上流階級の者たちがおおぜい行き交っているわけではない。だが少なくとも確実に一人はいる。

しかも、どこに行けばその女性に会えるかもちゃんとわかっている。

2

あの男性が店に入ってきた。アルシアがそう感じたのは、夜十時を過ぎた頃だ。ちょうどテーブルに大型ジョッキを二つ置いたところで、出入り口に背中を向けていたのに、すぐ直感的にわかった。もし振り返れば、長身で、がっちりとしたあの男性が立っているはずだ。全身に自信をみなぎらせながら、こちらをまっすぐ見つめているに違いない。

それなのに、ようやく振り返った瞬間、驚かずにはいられなかった。彼が出入り口から一歩も動こうとせず、立ち尽くしたままだったからだ。どうしても目が離せないかのように、じっとこちらを見つめている。視線と視線がぶつかり合う。いや、〝ぶつかり合う〟というのは、いかにも控えめな表現だ。彼は体に触れるかのようなまなざしを投げかけている。それなのに、昨夜赤毛のジミーに体を触られたときのような嫌な感じはしない。でも、どうして胸の先端が尖《とが》っているのだろう？　どうしても胸のうずきが止められない。

先に目をそらしたのはアルシアのほうだった。四番テーブルの客の飲み物を取りにバーコーナーへ向かいながら、心のなかで祈る。〝お願い。わたしの担当のテーブルに座らないで〟〝わたしの担当のテーブルに座って〟〝座らないで〟〝座って〟

　彼はアルシアの担当テーブルに腰をおろした。店の奥にある、昨夜と同じテーブルだ。そういえば、あのテーブルに彼以外の誰かが座っているのを見たことは一度もない。もしかしてあのテーブルはいつも彼のために空けてあるのだろうか？

「スコッチを」バーテンダーのマックに告げる。先に四番テーブルのためのジョッキを手渡され、すぐにそれを届けてバーコーナーへ戻ると、スコッチの入ったグラスをつかんで奥のテーブルに向かった。

　グラスを目の前に置かれ、彼がアルシアに向けたのは、どう考えても笑みとは言えない表情だった。それでもほんの一瞬、彼がにやりとするように唇の端をわずかに動かしたのを目の当たりにして、胸がざわざわするような奇妙な感覚に襲われた。

「俺の好みの酒を覚えていたんだな」

「そんなに難しいことではないわ。あなたが店に来たのは昨夜だもの」なぜこんなに息苦しいのだろう？　先ほどマックからウィスキー・グラスを受け取ったときに、肺を二つともバーに置き忘れてきたのだろうか？「ジミーから謝られたわ」

　彼はアルシアのほうを向くと、頭をやや斜めに傾けた。この酒場ではよく見られるしぐさだ。酒場はなかなか空席が見つからないほど、いつも客でごった返している。客たちの話し声や笑い声、椅子をきしらせる音、テーブルに拳を打ちつける音などで満ちあふれていて、誰かの話し声を完全に聞き取るのは難しい。アルシア自身、同じしぐさをすることがしばしばある。

「いま、なんて？」彼が尋ねた。

アルシアは喧騒《けんそう》にかき消されないよう、声を張り上げた。「ジミーが謝ってきたの。何度も何度も」

「よかった」

「わたしからあなたに知らせるようにと、ジミーから言われたわ」

彼はうなずいただけだった。

「指を折るぞと脅すことはよくあるの？」

「ああ。そうでもしないと、たくさんのものを手当たりしだい壊しそうだったんだ。女を虐げる男は我慢ならない」

「でも、あなたはわたしとは知り合いでもないのに」

「知り合いかどうかは関係ない。きみが嫌な目に遭わされているのはすぐにわかった」

「わたしがひどく神経質な女というだけの可能性もあったはずよ」

口元をほころばせたわけではないが、彼の目は笑っている。それなのに、なぜかこの男性がより危うい存在に感じられた。

「だとしても関係ない」男性は背のまっすぐな椅子にもたれ、さらにくつろいだ様子で答えた。まるで、その椅子がこの世で一番座り心地のいい肘掛け椅子であるかのように。

「きみは路地裏育ちには思えない話し方だ」

「あなたも」この男性の話し方はまさに貴族のそれだ。

前にトゥルーラヴ家は庶子の集まりだという噂《うわさ》を聞いたことがある。スキャンダラスな生い立ちを背負い、平民として質素な暮らしを続けながらも、彼らはこの世で何が重要かつ適切であるかを積極的に学んだ。だからこそ英国社交界の上層部に食い込めたし、あらゆる点で一流の貴族に引けを取らないのだと。それに最近では、トゥルーラヴ家の多くの者たちが社交界でいきいきと活躍しているようだ。ただし、このビーストという男性は例外だけれど。身内の結婚式が行われた教会以外の場所で、彼を見かけた記憶がない。

「いや、俺たちはまるで違う教育を受けてきたはずだ。昨夜の質問を繰り返そう。きみはメイフェアの出身だろう?」

「その答えを知ることが、なぜあなたにとって重要なの?」

「俺にその答えを知られないことが、なぜきみにとって重要なんだ?」

あたりを見回したが、手ぶりでアルシアを呼ぼうとしている客は誰もいない。こういうときこそ、誰かに注文してほしいのに。しかたなく彼に注意を戻した。このまま彼の容赦ない注目を浴び続けているよりは、ここで質問に答えたほうがまだましかもしれない。答えれば、彼もわたしを放っておいてくれるだろう。

「ええ、かつてメイフェアに住んでいたことがあるわ」

その言葉の意味をどうにか理解しようとするように、彼はすっと目を細めた。「つまり、きみは貴族令嬢ということだ」

「いいえ。それは間違いよ」

三カ月前なら間違っていなかった。だけど今日のこの時点では、もう間違いだ。

わたしはあなたにウィスキーを運んでいなかったし、こんなふうに言葉を交わしてもいなかった。

どうして彼はこれほど心を乱してくるのだろう？　なぜこの世にわたし以外は存在しないかのように、ひどく熱っぽい目を向け続けてくるの？

「俺が間違うことはめったにない」

彼は遠回しに、わたしを嘘つきだと言っているのだろうか？「ずいぶん傲慢な物言いね。ただし、あなたの言い方はまったくそうは聞こえないけれど。むしろ控えめに聞こえるわ」

わたしはこの男性と戯れているのだろうか？　そうは思いたくない。もう二度と男性とは戯れたくない。そんなことをしても、深い悲しみが待っているだけだ。

「真実とは揺るぎない自信とともにあるものだ。そこに傲慢さはいっさい必要ない」

「まるで哲学者みたいね」

彼は肩をすくめた。「賭けてもいい。きみは貴族社会で生きるよう教育を受けているはずだ。それも使用人としてではなく、使用人を使う立場の人間としてね」

「その賭けに応じる気はないけれど、ええ、わたしはある程度の教育を受けてきた」この男性の質問は鋭すぎる。このままだと正体がばれそうだ。「よければ失礼するわ。他のお客さんもいるから」

「実はきみに提案がある」

ああ、その言葉を言ってほしくなかった。この男性を好きになりかけていたのに。「あなたもここにいる紳士たちと似たり寄ったりね。そういう提案に興味はないの」

彼女がほっそりとした肩をそびやかし、足早に立ち去るのを見て、ビーストはほとんど叫びそうになった。〝きみにそんな破廉恥な提案をしたのはどこのどいつだ?〟

どうやら脅しつけなければならない男どもが他にもいるようだ。

ため息をついてウィスキーをゆっくりとすすりながら思う。いや、それよりもうまいやり方があるはずだ。もう少し気さくな調子で、脅し文句とは異なる言葉をかけるべきだろう。そもそも、ここに出入りする男たちは〝紳士〟とは言えない。ほとんどが作業員や港湾労働者、れんが積み職人だし、かつては俺自身も波止場で肉体労働をしていた。

だがメイフェアでは話が違う。彼女が出会うのは高貴な生まれの貴族たちだ。紳士として認められ、紳士として扱われる、正真正銘の紳士たちにほかならない。いやはや、いったい彼女はこんなところで何をしているんだ？

　面白半分にできる仕事ではない。ジリーがこの酒場を開いたばかりの頃に手伝いをしたことがあるが、きつい仕事だった。波止場で働くほうがまだましだ。少なくとも波止場では、ビールをぶっかけてやりたい相手にも礼儀正しく接する必要はない。昨夜ジミーを脅しつけたのは、まさにそういう気持ちになったせいだ。普段の自分ならば、彼にこの店から出ていくように告げるだけで満足していたはず。だがジミーの膝上に乗せられたとき、あの女性の顔によぎった恐れの表情を見て、無性にいらだちを覚えた。ロンドンのこの界隈《わい》では、ああいった荒っぽい態度を取る者が多いが、彼女がそういう扱いに慣れているとは思えない。だから脅しめいた警告の言葉を口にしたのだ。

　ウィスキーを飲み終え、ベストのポケットから懐中時計を取り出して時間を確認すると、またポケットにしまった。閉店時間まであと一時間ある。外は身も凍るような寒さだ。昨夜彼女を迎えに来たあの男が今夜もやってくるかどうか、確かめるつもりでいる。

　先ほどから彼女は視線を合わせるのを避けているように見える。そのせいで、目を合わせて空のグラスを掲げお代わりを頼むまで、しばし時間がかかった。その間もあの女性からずっと目を離すことができずにいる。

　くそっ、なんて美しいんだ。ハート型の顔、高い頬骨、まっすぐ通った鼻筋、キスしたくなるような唇。それらが引き立て合い、目が覚めるほどの美しい造形を生み出している。だが彼女の本当の魅力は、美しい顔かたちにあるのではない。

俺を引きつけてやまないのは、彼女がその美しい顔の動きを見事に抑制している点だ。怒りやいらだち、不満の表情を浮かべることはいっさいない。よこしまな〝提案〟を延々伝える客がいても、彼らの〝提案〟がこの酒場では――あるいはどんな酒場でも――一度も口にされたことがなく意味がわからないかのように、冷静に質問を重ねている。追加のアルコールを注文されて同じテーブルを何度行き来することになっても、好みの味と違うからと何度グラスの交換を頼まれても、顔色一つ変えず落ち着き払っている。

俺がこの店に顔を出さなかった間、尻をぴしゃりと叩《たた》かれたことが何度もあるのではないだろうか？　今夜も、彼女のヒップに手を伸ばそうとした男が一人いた。だが連れの男から手首を叩かれ、顎をしゃくって俺のほうを指し示されると、その男は目を見開いて〝わかった〟というように首をすくめ、すぐに手を引っ込めた。この地域に住む者なら、女性にどんな振る舞いをすればトゥルーラヴ家の怒りを買うことになるか、よく知っているはずだ。

彼女は自分の客たちに対して愛想のいい笑みを浮かべている。だが俺に対しては、唇の両端を持ち上げたり瞳を輝かせたりしない。まるで俺に給仕するのが義務であり、つまらない雑用であり、渋々やっているかのように。そのままでいい。あの女性に愛想笑いを向けてほしくはない。なぜそう思うのかは、自分でもよくわからなかった。どうして昨夜彼女に注意を引かれたのかも、どうしてそれ以来ずっと気になっているかもわからない。それに、なぜ彼女を見ていると寂しさがかき立てられるかも。

　ようやく彼女はこちらのテーブルにやってきて、なみなみとウィスキーが注《つ》がれたグラスを置いた。

「きみは俺の提案を誤解している」

「いいえ、そうとは思えない」彼女は答えると、鼻をつんと上向かせた。小柄なのに、オリンポス山の頂上にいるかのごとく思いきりこちらを見おろしている。

　彼女はすぐに立ち去ったが、呼び止めようとはしなかった。尊大きわまりない視線を投げかけられるのは初めてではない。ここ数年、きょうだいのいまいましい結婚式に出席するときはいつもそうだ。きょうだいはそれぞれ貴族を伴侶に選んだので、結婚式が行われる教会には必然的に上流階級の者たちが多くなった。なかにはビーストに近づいてきたレディたちも数人いて、育ちの悪い者と体を重ねることに対する興味をそれとなくほのめかされた。どうやら彼女たちは平民、それも放蕩者《ほうとうもの》との性行為《ファツキング》――驚いたことに、彼女たちはその言葉を口にした。レディならば口にするどころか、知りもしない言葉だと思っていたのだが――は、貴族相手のそれとまるで違うはずだと期待しているようだった。

　だから彼女たちの期待に応えるべく、一人のレディは壁に押しつけたまま、もう一人のレディは牧師の説教壇の上に腰をかがめさせたままで事を致した。野獣《ビースト》というあだ名どおりの、最高のセックスを味わわせたのだ。

自分が汚され、傷つけられ、利用されたように思えてしかたがなかった。それからというもの、貴族の女性と親密な関係になりたいとは思わなくなった。

だが、いまあの新入りの給仕メイドと親密になりたいと考えているのは、なぜだろう？　あの女性がホワイトチャペルにいる理由はわからないが、彼女が貴族の生まれなのはわかっている。だからこそ、そんな自分が腹立たしい。これから彼女に助けを求めようとしているのだから、よりいっそうに。

二枚あるソブリン金貨を見つめ、アルシアは慎重な手つきで一枚だけ手に取った。

「二枚ともきみのものだ」ロブはそう言うと、湿った布でテーブルの表面をこすり始めた。

「なぜわたしに金貨を二枚もくれる気になったのかしら？」自分の気前のよさを誇示するためだろうか？　自分の提案を受け入れたら、さらに気前よく支払ってやると言いたいの？

「だよな。彼はどうして俺たちによくしてくれるんだろう？」

「今夜、彼はあなたにいくらチップを渡したの？」

「金貨二枚だ」

ということは、対象はわたしだけではないのだ。そう聞いてほんの少し気分が楽になった。今夜あの男性は閉店時間の数分前まで店に残っていたが、その間も何かの仕事を気にするかのように、懐中時計で何度か時間を確認していた。それなら、なぜ閉店時間ぎりぎりまでこの酒場にいたのだろう？

それに、どうしてずっとわたしから目を離さずにいたの？　色目を使ったりいやらしい目で見回したりしたわけではない。むしろとてもさりげなく観察していて、誰かがあの男性を見ていたとしても、彼がわたしに注目していたとは気づかなかっただろう。とはいえ、あの男性がこの酒場に足を踏み入れてからずっと、両頬やお団子からほつれた巻き毛をごく優しく愛撫《あいぶ》されているような感覚を覚えていた。

身ぶりで三杯めのお代わりを頼まれたとき、彼はまたしても〝提案〟の話を持ち出すに違いないと思った。だから今回は、先の二回の返事が感じよく思えるほど痛烈な拒絶の言葉を浴びせてやろうと身構えていた。でもテーブルにグラスを置く間も置いたあとも、彼は一言も発しようとはせず、ただこちらをじっと見つめているだけだ。それも、魂の奥底までのぞき込み、そこにあるものすべてを見通し、わたしの秘密を一つ残らずあばいてしまいそうな熱心なまなざしで。

熱っぽい視線にさらされ、この頬はさぞ真っ赤に染まっていたことだろう。もう一度彼を拒絶できなかったのがつくづく残念だ。ほとんどの紳士はみだらな提案――わたしとどんなことがしたいと思っているかをほのめかす――をしたあとは、酔いつぶれるまで絶対にあきらめようとしない。あの男性が最初に〝提案〟を口にしたのは、まだウィスキーを飲んでもいないときだった。そのせいで事態はさらに悪く思えた。酔いつぶれてもいないし、飲みすぎで理性を失ってもいないせいで、ていよく断ることができなかったからだ。彼は冷静そのもので、それ自体に傷ついた。わたしはあの男性から尊敬に値しない存在と見なされたのだ。

アルシア、何を気にしているの？　グリフィスから前もって警告されていたはず。もしこの酒場でメイドとして働くことになれば、いやらしい言葉を投げつけられたり、下品な誘いを受けたりしなければならないだろうと。酒場のメイドになる前、他に二つの仕事を試したことがある。一つめはお針子だ。でも自分の裁縫技術では、雀《すずめ》の涙ほどの給金さえもらえないことがすぐにわかった。今度は食料品店の売り子に挑戦したが、同じく残念な結果に終わった。その店の所有者が四六時中つきまとい、腰に手を置くようになったせいだ。結局、その店もすぐにくびになった。所有者が〝うっかり〟わたしの胸を触ってきたとき、こちらも〝うっかり〟彼の顔をひっぱたいてやったから。

この店でも望まないのに客の関心を引いてしまうが、気にしないことにしている。少なくとも、他の酒場よりもいいお給金がもらえるのだ。給仕メイド以外の、もっと好ましい他の仕事もあるし、もっと自分に向いていると思えるものもある。とはいえ、貴族の誰一人として、わたしを家庭教師や話し相手に雇ってくれるはずがない。父親の所業により、うちの家族全員が社交界ののけ者になったのだから当然だ。

すべてを片づけ、営業を終えた店から出ると、いつもどおりの道順をたどった。だがグリフィスの姿はどこにも見当たらない。今夜も？　がっかりしながら、心のなかでつぶやく。いったいグリフィスは何をしているのだろう？　約束の時間に遅刻するなんて。姿を現したら、何がなんでも答えを聞き出してやる。

こうしてじっと待っているのは、暗い通りを歩いているのと同じくらい危険だ。そう考え、レティキュールから短剣を取り出し、早足で帰路につくことにした。そのとき、またしてもうなじのあたりを温かい手のひらで包み込まれるような感覚を覚えた。足を止めないまま突然方向転換して、いま来た道を引き返しながら暗闇に目を凝らしてみる。人っこ一人見当たらない、それなのに誰かに見られている感じがする。

ふたたび体の向きを変えて、さらに歩調を速めながら短剣を握りしめる。少なくともこうして歩いていれば、いつグリフィスとばったり会ってもおかしくない。出くわすのはハンサム馬車でもいい。今夜は予定外の収入があったから、馬車を拾って自宅に帰ることもできる。

肩越しに背後を振り返ったが何も見えないし、何も聞こえない。きっとグリフィスに警告されたせいで、神経質になっているだけだろう。グリフィスはわたしが夜に出歩くのを快く思っていない。でもこの仕事しかない以上、しかたが――

　そのとき、腰に何者かの手がかけられたかと思ったら、強い力で腕を巻きつけられた。暗い路地へ引き込まれながらも、悲鳴をあげて短剣を振り回す。手応えがあった。

「このあま！　切りつけやがったな！」

　れんが壁に後頭部を叩きつけられ、鋭い痛みが走る。目の前に星が飛び、脚から力が抜けた。そのまま体がゆっくりと、れんが壁をずり落ちていく……。

　くずおれた場所から遠く離れた、はるか上のほうからうなり声が聞こえたかと思ったら、あたり一面に骨が折れるような音が響いた。

　足音が近づいてきて、大きな手でそっと頭を包み込まれる。

「しっかりするんだ、美しい人……死んではだめだ」

　男性の声には紛れもない絶望が感じられる。彼の言葉に従いたい。アルシアは心からそう思った。でも意識がどんどん遠のいていく。自分ではどうすることもできなかった。

3

アルシアが目覚めて最初に気づいたのは室内の暖かさだった。これまでずっと耐え忍んできて、体の一部のようになっていた寒さが感じられない。次にかぐわしいバラの香りに鼻腔《びこう》をくすぐられ、涙があふれるのがわかった。誰かが手の甲でその涙をそっと拭ってくれている。

「そう、その調子よ、可愛《かわい》い人。目を覚まして」低くかすれた女性の声がした。長いこと咳《せ》き込んだあとの声のように聞こえる。

目を開けると、女性の顔が見えた。二十四歳のアルシアより二、三歳年上に見え、燃えるような赤毛だ。その女性がエメラルド色の瞳を輝かせ、顔をほころばせると、前歯の一本が隣の歯と重なっているのがわかった。優しい笑みだ。迷える子羊を受け入れるのに慣れた羊飼いのように、すべてを許すかのごとき表情を浮かべている。

「もう大丈夫。いい子ね。彼はあなたのことを本当に心配していたんだから」女性は少しだけ頭をうしろに引いてみせた。彼女の右肩のうしろに立っていたのはビースト・トゥルーラヴだ。窓ぎわの、濃い緑色と赤色の模様が入った壁紙を背に、がっちりとした胸の前で両腕を組んでいる。どういうわけか、アルシアはその分厚い胸の感触を覚えていた。これまでは厚手の大外套《おおがいとう》を着た姿しか見たことがなく、彼の胸板が厚く見えるのはそのせいだろうと考えていたが、完全な思い違いだった。ビースト・トゥルーラヴは筋骨隆々の体《たい》躯《く》の持ち主だったのだ。

「何があったの？　わたしはどうやってここへ？」

〝ここ〟とは、ほのかな照明が灯《とも》された、裾飾りつきの赤い枕があちこちに配されている、ややけばけばしい装飾の客間だ。それだけではない。ずらりと並べられた数多くの彫像や絵画はすべて、裸で絡み合う男女の姿がかたどられ、女性のはちきれそうなヒップやつんと尖《とが》った胸が強調されている。とはいえ、アルシアが体をぐったりと横たえているのは、これ以上ないほど座り心地のいい長椅子だ。

「あなたは気を失ったみたいよ」女性が答えた。

「そんなはずないわ」これまで気を失ったことなど一度もない。

「とにかく、彼はあなたをここに運び込まなければならなかったの」

あの男らしい両腕に抱かれ、広い胸にもたれて？　そう考えたとたん、アルシアの喉はたちまちからからに渇いた。

「わたしはジュエル。さあ、少し体を起こして。温かい紅茶を用意したから飲んでちょうだい」

ジュエルは両腕をアルシアの体に回し、豊満な胸にもたせかけるようにしながら、起き上がる手助けをしてくれた。長椅子の片隅に積まれたフラシ天の枕の山にどうにかもたれかかったが、すぐに顔をしかめた。めまいがする。それに頭がひどく痛い。額に片手を押し当てたが、めまいも頭の痛みもおさまらない。

「医者を呼びにやっている」彼が静かに口を開いた。

アルシアは彼と視線を合わせた。「お医者様なんて必要ないわ」

「いいや。きみの頭のうしろにはこぶができ、出血もしているんだ」

ふいに記憶がよみがえってきた。暗い路地裏に引きずり込まれ、頭に鋭い痛みを感じた直後、うなり声と骨が砕ける音がした。今夜、彼はわたしを襲った男を骨折させたのだろう。「あなたはわたしのあとをつけていたのね」

「別に変な目的があったからじゃない。今夜はきみの夫が迎えに来なかったから、無事に家までたどり着けるか確かめたかっただけだ」

「夫？」かぶりを振ったとたん、あまりの痛さに悲鳴をあげそうになり、こめかみに指を押し当てた。いまは不用意に動かないのが一番だろう。「夫じゃない。あれは兄よ」そう答えてから気づいた。「どうして兄のことを知っているの？」

彼はつかのま、ばつの悪そうな表情を浮かべた。

「あなたは昨日の夜もわたしのあとをつけていたのね」うなじに感じていた温かな感触は、この男性のせいだったのだ。

「きみが一人ではないとわかった時点で家に戻った」

この男性の注目を浴びていたことに感謝するべきなのか、憤るべきなのかわからない。

「兄が心配しているわ。もう帰らないと」

「いや、医者に診てもらうまではだめだ」

「診察代がかかるわ」

「俺が支払う」

「あなたの世話にはなりたくない」

「すでに世話になっていると思うけど」ジュエルは口を挟むと、顔の前にカップとソーサーを掲げ、カップをアルシアの口元に近づけてきた。

「自分でできるわ」そう言ってカップを受け取ったものの、指が小刻みに震えていて驚いた。繊細な造りのカップを両手でしっかりと包み込み、豊かな香りを吸い込んでから一口すすると、あまりのおいしさに低くうめいた。このままなんでもないふりを続けられたら、医者がやってくる前にここから出ていけるだろう。でもいますぐは無理。立ち上がっても、たちまちばったりと倒れてしまうに違いない。この男性の前でそんな弱々しい姿を見せるなんてごめんだ。

もう一度あたりを見回しながら口を開いた。「ここは……売春宿なの？」

ジュエルのいがらっぽい笑い声が響く。「ええ。ここは殿方が楽しむための館よ」

アルシアは目を細めると、疑いの目で男性をふたたび見た。彼が言っていた〝提案〟とは、個人的に彼の相手をするのではなく、ここで働くことを意味していたのではないだろうか？　もしかして、彼はこちらが思っていた以上にひどい侮辱を与えようとしているのかもしれない。

「あなたは売春宿を経営しているの？」

「経営者はジュエルだ。俺はここに住んでいるだけだ」

アルシアは混乱して眉をひそめた。「つまりあなたは――」あの言葉はなんだっただろう？「――男娼《だんしょう》なの？」

まだ笑みとは言えないが、彼はアルシアがこれまで見たなかで一番頬を緩ませている。

「いいや」

「レディたちからそういう誘いがないわけじゃないの」ジュエルが言う。「この人にいつも言っているのよ。もし彼女たちを受け入れたら一財産築けるはずだって」

「ジュエル、そろそろ順番待ちをしている客たちの様子を見てきたらどうだ？」提案というより命じるような口調だ。

長椅子から立ち上がったジュエルを見て、アルシアは驚いた。背が高くて肉感的な体つきだ。体にぴったり沿う、赤いシルクのドレスに引き立てられた女らしい曲線は、男性の心をつかんで離さないに違いない。

ジュエルは彼に言った。「階上へ彼女を連れていってほしいわ。殿方のなかには、いつまでも玄関広間で立ったまま待たされるのを快く思わない人もいるから。それに、さっきのあなたを見て怖がっている殿方もいるはずよ。あなたときたら、彼女を両腕に抱えて、頭がおかしくなった人みたいに叫びながらここへ押し入ってきたんだもの」

「彼らの料金をただにしてやってくれ。俺が全額支払う」

ジュエルはウィンクをしてにっこりほほ笑むと、励ますようにアルシアの肩を軽く叩《たた》いた。「さあ、紅茶を飲んで。ブランデーを入れてあるから、気分がよくなるわ」

ブランデー。なるほど、だからこんなにおいしいうえに体が温まるのだ。アルシアはもう一口紅茶を飲むと、カップの縁越しにビーストを一瞥《いちべつ》した。先ほどから微動だにしていない。彼の鼻が急にむずがゆくなればいいのに。こうやって唇をじっと見つめられているよりも、何かに気を取られて動いてくれていたほうがよほどほっとする。こんなに長い時間、まったく動くことなくいられる人物にはお目にかかったことがない。

とうとう彼はぽつりと言った。「まだ正式に自己紹介し合っていなかったな。俺はみんなからビーストと呼ばれている」

「知っているわ。ポリーに聞いたの」

「不公平だな。俺はきみの名前を知らない」

アルシアは路地裏でビーストに話しかけられた瞬間を思い出した。絶望が感じられるかすれ声で彼は言ったのだ。〝美しい人〟と。「アルシア・スタンウィックよ」

「ミス・スタンウィック、いったいここで何をしている？」

「ここに連れてきたのはあなたよ」

ビーストはかぶりを振った。「俺がしているのは昨夜と同じ質問だ。なぜホワイトチャペルにある俺の姉貴の酒場で働き、夜に一人歩きをして危険な目に遭っている？」

「一人歩きはしないはずだったの」紅茶のカップを脇へ置いた。「そろそろ失礼しなければ。さっきも話したように兄が心配しているはずだから」いまごろは頭がどうかしたようになっているだろう。炉棚の上の時計によると、すでに午前二時を過ぎている。

「医者が来るまで――」

「医者に診てもらうつもりはないわ」慎重に立ち上がった。体がふらつかなかったのがありがたい。「わたしの外套はどこ？」

「どう考えても賢明な判断とは言えない」

「あなたには関係のないことだわ。わたしの外套を取って。お願い、いますぐに」

ビーストは腕組みをやめると、大股でフラシ天の椅子に向かい、かけてあったアルシアの外套を引っつかんだ。彼自身のものと思われる外套も。「きみを家まで送っていく」

「そんな必要ないわ」

彼がにらみつけてきた。侵略軍のなだれのような歩みも止める、冷ややかな視線だ。

「今夜のことで何も学ばなかったのか?」

彼女は独立心旺盛で、しかも頑固な女性だ。頭のてっぺんがこちらの胸にしか届かないのに、酒場と同じく威厳たっぷりの態度を取っているせいで、実際よりも背が高く見える。こうして横を歩いていても、見るからに挑戦的な態度だ。外套のフードを目深にかぶり、全身をベルベットの布地ですっぽりと覆い隠し、両肩をそびやかしながら歩いている。外は震えるほどの寒さだ。息が白くなり、湿った冷気には雪も交じっている。ビーストは厚手のウールの大外套の襟をかき寄せた。

彼女はこちらが差し出した腕を拒絶しているが、あとをつけていたときに比べると、明らかに歩幅が狭くなり、歩調もゆっくりだ。

この女性には守ってくれる者がいると知りながら――認めるのはしゃくだが、彼女の夫ではなく兄だとわかってほっとした――なぜ今夜も〈人魚と一角獣〉を出たところでぶらついていたのか、自分でもわからない。おそらく昨夜、付き添いの男が時間に遅れてきたせいだろう。あるいは、今夜は何かが起きる予感がしたからかもしれない。

そういう直感は信じ、注意を怠らないことにしている。十八歳のとき、女に誘われて裏路地へ引き込まれたとたん、〝三本指のビル〟にやすやすと切りつけられ、ひどい痛みを味わわされてからずっとだ。切りつけられている間も、そのあとも、自分の直感と注意深さを頼りに生きのびてきた。ビルは売春婦たちからせしめる金が減ったのを恨みに思っていたらしい。ただ彼は、こちらが簡単にくたばるだろうと思い違いをしていた。結局命がけの戦いを生き抜いたのはビーストで、命を落としたのはビルだったのだ。

戦いに勝ったにもかかわらず、ギャングのボスの巧みなナイフさばきのせいで、ビーストはほとんど死にかけた。幸いだったのは、治療にあたったのがメスの扱いに慣れた才能ある外科医であり、そのグレーヴス医師のおかげで死の淵《ふち》から救われたことだ。黒い髪が白髪になって天寿をまっとうするまで、あんなふうに死線をさまようのは二度とごめんだ。とはいえ、通りをうろついているときに、困っている相手につけ込もうとしたり、弱い相手や恵まれない境遇にある相手を食い物にしようとしたりする輩《やから》を見ると、どうしても放っておけない。いままでも、そういう悪党どもを追い払う力のない者たちを救うべく、拳を何度も振るってきた。

今夜もそうだ。今夜ほど、自分の体が大きくて戦いに有利な事実に感謝したことはない。それに、彼女が必要とするときにその場にいて、拳を振るって守り抜けたことにも。

そのときちょうど一台のハンサム馬車が通りかかり、呼び止められて安堵《あんど》した。アルシアをこのまま自宅までとぼとぼと歩かせたくなかった。これ以上彼女の歩調がゆっくりになったら、自分が抱きかかえようとひそかに決めていた。ただし、間違いなく彼女は抵抗しただろうが。

馬車に乗り込む手助けをしても、彼女は何も言おうとしなかった。もしかすると、ただ動くだけでも大変で、全身のエネルギーを振り絞っているのではないだろうか？　やはりグレーヴス医師が到着するまで待つよう説得するべきだった。そうはせずに、医者にもう来る必要はないと伝えるよう従者に命じて、先に医者を呼びに行かせた従者のあとを追いかけさせたのだ。深夜遅くに叩き起こして不便をかけたため、朝になったらかなりの額の礼金を届けさせるつもりだ。だが、あのグレーヴス医師のことだ。その礼金を全額、慈善病院に寄付するかもしれない。

ビーストは馬車の御者に、彼女からあらかじめ教えられていた自宅の住所を告げた。彼女はここホワイトチャペルの地理に明るくないため、迷路のような道をどう進めば家にたどり着くかわからないだろう。かたやこの街の隅から隅まで知り尽くしているビーストには、その場所がどこかすぐにわかった。あまり評判のいい地域とは言えない。母エティの家があるのはホワイトチャペルの外れだが、少年時代にきょうだいと街の中心で冒険を楽しんでいたため、アルシアの自宅がある界隈《かいわい》はよく知っている。常に危険がつきまとう冒険だったが、だからこそ楽しみがいがあった。

古ぼけた建物の前で馬車が停《と》まると、ビーストは屋根の開かれた部分から運賃を払った。

それを受け取った御者が閉ざされていた馬車の扉をいきおいよく開くと、先に飛びおりて彼女がおりる手助けをした。

「ありがとう」彼女は息をのんで目を見開くと、通りを指差した。「どうしてあの馬車を引きとめずに帰したの？　ここでは別の馬車をなかなか捕まえられないのに」

「歩いて帰る。きみが無事に家に入るのを見届けたらね」

「そんな必要ないわ」

「どの窓も真っ暗なままだ。なかへ入ってランプをつけ、何も問題ないかどうか確かめさせてほしい」

アルシアはため息をついた。これ以上言い争いをする元気も残っていないのだ。そのまま玄関に向かって歩き、腰の隠しポケットから鍵を取り出すと、錠に差し込んだ。がちゃという音が聞こえ、扉が開いた。

彼女のあとからなかへ入ると、窓からうっすらと差し込む外灯に照らし出され、テーブルの上に石油ランプがあるのがわかった。自分のベストのポケットからマッチ入れを取り出してマッチをすり、ほやを持ち上げてランプの芯に火を灯した。灯《あか》りのなかに浮かび上がったのは、オーク材の四角いテーブル一脚と背もたれがまっすぐの木製の椅子二脚だけだ。「きみの兄上はここにいないようだ」

「きっと寝室で寝ているんだわ。ここまで送ってくれてありがとう」

「兄上がいるかどうかきみがちゃんと確かめるまで、ここを出ていくつもりはない」

アルシアはふたたびため息をつくとランプを掲げた。「あなたって本当にいらいらする人」

ゆっくりと廊下に向かう彼女のあとを追った。廊下は短かった。廊下とも言えないほどだ。

片側にある部屋の扉を叩き、彼女が声をかけた。「グリフィス?」

もう一度ノックをして扉を開けると、彼女はランプを高く掲げた。床の上に毛布と服が散らばっている。この女性はどうしてこんなわび住まいをしているんだ?

彼女は体の向きを変えて背後に立つビーストを一瞥すると、やや頭を傾けたがすぐに顔をしかめた。痛みが走ったのだろう。「いない。きっと外でわたしを捜し回っているのね。自宅に戻ったことに気づかなければ、ずっと捜し続けるかもしれない」青ざめた顔で続ける。「ただし、兄の身に何か恐ろしいことが起きて、そのせいで今夜わたしを迎えに来なかったのなら話は別だわ」

ホワイトチャペルでは、いつなんどき〝何か恐ろしいこと〟が起きてもおかしくない。ただ、彼女の兄の物腰からは、自分の面倒は自分でみられるという自信が感じられた。だから最初の夜、彼が迎えにやってきたのを見て、それ以上アルシアのあとを追わなかったのだ。

「きみが俺を嫌いなのはわかっているが、傷の手当てをさせてほしい。そうしたら、きみの兄上を必ず捜し出す」

彼女は形のいい眉をひそめた。「捜す？　どうやって？」

「もし彼がきみを捜しているなら、ここと あの酒場をつなぐ道のどこかにいるはずだ。仮に別の路地や通りを捜すとしても、そう遠くまで離れるとは思えない。もし彼が戻ってこない理由が他にあるとすれば、仲間に頼んで居場所を突き止められる」

「だったら早く兄を捜し出して」

「きみの手当てをしてからだ」

「そんなにひどい傷じゃない。ただ頭が痛いだけだもの」

「さっきは、医者に診せないまま自宅へ帰すことをやむなく許してしまった。だが今回譲るつもりはない。手当てをして、きみの頭の傷の具合を確かめさせてくれ」

「わかったわ。でも早くすませて」彼女が足早に厨房《ちゅうぼう》に向かい始める。足取りに少し元気が戻っているのを見て、ビーストの心配は少しだけ薄らいだ。

彼女がボウルに水を汲《く》み上げ始めたので、すぐに代わる。「リネンの切れ端はあるかな？」

彼女が言われたものを用意している間に、ビーストは水汲みを終え、氷のような冷水が入ったボウルを炉床に置くと、しゃがみ込んだ。彼女が戻ってくる足音がした。

「何をしているの？」

「暖炉に火をつけているんだ」

「そんなに寒くないわ」

しゃがみ込んだまま体の向きを変え、彼女を見上げると、折りたたんだリネンをテーブルに置いているところだった。

彼女は両手を揉《も》み合わせた。「本当に必要なときのために、石炭は取っておいてあるの」

「きみは寒くないかもしれないが、俺は寒い。明日の朝になったら、俺が使った分の石炭をここに運ぶようにする。それにこの水を少し温めなければならない」

本当は寒くなどない。だが自分がここから立ち去ったあと、彼女には居心地よく過ごしてほしい。椅子を暖炉に近づける様子を見て満足感が押し寄せてきた。温《ぬく》もりを求めてのことだろう。普通なら、相手を手助けしても感謝など期待しない。それなのに、なぜこの女性が相手だと、ちょっとした感謝の言葉を期待してしまうのか。きっと、彼女が高みからおりてきてこちらに近づいてくるかのように思えるからだ。さっそく火おこしの仕事に取りかかる。

「ここに引っ越してきたとき、兄は火のつけ方さえ知らなかったの」彼女がひっそりと言う。「いつも使用人がやっていたから」

もちろん、彼女は使用人を使っていたに違いない。「俺が最初に火起こしをしたのは八歳のときだった。四日ごとにその仕事をこなしていた」

「ご兄弟で順番にやっていたのね」

そう言われても驚きはしない。三人の男兄弟がいることを彼女に知られていても。最近、自分の家族にまつわるあれこれが噂《うわさ》好きの間で話題となっているし、ゴシップ誌にも盛んに書き立てられている。

石炭がくべられて炎があがり始めると、手に持ったボウルを火に近づけた。こうすればやけどすることなく水を温められる。慌ててここから立ち去る気はない。ゆっくり時間をかけて彼女の傷の手当てをし、本当に医者に診てもらう必要がないかどうか確かめてから、彼女の兄を捜しに出かけるつもりだ。

「あなたは彼を殺したの？」彼女がぽつりと尋ねる。口調からはなんの感情も感じられない。「路地裏にいた男のことよ」

「いや、顎を殴っただけだ」

重傷を負わせるつもりはなかったが、なるべく早く彼女の元へたどり着く必要があった。あの路地に着くや否や、彼女が壁に叩きつけられるのを目撃し、れんが壁に頭をぶつける鈍い音が聞こえたのだ。頭部に傷を負ったのは火を見るよりも明らかだった。そのせいでほとんど我を忘れかけた。なるほど、彼女はいけすかない貴族の一員かもしれないが、こんな若さで死ぬべきではない。髪が白くなって顔にしわが寄るまで長生きして当然だ。

「骨が折れた音が聞こえた気が、し、た、けれど」

「もし〈人魚と一角獣〉に顎を骨折した男がやってきたら、マックに巡査を呼びに行かせるんだ。そのあと俺にも知らせてほしい。俺なら、あの男かどうか見分けがつく。確実に奴《やつ》を訴えられる」

「彼があの酒場で、わたしが相手をした客だと考えているの?」

「その可能性はある」あのろくでなしは少なくとも一晩あとをつけ、彼女がどの道を通って帰るか確かめたはずだ。そうでなければ、あんな場所にいて突然襲いかかるはずがない。

「奴はきみを待ちぶせしていたんだろう」

「あなたのようにね」

短い答えなのに、どうして棍棒《こんぼう》で殴られたような衝撃を覚えるんだ?

ビーストはボウルのなかの水に指を入れてみた。じゅうぶん温まっている。体の向きを変えてボウルをテーブルに置くと、彼女の視線をまっすぐ受け止めた。「きみは本気で、俺があの男と同じような人間だと考えているのか?」

アルシアはそんなふうには考えていなかった。これっぽっちも。それなのに、なぜそう考えているように言ったのかはわからない。彼になるべく近づきたくないと考えているのは事実だ。でも、彼のことを嫌ってなどいないし、むしろその正反対で……。

とはいえ、あんな提案をしてきた以上、彼がわたしのことをなんとも思っておらず、自分の好きにしようと考えているのは明らかだ。そして、そのことに傷ついた。父が生きていたときには絶対にありえなかった反応だ。公爵の娘だからという理由だけで、周囲から愛情と敬意の念を捧《ささ》げられていた。でも最近はまったく違う。男たちは隙あらばわたしにつけ込もうとする。

「お互いにもう少し協力し合って、手当てを早くすませられないかしら？　兄のことが心配でたまらないの」

彼はもう一脚の椅子を床の上できしらせながら引き寄せてアルシアの背後に置き、どっかり腰をおろすと、乱れた巻き毛からピンを引き抜き始めた。

「本当にそうする必要があるの？」

「きみは髪の量が多いから、こうしたほうが簡単に傷の具合を確かめられる。しっかり結わえられた髪に手を差し込む必要もないからね」その手の動きはゆっくりと優しい。「こんな柔らかい髪は初めてだ」

彼は唐突に咳払《せきばら》いをした。言うつもりがなかったことをうっかりもらしたのかもしれない。少なくとも、畏怖の念に打たれたような口ぶりで言うつもりはなかったのだろう。

「なぜ家具がないんだ？」先ほどとは違い、きびきびとした口調だ。

「ここに引っ越してきてからまだ日が浅いし、何かを買う時間がなかったの」それに、そのためのお金も。「なぜ売春宿を?」彼に負けじと、きびきびした口調で尋ねた。

「友だちに頼まれたのがきっかけだ。彼女たちの数はいつの間にか増えていった」

重たい髪の毛がゆっくり落ち始めると、彼はアルシアの巻き毛を手で受け止めた。傷口が引っ張られて痛い思いをするのではないかと気遣ってくれたのだろう。受け止めた髪の毛は、アルシアの背中へそっとおろした。

「つまり、あなたはあの宿を経営してはいないけれど所有しているのね」

「俺が所有しているのはあの建物だ。あそこで働いている女性たちから報酬は一銭も受け取っていない。もしきみが俺をぽん引きだと考えているなら、それは違う」彼はリネンの端を水にひたしながら続けた。「ずきっとするかもしれない」

そのとおりだった。彼の手つきは、ごく軽く優しく、慎重だったにもかかわらず、あまりの痛みにアルシアは息をのんだ。

「すまない。傷口に破片がいくつかこびりついている。細菌が入り込まないよう、すぐに取り除かなければならない。なるべく優しくするから」

「しかたないわ、自分で蒔《ま》いた種だもの。兄は波止場で力仕事をしているせいで、両手に生傷が絶えないの。だから、わたしもいつも同じことを言って傷の手当てをしてる。兄がときどき手当てを避けようとするのは、きっと痛みにうんざりしているせいなのね。もし必要なら、兄の手当てに使っている軟膏《なんこう》があるわ」

「ああ、ぜひ使いたい。それから、アルコールかウィスキーはあるだろうか？　傷を洗浄するとき、さらに痛みがひどくなるはずだ。そのときに使いたいんだが」

「兄のウィスキーボトルが食品庫にあったはず」アルシアは立ち上がろうとした。

彼が肩にそっと手をかけた。「俺が取ってくる」

その優雅な身のこなしを目の当たりにしてアルシアは驚いた。ほとんど物音を立てずに移動していく。あの路地にいた悪党は顎の骨を砕かれるまで、ビースト・トゥルーラヴが近づいてきたことにさえ気づかなかったかもしれない。食品庫のほうから、何かを探すような物音が次から次へと聞こえてきた。

やがて戻ってきた彼はボトルだけではなく、透明な液体がほんの少し入ったグラスもテーブルに置いた。「ウィスキーではなくてジンだった。だが痛みを和らげるために、これを少し飲んだほうがいい」

言われるままグラスの中身を口にして暖炉の炎を見つめ、アルシアは痛いほど感じていた。たしかにわたしは気をそらす必要がある。傷口の痛みからだけでなく、いま髪や頭皮に感じている大きな手の感触からも。彼は注意深い手つきで、傷口を洗浄してくれている。どうしても想像せずにはいられない。この大きくて器用な両手で、わたしのまったく別の部分――粉々になった魂や心――を癒《いや》され、優しく愛撫《あいぶ》されたら、どんな気分になるだろう？

「あなたはどうしてミセス・トゥルーラヴに育てられることになったの？」

　彼女は赤の他人の庶子たちをわが子として受け入れ、育て上げたという。ミック・トゥルーラヴがレディ・アスリン・ヘイスティングズを妻にして以来ずっと、貴族たちの間でひっきりなしにささやかれている噂話だ。

「実の母親は、生まれたばかりの俺を母さんに預けたんだ」

　仮にこの質問に戸惑いやいらだちを感じていたとしても、頭皮から伝わってくる手つきは揺るぎなく、動揺はいっさい感じられない。

「だったら、あなたは自分の母親が誰か知っているの？」

「いや、彼女は名乗らなかったそうだ。俺を引き取りに戻ってくると約束したが……」

　戻ってこなかった。

　生まれてすぐ置き去りにされたということは、彼はその話を誰かから聞かされなければならなかったのだろう。「その話を知ったのは何歳のとき？」

「六歳のとき、勇気を奮い起こして自分から尋ねてみたんだ。母さんは真実を隠そうとはしなかった。あのとき、何か尋ねたいことがあっても、心の準備ができていないなら尋ねないのが一番だと思い知らされたよ」

　彼に同情せずにはいられない。六歳。過去の悲しい真実を知るには、あまりに幼すぎる年齢だ。それからどのくらい長いこと、彼は実の母親が迎えに来てくれるのではないかという希望を持ち続けたのだろう？　そんなことは起こらないという現実をようやく受け入れたのは、何歳のときだったのか？

「さぞつらかったでしょうね……すべて聞かされて。もしわたしなら、本当の母親が約束を守らなかった事実を知って傷つかないようにと、あなたに嘘をついたかもしれない」

「いや、結局誰かのためになる嘘なんてない――俺はそう考えている。当時は、嘘をつかれたほうがよかったかもしれないが。本当の話を聞かされてからすぐに、暗闇が怖くなったんだ。夜はランプの灯りがついていないと、怪物が捕まえにやってくる気がして叫ぶようになった。ある夜、母さんはそんな俺にマッチ入れをくれ、これがあればすぐマッチをすれるし、暗闇を追い払う力を手に入れたも同然だと言ったんだ。そのときから、俺にとって暗闇は自分の選択しだいでいかようにもできるものになった。暗闇を追い払う手段を手に入れたおかげで、もはや暗がりを怖がることもなくなった。灯りがなくても眠れるようになったんだ」

「お母様は本当に頭のいい女性なのね」

「たぶん、石油ランプを灯し続けていると金がかかったせいもあるだろうな」

　軽い口調だ。彼が頬を緩めているのではないかと、思わず振り返った。そして、ほんの一瞬だが、これまで見たことがない光景を見ることができた。彼にしてみれば、口の両端を持ち上げただけかもしれない。でもアルシアにとっては、これほど顔をほころばせた彼を見るのは初めてだった。

　彼がこの話を聞かせてくれたのは、傷の手当ての痛みからわたしの気をそらすためではないだろうか？　そう思い至り、危うく泣き出しそうになった。兄たち以外の誰かから、こんな思いやりを示してもらったのはいつ以来だろう？　頼りになるはずの人たちからはことごとく見捨てられた。それこそ、ごみのように扱われたのだ。

「さっき火をつけるためにマッチをすっていたわね。よければ見せてもらえる？」

　彼は介抱の手を止め、アルシアの肩越しに銀製のマッチ入れを差し出した。

　マッチ入れを受け取るときに彼の指とかすかに触れ、指先にうずきが走った。ざらついた粗い感触だったが、驚くほどの刺激が走り、はっと息をのむ。気をそらそうと、凝った造りのマッチ入れに意識を集中させた。小さな金属製の箱の両側には花や葉、つるの複雑なレリーフ模様が浮き上がり、箱の上には蝶番《ちょうつがい》のついた小さな蓋がついている。蓋を開けると、マッチがたくさんおさめられていた。「安い贈り物ではないわ。銀製だもの」

　彼はふたたび頭皮からほこりや汚れを取り除く作業に戻った。どう考えても、わたしはあのまま医者が来るのを待つべきだったのだろう。

「母さんの夫のものなんだ。俺が母さんに引き取られる前に死んでいたから、母さんから聞いた話しか知らないんだが。自立しようと実家を出る日、母さんにこれを返そうとしたが受け取ってもらえなかった。〝自分は大人になったと思えても、暗い時期が二度とやってこないわけじゃない。だから取っておきなさい。この箱にはマッチだけでなく、あなたへのわたしの愛も詰め込まれているんだから〃と言われたんだ」

涙が目を刺し、アルシアはまばたきをしてどうにかこらえた。今夜は感情を抑えるのが難しい。それは、あんなふうに急に襲われたせいなのか、最近環境ががらりと変わったせいなのか、それともグリフィスが心配でたまらないせいなのか、自分でもよくわからなかった。

「それは何歳のとき？」

「十五歳だ。自分を世慣れたいっぱしの男みたいに思っていたが、それ以降も学ぶべきことはたくさんあった。たぶん、いまもまだそうだ」

それはわたしも同じ。「歳《とし》を重ねるにつれ、人生から教えられる教訓が厳しくなっていくように思えない？」

「ああ。そういう教訓にともなう結果もどんどん大きくなっていくな。さあ、傷の洗浄はこれでおしまいだ。できる限りきれいに取り除いたつもりだし、傷はさほど深くない。縫う必要はないだろう。だがジンで洗浄しなくては。残念ながら、あまり心地いい体験とは言えないはずだ」

「大丈夫。最近はもっと不愉快な扱われ方をしているから」

身体面ではなく精神面で。ある意味、そちらのほうがもっと悪い。

アルシアは大切なマッチ入れを彼に返すと、膝の上に両手を折り重ねた。視界の片隅で、彼がジンにリネンをひたしているのが見える。

そして彼は、アルシアの髪の毛をまとめて右肩に垂らした。わざわざそんなことをしなくても、リネンを傷に当てられるはずなのに。

左側のうなじに彼の手の甲がゆっくりと押し当てられ、襟足の生え際まではいのぼったかと思ったら、ドレスの襟首まで下がったのを感じた。そうやって上下させながら、彼の手がほんの少しずつ前側へ近づいてくる。耳元近くに指をはわされたとき、なめらかな肌に彼のざらついた肌がこすれるかすかな音が聞こえた。いったい彼は何をしようとしているの？

そういえば、英国王妃アン・ブーリンの処刑執行人は、すでに刃を手にしていたにもかかわらず剣を要求することで彼女の気を散らし、その隙に彼女の首を切断したとどこかで読んだことがある。ビースト・トゥルーラヴもそうしようとしているのだろうか？　痛みからわたしの気をそらそうとしてくれているの？

ジンを染み込ませた布を傷口に当てられ、一瞬息をのまずにいられなかった。とはいえ、覚悟していたほど鋭い痛みを感じたわけではない。おそらく、彼の指先の動きに気を取られ、今度はどの部分に触れてくるのかと考えていたせいだ。

彼は次に、親指の腹をアルシアの耳たぶの下に押し当てた。ちょうど脈打っている部分だ。きっと脈拍を数えているのだろう。やがて彼は指を広げて、指先を感じやすい顎の下に滑らせ始めた。温かくて心地いい感触が全身に広がっていく。アルシアは思わず両目を閉じた。

　突然リネンも指の感触も消え、彼は傷口にそっと軟膏を塗り始めた。

「俺がきみの兄上を捜しに出かけている間、眠らないようにするんだ」彼は低いかすれ声で言うと、暖炉に石炭を加えた。たちまち全身がもっと温かくなり、アルシアは咳払いをして自分を戒めた。そうしないと、〝触れられてとても気持ちよかった〟とうっかりもらしてしまいそうだ。

「それは問題ないわ。グリフィスが戻るまで心配で眠れないと思うから」それにあ、あなたが、い、い、戻るのも。でも、そう認めたくない。彼にも自分自身にも。「あなたが危険な目に遭うことはないわよね？」

「もしそうなっても、きちんと対処できる」

　もちろん彼の能力はこれっぽっちも疑っていない。それでも、わたしのせいで彼が厄介ごとに巻き込まれるのは気に入らない。

「出血は止まっている。傷口を塞がずに空気に触れさせるほうがいい。こぶはまだある。めまいや頭の痛みはないかな？」

「もう部屋はぐるぐる回っていないし、頭痛も前よりよくなったわ。あの紅茶が効いたみたい」

「出ていく前に、きみに紅茶をいれようか？」

アルシアは椅子の上で身じろぎをした。どうにも近すぎる。漆黒の瞳のなかで躍る炎まではっきり見えている。それに、顎をうっすらと覆っている無精髭《ひげ》も。この男性がいっそう力強くて際立った存在に感じられた。どこか貴族的な顔立ちを目の前にして、息がうまくできない。頭の傷のせいにしたいのは山々だけれど、間違いなく彼のせいだ。そう、どう考えても彼のせいにほかならない。

「なぜそんなことまでしようとしてくれるの？」

「なぜしてはいけない？」

アルシアは小さな、ほとんどからかうような笑みを浮かべた。「あなたはいつも質問で質問に答えるの？」

「答えがわからないときだけだ」

その言葉を聞いてアルシアは真顔に戻った。「あなたは常に答えを知っている人のように思えるのに」

彼は目を細めると、黒い瞳で一瞬アルシアをじっと見つめた。彼はわたしのなかにある何を探し出そうとしたのだろう？　もし自分のなかにそれがあるとすれば、わたしは彼に見つけてほしかったの？

彼の正直さと率直さはすばらしいと思うけれど、いまのわたしはそのどちらも態度で示すことはできない。そんなことをすれば、どうしようもない苦痛を味わう羽目になるから。

「普段の俺はそうだ」彼は答えた。「だがきみに関することとなると――」

玄関扉が大きく開かれた。「アルシア！」

「グリフ！」アルシアはすぐに椅子から立ち上がったが、あまりに急すぎた。もしビーストがすばやく反応し、こちらの体に片腕を巻きつけ、がっちりした胸に引き戻してくれなかったら、そのまま床に倒れ込んでいただろう。

「落ち着くんだ、美しい人」彼がささやく。

黒い瞳に引き込まれそうになる。これほど自分が守られ、大切にされていると感じた瞬間はなかった。いますぐつま先立って彼の顎の下に鼻をうずめ、男らしい匂いを胸いっぱい吸い込みたい。なめし革とスコッチ、それに彼自身の香りがあいまった、濃厚でどこか危険な匂いを。

「いったいどうしたんだ？」グリフィスが尋ねてくる。

アルシアは体のバランスを取り戻した。ただし心のバランスを取り戻したとは言いがたい。目の前にあるがっちりした胸に片方の手のひらを押し当てながら、兄に答えた。「いまはもう大丈夫よ」

ビーストはかたときもこちらから目を離そうとしないまま、渋々腕を離した。いますぐ彼の心地いい腕のなかに舞い戻りたい。その衝動を抑えつけるには、ありったけの意志の力が必要だった。

「店を出てすぐにちょっとしたいざこざに巻き込まれたの。でもビーストが——」アルシアは口をつぐんで頭を振った。「ねえ、お母様があなたにビーストという名前をつけたはずがないと思うのだけれど」

彼は唇の片端をわずかに持ち上げた。「ベネディクトだ。家族にはベンと呼ばれることもある」

「ここにいるベネディクト・トゥルーラヴが助けてくれたの」

「トゥルーラヴだって？　きみが、ホワイトチャペルの半数から恐れられ、半数から敬愛されている、あのトゥルーラヴなのか？」

「その表現は俺だけじゃなく、トゥルーラヴ家の他の者たちにも当てはまる。ともあれ、きみは夜中に妹を一人歩きさせるべきではない」

「今夜は時間を取られていたんだ」グリフィスはアルシアを見た。「もうこんなことは二度と起こらない」

「どこにいたの？」

「おまえを捜していたんだ」

「その前は？　どうして時間に遅れたの？」

「それは大した問題じゃない」

ベネディクトは法令を発布する国王のごとく、はっきりと言った。「そのせいで彼女の命が危険にさらされるのであれば、どう考えても大した問題だ」

グリフィスは青ざめた。「言ったとおり、こんなことは二度と起こらない」

「そうしてほしい。それに今後は店から自宅へ同じ道を戻るのではなく、帰り道をそのつど変えるようにするんだ。悪党に待ちぶせされたくはないだろう？」

そう言うと、ベネディクトは決然たる足取りで戸口へ向かった。

アルシアは彼のあとを早足で追い始めたが、立ち止まらざるをえなかった。頭の傷が痛んだせいだ。「お願い、待って」

懇願の言葉が聞こえたのだろう。すでに扉を閉めようとしていたが、ベネディクトはっと足を止めた。

アルシアが近づいていく間も、玄関扉の隙間から冷たい風が吹き込んでくる。「本当に今夜はありがとう」

「朝になったら石炭を届けさせる」

「必要ないわ。そんなに使っていないもの」

「約束は約束だ」

この男性相手に言い争いをして勝てる者などいるのだろうか？「さっき、あなたは間違ったことを言ったわ。わたしはあなたのことを嫌ってなんかいない」

ベネディクトは瞳を煙らせた。吐く白い息の様子から察するに、ゆっくりと深呼吸を繰り返しているようだ。一瞬、彼はむき出しの片手をあげかけた。まるでアルシアの顔に触れたがっているかのように。でもすぐにその手を落とすと、手袋をはめてあとずさりした。

「おやすみ、ミス・スタンウィック」

アルシアが見送るなか、彼は寒さに両肩をすぼめながら大股で歩き去っていく。その寂しそうな姿を目の当たりにして、呼び止めたくなった。暖炉に火がある間、うちで温まっていけばいいと声をかけたくなったのだ。でもそうはせずに扉を閉めて鍵をかけた。

グリフィスが暖炉の脇に立ちはだかり、炎を見つめている。せっかくの温かさを少しも無駄にしたくなくて、アルシアも兄の横に立った。来客がいなくなった以上、兄もこちらの質問に答えやすくなったはず。

「いったい何をしていたの？　昨夜といい、今夜といい、どこにいたの？」

「女といたんだ」兄は視線をアルシアに向けた。「待ち合わせ時間にほんの数分遅れただけだろう。で、彼は何者だ？」

「さっき話したでしょう」

「ああ、彼の名前は聞かされた。だが彼はおまえのなんなんだ？　どうしておまえは彼と一緒にいた？　そんなふうに髪をおろした姿で？　さっきここに入ってきたとき、おまえはいまにもあの男を寝室に誘い込もうとしているように見えたぞ」

「いまわたしが寝ている場所は寝室なんて呼べるほど優雅な部屋じゃないわ。どうして彼がわたしと一緒にここへやってきたのかは……」

今夜起きたことをすべて説明し終えると、兄は大声で悪態をついた。

「二度と待ち合わせには遅れない。誓うよ」

「相手はわたしが知っている女性？」兄が売春宿に行っていたとは思えない。手持ちの現金はごくわずかだ。そんな贅沢《ぜいたく》な気晴らしは許されない。

兄は視線を暖炉の火に戻した。「そんなことはどうでもいい。彼女は他の男と結婚しなければいけないんだ」

ということは、兄が前に知り合った誰かだろう。きっと貴族のレディに違いない。グリフィスに意中の相手がいたとは知らなかった。でも最近気づかされたように、二人の兄たちにはわたしの知らない点がいくつもある。「グリフ、それはつらいわね」

兄はかぶりを振った。「どうしてこんなひどいことになったんだ？　かつて僕たちはすべてを手にしていた。何ものにも拒まれることがなかった。だが、いまはすべてを失ってしまったんだ」

ビーストはあの家から一刻も早く出る必要があった。そうしないとグリフィス・スタンウィックに拳を見舞い、まっすぐ筋の通った、いかにも貴族的な鼻をめちゃくちゃにしていただろう。彼女の兄の全身から、爵位を持つ者の傲慢さがにじみ出ていた。それこそ、大嵐に見舞われて荒れ狂う波のように。もし貴族でなかったら、あの場で容赦なく鼻をへし折っていたところだ。

しかも自分は計算違いをしていた。まさか彼女のシルクのような肌に触れただけで、あれほどの衝撃を受けるとは。ああしたのは、ジンをひたした布を傷口に当てられる痛みから彼女の気をそらすためだった。母から教わった、ちょっとしたこつだ。少なくとも、母の手当てのしかたを手本にしたと言っていい。ただし、母はあんなふうに指先で親密に触れたりはしなかった。怪我人《けがにん》の傷口とは別の部分、たとえば手や腕、足などを軽く揺らすようにしただけだ。いったい何をしているのだろうと気を取られている間に、傷口を洗浄して痛みを感じさせないようにしてくれた。

自分も彼女の肩を軽く揺らすべきだったのだろう。いや、そもそも彼女の肌に触れるべきではなかった。手のひらに刻印を押されたかのように、いまでも彼女の素肌の感触がありありと感じられる。手のひらをどんなに強く太ももにこすりつけても、いまだ彼女の肌に触れているような感覚を拭い去ることができない。指先を彼女の顎の線に沿って滑らせている感覚も。

彼女は俺が気にかけたり心配したりすべき相手ではない。今夜悪党から危ない目に遭わされるところを救っただけでじゅうぶんだ。これからの夜は、兄グリフィスが責任を持って彼女を守る。だが本当に、あの男は妹を守れるだろうか？

二晩続けて奴は彼女を一人歩きさせ、危険にさらした。ホワイトチャペルにいかなる危険がひそんでいるか、本当の意味では理解していないのではないだろうか？　それに、アルシアがどれほど大切な存在であるかも？

いや、そんなことはどうでもいい。彼女のことを考えるのはやめにしよう。それより心配すべき問題がある。たとえば、一緒に暮らすレディたちのために教師を探すこと。義理の姉妹たちに頼めば協力してくれるだろう。もし彼女たちが一カ月に数時間ずつ時間を取ってくれたら――いや、そんな調子ではいつまで経《た》っても終わらない。とはいえ、ほんの少しずつでも前進は前進だ。あのレディたちが生きるため体を売る必要がなくなるようにしてやりたい。

それにしても、アルシアに実の母親の話をすべきではなかった。

次の瞬間、あたりの暗がりに向かってののしり言葉を思いきり吐いた。くそっ、またしてもあの女性のことを考えている。みすぼらしい家のなかを見られて、彼女はきまりの悪さを感じていた。まるでそのことで彼女自身が判断されると考えているかのように。これまでもそんなふうに誰かに判断されたことがあるのだろうか？　なぜ彼女にはあの兄しか助けの手を差し伸べてくれる人がいないように思えるんだ？　あの、信用できない兄しか。

俺は相手の信用を失うような態度だけは取りたくない。一度口にした約束を守らなかった実の母親は〝信用できない奴〟の典型だ。いまより若かった頃は、そう考えただけで耐えがたい心の痛みを覚えたものだ。どう考えても、実の母親にとって自分は望ましい赤ん坊ではなかったのだろう。その理由が何かもわかっている。庶子である事実とはなんの関係もない理由だ。実の両親はわが子に完璧さを求めていたのに、俺がそうではなかったから。

今夜彼女に母の話をしたことで、忘れようとしていたさまざまなことを思い出してしまった。

アルシア・スタンウィックのことを忘れなければ。いますぐに。

4

毛布の山に横たわりながらアルシアはずっと考えていた。認めざるをえない。れんが壁に頭をぶつけてからすっかり時間が経《た》っているというのになかなか寝つけないのは、すべてあの男性のせいだ。そう、ビーストのせい。ベネディクト――ベンのせい。

つくづく不思議だ。あの男性からもう一度触れてもらうのをこんなに強く求めているなんて。彼からは、手当ての際にごく軽く頭皮に触れられ、指先で顎の線をたどられただけだ。あとは体のバランスを失いそうになったとき、一瞬抱きとめられただけ。それなのに、どういうわけか、あの引き締まった全身をぴたりと重ねられたような感覚が消えない。実際の彼は、わたしよりもはるかに大柄だというのに。身長差は頭一つ分あるし、体に厚みがある彼のそばにいると、自分が信じられないほど華奢《きやしや》に思える。

もしあのまま社交界にいたら、彼と出くわすことがあっただろうか？　結婚式でちらりと見かける以外に？

ようやくうとうとしかけたとき、窓の外から男たちの話し声が聞こえた。長い夜を終えてやっと眠れそうになった矢先、近くに住む者が言い争いを始めたようだ。

「わからないよ、どうして僕に助けさせてくれないんだ?」

「危険すぎるからだ」

「僕はもう子どもじゃない」

声といい、話し方といい、どこか聞き覚えがある。アルシアは上掛けからはい出ると忍び足で窓に近寄り、男たちに気づかれないよう、窓棚から外の様子をそっとうかがってみた。見えたのは男二人の影だけだ。だがどこにいても、彼らの輪郭を見間違うはずがない。二人のうち、大柄なのはマーカスで、もう一人はグリフィスだ。なぜ上の兄は、こんな真夜中にここを訪ねてきたの? どうして建物のなかに入って、わたしに会おうとしないのだろう?

「だったら子どもじみた振る舞いはよすんだ」マーカスの声には嫌悪感がたっぷりにじんでいた。

「くそっ、父上そっくりの言い方だな」

「僕と父上とは全然違う」マーカスが憤懣《ふんまん》やるかたない口調で言う。きっと歯を食いしばりながら弟に答えているのだろう。

「すまない、いまのは失言だった。ただいらだっていただけなんだ。僕はここでの暮らしも、波止場での仕事も嫌でたまらない。自分が無能に感じられることも。兄上がやろうとしていることを手助けしたい。英国君主に対して父上とともに謀反を企てていた者たちの正体はわかりそうなのか？」

アルシアは鋭く息をのんだ。マーカスはそんな人間と関わるべきではない。

「ああ、とうとう手がかりをつかんだんだ」マーカスはため息をついた。「さっきは子どもじみていると言ったが、おまえがそうでないことはよくわかっている。おまえがこの活動に関わりたいと考えていることにも感謝している。だがおまえにとって大切なのは、アルシアのためにここに残り、あの子をけっして一人ぼっちにしないことだ。誰かがアルシアの面倒をみなくてはならない」

「でも、だったら誰が兄上の背後を守るんだ？」

「アルシアの背後を守るほうがはるかに大事だろう」

そう聞いたアルシアは、心臓をわしづかみにされたような恐怖を覚えた。比べるなんておかしい。大事なのは、わたしたちきょうだい三人の背後を守ることなのに。

「兄上は本気で信じているのか？　もし陰謀を企てた者たち全員を突き止められたら、英国君主が兄上に爵位や財産を戻してくれると？」

「爵位や財産なんかはほとんど気にかけていない。気にかけているのはただ一つ――残された僕ら全員が、反逆者として見られなくなることだ。おまえだって忘れたわけじゃないだろう？　逮捕されてロンドン塔に幽閉され、いつ絞首刑になるのかとびくびくしながら過ごした日々のことを？」

「ああ、かたときも忘れたことはない。これからも絶対に忘れない。いまもよく眠れていないし、うとうととしては冷や汗をかいて起きてしまう」

グリフィスの告白を聞いて、アルシアの心は千々に乱れた。まさか兄がそれほど苦しんでいたとは思いもしなかったのだ。

マーカスが続けた。「僕は僕らに対する尊敬の念を取り戻したいだけだ。もし僕ら全員が無理でも、せめてアルシアの名誉だけは回復してやりたい。こんな疑いをかけられたままで、アルシアと結婚しようと考える者がいると思うか？　彼女は公爵の娘なんだ。求婚者たちのなかから自分にふさわしい結婚相手を選ぶべきだ」

アルシアは部屋の隅に戻り、へなへなとくずおれると両腕で膝を抱えた。兄二人はわたしの未来を少しでも明るくしたいと考え、みずからの身を危険にさらそうとしているのだろうか？　わたしの未来が明るくなれば、二人の未来も明るくなるはずだが、あまりに危険すぎる。

「実際、そうしたじゃないか。妹はチャドボーンを選んだ」

「だがあのろくでなしは公の場でアルシアに背を向けた。目のまわりに青あざをつける以上のことをするべきだったよ。僕はあいつに決闘を申し込まなくてはならなかったんだ」

「兄上の腕前を疑うわけじゃないが、もしも決闘で殺されたら、あいつが英雄扱いされることになる」

「いや、問題はそこなんだ。今後、状況はますます――」

「危険になる？」

「そのとおりだ。もし、父上の後任になりたいという僕の希望が真実のものではないと向こうにばれた場合……誰かがおまえやアルシアをつけ狙うような事態になってほしくはない」

「アルシアの子守役をしているだけなんてうんざりだよ。この活動にもっと深く関わりたい。兄上を助けたいんだ」

「だったら僕が妹の心配をしなくてもいいように、まずアルシアをしっかり守ってくれ」

アルシアが体を震わせているうちに、いつしか二人の話し声は途切れた。マーカスが立ち去ったのだろう。離れた場所にある庭園に通じる扉が開かれ、また閉じる音に続いて、近づいてくる足音が聞こえた。廊下で一瞬足音が途切れ、反対側にある寝室の扉が開けられ、ばたんと閉じられた。

ふと気づくと、涙が頬を伝い、口の両脇に流れ落ちている。兄二人と仲がいいと感じたことは一度もない。それなのに彼らは全力を尽くして自分を守ろうとしてくれている。まるでわたしには自身を守る手段が一つもなく、誰かと結婚するしか選択肢がないかのように。兄二人を失うかもしれないと考えただけで、胸に鋭い痛みが走った。

マーカスはわが身を危険にさらそうとしている。兄には背後を守ってくれる誰かが必要だ……わたし以上にグリフィスを必要としているのだ。

わたしはもう子どもではない。子守役など必要としていない。でも悔しいことに、今夜の一件で庇護者《ひごしゃ》が必要だと思い知らされた。

ただし、庇護者はすでに一人いる。グリフィスがいなくても、自分でどうにかやっていける。グリフィスが協力すれば、マーカスもさほど危険な目に遭うことはないだろう。たとえ危険が減らなかったとしても、マーカス一人でその危険に立ち向かう事態にはならない。

ベネディクト・トゥルーラヴはわたしに提案があると言った。どんな内容の提案なのか、せめて話くらい聞くべきだろう。

浅い眠りから覚めたアルシアは、その日の昼近くにメイフェアまで行き、ある屋敷の使用人専用扉を叩《たた》いた。

扉を開けた若い従者に尋ねる。「レディ・キャサリンはいるかしら？」

従者は眉をひそめた。「正面玄関からお入りになるべきでは？」

もはやそういった立場にはない人間だ。「アルシア・スタンウィックが訪ねてきたと、彼女に伝えてくれる？」

従者はうなずくと扉を閉めた。本当なら名乗りたくなかった。名乗ったら、キャサリンに居留守を使われるかもしれない。でも誰が待っているのかわからないのに、キャサリンが使用人用の扉から出てくるとも思えない。

冬の庭園を眺めながら、かつて緑豊かなこの庭で、友人キャサリンと紅茶を楽しんでいた自分の姿を必死に思い出さないようにした。お互いに噂話《うわさばなし》を披露し合って、彼女と一緒にどれほど笑い転げただろう。それに、アルシアが出席した最後の舞踏会で背を向けなかったのもはキャサリンだった。チャドボーンに心惹《ひ》かれていると初めて打ち明けた相手はキャサリンだけだった。いや、〝完全に背を向けなかったのは〟と言うべきかもしれない。あのときキャサリンは視線を落とし、どこか別の場所にいられたらよかったのにと考えるような表情をしていた。こちらも同じ気持ちだったけれど。

扉がふたたび開くと、アルシアは振り返り、どうにか笑みを浮かべた。「こんにちは、キャット」

「アルシア、驚いたわ……本当にあなたなのね」

「少し話せるかしら？」

「ええ、もちろん。いま両親は屋敷にいないから、あなたといても叱られる心配はないの。さあ、入って」なかへ入ると、キャサリンは心配そうにあたりを見回した。「使用人用の食堂でもかまわないかしら？　いまなら誰もいないし、もし両親が戻ってきても――」

「気づかれないようにすばやく、こっそり出ていくようにするわね」

「ああ、アルシア……」

「いいのよ」キャサリンの手を握りしめながら続ける。「あなたにまだわたしと話す気があるとわかって、ほっとしているの」

「もちろんよ、わたしたち親友だもの」彼女は手を握り返してきた。「お父様に判断力が欠けていたせいで娘のあなたまで苦しまなければいけないなんて、どう考えても不公平だと思うの」食堂へ向かいながら、キャサリンはメイドに紅茶の用意を命じた。

ケーキと紅茶が運ばれ、オーク材のテーブルに落ち着くとキャサリンは口を開いた。

「それで、話って?」

ここは単刀直入に切り出すのが一番だろう。いつキャサリンの両親が戻ってきて、ここから慌てて――しかも気づかれないように――逃げ出す羽目になるかわからない。でもどこから話し始めたらいいのだろう? アルシアは紅茶を一口飲んで切り出した。「あなたはラシング公爵夫人と親しくしていたわよね」

「かつてのラシング公爵夫人ね。セレーナはいまではもう、ミセス・トゥルーラヴと呼ばれたがっているの。法律では認められない生まれの相手と彼女が結婚したなんて、いまだに信じられない。でもその相手にめろめろなのよ」

「だったら、あなたはトゥルーラヴ家についてよく知っているの?」

アルシアがまだ舞踏会に出席していた頃、トゥルーラヴ家の面々もそういう催し物に何度か出席していた。彼らの妹ファンシーが社交界デビューをした時期は特に。ただ、彼ら家族の結婚式以外では、そういった華やかな席でベネディクトの姿を見た記憶がない。でもいまのところ、彼に関してははっきりとわかっていることが一つある。ベネディクトは必ず約束を守る男性だということだ。今朝、うちに石炭が——しかも大量に——届けられたのがいい証拠。毎日のように暖炉に火を入れなければ、余裕で一カ月以上はもつだろう。彼は少々気前がよすぎる。自分が使ったのよりも、はるかに大量の石炭を届けさせたのだから。

キャサリンは肩をすくめた。「ええ、彼らとは舞踏会で話したことがあるわ」

「ベネディクトとは？　ビーストと呼ばれることもあるみたい。あなたはこれまで彼と知り合う機会があった？」

キャサリンはしばしの間アルシアを見つめてから口を開いた。「ヒースクリフみたいな人？」

「ヒースクリフって、あの『嵐が丘』の？」

「ええ。背が高くて、黒髪で、陰気な感じの人」

「あの人って陰気な感じかしら？」物静かで、あたりをよく観察している男性だ。それに目立たない。きっと周囲の注意を引きたくないタイプなのだろう。「たしかに慎重に言葉を選んでいるけれど、陰気とは思えないわ」

キャサリンはテーブルの上で頬杖《ほおづえ》をつくと、クリームを舐《な》め終えた猫のようににやりとした。「あなたはわたしよりも彼のことをよく知っているみたい。それはどうして?」

アルシアはため息をついた。自分の愚かさにようやく気づいた。これからやろうとしているのはばかげたことではないと確認するために、わざわざここまでやってきてキャサリンから話を聞き出そうとするなんて。

「いま酒場で働いていて、彼がときどきそこへやってくるの」仕事をしているのを認めるのは屈辱的だった。そう告げたときにキャサリンが同情たっぷりな目つきになったから、なおさらに。「ただ興味があっただけなの。あなたがこれまで彼と会ってどんな印象を抱いたのか——あるいは、彼に関して何か好ましくない噂を聞いたことはないか、って」

仮にベネディクトの提案を受けるつもりなら、絶対にいまよりひどい状況には陥りたくない。でも、もしベネディクトに守ってもらえたら、グリフィスはマーカスとともに、一族の名誉を取り戻す活動に専念できる。それに、マーカスの言うとおり、こんな現状のままでは誰もわたしと結婚しようとはしないだろう。すでに二十四歳。この問題が解決したとしても——なんとしても解決すべきだ——その頃には年を重ね、どんな殿方からも結婚相手として見られなくなっている。

結婚できる見込みがほとんどないのに、この身を守り続ける理由はどこにもない。いまは、兄たちの心配を和らげられることとならなんだってやるつもりでいる。そうすれば、兄たち二人は互いの命を守り合うことに集中できるだろう。

キャサリンは自分の紅茶のカップを脇に押しやり、力を授けるかのようにアルシアの両手を取った。きっと、親友が相当スキャンダラスなことをしようとしていると考えたのだ。

「彼については詳しく知らないけれど、庶子として生まれたにもかかわらず、トゥルーラヴ家は人として尊敬できる品位の持ち主ばかりだということは知っているわ。ばかげた考えかもしれないけれど、よく思うの。もしわたしの人生を誰かの手に委ねなければならないとしたら、絶対にトゥルーラヴ家の人たちに委ねたいって」

その言葉を聞き、アルシアの心は慰められた。昨晩から、ベネディクトに対して同じように考え始めていたからだ。昨日の夜はなりゆきで、この命を彼の手に預けることになった。その結果、彼はわたしを宝物であるかのように扱ってくれたのだ。

こちらは、やや感じの悪い態度を取っていたというのに。

もしもっと彼を受け入れた場合、ベネディクトはどれほどわたしを大切に扱ってくれるのだろう？

5

ビーストは書斎の書き物机に座り、インク壺《つぼ》に羽根ペンを何度もひたしながら、一心不乱に羊皮紙に文字を書き連ねていた。細く開かれた戸口から、こちらをじっと見つめているアルシアの様子をこれ以上思い出したくない。なんと男心をそそる姿だっただろう。豊かな金色の髪を両肩に垂らした彼女はいかにもはかなげで、これ以上ないほど美しかった。

〝わたしはあなたのことを嫌ってなんかいない〟

いっそ嫌っていてくれたほうがよかったのに。

羽根ペンを脇へ置き、書き終えた部分まで読んでみたところ、気になるフレーズがいくつか目に飛び込んできた。〝豊かでつややかな髪〟〝サファイアの瞳〟〝ハート型の顔〟――すべてアルシアに当てはまる。最近書き始めたばかりのこの小説は殺人と復讐《ふくしゅう》をテーマにしているが、無意識のうちに彼女を主人公にしていたのだ。

くそっ。手のひらを広げて羊皮紙を小さく丸めると、枝編み細工の籠のなかへ放り投げた。籠はすでに、同じように丸められた羊皮紙でいっぱいだ。夜明けに目覚めてからずっと、文字を書き殴っては捨てるのを繰り返している。

　脳裏からアルシアを追い出すことができない。あの薄汚い路地から運んだとき、彼女の体は羽根のように軽く感じられた。しかも胸に抱きかかえた瞬間、これ以上正しいことはないように思えたのだ。同時に、アルシアが命を落とすのではないかと底知れない恐怖も覚えた。慌てて運び込んだ客間では、腕組みをしたまま、肩を壁にもたせかけるよう自分を戒め続けた。そうしないとすぐさまアルシアの元へ駆け寄り、彼女を慰めるためならなんでも差し出してしまいそうだったからだ。

　あのときはまだ、近づいても彼女から歓迎されるはずがないと考えていたとしても。自分は彼女から嫌われ、見下されていると信じ込んでいた。

　だが違った。最初はそうだったのに、戸口で見送ってくれた時点で、アルシアの気が変わったのかもしれない。

　人びとから蔑みの目で見られるのには慣れている。庶子として生まれ、育てられたため、暗闇のなかで一縷《いちる》の希望にすがりながらひっそりと暮らすのがどういう気持ちかは知り尽くしている。とうとう勇気を出してエティ・トゥルーラヴに自分が預けられた経緯を尋ねた六歳のとき、人は見捨てられることで、魂をむしばまれるほど強烈な悲しみを感じるのだと思い知らされた。あまりに強烈な悲しみは、あっという間にこちらの足をすくって波の下へと引きずり込み、二度と浮かび上がってこられないほど恐ろしいものであることも知った。

だが同時に、エティ・トゥルーラヴときょうだいたちから、愛は心の傷を癒《いや》すとも教えられた。自分には、体と体を触れ合わせ、心でつながっている誰かがいて、そしてその誰かは常に自分を応援してくれている――その事実がどれほど大きな力を与えるかを知ることができたのだ。

それでも、誰かと恋に落ちたことはない。欠点も含めてすべてを愛してくれている家族を除けば、誰かを信頼したことも一度もない。

だからよけいに、アルシア・スタンウィックにこれほど激しく惹《ひ》かれている理由がわからないのだ。自分でもいらだつくらいの、彼女を守らなければという強い義務感はどこから来るものなのか？　大きな原因として考えられるのは欲望だ。アルシアに対しては、かつて経験したことがないほど強烈な欲望を感じている。昨夜はようやく眠りについても、彼女の全身に舌をはわせている夢を見るありさまだった。おまけに、彼女から全身に舌をはわされる夢まで見た。目覚めたときは脚の間が岩のように硬くなっていて、自分の手で慰めざるをえなかった。

ここしばらくはそんな必要に迫られたことなどなかったのだが。

アルシアの存在を忘れるのは不可能に思える。だったら、今後は彼女を避けるしかない。しばらく〈人魚と一角獣〉には行かないようにしよう。近所にある酒場に通えばいい――

そのとき扉を叩《たた》く音が聞こえ、ジュエルがいつものように返事を待たずに扉を開けた。

「客間にお客様よ」

ということは、家族の誰かではない。家族ならすぐにここへやってきて、ノックもせずに入ってくるはずだ。

きっと出版者だろう。二カ月前に発売したばかりの――ビーストのデビュー作となる――小説について最新情報を伝えに来たに違いない。ただし普段の彼らは面会の必要がある場合、その旨を手紙で知らせてくる。追って彼らの事務所へ出向くのがいつものやり方だ。いま住んでいるこの環境だと、彼らはどうにも落ち着かないらしい。それに、この館にいるところを誰にも見つかりたくないのだろう。売春宿として使用されている建物を所有していることの弊害だ。

「すぐ行く」

ジュエルが姿を消すと、椅子から立ち上がって上着に袖を通し、ベストのボタンを留め、装飾用のネクタイ《ネッククロス》を直し、廊下に出た。レディたちの多くはまだベッドで寝ている。ただしジュエルは例外だ。ビーストと同じく、彼女もまた睡眠時間をほとんど必要とせず、朝早い時間の静けさを楽しんでいるようだった。

階段をおりながら、訪問者に感謝したい気分になった。おかげでアルシアのことをこれ以上考えずにすむ。ところが大股で客間に入るや否や、ふたたびアルシアのことばかり考える羽目になった——目の前に、彼女本人がいたのだ。窓辺に立ち、冬には貴重な日差しを全身に浴びている。今日の彼女は緑色のドレス姿だが、どう見ても客間というより舞踏会にふさわしいデザインだ。大きく開いた襟ぐりからは繊細な喉元と胸の谷間が、短い袖からは色白のほっそりとした両腕が見えている。

「おはようございます」アルシアは柔らかな声で言うと、かすかな笑みを浮かべた。

考えたくないのに考えてしまう。毎朝こうやってアルシアに挨拶され、彼女の体を組み敷いて、いっきに欲望の証《あかし》を差し入れたらどんな気分がするのだろう？

「石炭は届いただろうか？」思いがけず不機嫌そうなかすれ声が出た。

彼女は笑みを少しこわばらせたように見えた。「ええ、届いたわ。本当にありがとう」だったらなぜ彼女はここへやってきたのだろう？　昨夜助けられた感謝の念をもう一度伝えるためか？　いや、何度も礼を言われる必要はない。それに、どうして彼女はこれほど男心をそそる装いをしているんだ？　魅力的すぎて一瞬でも目をそらすのが罪に思えるほどだ。

「何か飲み物は？　シェリーか、ブランデーか——」そこで言葉を切った。まだ昼にもなっていない。「紅茶は？」

「あなたは紅茶を振る舞うようには見えないけれど」

「ああ、誰かに紅茶を出したことは一度もない。昨夜もジュエルが用意してくれた。だが、もしきみが飲みたいなら誰かに持ってこさせることはできる」

「いいえ、ありがとう。わたしはこのままでじゅうぶん」

その言葉はしごく正しい。だがいまはそのことについてあれこれ考えたくない。なめらかな肌といい、ほっそりした腰といい、そのままでじゅうぶん完璧だ。いや、きっとどこかには欠点がある。もし見つけられたら、いますぐ彼女に体を押しつけたいという欲望を鎮められるのだが。

「それで、今日はどういう用件で？」

「あなたの提案について話し合いにやってきたの」

棍棒《こんぼう》で思いきり殴られたような衝撃を感じた。まさか彼女の口からその話題が出るとは。前夜こちらから切り出したときも、なんの興味も示していなかったのに。もはや彼女とはこれ以上関わるまいと心を決めた直後だけに、いっそう驚いた。

あの提案の話はなかったことにしてくれと、いますぐはっきり告げるべきだろう。とはいえ、あの提案をした理由そのものがなくなったわけではない。それに、そのことについて話し合おうとやってきたからには、アルシアから色よい返事が聞けるかもしれない。望みの結果を手に入れられる可能性をひねりつぶすほど、俺は愚か者ではない。

彼女はあの提案をごく個人的なものと考えているはずだ。安心させるように大股で部屋を横切って窓枠に体をもたせかけ、胸の前で腕を組む。こうすれば、彼女に触れたいという衝動に屈することもない。あたりには、ふんわりとくちなしの香りが漂っている。おそらくここへやってくる前に風呂に入ったのだろう。これほど明るい日差しのもとで、彼女の姿を見るのは初めてだ。左頬の曲線に沿って三つそばかすがある。だが三つだけで、ほかはどこにも見当たらない。そう気づいてがぜん興味を引かれた。まだ幼かった頃、彼女はもっとたくさんしみがあって、結局あの三つだけが残ったのだろうか？　それとも、元々しみはあの三つだけだったのだろうか？

「きみは俺の提案になんの興味も持っていないのかと思っていた」いったい何が彼女の気を変えたのだろう？　ぜひとも答えが知りたい。

「昨日の夜のことであなたもわかったと思うけれど、わたしはいま差し迫った状況にあるの。あなたの提案を聞きもせずに断るのは愚かかもしれないと考えたのよ」

「どうしてそんな状況に陥ったんだ？　きみは貧しい生まれではない。着ているものや話し方、どこか人を寄せつけない冷静な物腰ですぐにわかる」

アルシアは窓から通りを眺めた。下では馬車や荷馬車が音を立てて行き交い、人びともせわしなく歩いている。子どもたちは追いかけっこをしていて、ときおり彼らに向かって吠《ほ》える犬の声も聞こえてくる。

アルシアは大きく息を吸い込むと、しっかり目を合わせて言った。「わたしの父は女王暗殺の陰謀に関わっていたの」

道を行き交う馬車にふたたび視線を戻したアルシアを見て、ビーストは心のなかで自分に悪態をついた。答えを急《せ》かさなければよかった。自分から打ち明ける気になるまで秘密を隠し続けさせてもよかったものを。というか、彼女が優雅な英国社交界からはじき出された理由にあらかじめ気づくべきだった。前に新聞で、その逮捕劇についての記事を読んだことがある。だがもう何カ月も前のことだ。たしか公爵だったと記憶しているが、爵位まではっきり覚えているわけではない。覚えているのは、その人物が逮捕されてすぐに公爵夫人が病気になり、あっけなく亡くなったことだ。

「詳しく尋ねようとは思わないの？」どこか遠い場所から彼女が尋ねる声がした。

「ああ」この両腕にアルシアを抱きしめ、小さな背中に両の手のひらを上下させ、慰めてやりたい。だが元はと言えば、自分が答えを迫ったせいで、彼女はいま苦しみを覚えているのだ。

「どのみち、わたしは詳しい話を何も知らないの。陰謀は実行前に発覚し、父は共謀者たちとどこかで密会しているときに逮捕されたそうよ。その危険な計画に関わっていた他の人たち――同志たちと言えばいいのかしら――は運よくその場から逃げ出したけれど、父は捕まって裁判にかけられ、有罪判決を下されて処刑された。父の爵位も財産も英国君主に没収されたから、わたしたちは突然すべてを失ったの。何一つ残されることなくね。子どもは長男と次男、わたしの三人で、昨日の夜にあなたが会ったのが次男よ」

暗記していた文章すべてを、ただ機械的に読み上げたようにしか聞こえなかった。感情がまるで感じられない。視線をこちらに戻したとき、彼女は足元にあった世界がいっきに崩壊した瞬間に戻ったかのようにうつろな瞳をしていた。

「わたしに関する真実を知ったいまでも、まだ愛人にしたいと思う?」

「きみを愛人にしたいとは思わない」

「だとしても、あなたを責められないわ」

彼女が歩き去ろうとしたため、ビーストはとっさに手を伸ばし、華奢《きゃしゃ》な二の腕をつかんだ。なんと柔らかい肌だろう。シルクとベルベット、サテンをすべて織り交ぜたような、彼女独特の感触が感じられる。さらに、信じられないほどの熱も伝わってきた。むき出しの部分がこれほど熱いのだから、ドレスに隠された部分はさらに熱を帯びているのだろう。

その灰色がかったブルーの瞳は、もはやうつろではない。怒りの炎が揺らめいている。もし手近にビールの大型ジョッキがあったら、中身を思いきり頭の上からぶちまけられただろう。そう考え、笑い出しそうになった。

「俺の提案は、きみを愛人にすることとはなんの関係もない」そう、残念なことに。

彼女は形のいい眉をひそめた。憤りに瞳を光らせている。「まさか、わたしを売春婦の一人として雇おうと考えたの?」

「違う。俺はきみに、家庭教師になってほしいんだ」

率直に言って、アルシアは混乱していた。ベネディクトの言葉の意味がさっぱりわからない。

「家庭教師ですって？」

彼は短くうなずいた。「紅茶を運ばせよう。ゆっくり説明する」

「だったら、あなたが言っていたシェリーのほうがいいわ」

ベネディクトはとたんに顔をほころばせた。満面の笑みだ。これまでほんのわずかな笑みしか見てこなかったせいで、完全に不意を突かれた。屈託のない笑顔になると、彼の印象がこれほど劇的に変化するなんて。ハンサムな顔が優しくなるのを目の当たりにして、息が奪われる。あまりにあっという間のことで、奪われたことにさえ気づく暇がなかった。瞬時にしてポケットからシルクのハンカチを、手首からブレスレットを、指から指輪を奪い取る、腕のいいすりのよう。

ベネディクトはアルシアの腕から手を離した。こんなに心が乱れているのは、彼に触れられていたせいもあるだろう。指先から伝わってくるざらざらとした肌の感触を、全身で感じ取っていた。正直、ベネディクトが愛人としてわたしを望んでいたわけではないという言葉には落胆した。彼の前では、その事実を絶対に認めたくないけれど。

「さあ、楽にして」ベネディクトは暖炉近くにある二脚の袖椅子を示した。「シェリーを取ってくる」

アルシアが見つめるなか、ベネディクトは反対側の壁のほうへ歩いていった。壁沿いにあるテーブルには、さまざまな形のクリスタルのデカンタがのせられている。彼の身のこなしはまさしく流れるようだ。一つ一つの動きがとても落ち着いていて、しかも自信にあふれている。そんな彼を見ているうちに、肌がほてり始めたのがわかった。うずく指先を伸ばして、あのしなやかな体に触れ、筋肉の感触を確かめてみたい。上着を羽織ってはいるものの、長い手脚の流れるような動きは隠せなかった。彼ならば、どんな雑用でも無駄なく華麗にやり遂げるだろう。あんなふうにデカンタを持ち上げ、酒をグラスに注ぎ、こちらに向き直って――

ベネディクトがじっと見つめているのに気づき、頬が染まるのを感じた。いまではもう真っ赤になっているに違いない。小走りにならないよう暖炉のそばの椅子へと向かったが、ぎこちない動きになっていないか心配だった。はたから見ても、動揺しているのが丸わかりではないだろうか？　仮にそう気づいていたとしても、彼はそんなそぶりを少しも見せず、近くまで戻ってくると、チューリップの形をした小ぶりなグラスを手渡してくれた。

「ありがとう」一口飲むなり、甘く豊かな味わいに驚いた。「とてもおいしい」

「知ってのとおり、姉は酒場を経営している。俺が味のよくない三流のアルコールを飲んでいないか、常に目を光らせているんだ」

「ええ、いままで飲んだなかで一番おいしいシェリー酒かもしれない」

しばし二人で見つめ合ったが、アルシアは先に視線をそらすと、袖椅子に腰かけ、座り心地のよさに驚いた。クッションがふっくらとしていて、体ごと包み込まれているかのよう。思わず〝誰の影響でこんな家具を選んだの？〟と尋ねそうになったほどだ。どの家具もとても趣味がいい。

ベネディクトが腰をおろすと、彼の椅子は低くうなるような音を立てた。どこか歓迎するような音だ。もし彼が上からのしかかってきたら、わたしもあんなふうに嬉《うれ》しげな声を出すかもしれない——いったい、どこからそんな考えがわいてきたの？

シェリー酒を一口めより多く口に含むと、グラスの短い脚に指先を巻きつけた。頭のなかの考えがうまくまとまればいいのだけれど。ここにやってきたのは、ベネディクトの愛人になるためだった。肌を露出したドレスを身につけてきたのはそれが理由だ。でもいま、教師になることを求められている。

ベネディクトが自分のグラスを掲げた。お気に入りのスコッチが入っているのだろう。こちらよりもはるかに落ち着いているように見える。

彼は真顔で前かがみになると、両脚の太ももに肘をつき、グラスを両手で挟み込んだ。

「俺の提案について話そう」

無言のまま待っていると、ベネディクトは咳払《せきばら》いをした。

「ジュエルを除き、この館に残って仕事を続けているレディは六人いる。彼女たちがいまとは別の仕事に就く手助けをしたいんだ。ただ残念ながら、彼女たちはマナーがいいとは言えない……もう少し上品になる必要があるんだ……ここ以外の場所に行っても」

ベネディクトは彼女たちが目の前に座っていて話を聞いているかのように、慎重に言葉を選んでいる。それを聞いて、アルシアは緊張がややほぐれるのを感じた。

「かたやきみはありとあらゆる部分が洗練されている。それで、出会ってすぐ、メイフェアのような高級住宅地の出身だとわかった。きみならば、ここにいるレディたちにもっと……優雅な振る舞い方を指導できると考えた。品格のあるドレスの着こなし方や、適切なしゃべり方も。きみならば、彼女たちを高貴なレディの侍女や家庭教師、話し相手にさえ育て上げられるかもしれない。もちろん、貴族の館に勤めるのはさすがに無理だというのはわかっている。だが俺の知り合いには、最近裕福になった男が何人かいる。彼らなら自分たちの妻を説得できるかもしれない。ここにいるレディたちに、きみが教え込んだ能力を発揮させ、もっと敬意を払われる人生を送る機会を与えてあげようじゃないかとね」

アルシアにはわからなかった。こんなとき、どう答えればいいのだろう?

「きみの自宅の寝室には――きみの兄上と同じようにベッドがないのでは?」

できれば認めたくない。でもこういった取り引きの交渉には、正直さが求められるものだ。「ええ」

「もしよければ、ここに住むことだってできる。この階の一部――特にこの客間は仕事用に使っていて、二階ではレディたちが……客をもてなしている。俺たちが暮らしているのは一番上の三階だ。きみもここで暮らせば自分用の寝室が持てる。寝心地のいいベッドや他の家具もちゃんとついている。暖炉の火も。ここでは石炭に事欠くことがないし、食事もちゃんと提供される。一日三食だ。当然ながら報酬も受け取れる。金額はかなりはずむつもりだ」

「〈人魚と一角獣〉では、年収二十五ポンドほどもらうことになっているの」

「だったら俺は百ポンド払おう」

無意識のうちに、アルシアは目を大きく見開いていた。「百ポンド？」

わずか三カ月前は、人びとがどうやって日々の糧を稼いでいるのか、どの程度のお給金なら高いと言えるのか、自宅を借りたり食べ物を買ったりするのにいくらかかるかさえ知らなかったのに。

ベネディクトは人差し指で、自分のグラス横側を軽く叩いた。「しかも、いま言った金額はあくまで一時的な報酬だ。レディたちが別の仕事を見つけたら、家庭教師としてのきみの役目は終わることになる。そのとき、暖炉の火も家具もないあの自宅に戻ってほしくはない。そのために追加のボーナスを用意する。もしいまから六カ月以内にレディたち六人全員の教育を終えることができたら、追加で千ポンド支払おう。一年以内なら五百ポンド支払う。そして、もし十二カ月以内に彼女たちに必要な知識を教えられなかったら、きみを教師としてお払い箱にする。その場合は百ポンドしか与えられない」

ああ。何がなんでも、六カ月以内にその女性たちに必要なことをすべて教え込んで、ボーナスの千ポンドを手にしなければ。節約したら、その収入の大半を貯金できる。

ベネディクトは椅子の端に座り直すと、さらに体をかがめてきた。「ミス・スタンウィック、正直に言えば、俺はこの稼業が嫌でたまらない。いますぐにでもやめたいんだ。だが彼女たちがいまよりいい仕事に就けなければ、罪悪感を覚えることなくやめられない」

彼の声に絶望を聞き取り、アルシアは自分が有利な立場に立ったような気がした。「あなたは六カ月という時間を与えてくれたけれど、わたしなら目標を三カ月で達成できるわ」

「もしそうできれば千五百ポンド支払おう」

「二千ポンドで」

アルシアには、ベネディクトがまたしても満面の笑みを浮かべたがっているのがわかった。だが彼はそうせずに、唇を引き結んで顎に力を込めた。こちらの言いなりになるのではなく、〝この勝負はきみの勝ちだ〟と渋々認めるふりをしたのだろう。

「有利に交渉を進めたね、ミス・スタンウィック。だが、もし本当にこの仕事を三カ月でやり終えたら、喜んできみに二千ポンド支払おう」

ほほ笑まないようにするには、ありったけの意志の力が必要だった。それでも満足げな笑みを完全に隠せたとはいえない。

いまから三カ月。三カ月が過ぎる頃、わたしはどうなっているだろう？　もちろん報酬は手にしているはず。でもだからといって、今後の人生の見通しがつくわけではないだろう。それに、マーカスとグリフィスがまだ危険な活動を続けていたら、あの二人にわたしを心配させるわけにはいかない。自分を守ってくれる庇護者《ひごしゃ》を必要としている状態に変わりはないのだ。夫となる男性を捕まえられる見込みもないし。

アルシアはグラスにかけた指先に力を込めて立ち上がり、行きつ戻りつを始めた。早足で椅子と窓の間を何度も行き来し、いくつかの小像の前を通り過ぎる。すべて全裸の男女が体を絡め合わせている、みだらな姿をかたどった作品だ。前へ進んだりうしろへ戻ったりしながら、ベネディクトが与えてくれるものについて、自分が必要としているものについて、ありとあらゆることを考えてみた。

ついにベネディクトの正面で足を止めて見おろすと、彼はすぐに立ち上がり、今度はこちらが見おろされる立場になった。ベネディクトのことはもっと恐れるべきなのだろう。全身からあふれんばかりの強さと力のオーラが発せられている。でもそのとき気づいた。わたしはこれまで一度も彼を恐ろしいと感じたことがない。ベネディクトから傷つけられる恐れはないかと、わざわざキャサリンに確認しに行く必要なんてなかった。

だってわたしは彼のことを信頼している。自分でも理由はわからないけれど、いつだってベネディクトを信じてきた。

「わたしが必要としているのはそれ以上よ」

「なら、金額を言ってほしい」

「あなたに教えてほしいの……女として男性を誘惑するための方法を」

6

この出会いは意外な急展開を見せ、ビーストが予想もしなかった方向へ転がっていこうとしている。てっきりもう少し高い報酬を求められるのかと考えていた。もしくは、自由に使える馬車とか、新しいドレスとか。先ほどからまっすぐこちらを見ている様子から察するに、アルシアは本気で先ほどの要求を口にしたのだろう。

「なんのために？」とうとう口を開き、胸の前で腕を組んだ。

彼女はからかうような、小さな笑みを向けてきた。「男性を誘惑するためよ」

「ミス・スタンウィック、まじめに尋ねているんだ。なぜ俺にこんなことを頼んでいる？」

彼女は一瞬目をものといたげに光らせると、シェリーが入ったグラスを自分の椅子近くにあるローテーブルに置き、挑むかのように顎をあげた。「なぜなら、その方法を身につけることで、わたしは自由を手に入れられるから。誰の支配も受けない自立した女になる手段を得られるからよ」

一歩こちらに近づいて続けた。「あなたはいまの状況から自由になりたがっている。わたしが言っているのも同じ話よ。心から望むものを得るために手助けして」さらに一歩近づく。

いまや全身のあらゆる細胞が〝一刻も早くここから立ち去れ！〟と叫んでいる。それなのに、この場から一歩も動けない。いまやシルクに包まれた彼女の胸が、自分のサテンのベストをかすめている。胸の前でゆったり組んでいたはずなのに、気づくと両手にこれ以上ないほど力を込めていた。おそらくあざになっているだろう。

「あなたならわたしに教えられるはずよ。男性はどんなふうにキスされるのが好きなのか――」

とっさに自分を戒めようとしたが、時すでに遅し。気づいたときには、彼女のふっくらした唇に視線を落とし、その柔らかな感触を想像してしまっていた。もしこのままうつむいて顔を近づけたら、あの唇にキスできる。最初はそっと優しく口づけよう。俺の口づけに慣れてきたらキスを深め、彼女の唇を味わい尽くしたい。

「――どんなふうに触れられ――」

ドレスの大きな襟ぐりから、胸の谷間がはっきりと見えている。あの谷間に指か舌を深く差し入れ、柔らかな感触を味わいたい。片方の胸、さらにもう片方の胸も愛撫《あいぶ》したい。

「――抱きしめられるのが好きなのかを」

もちろん、ベッドの上で一糸まとわぬ姿で抱きしめ合いたい。彼女は小柄ゆえ、全身がぴったり重なり合うことはないだろう。ちょうど彼女の頭が俺の肩に、彼女の脚が俺の膝あたりにくるはずだ。それでいい。胸板にくっつけられ、彼女の胸はつぶれてしまうだろう。形のいいヒップを、この大きな手ですっぽり包み込みたい。

アルシアはネック・クロスの先端に手をかけると、注意深く結んである結び目をあっけなくほどき、クロスを少し強く引っ張った。はずみで二人の距離がさらに縮まる。

「あなたなら、わたしを男性の妄想をかき立てる女に変身させられる」

どうして彼女は気づいていないのだろう？　すでに自分がそうであることに。彼女の蠱《こ》惑的《わくてき》な魅力のせいで、もう立っていられないほどだ。

かたときも目を離そうとしないアルシアから、胸板に手のひらを置かれた。心臓が早鐘のようだ。指先から彼女にも伝わっているに違いない。

「あなたならできる。あなたならわたしに、男性に究極の悦《よろこ》びをもたらす方法を教えられる」

だがそのせいで、どんな代償を払うことになるんだ？　ひとたび自分のものにしたあと、本当に彼女を手放せるのか？

アルシアは自分でも信じられなかった。こんな大胆な要求をベネディクトに突きつけているなんて。驚いたことに、彼は微動だにせず無言のままだ。どう考えているのか、どんな気持ちなのか一言も明かそうとしない。わたしも彼と同じようにできたらいいのに。

「あなたにとって、わたしを教育するのはさほど難しいことではないはずよ」できる限り低い声を出そうとした。ジュエルのようにかすれ気味の声だ。ベネディクトが小さく息をのんだのがわかった。

彼が顔を近づけてくる。キスをしようとしているのだろう。期待に唇がうずいた。

「最初のレッスンを授けよう」――彼は同じように低いかすれ声だ。「何かをあまり簡単に与えすぎないこと」

彼がうしろに下がったせいで前につんのめった瞬間、アルシアは遅まきながら、完全にベネディクトに体を預けていたことに気づいた。誘惑しようとしていたのに、実際は自分のほうが彼に誘惑されていたのだ。もしここであざけるような笑みを向けられたり、いい気味だというような言葉をかけられたりしたら、恥ずかしくてしかたがなかっただろう。でも、ベネディクトは落ち着いた冷静な瞳でこちらをじっと見つめているだけだ。

つと視線を落とした彼から、ネック・クロスの片端をつかんだままの手を見おろされる。クロスが燃え出したかのごとく、慌てて手を離した。

「そのことについて話し合うために、ウィスキーのお代わりが必要だ。きみもシェリーをもう一杯どうかな？」

少なくとも、ベネディクトはこちらの要求をにべもなく断ったわけではない。「ええ、お願い」

彼が小ぶりなシェリー・グラスを手に取ってデカンタのほうへ向かうと、アルシアは椅子にふたたび腰かけ、暖炉の火をぼんやりと見つめながら考えた。いまのわたしの素肌は、目の前で燃え盛る炎よりも熱くなっているに違いない。戻ってきた彼からまじまじと見つめられ、祈るような気持ちになった。どうか顔がまだらに赤くなっていませんように。

脇にあるテーブルにシェリーが入ったグラスがそっと置かれたのを見て、ふと思う。ベネディクトがグラスを手渡そうとしなかったのは、ほんの少しでもわたしに触れるのを避けるため？　ネック・クロスはだらんと伸びたままだ。彼もわざわざ結び直そうとはしなかったのだろう。やや乱れた姿の彼も魅力的だけれど、ほどけたネック・クロスを見ても、まだ信じられない……先ほど、自分から彼の服を脱がせようとしていたなんて。いったいわたしはどうしてしまったの？

アルシアはシェリーを口に含んだ。いままでこんな早い時間からお酒を飲んだことはない。きっとそれも影響しているのだろう。

「財力と自由を得るための方法なら他にもある」ベネディクトは椅子の背にもたれた。依然として距離を保ったままの彼を見て、アルシアは突然不安に駆られた。せっかくベネディクトとの間に仲間意識のようなものが生まれていたのに、わたしはそれを台無しにしたのではないだろうか？

「大切なのは、わたしが庇護者《ひごしゃ》を得ることなの」そうしないと、兄たちは妹であるわたしに責任を感じ続けることになるだろう。自分自身と同じく、兄たち二人にも自由を手にしてほしい。「もし殿方を悦ばせる能力を身につけられたら、わたしは自分のベッドに招く殿方を自由に選べるし、その殿方から特別な存在として扱われるようになる。ただ、そのためにわたしは、英国一番の人気を誇る高級娼婦《しょうふ》の一人にならなければならない。それはつまり、誘惑の達人になる必要があるということだわ」

「きみが目指そうとしている職業は、そんな生やさしいものではない。なぜ家庭教師とか、貴婦人の話し相手とか、もっと尊敬される職業に就こうとしないんだ？」

貴族のなかで、ベッドを温める相手として以外にわたしを雇おうとする者は誰一人いないだろう。でも、他にもっと大きな理由があることに気づいた。

「わたしは周囲からの尊敬なんてほしくない。かつては立派なレディとして認められていたし、心から愛せるお友だちもいた。彼らもわたしを心から愛してくれていると考えていたの。でも彼らの支えが何より必要なとき、みんなから冷たく背を向けられた。しかもわたし自身は何も悪いことをしていないのに。だから、今度はわたしの好きなやり方で社交界に復帰したい。影響力を持つ貴族の愛人として、自分なりの力を振るうつもりよ」

「なぜきみは庇護者を必要としているんだ？」

アルシアはいらだったように目玉をぐるりと回した。「なぜそんなに次から次へと質問してくるの？」

ベネディクトがふたたび前かがみになる。二人の距離が縮まったことを、アルシアはありがたく感じた。

「望みどおりの人生を与える手助けをする前に、その過程で考えられるありとあらゆる可能性をきみがちゃんと理解しているかどうか、確かめておきたいんだ。今後きみは品物のように扱われることになる。それこそ、買い手の気まぐれで貸し出されたり利用されたりするようになるんだ」

「イギリスで最も風格ある屋敷においても、女性は所有物の一つであるかのように扱われることがほとんどよ。女性の結婚に関して、この国でどんな法律が定められているか、あなたは知らないの？」

ベネディクトは長いため息を吐き出した。「一度そういう道を歩み始めたら、いまはきみに対して開かれている扉もことごとく閉ざされることになる」

「いまだって閉ざされているわ。父の爵位も財産も権力も失ったいま、わたしと結婚しようとする殿方なんて一人もいない。花嫁持参金もないんだもの。何カ月で達成できるかにかかわらず、あなたから気前のいい報酬を受け取る頃にはもう、わたしは二十五歳になっている。誰からも無視されるのがおちだわ」

「言ったとおり、俺には、爵位はないが貴族に匹敵するほどの富を築き上げた知り合いが多くいる。なかには貴族よりも資産を持っている者もいる。彼らはどうにかして貴族に受け入れられることを望んでいるし、貴族の集まりに招待されたがっている。そういう男たちの一人と結婚すればいい。そうすれば、そこらへんの貴族よりも大きな影響力を誇る紳士の妻として、社交界に復帰できるだろう」

「やっと成功を手にして社交界での立場を少しでもあげようと必死になっている男性なら、なおさらわたしを避けようとするはずよ。謀反人の娘と結婚したことで、まわりから判断力がないと見なされ、社交界を駆け上がるための階段をいっきに転げ落ちることになるんだもの。それにわたしたちの子どもはどうなるかしら？　ののしりやからかいを免れられると本気で思う？　使用人たちだって、わたしたちの屋敷に仕えることに誇りを持てるかしら？　わたしと関わることで、どれほど多くの人が嫌な思いをすることになるか、あなたにはわからないの？」

ベネディクトは顎に力を込め、奥歯を強く噛《か》みしめた。「愛人としてきみの面倒をみる貴族が、同じ運命に苦しめられるとは思わないのか？」

「わたしはその殿方の……かつて母が呼んでいたところの――」アルシアは目を閉じて、病気になる前の母の顔を思い浮かべた。母が病魔に襲われたのは、夫の行動によって恥辱まみれになったせいに違いない。目を開けて言葉を継いだ。「〝水彩画の妻〟になるつもりよ。簡単に洗い流せるような存在にね。その殿方はときどきわたしを劇場や競馬場に連れていってくれるかもしれない。だけど、わたしはけっして彼の人生の一部にはならない。だって、彼はわたしを独占したがるかもしれないけれど愛しはしないから。それに、わたしのために自分の立場を犠牲にしたりもしないから」

「なぜそんなふうになりたいと思うんだ?」

今度前かがみになるのはアルシアのほうだった。「最近兄たちが危険な計画にたずさわっていると知ったの。少なくとも、二人のうち一人は危うい立場に立たされている。それでも兄たちがそれをやり遂げようとしているのは、わたしを思ってのことなの。妹が夫を見つけられる機会を少しでも増やそうとしている。まるでわたしが人生に望むのは結婚という選択肢しかないみたいに。でも、わたしは夫に頼りたくない。自分の父から学んだことがあるとするならば、夫はこれ以上ないほど簡単に妻を裏切ってがっかりさせる存在だということだから。

あなたが報酬として支払ってくれるお金があれば、わたしは屋敷を借りて、そこでもてなす相手を自分で決められるし、愛人となるその殿方にこちらが必要としているものをどの程度負担してもらうか、条件を設定することもできる。宝石やドレス、使用人たち——男性は自分の愛人にはお金を惜しまないものよ。少なくともわたしの父はそうだった。それに、愛人となった男性が愚か者だとわかったり、失望させられたりした場合も、すぐに縁を切ることができる」

愛人は一度に一人しか作らないつもりだ。一人の相手と過ごす時間が長ければ長いほどいい。

「もしわたしが自立すれば――そのとき、兄が依然として危険な状態にあるとしても、それ以上無茶はしなくなるかもしれない。たとえ兄が活動を続けようとしても、それはわたしの人生をよりよくするためではないということになるから」

「きみはずいぶんいろいろと考えてきたんだね」

ベネディクトの声にはいくばくかの驚きと畏怖、それに尊敬の念が感じられた。

「正直言うと、十二歳の頃からずっと考えてきたの」

そう聞いてベネディクトは目を見開いた。グラスを取り落としそうになったかのように、自分の椅子の脇にあるテーブルに置いて口を開いた。「貴族のレディは結婚初夜を迎えるまで、セックスに関してなんの知識もないものだと思っていた」

「ハリエット・ウィルソンという女性を知っている？」

「いいや」

「英国摂政時代の有名な高級売春婦よ。愛人のなかには、当時の有名人や社会に大きな影響力を持つ殿方もいたの。かつて親友だったレディ・ジョスリンが、ハリエットが出版した回顧録を持ってきてくれたわ。どうやってそんなみだらな内容の本を手に入れたのか、いくら尋ねてもジョスリンは教えてくれなかったけれど、きっと上のお兄様のベッドの下からこっそり盗んできたのではないかしら？　とにかく、わたしたちはかわりばんこに一章ずつ読み上げていったの。ハリエットはある愛人について〝押さえきれない情熱を示してくれた〟と書いていた。どういうわけか、わたしはその描写に衝撃を受けたの。いつか自分も――どんなことでも、何に関してでもいいから――そんな情熱を体験したいと思った。以来ずっと、そういう思いを抱え続けているの。

でももう一つ、彼女の回顧録を読んでものすごく印象的だったことがある。彼女が男性に対してとてつもない力を振るっていた事実よ。男性たちは彼女の愛人になるのを名誉あることと考え、そのために審査まで受けていたの。機嫌を損ねたら、彼女はさっさと次の相手に移ってしまう。もちろん、彼女が一夜にしてそんな状態を実現したはずがないのはわかっているけれど、いまは自分もそういう道をたどれば自立できるはずだという予感があるの。これまでずっと、男性の気まぐれに振り回されてきた。だからこそ、今度は彼らをわたしの意のままにしてみたい。どのタイミングで、どの部分を触れたらいいのか、どうやって愛撫すれば男性たちを頭がおかしくなるほどの恍惚《こうこつ》状態に駆り立てられるのか、わたしに教えてほしいの」

二人の間に沈黙が広がる。アルシアに聞こえるのは、炉棚の上にある時計が時を刻むちくたくという音、それにときおり暖炉で火が爆《は》ぜる音だけだ。ベネディクトはアルシアから一瞬たりとも視線を外そうとせず、椅子の背にもたれてグラスを手に取り、指で軽く叩《たた》くと一口飲んだ。

どうしてこの男性はこれほど自分の考えを押し隠すのがうまいのだろう？　しぐさのどれを取っても、何を考えているのかさっぱりわからない。

「もし俺がきみの兄上だったら、きみの提案を即座に断ろうとせず、真剣に考えようとしている俺に思いきりパンチを見舞っただろう。顎と鼻の骨を砕き、それでも飽きたらずに目のまわりにも黒いあざをつけていたはずだ」

ベネディクトは顔を曇らせ、生真面目そうな表情を浮かべている。だが、アルシアはきっぱりと告げた。「グリフには、わたしたちの取り決めのこの部分に関して話すつもりはないわ。兄には、わたしがここで暮らしてエチケットを教えることしか話さない。ここが売春宿であることも明かさないつもりよ」

彼がもう一口ウィスキーをするのを見て、アルシアもシェリーが飲みたくなった。でもこうして答えを待っている間に、指が震えているのを気づかれたくない。

「俺は自分に厳しく課しているルールが一つある。これまで一度もそれを破ったことはない。自分の庇護下にある女性たちには絶対に手を出さないし、彼女たちにつけ込んだり、ベッドをともにしたりもしないというルールだ。屋敷に来るきみは、これから俺が守ることになる」

アルシアはふいに絶望的な気分になった。「もしわたしがここに住んでいなかったとしたら？」

「それでも俺はきみに対して責任を負っていると考える」

ここにいるレディたちなら、殿方を虜《とりこ》にする方法をわたしに教えられるだろう。でも、男性に一度も触れられないままでは、実際の愛撫の心地よさを感じられるはずがない。認めたくないけれど、本当はベネディクトに愛撫されることをひそかに期待している。顎の線をたどられる以上のことを、あの指先でしてほしい。

「でも、あなたなら最終段階まで達することなく、わたしが必要としている知識を授けることもできるはずだわ。むしろそのほうがわたしにとっても都合がいい。殿方を誘惑する方法を熟知しているのに、無垢《むく》なままでいられるもの」

ベネディクトはじっとアルシアを見つめた。そんな女性など想像することもできないと言いたげな顔つきだ。たしかに矛盾だらけの女だ――男を悦ばせる方法はよく知っているのに、自分が完全なる悦びを感じたことが一度もない女。

「あなたはいまの稼業をやめたがっている」アルシアは静かに口を開いた。この話し声で、高鳴るいっぽうの心臓の鼓動をかき消せますように。「それと同じくらい、わたしもそういう技術を身につけたいと願っているの」

ベネディクトが男らしい顎に力を込めるのを見て、ふと思う。殿方を誘惑する方法のなかに、かみそりを顎に滑らせる行為は入っているだろうか？　髭《ひげ》をそるかすかな音に耳をすませ、そり終えたなめらかな肌にそっと口づける行為は？

ベネディクトはとうとうゆっくりと時間をかけてうなずいた。「ああ、俺ならこれまでのルールを破らないまま、誘惑の達人になる方法をきみに伝授できる」

いまの言葉に嘘いつわりはない。だが答えたとたん、ビーストは自分を責めずにはいられなかった。

俺は自分の寿命を縮めたも同然だ。目の前にいる女性を完全に自分のものにすることなく、体に触れるだけで満足する？　そんな我慢を重ねれば、確実に早死にするだろう。アルシアが震える吐息をついて椅子の背にもたれ、込み上げてきた涙を隠すように暖炉の炎に目を向けたのを見て、はっきりと確信した。俺はもう棺桶《かんおけ》に片脚を突っ込んだも同然だ。

椅子から立ち上がり、大股で部屋の隅へ向かった。もっとウィスキーを飲まないとやっていられない。これから残りの人生はずっと、〝あのときなぜ彼女の提案に同意してしまったんだ？〟と考える羽目になる。きっと、俺以外の誰かに、同じように助けを求めに行くアルシアの姿を思い描くのが耐えられなかったせいだろう。こちらがいくら議論をふっかけても、彼女の決意は揺らがないはずだ。話を聞けば聞くほど、そう確信せざるをえなくなった。あるいは、初めて出会った瞬間から、アルシアをどうしようもなく求めずにはいられなかったせいかもしれない。

　考えてみれば、笑うに笑えない皮肉な話だ。六人のレディたちに仕事を辞めさせるために、一人のレディを売春稼業に引き込まなければならなくなるとは。ただし、アルシアは誰彼かまわず相手にするのではなく、特定の相手に絞るつもりのようだ。もし俺が千ポンドの報酬を支払えば、彼女の決意を変えられるだろうか？　いや、それではアルシアが人生でこれまで出会ってきた他の男たちと何も変わらない。彼女の人生行路を支配しようとしているだけだ。

　ウィスキーのお代わりを注《つ》いで自分の椅子へ戻ると、アルシアがふたたび窓辺に立っていた。まさに天使のごとき美しさ、繊細さだ。遅い朝の陽光を浴びて、背後から後光が差して見える。この姿が、初めて出会って以来アルシアを思い出すときに浮かぶイメージになった。だがどうだ。彼女には鉄のように力強い意志が備わっていた。それに、やや小悪魔的な魅力も。

「シェリーのお代わりは？」

「いいえ、あと数時間したら仕事に出かけないといけないから」

ビーストは窓辺に近づき、片方の肩を窓枠にもたせかけた。ひんやりとした感触が心地いい。「俺の事務弁護士に契約書を作成させる」

彼女は肩越しにビーストを見た。「追加の条件については、どういう表現にするつもり？」

「心配する必要はない。その点については考慮する。俺が一番気にしているのは金銭的な条件を明確に記録として残すことだ。そうすれば互いに、相手につけ込むことができなくなる」

「あなたを信じるわ」

ビーストは皮肉っぽく唇をねじ曲げて彼女を見た。「ほう、きみは男は信頼ならない生き物だと、常に嘆き悲しむだけの女性ではないようだな？」

アルシアは笑みを浮かべて頬を染めると、窓の外を眺めた。「ええ、そうみたい。さあ、今夜も仕事に出かけないと。お店の人たちはわたしを頼りにしてくれているから。でも今夜マックに仕事を辞めたいと話すつもり。そうすればマックも明日お店を開けるとき、わたしの代わりの女の子を用意できるはずだから」

「彼が代わりの誰かを見つけるまで、あの酒場できみの仕事を代わってくれた者には俺が五ポンド支払おう」

彼女はこちらを見つめて下唇を噛んだ。「あなたのレディたちのうちの一人が、あの酒場の仕事を引き継ぐことはできないの？」

「ああ、彼女たちはここで仕事していたほうが稼げるんだ。今後きみ自身もそういう課題に直面することになるだろう。女性が高給を取れる仕事はほとんどない。だから、その数少ない仕事のうち、自分がどの仕事に情熱を傾けられるか決める必要がある。たとえ大金は稼げなくても、働く喜びが得られる仕事はあるからな」

「あなたとの契約に同意する前に、そのことに気づくべきだったかもしれない」

「契約書に署名するまで、きみはいつでも立ち去ることができる」

「立ち去る気はないわ」アルシアは炉棚の上の時計をちらりと確認した。「さあ、そろそろ失礼しないと。もしあなたさえよければ、明日ここへ引っ越してくるわ」

「ああ、もちろんだ。なるべく早くレディたちの授業を始めてほしい」

「わかったわ。引っ越してくるのに一番都合がいいのは何時くらいかしら？」

「十時頃なら、きみの自宅に馬車を向かわせられる」

「あなたは馬車を持っているの？」

「いや。だがきょうだいが持っているから、それを借りられるんだ。私物を運ぶには馬車のほうが何かと便利だろう？」

「いいえ、引っ越しの荷物はほとんどないの。わずかな服と私物以外はすべて没収されて放り出されたから。自分でハンサム馬車を拾うわ」

ビーストはうなずいた。「ここを出ていく前に、自分の部屋を確認しなくていいのか？もし見たら気が変わるかもしれない」

「ベッドがある限り、わたしの気が変わることはないわ」

その答えを聞き、ビーストはやるせない気持ちになった。彼女は本当にほとんどすべてを奪われてしまったのだろう。公爵の娘だというのに、いまはがらくた同然の家具だけで満足しているのだ。だが引っ越してきたらすぐに、この館の家具にはがらくた同然のものなど一つもないと気づくだろう。それ以外にも彼女の望むもの、欲しがるものは、俺がなんでも与えてやりたい。

ビーストは玄関広間まで行き、ラックから彼女の外套《がいとう》を手に取ると、ほっそりした両肩にかけてやった。それから自分も外套を羽織る。

「うちまで歩いて送ってくれる必要はないわ」アルシアが言った。

「ああ、そのつもりはない」

彼女はほっとしたような、それでいてがっかりしたような顔になった。自立に憧れている反面、やはり自分を守ってくれる誰かを必要としているのだろう。

だが通りに出て馬車を止めた瞬間、アルシアが笑い出すのを見て大きな満足感を覚えた。

「先に気づくべきだったわね。あなたがわたしを一人で歩かせて家に戻らせるような人じゃないって」

「ああ、言うまでもないことだ。ところで頭の具合はどうだい？」

「よくなったわ。傷はまだひりひりするけれど、こぶは大きくなっていないの」

「それはよかった」ビーストは御者に彼女の自宅の住所を告げて、つけ加えた。「彼女の支度ができるのを待って、それから〈人魚と一角獣〉へ連れていってほしい。これで足りるだろう」言い終えると御者に硬貨を手渡した。

御者は硬貨にすばやく目を走らせ、帽子を掲げた。「ええ、ええ、じゅうぶんです」

「そんなこと、必要ないのに」アルシアが眉をひそめた。

「俺たちはもう契約関係にある。しかも、きみはまだ学んでいないようだな？　何かをする必要がないと言われても、俺がそうするのをやめたりしないってことを」

「いまから三カ月、お互いが衝突しないよう祈るばかりだわ」

「いいや、そんなことは起こらないだろう」

ただし、猛然たる脚の間のこわばりは、彼女との衝突を求めているが。

ビーストはアルシアを手助けして馬車に乗らせた。「必要なものがあればすぐに知らせてほしい」

「あの契約でじゅうぶん。あれ以上必要なものなんてないわ」

御者が馬を駆け足にするのを見守りながら、ビーストは腕を組み、彼女を乗せた馬車が見えなくなるのを見送った。

彼女は間違っている。そのことを証明するのがいまから楽しみでしかたがない。

7

その日の夜、ベネディクトは〈人魚と一角獣〉にやってこなかった。アルシアは気もそぞろで、仕事に身が入らなかった。ことあるごとに店の扉を見つめ、彼が大股で入ってこないかと気にしていたせいだ。

マックから何度かにらまれているのにも気づいていた。店を辞めると聞かされ、彼はさぞほっとしているに違いない。ベネディクトの気前のいい申し出のおかげで、マックはなんの苦労もなく、わたしの分のシフトを埋める他の女の子たちを調達することができた。しかも、そのうち一人の女友だちが〈人魚と一角獣〉で働きたがっているという。それを知って、これほど突然店を辞めることになった罪悪感が少し和らいだ。

閉店後にみんなで後片づけを始めたとき、マックから呼ばれ、カウンターに置いてある硬貨を指差された。「いままでの分の給料だ」

アルシアは硬貨を数えてかぶりを振った。「お客様の頭からかけたビール代が引かれていないわ」

「いままでも給料から差し引いたことは一度もない。ただ女の子たちに、客をびしょ濡《ぬ》れにする前によく考えろと警告するためにああ言っているだけだ。それでも彼女が客の頭からビールをかけようとしたら、その客がそうされて当然のことをしたとわかるからね」マックはウィンクをよこした。「たとえば彼女の尻をつねったりとか」

アルシアは彼に笑みを向けた。「あなたの下で働けてよかったわ。なんの経験もないわたしを雇ってくれて本当にありがとう」

「きみのおかげで、この店の品格がちょっとあがった気がするよ。新しい仕事がうまくいくよう祈っている」

マックには新しい仕事について具体的に話していない。別の場所で仕事をすると説明しただけだ。ポケットに硬貨を滑り込ませて他の従業員たちと一緒に店内を片づけ、床のモップがけをこなした。この店を辞めても、こういった雑用仕事を恋しく思うことは絶対にないだろう。

ようやく全員で店から裏路地へ出ると、マックから別れの挨拶をされた。そっけない口調だが、結局彼も、わたしが店を辞めるのを残念がってくれているのだろう。ポリーから抱きしめられ、ロブからは今度一杯飲みに来てくれと言われた。他の仲間はこちらに向かって手を振ると、それぞれ立ち去った。

正面の通りまでやってきたアルシアは、壁に背中をもたせかけているグリフィスに気づいて笑みを浮かべた。兄は片脚を曲げて足裏をれんが壁につけ、両手を外套《がいとう》のポケットのなかに突っ込んでうつむいていたが、こちらの足音を聞きつけると背筋を伸ばし、妹に笑みを返した。

「もう二度と遅れないと言っただろう?」

今日グリフィスと顔を合わせるのは、彼が波止場の仕事に出かけた夜明け前以来だ。最近ではずっとそんなすれ違いの日々が続いている。夜明け前から深夜まで、長い時間顔を合わせられない日々が。兄に話さなければいけないことが山ほどあるというのに。

「ミス・スタンウィック?」

グリフィスの肩越しに一台のハンサム馬車が停《と》まっているのが見えても、もはや驚くべきではないのだろう。アルシアは、話しかけてきた御者に向かって答えた。「ええ、そうですが」

「あなたを家まで送り届けるよう言われています」

「トゥルーラヴの差し金に違いない」グリフィスが言う。愉快そうに聞こえない声だ。

「ええ、たぶん」いいえ、絶対にそうだ。まだ手にしていない報酬二千ポンド全額を賭けてもいい。

「どうしてわたしだとわかったんですか?」早足で馬車に近づきながら御者に尋ねた。

「依頼された紳士から、この路地から美女が出てくるはずだから見張っていろと言われたんです」

そう聞かされても喜びを感じるべきではないし、頬を染めるべきでもない。ただ、なんとなく予感がする。最終的にわたしは、ベネディクトが彼自身に課しているあのルールを腹立たしく思うようになるだろうと。

グリフィスはこちらに手を貸して馬車に乗せると、隣の席に座った。「あいつは僕を信用していなかったんだ。二度と遅刻しないという約束を破るかもしれないと考えたんだろう」

兄の意見に賛成する気にはなれない。むしろベネディクトは、いまや彼の庇護下《ひごか》にあるわたしに対する責任を果たそうとしたのではないだろうか？　御者が馬のスピードをあげ始めると、思わず安堵《あんど》のため息をついた。疲れた体を引きずって自宅まで歩いて帰らなくてもいい――なんて贅沢《ぜいたく》なんだろう。

「あの酒場は、たしか彼の姉が経営しているんだったな？」グリフィスが尋ねる。「ソーンリー公爵夫人が」

「ええ」

「だったら彼女に手紙を送り、あの男に伝えよう。おまえの付き添いは僕がちゃんとやるから、今後彼の手を借りる必要はないとね」

グリフィスはプライドがことのほか高い。兄にとって、他人の親切にすがるのは何よりも受け入れがたいことなのだ。

手紙を送る必要などない――すぐにそう兄に告げようと思ったが、自宅に着くまで何も話さないことにした。もし今後の計画を打ち明けたら、グリフィスは声高に異論を唱えるに決まっている。言い争っているのを御者に聞かれたくない。

ちっぽけな自宅のなかへ入ってランプの火を灯《とも》すと、アルシアは暖炉へまっすぐ向かった。石炭がたっぷり積んである手桶《ておけ》をちらりと眺め、考える。今朝いきなりあの館の客間を訪ねたことで、わたしはさぞベネディクトを驚かせたのだろう。もしわたしがやってくるのを期待していたら、これほど大量の石炭を送ってはこなかったはずだ。ひどく不思議な気分。こうして厚意を受けることで、ベネディクトの寛大さとわたし自身の決断の正しさを改めて確認できただけでなく、これから始まる兄との不愉快な言い争いを無事に切り抜けられるかという迷いまで吹っきれるなんて。

「僕はもう寝るよ」グリフィスはぽつりと言った。くたびれきった声だが、この話し合いを先延ばしにはできない。明日の夜明け前に兄が仕事へ出かけるまでに、どうしても話し合いを終わらせる必要がある。

アルシアはくるりと振り向いた。「今夜、あの酒場を辞めたの」

グリフィスはテーブルの近くに立っている。妹にランプを掲げさせ、二人でいつものように寝室へ戻ろうとしているのだろう。

「よかった。おまえがあそこで働くのが嫌だったんだ。こんな夜遅くまでの仕事なんだから。おまえがずっとこの家にいてくれるほうが、僕もずっと安心して一日を過ごせる」

「実はね、今朝ミスター・トゥルーラヴから先生の仕事を紹介してもらって、それを引き受けたの。明日には――というか、もう今日には――その仕事をするお屋敷へ引っ越すつもりよ」

「先生だって？　おまえは先生なんてやったことがないじゃないか」

お針子も、食料雑貨店の店員も、酒場のメイドも、やったことなんて一度もなかった。

「わたしにうってつけの仕事だと思うの。ミスター・トゥルーラヴはレディたちの暮らしをよくする手伝いをしていて、その一環として彼女たちに教養を授けたいと考えているわ。彼はわたしに年収百ポンドを払ってくれるうえに、住む場所と食事も提供してくれる。そんな気前のいい話を断るなんてできない」

兄は思いきり顔をしかめている。眉間が傷つかないかと心配になるほどだ。

「ずいぶんと法外な申し出だな。なぜ彼はそんな申し出を？　おまえに何を求めているんだ？」

「さっきも説明したわ。教養や知識、エチケットを教えることよ」

兄は首を振った。「いいや、あいつはおまえにつけ込んでベッドに引き入れようとしているんだ。そんなことはこの僕が許さない」

ひっぱたかれたかのように頭を大きくのけぞらせずにはいられなかった。「なんですって？」

「おまえがそんな仕事をするのは許さない」

「もう引き受けることにしたの」

「だったらあいつに手紙を送って、引き受けられないと断るんだ」

「いいえ、そんなことをするつもりはないわ」

グリフィスはいきなりパンチを見舞われたかのようにアルシアを見た。「いいか、僕はおまえの兄であり――」

「ええ。でも、わたしの父親でも、わたしの夫でも、わたしの王様でもない。お兄様はわたしを支配する立場にない。それにわたしはこの仕事をやってみたい。先生という仕事に期待を膨らませているの。もしかすると自分には何かを教える能力があるかもしれない、って」

兄にそう話している間も、この言葉に嘘いつわりはなく、思っていた以上にこの仕事に期待していることに気づいた。自分の将来をこの手でつかみ取ろうと必死になるあまり、これからやろうとしている仕事についてどう感じているのか、じっくり考える時間の余裕もなかったせいだ。

グリフィスは呆然《ぼうぜん》とした表情で、テーブル近くにある椅子にどさりと腰をおろした。

「それならおまえは、もうここには住まないつもりなのか？」

アルシアはふと考えた。兄がこんなに強く反対しているのは、一人ぼっちになると気づいたからかもしれない。これから兄は毎朝一人で目覚め、毎晩誰もいないこの家へ戻ってくることになるのだ。もう一脚ある椅子に腰をおろし、両手を兄の手に重ねた。眠りにつく前に、この手のひらの手当てをしなければ。明日の夜からは兄自身でしなければならなくなる。

「昨日の夜、あなたとマーカスの話を偶然聞いたの。グリフ、わたしはもう子守なんて必要としていない」

グリフィスはうめくと、目をつぶった。「アルシア、そういう意味で言ったんじゃないんだ」

「ええ、わかっているわ。わたしの目を見て」

兄は目を開けた。アルシアと同じ青い瞳には、紛れもない後悔の色が宿っている。

「マーカスが本当は何をしようとしているのか、わたしにはわからない。でも話を聞いて、信じられないほど危険なことをしようとしているのはわかった。それに、グリフがそばにいる必要があるのはわたしじゃなくてマーカスのほうだということも。新しい仕事に就けば、わたしはいまみたいに危険な目に遭わなくなる。酔っ払った男性たちからよからぬことをされる危険も、深夜に一人で家まで歩いて帰る危険もない。それに、毎晩ベッドで眠れるし、暖炉の火もあるし、きちんと守られる。もしお兄様が他の場所でもっと必要とされているなら、罪悪感なんてこれっぽっちも覚えることなく、お兄様の行きたい場所へ自由に行ってほしいの」アルシアは兄の両手を握りしめた。「もしマーカスを手助けするつもりなら、どうかお願い。くれぐれも気をつけて。どちらかの兄を失うと考えるだけでも、わたしには耐えられない」

グリフィスは苦しげな笑みを浮かべた。「マーカスも僕も、おまえのことをいつも厄介な女の子扱いしていたよ。よく紅茶パーティーごっこをしたがっていたね。それも、紅茶三滴しか入らない小さなカップだというのに」

結局、兄二人が誘いを受けてくれたことは一度もなかった。テーブルが小さいのに、椅子にお人形をいっぱい並べているせいだとばかり思っていたけれど。「紅茶パーティーのことなんてすっかり忘れていたわ。ここ最近はそんな余裕もなかったから」

「マーカスはこの話を気に入らないかもしれない。だが僕はおまえが正しいと思う。おまえがその新しい仕事に就けば、マーカスに関する……僕自身に関してもだが……心配ごとがいまよりは減るはずだ。それにあのトゥルーラヴという男は、おまえが傷つかないよう守る責任をすでに引き受けているようだ」

「〈人魚と一角獣〉での彼の様子や、他の人から聞いた話からすると、ミスター・トゥルーラヴは不当に扱われている人たちの面倒をみるのをライフワークにしているみたい」

「きっと庶子として生まれたせいだろうな。大人になるまでの道のりは、けっして楽なものではなかったはずだ。ただし、今日《こんにち》トゥルーラヴという名前は僕たちの家名よりも尊敬の念を集めている。少し前までは想像もつかなかったことだ」

兄は苦々しい口ぶりだ。それはトゥルーラヴという名前が〝庶子〟の代名詞になっているからだろうか？　それともスタンウィックという名前が〝裏切り者〟の代名詞になっているから？　その答えはアルシアにはわからない。ただ、いまの時点では、ほとんどの人がスタンウィック家よりもトゥルーラヴ家の一員と親しくなることを望むだろう。少し前までは絶対に考えられなかったことだ。

グリフィスは炉床を一瞥《いちべつ》した。「石炭を送ってきたのは彼だな」

「ええ。昨夜暖炉に火をくべたから、自分が使った分の石炭を送ると言い張って」

「利息までつけて返してくれたようだね。彼ならば、おまえの面倒をよくみてくれるような気がしてきたよ」

それ以上の報酬に関しては話さないことにした。先生の仕事はせいぜい三カ月で終わる一時的なものだと、兄に知られたくない。そのあとどう生計を立てていくつもりか、こちらの計画を知ったら、グリフィスはマーカスの手助けをやめてしまうだろう。長兄のマーカスが、将来に関するわたしの計画を認めるはずがない。グリフィスも同じだ。

「自分でも、今度の仕事を受けたのは正しい決断だと感じているの。朝十時に到着するよう言われたから、夜明け前にお兄様を見送ってここを発《た》つわ」

「僕も一緒に行く」

心臓が大きく跳ねた。「なんですって？」

「新しい仕事先までおまえを送っていく。そうすれば、どんな場所かこの目で確かめられるから」

「住所を書き残していくわ」

「きちんとした、満足できる場所かどうか、自分の目で確かめたいんだ」

「グリフ、何を言っているの？　いまわたしたちが住んでいるこの場所を見てよ」片腕を伸ばし、あたりを指し示しながら続ける。「ここより豚小屋のほうがまだましだわ」

庭いじり用の鋤《すき》で頭を思いきり殴られたかのように、グリフィスは真っ青になった。この薄寒くて何もない、ぞっとするほどみすぼらしい建物に初めて足を踏み入れたときから、アルシアが抱いていた思いだった。建物の外側は塗装が色あせ、ところどころはがれているし、木造の建物は内側も傷や隙間だらけだ。水汲《みずく》みポンプも、古ぼけているせいで使うたびに不愉快なきしり音を立て、腕の筋肉が痛くなる。いいところなんて一つもない。この建物にはほとほとうんざりしていたけれど、あまりにひどすぎて、これまで不満をもらしたことさえなかったのだ。

「いや、ここよりもっとひどい場所はある。たとえば、いまマーカスが住んでいる場所だ

──いや、どこかに住んでいると言える状態ならの話だ。僕が知る限り、マーカスはいま路上で寝泊まりしているはずだから」

アルシアは息をのむと、外套をかき寄せた。ぞっとした瞬間に失われた体の熱を、どうにかして取り戻したい。これから生活する新しい家では、外套をどこかにかけておくことが許されるだろう。家のなかでも、外にいるかのように外套を着込む必要はなくなるはずだ。

「恩知らずな物言いをするつもりはなかったの。だってわたしたちがここで暮らしているのは、お兄様のせいでもマーカスのせいでもないんだもの。そうしたいというなら、明日わたしに付き添って。ただし、何を言っても、わたしを思いとどまらせることはできないわ」

アルシアは大きなかばんに私物を詰めていた。三カ月前、夜の闇に乗じてこの家へやってきたときに使ったものだ。わずかばかりの手持ちのドレス、柄に真珠が施されたヘアブラシと手鏡、小さな香水の瓶……。香水といっても、最近ではほんの少ししかつけていないせいで、本当にくちなしの香りがしているのか疑問だけれど。それでも、両耳の下に少しつけると、すべてを失ったわけではないと励まされるような気になる。いままで使っていた毛布はきちんと折りたたみ、そのまま残していくことにした。これからグリフィスの、そしておそらくマーカスの役にも立つはずだから。

折りたたんだ毛布の山の上には硬貨を置いた。〈人魚と一角獣〉で稼いだお給金と、ベネディクト・トゥルーラヴからチップとしてもらったソブリン金貨三枚。加えて、酒場に勤める前の仕事で得たわずかばかりのお給金も。

誇り高いグリフィスのことだ。毛布を取りにやってきて、硬貨が残されていると気づいても、すぐには手をつけようとしないだろう。それでもやがて、このお金を使わざるをえない日がくるはずだ。きっとこの硬貨たちは兄二人の役に立ってくれるはず。そう考えるとどことなくほっとする。

ハンサム馬車を拾うためのお金を残しておくことさえ思いつかなかった。そんな必要はないと、頭のどこかでわかっていたのだ。

グリフィスとともに一歩建物を出るや否や、それが正しかったことがわかった。

「ミス・スタンウィック、おはようございます」建物前に停められたハンサム馬車の御者台から声がした。昨夜ここまで乗ってきた馬車と同じ御者だ。

グリフィスは手を貸してアルシアを馬車に乗せると、自分も隣に座り、妹のかばんを膝の上にのせた。今朝目覚めて以来、二人は一言も言葉を交わしていない。兄との間にぴりぴりした空気が流れているのが、アルシアは嫌でたまらなかった。

グリフィスの横顔をそっと眺めてみる。二度と会えなくなるかもしれない。万が一の事態に備えて、兄の顔をしっかりと記憶に刻みつけておきたい。生まれてからずっと一緒に育ってきた間柄だ。それなのに、実の兄よりもベネディクト・トゥルーラヴの面立ちのほうがはっきり思い出せるのはどうしてだろう？

「今朝、波止場の仕事を休んだ理由はなんて説明するの？」

「何も説明するつもりはない。波止場での仕事はもう辞める。今日の午後、これまでの賃金を受け取ったら、やるべきことをやるつもりだ」

「マーカスを捜し出すつもり？」

グリフィスはとうとうアルシアのほうを見ると、苦笑いをした。「ああ。こんなにほっとしていることに罪悪感を覚えてはいるんだが……」

「ほっとしているのは、もうわたしの面倒をみなくてすむから？」

兄はかぶりを振った。「いいや、マーカスの手助けができるようになったからさ。ただ、祈らずにいられないんだ。こうすることがおまえのためになるようにとね」

「きっとそうなる。お兄様のためには、あの家に毛布を置いてきたわ」お金のことを話すつもりはなかったものの、あの家に戻った兄が確実にわたしの寝室へ行くようにしておきたい。「それに、これまでのお給金も全部」

案の定、そう聞かされたグリフィスは不機嫌そうな表情になった。「今後おまえに必要な金のはずだ」

「彼に頼んで、今週分のお給金を前借りさせてもらうから大丈夫よ」

「おまえはずいぶんと彼を信頼しているんだな」

「信頼しない理由が見つからないもの」

「前に、男の人となりを見誤ったことがあるじゃないか」

かつての婚約者の話をしているのは百も承知だ。「そんな言い方はずるいわ。それにわたしたち全員、お父様の人となりを見誤っていたでしょう?」

その言葉を聞き、兄は意気消沈したようだ。「ああ、たしかに」

二人を乗せたハンサム馬車は速度を落とし、やがてアルシアの新しい家の前に停車した。

「この場所なら知っているぞ」グリフィスは非難するような目で妹を見つめた。「売春宿じゃないか」

「前に来たことがあるの?」

「いや」兄は建物を一瞥し、ふたたびアルシアを見つめた。「波止場で一緒に働いていた奴《やつ》らがそんな話をしていたんだ。おまえがこんな場所に足を踏み入れるのを、まさか僕が許すと思っているわけじゃないだろうな?」

アルシアはため息をついた。「ねえ、グリフ、わたしはもうここに二回も入ったことがあるわ。それに、わたしはここで先生として仕事をするの……それ以外の仕事をしようとしているわけじゃない」

馬車の扉が開かれると、アルシアはどうにか飛びおり、かばんの持ち手に手をかけた。

「さあ、手を放して」

グリフィスはかばんをしっかり握りしめたまま、自分も馬車から飛びおりると、妹の足元にかばんを置いた。「でも、アルシア――」

「わたしなら大丈夫。大丈夫だから」

「このまま待っていましょうか？」御者が尋ねてきた。

「いや、いい」馬車が走り去ると、グリフィスは苦々しげな笑みを浮かべた。「僕が自宅に戻る馬車の代金まで、トゥルーラヴが支払ってくれるはずがないからね。もしここでの暮らしが思っていたものとは違ったり、僕たちを必要としたりした場合は――」ポケットから紙切れを一枚取り出し、アルシアの手に握らせる。「――ここに書いてある場所に行き、扉をノックして、出てきた男に〝ウルフにすぐに届けたい荷物がある〟と言うんだ。そうすれば伝言がマーカスに届けられ、その日の夜、おまえの寝室の窓が叩《たた》かれる。その音を聞いたら、必ず外へ出て僕らと会うようにしてほしい。ただし、この方法で僕らに連絡を取るのは、本当の緊急事態だけに限る」

アルシアは、犯罪者やスパイが陰謀を張り巡らせる世界に足を踏み入れたような気分になった。もし父親があんなことさえしなければ、マーカスはウルフォード公爵になっていたはず。だからウルフという偽名を使っているのかもしれない。

「その方法でお兄様はマーカスと連絡を取っていたのね」

「ああ。だがほんの数回だけだ。奴らには、かつて大切にしていた者たち全員にマーカスが背を向けたと思わせるほうが何かと都合がいいから」

そして、アルシアはこれまで一度もしたことがないことをした。グリフィスの体を引き寄せ、抱擁したのだ。まるで、二度と兄とは会えなくなるかのように。グリフィスの両腕がためらいがちに体に回されたのを感じたとき、思わず泣き出しそうになった。

「お願い、くれぐれも体には気をつけて。それに、もしお兄様がわたしを必要とした場合どこに行けばいいか、これでもうわかったわね」

グリフィスは妹の腕から体を離すと、建物に向かってうなずいた。「ああ」

アルシアはかばんを手に取ると、急ぎ足で玄関前の階段をのぼり、扉に手をかけて最後にもう一度振り返った。兄にさよならと手を振りたい。

だが、すでにグリフィスの姿はなかった。職場や自宅、店、待ち合わせ場所に向かおうと通りをせわしなく行き交う人びとのなかに消えていた。ふと不安に襲われる。わたしが気づいていないだけで、グリフィスにはいろいろな一面があるのではないだろうか?

そのとき玄関扉が開かれ、手にしていたかばんをあっという間に取られた。

「彼は、機嫌がよさそうではなかったね」ベネディクト・トゥルーラヴはぽつりと言った。おそらく、窓から外を眺めてこちらの到着を待っていたのだろう。兄に別れを告げるわたしの様子を見つめていたに違いない。

それは、とりもなおさずベネディクトが、わたしがちゃんとここへ戻ってくるか心配してくれていたから。そう気づいて嬉《うれ》しくなる。本当は嬉しさなんて感じるべきではないのに。

彼とはこれ以上の関係にはなれない。ベネディクトは、わたしの今後の計画にはいっさい関係ないし、わたしの将来の一部にもならない存在だ。こちらにとって、彼は目的を達成するための手段でしかない。それは彼も同じこと。わたしたち二人はそれぞれの目標を達成するために助け合っているだけ。ひとたび目標が達成できたら、それぞれの道を――それぞれの人生を別々に歩んでいくことになる。

ベネディクトがうしろに下がったため、建物のなかへ入った。

「グリフィスが不機嫌になっていたのは、ここが売春宿だと聞かされていたせいよ。でも、不機嫌がずっと続くとは思えない。わたしという邪魔者がいなくなったいま、兄は自由に行動できるようになったんだもの」

「彼の損失が、俺の利益となったわけだ。さあ、自分の寝室で落ち着くといい。そのあと、事務弁護士のところへ出かけよう。契約書に署名する約束をしているんだ」ベネディクトはアルシアをいざない、大きな玄関広間を横切って客間を通り過ぎると、階段へ向かった。

「レディたちはまだ全員寝ている。館は朝六時に閉じるんだ。その頃には彼女たちももう腹ぺこだから、朝食は寝室へ戻る前に取っている。もしきみが早起きでないなら、料理人にきみの分の料理だけ遅い時間に用意するよう命じることもできる」

「これまでもずっと、夜明けよりもずっと早い時間に起きていたの。波止場の仕事に出かける前、グリフィスに食事を用意するためにね。これからも夜明け前のとんでもない時間に目が覚めるはずだわ」

「きみは料理ができるのか？」

「いいえ、ちゃんとできるとは言えないわ。チーズやパン、ゆで卵みたいな、ほとんど準備の必要がないものですませていたの」

「それに比べれば、ここではもう少し豊富なメニューが楽しめる。先にその話をしたら、もっと早くきみの気を引くことができたかもしれないな」

「あなたはすでに、これ以上ないほどわたしをその気にさせる提案をしてくれているわ」

ベネディクトは階段をのぼり始めた。「さっそく今日から仕事を始めてもらう。午前中はきみの好きなように過ごしていい。他のレディたちは十二時半くらいまで寝ているから、昼食は午後一時だ。午後二時には、きみも授業を始められるだろう。俺は一日数時間ていどの授業でじゅうぶんだと考えているが、実際やってみて、きみのやりやすいように予定を変更してくれてかまわない。夕飯は午後六時半に食べて、そのあとレディたちは夜に備えて支度を始める。この館は毎晩八時から客を迎えることになっているんだ」

アルシアは不思議に思った。どんな売春宿もこんなふうにきちんと運営されているものなのだろうか？　あるいは、この館だけが例外なのだろうか？　それは所有者の几帳面《きちょうめん》さが反映されているから？

二階の踊り場にたどり着くと、アルシアはすばやく――やましさを覚えながら――廊下の両脇にずらりと並ぶ扉に目を走らせた。この扉の裏側では、毎晩みだらな行為が行われているのだろう。部屋には大きなベッドや鏡がしつらえられ、ベッドには緋色《ひいろ》のサテンのシーツが敷かれ、シルクで覆われた椅子が数脚置かれているのだろうか？

「よければ自分の目で部屋を確かめてみるといい」ベネディクトの声の端々に面白がるような調子が感じられる。そう言われて初めて、アルシアは自分が足を止めていたのに気づいた。彼は数段上で手すりに寄りかかり、こちらを見おろしている。「大丈夫だ。誰も嚙《か》みついたりしないから」

ふいに恥ずかしさが込み上げ、体がかっと熱くなった。「いいえ、わたしはただ……それよりも自分の部屋を見てみたいわ」

三階にたどり着くと、息苦しさが少しだけ和らいだ気がした。

「ここが俺の書斎だ」ベネディクトは通路の端にある、閉ざされた扉を指差した。「ほとんどいつもここにいる」

今度は、扉が開かれた部屋に足を踏み入れた。「図書室だ。きみにはここでレディたちの授業をしてもらう」

アルシアはなかをのぞき、すぐ満足感でいっぱいになった。本のかび臭い匂いがなんとも懐かしい。本棚にはたくさんの本がずらりと並べられている。

「まさか売春宿に図書室があるとは思わなかったわ」

「この三階は売春宿の一部じゃない。俺たちが暮らす居住空間だと考えている」ベネディクトはあたりを一瞥した。「それに俺は本が好きなんだ」

「ということは、この本はすべてあなたのものなの？」

「ああ、すべて俺のものだ」

これだけ揃《そろ》えるには、相当な費用がかかったに違いない。気づけば、壁に並べられた背の高い本棚に近づいていた。革表紙の本がずらりと飾られている。驚いたのは、その数の多さだけではない。実に多岐にわたるジャンルの本が取り揃えられている。しかもすり切れておらず、保存状態のよいものがほとんどだ。

「ここにある本は誰でも読んでいいの？」

「もちろん」

アルシアは彼のいる戸口へ戻ると、にっこりとほほ笑んだ。「もし最初にここを見せてくれたら、わたしに払う報酬が半分ですんだのに」

「きみは読書が好きなのか？」

「ええ、大好き」

その答えを聞いて、ベネディクトは嬉しそうな顔になった。「だったら今夜十時にここで落ち合おう。きみの授業はここで行うことにする」

わたしの授業。殿方を誘惑するためのレッスンだ。てっきりベッドの上か、少なくともそれに近い場所で教わるのかと思っていた。でも質問は控えておく。突然体が信じられないほどほてり始めたから。

「そろそろきみの部屋へ行こう」ベネディクトがひっそりと言う。「事務弁護士との約束まであまり時間がない」

「ええ、もちろんよ」

ベネディクトは長い廊下の端にある部屋の前までアルシアをいざなうと、扉を大きく開けて、最初に入るよう指し示した。肩をそびやかしてその前を通り過ぎたとき、彼の匂いが鼻腔《びこう》をかすめた。サンダルウッドとシナモン――それに、何かもっと豊かで濃い、蠱惑《こわく》的《てき》な匂いがする。ベネディクト自身の香りだろう。もし彼の肌の匂いを吸い込んだら、わたしの肺はこの誘惑的な匂いで満たされることになる。図書室でも、ベッドの上でも。

たぶん、あの図書室でレッスンをするのは最初のうちだけ。きっと最終的にはこの寝室になるはずだ。薄いライラック色のベッドカバーと濃い紫色の枕の山が飾られた、この四柱式ベッドの上に。

こうしてベッドを見つめ、そこで何が行われるのか考えているのが罪深く感じられてきた。ベッドから視線を引きはがし、部屋の残りの部分も同じくらい熱心に見つめてみる。壁にはラベンダー色の壁紙が貼られ、暖炉近くにあるブロケード織の袖椅子は藤色で、当然ながらすみれの花々が刺繍《ししゅう》されている。片側の壁には濃い色をしたマホガニー材の衣装だんすがしつらえられ、窓際にはマホガニー材の書き物机と、背もたれがまっすぐな木製の椅子が一脚置かれていた。その椅子に座って、朝の光を浴びながら手紙を書いている自分の姿を想像してみる。ただし、それは、わたしからの便りを喜んで受け取ってくれる友だちや親戚が残っていたらの話だ。キャサリンを除き、友人全員がわたしや兄二人をあっさり見捨てた。そのキャサリンともかろうじてつながっている状態だ。友人だけでなく、親戚からも一人残らず見捨てられてしまった。

「大丈夫か?」ベネディクトが尋ねる。

自分には何も残されていないと思い出したせいで、顔がこわばっていたのだろう。鬱々とした物思いを振り払い、なんとか自分を取り戻そうとしながら、肩越しにベネディクトの様子をうかがってみる。彼はこちらのかばんを寝室の床に運び入れたものの、なかへ入ろうとせず戸口の前に立ったままだ。

「ええ、大丈夫。この寝室はとてもすてきね。正直言うと、ベッドくらいしかないのかと思っていたの」

ベネディクトが瞳を曇らせ、鼻孔を広げたのを見て、アルシアは考えずにはいられなかった。彼は背後のベッドに横たわるわたしの姿を想像して、自分に課したルールを後悔しているのでは？

「内装はきみの好きなように変えてかまわない。壁から何か吊《つ》るしてもいいんだ」

そんなに長いこと、ここにいるつもりはない。居心地のいい部屋にしようと工夫を凝らしてもしかたないのだ。とはいえ、ベネディクトには感謝の言葉を伝えるのが礼儀というものだろう。「ええ。ありがとう」

「ここには雑用をこなすメイドが二人いて、彼女たちがきみの部屋の掃除をする。従者も一人いるから、重たい荷物や銅製の浴槽、風呂用の湯なんかを階上へ運んできてほしいときはそう命じるといい。洗濯係の女性も一人いる。ご想像のとおり、ここは洗う必要があるリネン類が山ほどあるんだ。彼女はきみの服も洗濯してくれる。使用人たちにはあとで紹介しよう」

「あなたはすべてをきちんと考えてくれているのね」

「それはどうかな。もし日々の暮らしで必要なものがあればジュエルに相談するといい。彼女は使用人たちを含め、ここでのすべてを管理しているんだ。それ以外で必要なものがあれば、俺に尋ねてほしい。特に質問がないようなら俺は失礼するから、荷解《にほど》きでもしていてくれ。ただし、あと二十分で弁護士の事務所へ出かけるが」

アルシアは突然不安に襲われた。改めて、自分がこれからしようとしていることの重大さに気づいたのだ。

「ええ、二十分もあればじゅうぶんよ。ご覧のとおり、荷物はほとんどないから」

ほんの一瞬、ベネディクトの顔をなんとも言えない表情がよぎったのに気づいた。悲しみ、怒り、落胆――それとも後悔？　その答えはわからないけれど、哀れみの表情ではありませんように。彼から哀れまれるのは耐えられない。

「支度ができたら客間で落ち合おう」

ベネディクトが寝室から出ていくと、ようやく普通に息ができるようになった。かばんを手に取り、カバーがかけられたベッドの上に置いて、あたりを見回してみる。かつて父の庇護のもと、領地やロンドンにある邸宅で過ごしていた寝室に比べると、優雅とも豪華とも言えない。それでもこの部屋のおかげで、体勢を立て直す準備ができたような気分だ。

ビーストは飲みかけのスコッチのグラスを手にしたまま、客間の窓からぼんやりと外を眺め、どうにか気をそらそうとした。先ほど、寝室でベッドを背に立っていたアルシアのイメージが頭から離れない。あのまま彼女をベッドに押し倒すなど簡単なことだったはず。手始めとして、彼女にけっして忘れられないレッスンを授けられたらどんなに満ち足りた気分になっただろう。

だから寝室の戸口に立ち、一歩も足を踏み入れないよう自分を戒めていた。そうしないと、彼女の魅力になすすべもなく屈しそうだった。自分に課しているルールを今後はたびたび破りそうで恐ろしい。いままで生きてきて、一人の女をこれほど心の底から欲しいと思ったことはない。

恋にのぼせ上がった、まだ半ズボン姿の少年であるかのように窓辺に立ち、アルシアの到着をいまかいまかと待ちわびていた。ハンサム馬車がとうとう館の前に停まったときは、外に飛び出して一刻も早く彼女を出迎えたいという衝動を抑えるので精一杯だった。そしてすぐに、そうして正解だったのだと気づかされた。彼女の兄グリフィス・スタンウィックが付き添っていたのだ。拳を握りしめていたことから察するに、自分が姿を現せばパンチを見舞われていたのは火を見るよりも明らかだった。

兄グリフィスがどれほどこの館に妹を住まわせたくないと思っているか、アルシアが本当に理解できているとは思えない。それでもアルシアがいま階上にいるのは、相手をうまく言いくるめる才能が彼女にある証拠だろう。もしくは、グリフィスが妹の判断を信じ、彼女が幸せになる姿を見たいと考えたせいもあるかもしれない。あるいはグリフィス自身、最も大切な大義のため、自由になりたいという強い欲求を抱いていたせいかもしれない。

俺にとって最も大切なのは、アルシアとはベッドをともにしないという約束を死守することだ。これから三カ月のうちに――その期間内に、アルシアが最初の目標を達成するのはみじんも疑っていない――大金を手にすれば、貴族の愛人になりたいという彼女の決意も変わるだろう。まだ結婚という選択肢が自分には残されていると気づくはずだ。だからこそ、彼女の純潔を奪うつもりはない。多くの男が結婚初夜に妻に望むものを奪うことで、アルシアが幸せを見つける機会を奪いたくない。

静かな足音が聞こえた。

アルシアがここにいる。それだけで、この館の何かが変わったように感じられる。前に比べると……安っぽさやけばけばしさがなくなったような。

足音のしたほうへ向き直り、優雅な足取りで客間に入ってきたアルシアを見つめた。瞳を期待で輝かせ、頬がほんのりと染まっている。

ビーストはグラスを脇に置いて話しかけた。「さあ、俺たちの契約を正式なものにしに行こう」

そして、そのあとはもう後戻りできない。

8

弁護士事務所の応接室で呼ばれるのを待ちながら、アルシアは心の波立ちを抑えようとしていた。ベネディクト・トゥルーラヴの館において二人きりでスキャンダラスな契約の条件を交渉することと、法の番人として生きる弁護士を証人として契約書類に署名することは、まったくの別物だ。しかもその署名により、わたしは悪魔に魂を売り渡して地獄の業火で焼かれることになる。でも貴族たちの話が真実ならば、父親の所業のせいで、娘であるわたしの人生はすでに終わったようなもの。しかも昨日からは、父が罪を犯したせいで許されることになった自由を謳歌《おうか》しようという気になり始めている。そう、これからは制限のない人生を喜んで受け入れたほうがいい。

「ミスター・ベックウィズがお待ちです」秘書はそう言うと、オーク材の扉を押さえた。どっしりとした巨大な扉は、アルシアの存在そのものをのみ込もうとしている地獄の入り口のようだ。

ベネディクトと一緒に立ち上がったが、思うように足に力が入らず、ふらつきかけた。

でも、すぐ彼が背中に大きな手を当てて支えてくれたおかげで力がわき、体の震えを止めることができた。

ベネディクトより先に執務室へ入ると、彼よりはるかに小柄な男性が机の背後に立っていた。

男性が白髪頭を下げて言う。「ようこそ、ミス・スタンウィック、ミスター・トゥルーラヴ」

そういう呼ばれ方には、まだ少し違和感を覚える。いつもレディ・アルシアと呼ばれていたから。

「ミスター・ベックウィズ、同意書は用意できただろうか？」ベネディクトが尋ねた。

「はい、ミスター・トゥルーラヴ。どうぞお座りください」ベックウィズが身ぶりで、自分の机の前にある二脚の革張り椅子を指し示す。

すすめられた左側の椅子に腰をおろすと、ベネディクトは右側の椅子に座った。目の前にいる事務弁護士は、わたしとベネディクトとの関係をどう考えているのだろう？　たとえ何か考えていたとしても、彼の落ち着いた表情からはいっさい読み取れない。ベックウィズは個人的な判断を押し隠す能力に長《た》けているようだ。ベネディクトはこの事務弁護士のそういう能力を見込んで、報酬をはずんでいるのではないだろうか？

ベックウィズは鋭く青い目を二人に向けた。貴族的な鼻に引っかけたメガネのせいで、目が実際よりも大きく見える。

「お二人のために一部ずつ、さらにこの事務所に保管しておくために一部用意しました。ご満足いただける内容のはずです」

同意書を手渡されたとき、アルシアは自分の指先がかすかに震えているのに気づいた。二人には気づかれませんようにと祈るような気分のまま、書類に目を通し始める。堅苦しい文言が並んでいるが、前日二人で話し合ったことがすべて正確に記載されていた。

アルシアの年棒百ポンドは週ごとに払われ、契約期間五十二週を満了する前に彼女がベネディクトの仕事を――いかなる理由であれ――辞めても、残額は支払われる。仮にアルシアが解雇された場合、あるいは彼女が自分の意思で仕事を辞めた場合、たとえ離職の原因が彼女の側にあっても年棒百ポンドは保証される。

前日は、こんなに詳しい点までは話し合わなかった。というか、契約期間が終わる前にみずからこの仕事を辞める事態については考えてもいなかったのだ。そんなことをする理由が思い当たらない。明らかに、こちらに比べてベネディクトはこういった書類の作成に慣れている。完璧な契約書だ。支払いに関してこちらが不利になるような記載漏れもいっさい見当たらない。

仕事の期間が三カ月、六カ月、十二カ月に及んだ場合の、それぞれの報酬額まできちんと明記されている。要点を押さえた簡潔な同意書だ。

でも〝補遺〟として、この契約について追記された部分を読んだ瞬間、アルシアはどきりとした。胸の音が事務弁護士にも聞こえたに違いない。

〝ミスター・トゥルーラヴはミス・スタンウィックに完全な妖婦になるためのレッスンを授けることとする。二人の関係が終了し、ミス・スタンウィックがミスター・トゥルーラヴの試みが失敗だったと見なした場合、そのために必要な証明は彼女の見解のみとし、ミスター・トゥルーラヴは総額千ポンドを即刻支払うこととする〟

隣のベネディクトを見ると、彼は冷静そのものの表情で、すでに読み終えた同意書を机に戻していた。

「あの……最後に書いてある、あなたの試みが失敗だったとわたしが見なした場合という箇所は……」

ベネディクトはがっちりした肩を片方だけすくめた。「きみが俺の期待に応えられなかった場合に処罰を科すなら、俺がきみの期待に応えられなかった場合にも処罰を科すのが当然だと考えたんだ」

「千ポンドを手に入れるために、わたしが嘘をつく可能性は考えなかったの？」

「きみは嘘をつくつもりか？」

「いいえ、もちろんそんなことはしない」

「だったら何も問題ない」

「この条件は公平に思えないわ。あなたよりもわたしに有利に設定されている」

「きみは俺が何を望んでいるか知っているはずだ。それは金で計れるものではない」

ほんの一瞬、想像せずにはいられなかった。ベネディクトが話しているのが、レディたちの足を洗わせることではなく、わたしを自分のものにすることだったとしたらどうだろう？　それほど心の底から求められたらどんな気分がするの？　いかなる常識をも凌駕《りょうが》するほど、これ以上ない激しさで必要とされたら……？

「もしこの書類に書いてある以上の金額を得られるかどうか考えているなら――」ベネディクトは続けた。「断じてそれはない。俺は署名するつもりだ。きみはどうだ？」

いままで法的な書類に署名した経験などなかった。まして、自分の署名で相手との関係が結ばれる書類ならなおさら。初めてそういう書類に署名するのは、夫となる男性にこの人生を預ける日だと考えていたのに。それでも、隣に座るこの男性との契約書類に署名すれば、わたしには自由が与えられることになる。それも、結婚では手に入れられない類いの自由を。

深く息を吸い込んで、神経を静め答えた。「いいわ」そしてインク壺《つぼ》に金のペン先を三回ひたし、三回自分の名前を署名した。そして事務弁護士を証人として、ベネディクトが三回同じ行為をするのを見つめた。

署名し終えると、ベネディクトは黒い瞳に満足の色を浮かべ、アルシアを見つめた。

「よし、これで完了だ」

「ええ、契約締結です」ベックウィズは二通の契約書を一度、さらにもう一度折りたたむと、それぞれを二人に手渡した。

「ミスター・トゥルーラヴ、お帰りになる前に、もしよろしければ――」ベックウィズは引き出しを開けて一冊の本を取り出し、机の上にのせた。「妻のために、あなたの小説にサインをいただきたいんですが。妻はこの本をすごく楽しんで読んでいたんです」

驚きのあまり、アルシアは一瞬考えた。彼は、突然部屋に迷い込んできた誰かに話しかけているのでは？〝ミスター・トゥルーラヴ〟という名前が口にされたにもかかわらず、ベネディクト・トゥルーラヴが机の上にある本の著者だなんて、とうてい思えない。

ところがベネディクトはその本を手に取ると、つい先ほど署名に使ったのと同じペンを握った。「つけ加えたほうがいい言葉は何かあるだろうか？」

「いいえ、偉大な作家にお任せします。妻の名前はアンといいます。最後にeがつくアンです」

アルシアは呆然《ぼうぜん》としながら、ベネディクトが本の表紙を開いてサインするのを見つめた。

やがて彼は、表紙を開いたままベックウィズに本を手渡した。

「〝謎の女性、アンへ。真心を込めて。ベネディクト・トゥルーラヴ〟――なんとすばらしい。妻は大喜びするでしょう」弁護士は笑みを浮かべた。「本当にありがとうございます。ところで、次回作の出版はいつになるのか、ぜひ尋ねてほしいと妻から言われたんですが」

「来年後半になると思う」

「妻に伝えておきます。わたしが他に片づけておくべき仕事はありますか？」

「いや、いまのところはない。ああ、この件に関しては口外しないようにしてくれるとありがたい」

「もちろんです。あなたが報酬をはずんでくださる理由の一つは、わたしの口の堅さだと承知していますから」

ベネディクトは弁護士と握手を交わした。「それなら、いい一日を」

ベックウィズはアルシアに笑みを向けた。「お会いできてよかったです、ミス・スタンウィック」

「ええ、ありがとう」

ベネディクトはアルシアの腰に手を当てると、扉のほうへうながした。この同じ手で、彼が小説を書き記しているなんて。

思えば、これまでベネディクトからあれこれ尋ねられたのに、口にした答えを恥じる気持ちが強くて、質問し返す心の余裕さえなかった。わたしは彼についてほとんど何も知らない。ふいにそう気づかされ、彼のすべてが知りたくてたまらなくなった。

「どうして作家だと教えてくれなかったの？」

館へ戻るハンサム馬車に乗り込むと、アルシアから真っ先に尋ねられた。

「気軽に話せるような話題じゃないから」ビーストはため息をついた。「それに、正直、俺自身まだ作家という立場に慣れていないし、執筆活動もいつまで続くかわからない。いま取り組んでいる小説が……なかなか俺に協力してくれなくてね。頭のおかしな奴《やつ》みたいに聞こえるのはわかっているんだが、小説は生き物で、どう進んでいくかは小説そのものが決めることだから」

「でも、小説は実際にそういうものでしょう？　たとえ書き終えても、それを読む人たちに新たな命を吹き込む。あるいは読む人たちがそれぞれ、その小説に命を吹き込むの。わたしが本を読むのが大好きな理由は、友だちと一緒に旅をしているような気分になれるからよ」

とっさに、なんと答えていいのかわからなくなった。自分もずっと同じように感じてきたからだ。そして読書は、必ずしもいいことばかりではない現実から逃避するための手段でもあった。

「何冊くらい出しているの？」

「最初の小説が二カ月前に出版されたばかりだ」

「本屋さんにも置いてある？」

　明らかに興奮した様子のアルシアから立て続けに質問され、ビーストはよけいに気恥ずかしくなった。片方の肩をすくめながら答える。「ああ、ほとんどの本屋に置いてある。だが本屋すべてに置いてあるかどうかはわからない」

　妹のファンシーは結婚してローズモント伯爵夫人となったが、いまも〈ファンシー・ブック・エンポリアム〉という本屋を経営している。そのファンシーは兄の一作めの小説をなんと千冊も注文したという。少なくとも、ビーストはそう聞かされている。

「なんという題名なの？」

「『テン・ベルズ殺人事件』だ」

〈テン・ベルズ〉はホワイトチャペルに実在するパブだが、殺人事件の舞台として描かれても、所有者はいっこうに気にしていない。小説に取り上げられたことでかえって客足が伸びたからだろう。

　アルシアが嬉《うれ》しそうに顔をほころばせたのを見て、ふいに息苦しくなった。

「だから先ほどミセス・ベックウィズに〝謎の女性〟と書き添えたのね。あれはあなたがミステリー小説を書いているから」

　自分では、この手で生み出した作品はどちらかといえば探偵小説だと考えている。

「あなたのことを一つ残らず教えてほしいわ」

これ以上他に教えることがあるだろうか？　馬車がどこを通っているかに気づき、意識を現実に引き戻した。いますぐアルシアに伝えなければいけないことがある。弁護士事務所から出てこの馬車に乗り込んだとき、自分だけ途中でおりると告げるつもりだったのだが、そんな間もなくアルシアから質問攻めにされてしまった。

「興味を持ってくれてありがたいが、俺の話はまたあとにしてくれないか。ロンドンのこの界隈《かいわい》に来ることがめったにないから、他にも立ち寄りたい場所があるんだ。そこで俺だけ馬車からおりるから、きみはこのまま館まで帰ってくれないだろうか」

アルシアの目に一瞬だけ落胆の色が浮かんだ。冬の嵐のさなかに落ちた稲妻のごとく瞳が光ったが、すぐに消えてしまったせいで、落胆の色だったかどうかはわからなかった。

「ええ、もちろん。どうか用事をすませてきて」

ビーストは体をそらせると、屋根の小さな開閉口から御者に向かって叫んだ。「アビンドン・パークへ行ってくれ。途中に花屋があれば寄ってほしい」

馬車が庭園墓地の前で停車すると、ベネディクトは、アルシアが一回めの授業を始めるまでには館に戻ると約束した。腕いっぱいに抱えているのは、途中の花屋で買い求めた色とりどりの花々だ。この季節だと温室でしか栽培できないため、相当高くついたに違いない。それから彼は、いつもながらの優雅で軽やかな動きで馬車から飛びおりた。

ベネディクトが御者に館の住所を告げて運賃を先払いすると、ゆっくり馬車が動き始めた。速度を増す馬車のなか、アルシアがうしろを振り返ると、ちょうど墓地の入り口の門を通り抜けるベネディクトの姿が見えた。とぼとぼとした歩き方だ。あれほどゆっくりとした歩調の彼は見たことがない。

その姿に胸を衝《つ》かれた。なんて寂しそうなのだろう。そういえば、わたしの頭の手当をしてくれた夜、みすぼらしい自宅から歩き去ったときも、彼はあんなふうにわびしげな姿をしていた。ただ今回は、あのときよりもさらに孤独が伝わってくる。全身からむなしさがにじみ出ている。

考えてみれば当然かもしれない。彼は紅茶を楽しむために、あの庭園墓地の扉を通り抜けているわけではない。

それでも次の通りに差しかかったとき、アルシアは庭園墓地に戻ってほしいと御者に頼んだ。到着すると、御者にその場で待つよう告げ、馬車からおりて、しばし考え込んだ。

ここでただ、ベネディクトが戻るのを待つべき？　それとも少しでも慰めになれるよう、彼のあとを追いかけるべき？　花をたむける相手が誰であれ、彼はあれほど意気消沈していたのだ。なんらかの支えを必要としているのでは？　もしわたしが戻ってきたのを見たら、ベネディクトは喜んでくれるだろうか？　それとも邪魔をするなと怒り出すだろうか？

結局ベネディクトのあとを追うことにした。たとえ怒らせる可能性があっても、彼がこちらの慰めを必要としているわずかな望みがあるなら、それに賭けてみたい。

道に沿って庭園墓地を進むにつれ、あたりに漂う穏やかさや静けさが身にしみとおってきた。わずかな風を受け、木々に最後まで粘り強く残っている葉がかすかに音を立てながら揺れている。寒さのせいで、吐く息が白い。

巨大な石造りの天使像の前を通り過ぎたとき、そこに彫られた文言からラシング公爵が眠る墓地だと気づいた。亡き公爵の未亡人は、いまではトゥルーラヴ家の一人と再婚している。

小道に沿って角を曲がると、ベネディクトの姿が見えた。こうべを垂れ、小さな墓跡の前に片膝をついている。色鮮やかな花束がたてかけられた黒大理石の墓標には、金色の文字でこう記されていた。

サリー・グリーン
一八四一年七月十五日生、
一八六六年八月五日没、
いま天国で天使たちとワルツを踊る

彼を邪魔しないようにしながらも、墓標の文言が読めるくらいの距離で立ち止まったまま、アルシアは胸が潰れそうな鋭い悲しみを感じた。

若くして亡くなったこの女性は何者？　ベネディクトにとってどんな存在だったの？彼女はどんな髪の色をして、どれほど優しい魂の持ち主だったのだろう？

きっとベネディクトなら、彼自身と同じ強さや勇気、大胆さを兼ね備えた女性を選んだはず。そうでない相手なんて想像できない。

しばらくすると、ようやくベネディクトは立ち上がってビーバー帽をかぶり、こちらを振り向いた。

「邪魔をしてしまったかしら」アルシアは真心を込めて話しかけた。

「いや、そんなことはない。だが、きみは馬車に乗って、あのまま館に戻ったものと思っていた」

「この界隈は馬車が拾いにくいから、やっぱりこの墓地に戻って、あの御者に待っていてもらったほうがいいと思って。一緒に戻れば、わたしがレディたちと顔を合わせるときに、あなたにもあの館にいてもらえるしね。本音を言えば、彼女たちとの初めての顔合わせを控えて少し緊張しているの」

ベネディクトはアルシアをしばらく見つめてうなずいた。「きみは普段から自信に満ちあふれているから、まさか緊張するなんて考えもしなかった。馬車をここへ戻してくれてよかったよ。そろそろ館へ戻らないと」

「あなたは彼女を愛していたの？」立ち去ろうとするベネディクトを引きとめるかのように、言葉は止める間もなく口を突いて出ていた。でも尋ねた瞬間、すぐに気づいた。もう答えはわかっている。高価な花束や墓地の前でひざまずいていた姿、それにいまのベネディクトの様子を見れば一目瞭然だ。悲しみと陰鬱さが、着古した外套《がいとう》のようにまとわりついている。

彼は手袋をはめた手を厚地の大外套のポケットに突っ込むと、灰色の空を見上げた。

「サリーのことは愛さずにいられなかった。自分は口が大きすぎるし、歯並びも悪いとよく文句を言っていたが、彼女が笑うと、黒い瞳がぱっと輝くんだ。まるで幾千もの小ろうそくがこの世を照らし出すみたいに」

なんて詩的で、胸を打つ表現だろう。喉に何かがつかえ、アルシアは驚いた。どうして涙がこぼれそうになっているの？　いえ、理由ならちゃんとわかっている。チャドボーン伯爵は、これほどありったけの情熱を込めてわたしについて語ってくれたことが一度もないからだ。これほど優しいまなざしでわたしを見つめてくれたこともない。仮にそうしてくれていたなら、わたしの父が裏切り者だと発覚したあとも伯爵は婚約を解消せず、そばにいて支えてくれたはず……。

「そんなに献身的に愛されていたなんて、サリーは本当に幸せな人ね。でも、あまりに短すぎる人生だわ。あなたは彼女と結婚するつもりだったの？」

ベネディクトはアルシアと目を合わせた。「サリーのことは好きだったが、友情以上の気持ちを抱いたことはない」

「単なる友だちなら、そんな大きくて立派な花束は贈らないはずよ」

「ああ、これは……自分の罪悪感を和らげるためだ。彼女が死んだのは……俺のせいだから」

アルシアがこの衝撃的な告白の意味を理解する前に、ベネディクトはポケットから懐中時計を取り出した。親指を上蓋にかけて、慣れた手つきで開けて時間を確認すると、またポケットに戻す。それから首をかしげて、アルシアがやってきた通路を指し示した。「少し長居しすぎた」

張り詰めたような声だ。まるでいまの告白に対する反応を恐れ、打ち明けたことを後悔し、何も意見を聞かないまま一刻も早く話題を変えたがっているかのよう。

「あなたが彼女を殺したなんて、絶対に信じないわ」

「直接そうしたわけじゃない。だが、俺が殺したのも同然なんだ」

ベネディクトが脇を通り過ぎようとしたため、アルシアは彼の腕に手をかけて引きとめた。大外套の上からでも、腕の筋肉の硬さと力強さが伝わってくる。

「そんな曖昧な説明しかされなかったら、誰だって相手を信じられないはずよ」

ベネディクトは熱のこもった目でアルシアを見つめた。「あの売春宿を始めたのは、友だちに頼まれたのが始まりだと話したのを覚えているか？」

アルシアはうなずいた。

「サリーがその友だちなんだ。安心して金を稼げる仕事場をどうしても必要としていた。だから俺が提供したんだ」

「彼女は……堕落した女性だったの？」

「女性というより少女に近かった。わずか十五歳で売春婦として働き始め、十六歳のときに俺に近づいてきたんだ。俺が安全な場所を提供してくれるかどうか見きわめるためにね。サリーに頼まれたら断ることなどできない――彼女にはそんな雰囲気があった。そういう意味で言えば、きみを見ているとサリーを思い出すよ。

とにかく、それから数年経《た》ったある夜、俺はサリーの悲鳴を聞きつけ、慌てて彼女の寝室に向かった。客だった男がサリーに何をしたのか、正確にはわからない。だが俺が駆けつけたときには、そいつがサリーにまたがり、床に彼女の頭を思いきり叩《たた》きつけていたんだ。すぐに男を彼女から引きはがし、外へ放り出した。寝室に戻ると、サリーはベッドの端に腰かけて、〝頭が少し痛いからもう今夜は休むことにする〟と言ったんだ。だから〝いい夢を〟と言って寝室から出ようとしたそのとき、彼女から肩を軽く叩かれてこう言われたんだ。〝あなたはいつだってあたしのヒーローよ〟って。次の日の朝、サリーは息絶えていた。本当のヒーローならば、サリーのために医者を呼んでいたはずなのに」

アルシアの胸は張り裂けそうだった。どうしてベネディクトは彼女の死が自分のせいなどと信じているの？

「わたしが頭に傷を負ったあの夜、あなたがすぐに医者を呼んで、わたしから離れずに様子を観察していたのはそのせいだったのね」

「もしきみが死んだら耐えられないと思ったんだ」

これほど熱っぽい調子で答えるつもりはなかった。声に感情がこもったのは、自分のせいでもう一人死なせたらという罪悪感が募ったせいだ。けっして、彼女に対して抱いている熱烈な愛情のせいではない——どうかアルシアがそう理解してくれますように。

そもそも、彼女に対して抱き始めている熱い想《おも》いは口にしないのが一番だ。アルシアには、彼女なりの計画があり、彼女なりの目標がある。そのなかにこちらの存在は含まれていない。

待機させていた馬車へ戻る道すがら、どちらも無言のままだった。その間、ビーストの心は千々に乱れていた。自分を墓地へ置き去りにして館に戻らなかったアルシアには本当に感謝している。だがいっぽうで、彼女がまっすぐ帰ってくれたらよかったのにと思う自分もいる。

サリーの墓前にひざまずいているときから、アルシアの気配には気づいていた。まるで彼女が実際に隣にやってきて、こちらの肩を叩いたかのようにはっきりと。

サリーの墓に向かってアルシアの話を聞かせ始めたとたん、その言葉に呼び出されたかのように本人が姿を現したのだ。

アルシアとサリー。二人はよく似ている。本人が気づいているかどうかわからないが、アルシアには生来の力強さが備わっているのだ。だが、人生の試練のせいでめちゃくちゃにされ、いまの彼女は傷だらけだ。運命のいたずらのせいで、本来いるべきはずではないロンドンのこの界隈へやってこざるをえなくなった。

馬車の前までやってくると、アルシアが乗り込むのを手伝い、あとから自分も隣の席に座った。彼女の近くにいるのが、ごく自然なことのように感じ始めている。自分の太ももを彼女の太ももに押し当て、全身をくちなしの香りに包み込まれているこの状態が。左側に座っているアルシアをちらりと見ると、寒さのせいで頬がピンク色に染まっていた。

混雑する通りを馬車がかなりの速度で進むなか、ビーストは、何かアルシアに声をかけるべきだろうと考えていた。先に帰らずにいてくれた彼女に感謝の気持ちを告げ、〝最後にあんな言葉を口にしたのは、あの墓地を訪れるときまってさまざまな思いにとらわれるせいで、別に深い意味はないのだ〟と説明すべきだろう。それに、心がもやもやする天気のせいもあるとかなんとか……いま二人の間に漂う気まずさを解消する言葉を言ったほうがいい。なんでもいいから。

　ああ、アルシアを連れてあの墓地に行くべきではなかった。自分が悔いていることを打ち明けて、彼女にも重荷を背負わせるべきではなかったのだ。もうはるか昔のことなのに、いまでも激しく後悔せずにはいられない。あの忌まわしい娼館《しょうかん》に住み続けているのはそのせいだ。〝ビーストなら女たちの身の安全を守ってくれる〟という評判を――そして、ときにはこの拳を――頼りにしてくれている女たちを見捨てるつもりはない。

　きっと視線を感じたのだろう。アルシアは思いやりと理解が感じられる瞳で、こちらをちらりと見た。そういえば、彼女は最近自分の母親を亡くしたばかりなのだ。きっと彼女自身も悲しみと後悔にさいなまれているのだろう。

「わたしの生徒になるレディたちについて教えて」アルシアがひっそりと言う。疾走する馬たちのひづめの立てる音や車輪が回転する音、馬車本体が立てるきしり音、そして、日常生活を営む人たちがあげる大声や叫び声にかき消され、ほとんど聞こえるか聞こえないかくらいの声だ。「彼女たちはどんな人なの？」

　ありがたいことに、アルシアは先ほどの話題を続けようとしなかった。とはいえ、あの件についてであれ以上話すことはない。

「ロッティは移り気で、相手をからかうのが大好きで、何事も真剣にとらえない。きみにとっては最も手強《てごわ》い相手かもしれないな。彼女は男を楽しませるのが上手で、彼らをとっかえひっかえしながら、そのとき一番自分のためになる相手を選ぶ傾向があるから。リリーは一番内気だが、優しい心の持ち主で、母親のようにいつも誰かの面倒をみずにはいられない。俺は常々、リリーなら裕福な未亡人のいい話し相手になれるはずだと考えている。パールとルビーは親友で、彼女たちのうちどちらかが館を出ていけば、もう一人もすぐにあとを追うんじゃないかと思う。ヘスターは侍女になることに関心がある。もちろん貴族の館には仕えられないが、それなりに上品な暮らしをする必要のある、成功した男性の妻たちに仕えるメイドとしてならいけるだろう。ヘスターをきみの侍女として仕えさせるといいかもしれない」

「ありがたい話だけれど、いまのわたしに仕えても、ヘスターがすべきなのは簡単なことばかりのはずよ」

「いや、ヘスターは実際に経験を積めて喜ぶだろう。俺が思うに、彼女には相手を人形みたいに扱うくせがある。髪をいじくったり、どんなドレスを着るべきか教えたりするんだ」

「だったら、ヘスターと話し合ってみるわ」

「よし。最後がフローラだ。彼女はほとんどの時間、庭いじりをしている」

ビーストは、説明するにつれ、アルシアの眉がどんどんひそめられていくのに気づいた。こちらが一言発するたびに、眉間のしわがいっそう深くなり、唇もわずかに開かれていく。

いますぐ顔を近づけ、あの唇に口づけて舌を差し入れたらどんな感じがするのだろう？　アルシアへのレッスンをどこまで行うか、まだ正確には決めていない。いかなるスキンシップも――たとえほんの少し体が触れ合っただけでも――それ以上の行為につながってしまう危険性がある。〝自分の庇護下《ひごか》にある女性には絶対に手を出さない〟という決意が試されることになるだろう。こちらのレッスンがアルシアの期待を超えられなかった場合、千ポンドの罰金を支払うという条件をつけ加えたのは、それが理由だ。アルシアとは、彼女が知りたがっている知識を授けるという契約を結んだ。その契約を軽んじるつもりはさらさらないとはいえ、その契約を達成するために多くの問題が生じる可能性がある。あの同意書のなかに〝仮に不必要な感情がわき起こった場合は、二人のうちどちらからでもレッスンをただちに止められ、そのせいでなんらかの罰が科せられることもない〟という条項を含めるべきだったかもしれない。

アルシアの唇について考えるのをようやくやめると、ビーストは尋ねた。「何か悩んでいるようだな」

「まさか彼女たちがそんなに……普通だとは思っていなかったの。庭いじりをしたり、髪型にこだわったり……もっと派手な暮らしぶりかと思っていたわ」

「ああ、少しそういうところもある。だから、まだダイヤモンドの原石みたいな彼女たちを輝かせるには、きみという存在が必要だと考えたんだ。彼女たちはなんでもあけっぴろげに話すし、話題は天気よりもセックスのほうが多い。下品な冗談も言い合うし、肌もあらわな格好で歩き回りもするが、その衣服の下は他のみんなと変わらない心がある。彼女たちにも、仕事より楽しめる趣味があるんだ」

「それに小ろうそくを灯《とも》したようなほほ笑みも」

「ああ、なかにはそういうレディだっている。見かけだけで彼女たちを判断してはいけない」

「そうよね。わたしも初めてジュエルに会った夜、すぐに彼女のことが好きになったもの。とても優しくて親切だし、あなたをからかうお茶目なところも親しみやすい。ただ、ジュエルは例外だと思っていたから」

「俺の経験からすれば、彼女は例外ではない。むしろよくいるタイプなんだ」

9

二人が館に戻るとすでに昼食が終わっていて、レディたちは階上にある自分の部屋に戻り、授業を受ける準備に取りかかっていた。

ゆえにベネディクトと二人きり、十人以上は座れる巨大なテーブルにつく。優美な内装のダイニングルームを見回し、アルシアは驚きを隠せなかった。メイフェアに立ち並ぶ贅《ぜい》を凝らしたどの大邸宅と比べても引けを取らない、実に洗練された趣味だ。

「あなたはすごく腕のいい料理人を雇っているのね」アルシアは料理に感心しながら言った。

「貧民街でおおぜいのきょうだいと育ったから、俺はいつも腹を空《す》かせていた。だから自分で生計を立てる手段を見つけたら、真っ先にその状況を正そうと考えていたんだ」

そういえば、彼は酒場で法外なチップを置いていたし、ハンサム馬車も気軽に使っている。この館にしつらえられているのも上質な家具だ。服も、自分の体型を引き立てるような、明らかに仕立てのいいものを身につけている。

「それでいまや、あなたは生計を立てる手段を見つけたのね」

「ああ」

「作家がそれほど儲《もう》かる職業だとは思いもしなかったわ」ベネディクトの場合、まだ一冊しか出版していないからなおさらだ。

「いや、作家は儲からない。だが船は違う」

またしてもベネディクト・トゥルーラヴに関して知らない情報が飛び出した。なんて謎めいた男性なのだろう。彼からの提案を受けたことは少しも後悔していないものの、いまさらながら思い知らされている。ベネディクトと初めて出会った夜に受けた〝いくつもの秘密を隠すのがうまそう〟という第一印象は正しかったのだ、と。

「あなたは船を持っているの?」

「ああ、男には稼ぐ手段が必要だから」

まるで船を所有しているのが大したことではないような言い方だ。アルシアにとっては違う。これまで大型船が行き来するのを見て、乗組員たちはどんな冒険をするのだろうと想像したことはあるが、大海原を旅する巨大な船を所有している人にお目にかかったのは初めてだ。

「何隻持っているの?」

「四隻だ」

「どうやって船を持つようになったの?」

ベネディクトは従者が注《つ》いだ白ワインのグラスを揺らした。「十四歳くらいの頃、波止場で働き始めたんだ」

十四歳?　兄グリフィスが波止場の仕事でどれほどきつい思いをしていたかはよく知っている。あんな厳しい仕事を、わずか十四歳の少年がこなす姿なんて想像もできない。

「船荷の積みおろしをしながら、貨物の引き取りにやってきた商人たちと話したり、船長や船員たちに質問したりしているうちに、海運業は儲かる商売だと気づいた。だから稼ぎを貯金して、一隻の船を買ったんだ。もちろん、何年もかかった。船は安い買い物じゃないからね。それまでにいろいろと調べ上げたおかげで、利益率が一番高い航路を見きわめられるようになっていた。競争相手よりも輸送代を安くすることで、多くの商人たちから俺の船に積み荷を回してもらえたんだ。すぐに契約希望が殺到して、もう一隻の船を買わないといけなくなった。さらに一隻、またもう一隻……という具合だ。そろそろ五隻めを注文しようかと考えているところなんだ」

「だったら、あなたは世界じゅうを旅しているの?」

ベネディクトはワインをじっと見つめた。「最初の船を買ったとき、そうしようと考えた。あのドーバー海峡の崖を越えてはるか遠くまで行ってやろうとね。だが最初に雇ったファーガソン船長から、まわりを見てよく考えるようにと言われた。実際、沖合へ出ると陸地がいっさい見えなくなってしまって、ファーガソンにすぐに港に戻るよう命じたよ」自分をあざけるような笑いを浮かべる。「英国の大地がまるで見えない場所にはいたくないと思ったんだ。どうしてそんな気になったのかは自分でもわからない。海しか見えない場所に行くまでは、そんな気分になるとは思いもしなかったんだ。きみは英国を離れたことがあるかい？」

「ドレスの注文のためにパリへ行ったことがあるわ」

「一昨日《おととい》着ていた緑色のドレスはパリで仕立てたのか？」

アルシアはうなずいた。「気に入った？」

ベネディクトは答えようとせず、自分の時計を一瞥《いちべつ》した。「そろそろ、きみの授業を受けるレディたちの準備ができたはずだ」

ロッティ、リリー、パール、ルビー、ヘスター、フローラ。

図書室のなか、六人の女性たちはだらけた姿勢で座っていた。程度の差こそあれ、それぞれ肌を露出し、裸に近い格好だ。コルセットで持ち上げた胸のまわりにシルクの布を緩く巻きつけて谷間を強調し、太ももはむき出しのまま。ちらりと陰部が見えたことから察するに、下着を身につけていない女性も一人いる。それ以外の女性たちは裸足《はだし》だったり、内履きを履いたりしていた。髪を結い上げている者もいれば、巻き毛をおろしている者もいる。なかには舞踏会に出席していてもおかしくないほど、巻き毛をきちんと櫛《くし》で整えている女性もいた。

きっとあの女性がヘスターだ。驚くほど若い。二十歳以上には見えない。

「さあ、姿勢を正して、レディたち」ジュエルは六人に命じると、アルシアの左側に立った。

彼女たちが女らしい体の曲線をなまめかしく動かしながら言われたとおりにするのを見て、アルシアは考えた。誘惑のいろはについて、このレディたちに教えを乞うべきだったかもしれない。六人全員がこちらをじろじろと見つめている。アルシアのことをどう考えていいのかわからない様子だ。とはいえ、彼女たちの表情にはある程度の希望と興奮が感じられる。それぞれがアルシアを歓迎するように、ためらいがちな笑みを浮かべていた。

「昨日話したように」ベネディクトが口を開いた。「ミス・スタンウィックがここにやってきたのは、きみたちに洗練された物腰を教え、いまとは違う仕事を見つけるための能力を授けるためだ。彼女に敬意を払い、文句を言わずに彼女の教えに従ってほしい。何か質問はあるか？」

一人のレディが手をあげた。背は低いようだが胸が大きい。アルシアもその豊満な胸に羨望を覚えたほどだ。

「なんだい、ロッティ？」ベネディクトが応じる。

「彼女は上流階級なの？そう見えるけど」

「彼女は、ここと別の世界について詳しいんだ。その世界に進めば、きみたちもここ以上のものをもらえるようになる」

ジュエルが言い添えた。「ねえ、ロッティ。彼女があなたを見下していない以上、あなたも彼女を見下すようなことを言ってはだめよ」

「ジュエル、あたしが彼女を見下すわけないでしょう？　というか、彼女みたいになりたい。だってこの人なら、金持ちの洒落《しゃれ》た男性を捕まえて結婚できるもの。あたしが望んでいる永遠の地位よ――リッチな殿方の体の下」

アルシアはくすっと笑わずにはいられなかった。なんとなく予感がする。この六人のレディたちとの会話は、いままで経験してきた、上流階級の贅を凝らした客間での会話とはまるで違ったものになりそうだ。

ベネディクトは深いため息をついた。「おい、ロッティ――」

「いいの」アルシアは彼に言った。「上流階級の人間だって同じことを夢見ているのだから」

思いがけず彼が頬を赤らめるのを見て嬉《うれ》しくなった瞬間、突然椅子から立ち上がった六人のレディたちから取り囲まれ、ふと考えた。もしかすると、彼女たちはわたしを試そうとしていたのでは？　そしてどういうわけか、自分はそのテストで合格点をもらえたらしい。

アルシアは続けた。「レディたち、今日の授業を始める前に、ぜひあなたたちに教えてほしいことがあるの。リッチな殿方の体の下にい続けるために、絶対にしてはいけないことってどんなことかしら？」

全員が笑い出し、いっぺんに話し始めた。

「ここはきみに任せる」ベネディクトはアルシアの耳元でささやくと、図書室から出ていった。

「レディたち」アルシアは制した。「一度にみんなが話し始めたら、誰の意見も聞こえないわ。椅子を動かして円を作るのはどうかしら？　そうすれば、お互いのことをもっとよく知ることができると思わない？」

六人が車座になると、ロッティが尋ねてきた。「寝室は気に入った？」

驚いた。彼女はわたしを気にかけてくれているのだ。「ええ、とても。内装が落ち着ける色合いだから」

ロッティはにやりとした。「それこそ、あの壁紙とベッドカバーを選んだ狙いよ」

「あの内装を考えたのはあなたなの？」

「ロッティは全部の部屋の内装を考えているの」パールが言う。

ロッティが？　だとしたら興味深い。いまの仕事以外の、別の可能性が開けるかもしれない。「この部屋も?」

ロッティはさらににやりとすると、肩をすくめた。「この館にある全部の部屋だってば」

「この図書室と比べると、客間はずいぶん印象が違うわ」

ロッティは目をぱちくりさせてアルシアを見つめた。

重ねて尋ねる。「なぜ客間はああいうデザインにしたの?」

「だって、殿方のための部屋だから。男って、ちょっと行儀悪く見えるのが好きなのよ。だから、彼らが自分をワルっぽく思えるような雰囲気にしたの」

アルシアは身を乗り出した。「もしあれが売春宿の客間でなければ、どんなデザインの内装にする?」

ロッティは眉を思いきりひそめて、驚くほどまじめに質問の答えを考えている。まるで英国議会が一つの法案を可決すべきかどうか、意見を求められたかのような真剣さだ。

「ブルーと黄色でまとめると思う。朝、差し込んでくる太陽の光みたいな感じに」

アルシアには、その部屋の様子がありありと想像できた。ロッティは正しい。あの客間の内装にはブルーと黄色がうってつけだ。

それから三十分かけて他のレディたちにも熱心に質問をしているうちに、アルシアには彼女たちがどんなことに興味を持っているか、今後どんな道へいざなえばいいかが少しずつわかってきた。ひとたび考えがまとまると、次の段階に進むことにした。

「この授業では、あなたたちと装いについて話し合おうと考えているの。レディになるための方法を教える以上、あなたたちには自分の体を……他人の目にさらしてもかまわないという考えを捨ててほしいの。買い物のときは、きちんとした服装で出かける必要があるわ」

六人全員がうなずいた。よかった。これで彼女たちにレディらしい装いをすすめられる。

リリーが言う。「だったら、ビーストがわたしたちを送り出すために、仕立屋に注文してくれたドレスがあるわ」

「送り出すためのドレス？」

アルシアの問いかけに、リリーが熱心な調子でうなずいた。「他の仕事の面接を受けて、ここから出ていくためのドレスなの。ビーストはここで働いていたどの売春婦にも作ってあげたのよ。〝衣装だんすにきみたちの夢を吊《つ》るしておくんだ。そうしたらたんすを開けるたびに、いまよりいいことが待っていると思い出せるから〟って言ってね」

「ここで働いていた、どの――」アルシアは〝売春婦〟という言葉を使うのをためらった。

「――女性にも？　他にも女性がいたの？」

「ええ、そうよ。最後に残ったのがわたしたちなの」

つまり〝もう少し上品になる必要がある〟レディたちということだ。

「一番の古株はロッティよ。ねえ、ロッティ、前はここに売春婦がどれくらいいたんだっけ？」

「さあ、わかんない。二十四人くらいじゃないかな。あたしもジュエルほど古いわけじゃないから。ジュエルなら、きっと何人いたか知ってるわ」

かつてそんなにおおぜいの女性がここで働いていたと知り、アルシアは驚きに言葉を失った。あの墓地を訪れたあとだけに、彼女たちが別の人生を歩めるよう手助けしてやりたいというビーストの切実な願いは理解できる。自分も全力を尽くして協力したい。

「送別のためのドレスは、この授業を受けるときに着るべきかもしれないわね。そうすればやる気も高まるから」

リリーは不安そうな表情になった。「だめよ。あれを着るのはここから出ていくときだけ。もう二度と戻らないためのドレスだもの」

「わかったわ。それなら明日の授業からは、もう少し適切な装いをするようにしてね。着るものを変えるだけで、いまとは違う仕事に就きたいという夢を思い出せるから」

「へえ、すごく上品な話し方」ロッティが目を丸くする。

アルシアは笑みを浮かべた。「すぐにあなたたちもこういう話し方になるわ。でもまずは、レディらしく歩くための方法を教えようと思うの」

〝彼女は彼の傷ついた孤独な魂を癒《いや》してくれた〟

アルシアを残して図書室を出てからもう一時間が経《た》つというのに、ビーストはこの一文しか書けずにいた。執筆中の小説に出てくる警部と、その警部が夫殺しを疑っている女性についての描写だが、そっくりそのまま自分とアルシアに当てはまる。

その未亡人を犯人にするつもりでいたが、いまは気が変わった。彼女のおかげで、この生真面目でかたくなな警部が態度を軟化させる可能性もあるかもしれない。もしかして彼は優しさを求めているのか？　そして優しくされることで、彼のもろくて弱々しい正体が露呈するのでは？

低くうめいてがっくりとうなだれ、指を長い髪に差し入れた。小説の登場人物ではなく、むしろ俺自身のことのようではないか。

とはいえ、アルシアと一緒にいるときはいつも、自分がどんな反応を示しているか分析している。彼女と話していると楽しい。彼女がこちらを恐がっていないのも嬉しい。最初からそうではなかっただけに、いっそう。それに、彼女の考えがしっかりしているのも好ましい。アルシアは一度こうと決めたら、こちらが何を言おうと決心を変えようとしないし、こちらもそのせいでいらだったりしない。ただし、アルシアが彼女自身にとって一番の利益にはならない決断を下した場合は例外だ。その場合だけは、耐えきれぬほどのいらだちを覚えてしまう。

しかも不思議なのは、俺自身がそういう状態を楽しんですらいることだ。

あのまま図書室に残り、授業を見学したかったのは山々だが、どうしても執筆作業をしなければならなかった。まあ、その目標を達成したとは言いがたいが。何しろ、一時間も経つのに冒頭の一文しかひねり出せていないのだ。

そのとき、何かが落ちる音が聞こえた。レディの誰かが家具につまずいたのだろうか？

バン！

いったい彼女たちは何をやっているんだ？

バン！

書斎から出て、隣にある図書室へまっすぐ向かうと、レディたちが一列になって歩く練習をしていた。それぞれがビーストの高価な本を頭にのせ、体のバランスを取っている――いや、少なくともバランスを取ろうとしている。だが一歩、二歩と進んだところで頭から本が落ち、床にぶつかって大きな音を立てているのだ。バン！

ただし、本を落とさない人間が一人だけいる。生徒たちに見本を示しているアルシアだ。頭にのせた本をほとんど動かさないまま、図書室の隅から隅まで音も立てずに歩いている。非常に落ち着いていて、優雅きわまりない動きだ。一度頭にのせた本は滑り落ちるなど許さないとばかりに、自分の体をきちんと支配している。

アルシアはこれまでどのくらい時間をかけ、あの技術を自分のものにしたのだろう？どれほど熱心に練習して、本が自分の体の一部であるかのごとき完璧な歩き方を身につけたのか？　そうすれば、誰からも見下げられることがなく、非の打ちどころがないレディとして認められ、そんな自分にぴったりの尊敬に値する夫を得ることができるから？

あの女性のことだ。歩き方以外にも、高貴な生まれのレディに必要な数多くの素養を身につけるべく努力を重ねてきたのだろう。

だが熱心に練習したにもかかわらず、父親のせいで、彼女の努力は水泡に帰してしまったのだ。

二十四歳。なぜ彼女はこれまで結婚しなかったのだろう？

体を回転させたアルシアは、すぐにこちらに気づいた。その視線を感じた瞬間、彼女の両手が肌にかけられたような気がした。あまりに強烈な反応に衝撃を受ける。どう考えてもいい前兆とは言えない。誘惑の技術を教えるレッスンで、本当にアルシアに心乱されないままでいられるのだろうか？

ビーストは踵《きびす》を返すと、ほとんど小走りで階段を駆けおりた。二人の間に距離をおく必要がある。いまアルシアとの間に感じている、熱っぽい、まるで火花が走ったような感じをどうにかして振り払いたい。そのまま歩き続け、とうとう厨房《ちゆうぼう》近くにあるジュエルの執務室までやってくると、扉は開いていた。いつものことだ。ビーストとは違い、ジュエルは自分の事務室の扉を閉めたことが一度もない。仕事に精を出しているときに誰かが入って邪魔されても、いっこうに気にしないのだ。

「なぜ階上で授業に参加しないんだ?」

机の背後に座って帳簿をつけていたジュエルは顔をあげた。「彼女たちがわたしを必要としていると思う?」そして二個のグラスにウィスキーを注《つ》ぐと、一個を机の向かい側に滑らせた。「あの子たちが行儀よくしていられるかは、ちゃんと確認してから図書室を出たわ。アルシアは驚くほどあっという間にあの子たちの心をつかんだの」

そう聞かされても驚きはしない。初めて〈人魚と一角獣〉で出会った夜、アルシアはあれこれ尋ねる俺を軽くあしらおうとしたが、それでも彼女に惹《ひ》かれずにはいられなかったのだ。

ジュエルの机の前にある椅子にどっかりと腰をおろし、グラスを手に取って掲げると、琥珀《こはく》色の液体を口に含んだ。ちりちりと灼《や》けつくような感触が喉から胸へ広がっていくのが心地いい。「彼女に避妊法を教えてやってほしいんだ」

グラスを唇近くまで掲げたところで、ジュエルはつとその手を止めた。普段の彼女は、ビーストの前でも自分の考えをあらわにしようとしない。一流の売春婦というのは――ジュエルは間違いなくその一人だ――一流の女優でもあるからだ。だが今回ビーストには、目の前にいる彼女が驚いているのがわかった。

「あなたはいままで一度も、この館のなかで女の子とセックスしたことがなかったのに。でも最初から、彼女はどこか違うなと感じていたわ」

ビーストは自分のグラスを指で軽く叩《たた》いた。「いや、手を出すつもりはない。だが彼女から、男を誘惑する方法を教えてほしいと頼まれたんだ」

結果的に、他の誰かがアルシアとセックスすることになる。歯を食いしばり、脳裏にその光景を思い描かないようにした。すでに激しい怒りが込み上げ、胃がねじれるように痛んでいる。何者にもアルシアには指一本触れさせたくなかった。でも俺がどう望んでいるかは問題ではない。あの契約の条項がどう機能するかもだ。

ジュエルはチェシャ猫のようににやりとすると、椅子の背にもたれた。「それは興味深いわね。あなたはその頼みを聞いてあげるつもりなの？」

「俺に選択肢はない。それが、彼女にレディたちの先生役をやらせる条件なんだ」

「なんだか嬉しくなさそうな言い方ね。アルシアを好きになるのを怖がっているの？　彼女の魅力に抗《あらが》えないんじゃないかと心配？」

ああ、そのとおりだ。「いや、このままだと彼女を危険な道へ向かわせることになる。それをためらっているだけだ」

「彼女が進むのは、彼女自身が決めた道であるべきだわ。サリーのときのようにね。あなたはサリーが死んだことに責任を感じる必要なんてない。もし責任を感じる必要がある者がいるとすれば、それはあの夜サリーを襲った悪党だもの。しかもサリーが売春婦だという理由で、当局はそいつを捕まえようとさえしなかった。わたしはいまだにそれに腹が立ってしかたがないの」

「もし俺が彼女を守ることに同意していなければ――」

「サリーはいまだに売春婦をやっているはずよ。ねえ、ビースト、そのせいであの子はさらにつらい思いをしていたはず。何度もひっぱたかれたり、殴られたり、男どもにひどい扱いを受けていたにきまってる。これはわたし自身の経験から言っているの。あなたに受け入れてもらう前、わたしは毎晩のように男たちを呪い、出口がまったく見えずにいた。でもいまのわたしを見てよ。あなたが物事の管理の仕方や台帳のつけ方、女主人になるための方法を教えてくれたおかげでこうなれた。ついでに言わせてもらうけど、女の子の最後の一人が出ていったら、ここをちゃんとした下宿屋に改装して、かなりの儲けを出せると思うの」

「きみにはそんな計画があったのか」

「ええ、そういう仕事が向いていると思うから」

ビーストはうなずいた。ジュエルならば、その仕事をうまく成し遂げるだろう。時間をかけて念入りに計画して、数々の大きな成果を手にできるはずだ。ジュエルは三十三歳の自分より四歳若いだけ。年齢にふさわしい知恵を備えた大人なのだ。

「なぜアルシアは、誘惑の方法を教えてほしいと頼まなくちゃいけなかったの?」ジュエルは静かに尋ねた。

「彼女はどこかの男――いや、貴族の愛人になる計画を立てている」

「あら、わたしの知り合いでも同じ道を歩んだ子が何人かいるわ。そんなに悪くない人生よ。すてきな館に美しい服、おいしい食べ物が与えられるんだもの。ただし、囲われている殿方に恋をした場合、ちょっとつらくなるみたい」

ペットみたいに、アルシアが誰かに囲われている姿など想像もできない。ビースト自身、自分の母親は囲われの身だったのだろうかとよく考えた。兄弟であるエイデンは、自分の実の母が父親の愛人だと知っていた。しかも、ここ一年でその母親が誰かわかり、自分をこの世に生み出した女性と懇意にしている。正直、そんなエイデンのことが羨ましくてたまらない。エイデンを産んだ当時、その女性は彼を手放すしか選択肢がなかったのだという。

実の母親がエティ・トゥルーラヴに自分を預けたときの言葉から察するに、その女性もまた手放すしか選択肢がなかったのだろう。必ず引き取りに戻ってくると約束したが、それは彼女が良心の呵責《かしゃく》を和らげるために言っただけ。その女性の身に不幸な出来事が起こったせいで、わが子を連れ戻しに来られなかったのでは、とは考えたくない。それよりも、実の母親には健康で、幸せで、大切にされる人生を歩んでいてほしい。息子である自分を望まなかった彼女を、いまでは許すことができる。庶子を抱えた女性が一人で生きていけるほど、人生は甘くない。

「きみなら彼女に避妊法を教えられるだろう?」

「誰に? アルシアに?」

ビーストはいらだったように彼女をにらんだ。「ああ、アルシアにだ。いま話し合っていたのは彼女についてだからな」

「セックスするつもりがないのに、彼女のことを心配しているのね」

ビーストはウィスキーをあおってから、グラスを机の上に置いた。必要以上に力がこもっていたかもしれない。グラスが立てた大きな音に満足しながら立ち上がる。「俺たちには、彼女にいかなる危険も降りかからないようにする責任があるんだ」

アルシアに関する限り、たしかなことは何一つ言えない。だからこそ、ありとあらゆる危険を避けられるよう、あらかじめ手を打っておかなければ。

10

アルシアは寝室の姿見に映る自分の姿を眺めていた。この館に到着してから夕食までずっと灰色のドレスを着ていたけれど、緑色のドレスに着替えるべきだろうか？

夕食の席に向かい、先に着席していたレディたちの装いを見て驚きに言葉を失った。図書室とほとんど変わらない――肌をあのとき以上隠そうとしていない――装いだったのだ。

対照的に、テーブルの上座に座るベネディクトは完全な正装だった。黒い上着に灰色のベスト、白いシャツを合わせ、ネック・クロスも完璧に結んでいる。一緒にテーブルにつく夜の女たちが、自身にとってきちんとした装いをするに値するレディたちだと態度で示しているのだろう。アルシアがダイニングルームに足を踏み入れると、ベネディクトはすぐに立ち上がった。

突然気恥ずかしくなり、体の正面で手を握りしめた。「わたしのために立ち上がらなくてもいいのに」

「彼はみんなが入ってくるたびに立ち上がるの。大丈夫。あなただけが特別なわけじゃない」ジュエルが口を開いた。ベネディクトとは反対側の、テーブルの端の席に座っている。

本当は、彼にとって自分が特別な存在であってほしいけれど。

そのあとベネディクトから身ぶりで彼の左側にある椅子を示され、少々特別扱いされている気分になれたものの、食事中彼とは言葉を交わさずじまいだった。話したくなかったせいではない。他のレディたちが会話の主導権を握り、今日の授業で自分がうまくできたことや、他のレディたちが失敗したことをとうとうと話し続けたせいだ。彼女たちが熱心に語る姿を見て、アルシアは本当に嬉《うれ》しかった。でも明日からは、彼女たちに食事中のマナーを一から教えなければならないだろう。

夕食を終えると、レディたちは全員自分の部屋へ戻り、アルシアも自分の寝室に戻ってこうして時を刻む時計の音に耳を傾け続けている。やがてレディたちが客をもてなし始めると、笑い声や足音が聞こえてきたが、それでも時が経《た》つのをひたすら待った。

その間にもう三回も、髪をピンで留めたりそのピンを引き抜いたりした。アップの髪型にしても、気が変わって髪をおろすことの繰り返しだ。とうとうアップのままにしようと決める。

それからレディたちの印象を書き残そうと考えた。いわば自分のための日記——あるいは、他のレディたちに関する覚書のようなものだ。今日の午後は驚くべきことばかりだった。彼女たちは、かつて自分が一緒に過ごしていたレディたちとはまるで違っていた。貴族は尊大にもつき合うべき相手を選び、それ以外の人は完全に無視しているけれど、それが本当にいいことなのか、いまではよくわからない。そのせいで、自分がごく限られた狭い世界観しか持てていないと気づかされた。

とはいえ、それはあのレディたちも同じこと。最初は嫌そうにわたしが上流階級《トップ》ではないかと尋ねてきたし、やや疑わしげな様子だった。でも、お互いについて少しずつわかってくると打ち解け始め、結果的には友だちのようにさえなれたのだ。そんな話を聞かされたら、社交界の面々は大笑いするだろうか？

時計がようやく夜十時を告げると、アルシアは廊下に出て早足で進み始めた。廊下にはピンク色の小花模様が描かれた緑色の壁紙が貼られ、なんとも家庭的な雰囲気だ。思えば、この館には蠱惑的《こわくてき》な部屋から男性的な部屋、女性的な部屋まで、ありとあらゆる雰囲気の部屋が勢揃《せいぞろ》いしている。そのほうが、その部屋を使う人の目的に合わせやすいからだろう。

図書室に近づくにつれ、扉が大きく開かれているのに気づいた。

なかをのぞいてみると、暖炉の前に二脚ある袖椅子の一脚に、ベネディクトが座っているのが見えた。大きな足音を立てないよう気をつけていたつもりだが、どういうわけか彼にはわたしの到着がわかったらしい。そうでなければ、こちらの存在を感じ取った。すぐに読んでいた本を脇に置くと、プラム色をしたベルベット製の椅子から立ち上がったのだ。

「わたしのために立ち上がらなくていいのよ」夕食の席と同じ言葉を口にした。

「こうするよう教わったんだ」

教えたのは、ベネディクトにあの高価な銀製のマッチ入れを与えた女性だろう。アルシアは図書室へ入ると、あたりを見回した。今日の午後、あのレディたちもわたしの授業を受ける前に、こんなに緊張していたのだろうか？　空いている袖椅子の脇にあるテーブルにシェリー酒が入ったグラスがあった。思わず笑みを浮かべる。

「他のもののほうがいいなら――」

「いいえ、シェリーがいいわ」アルシアは椅子の前に立ち、体の正面で両手を折り重ねた。「毎日何時間か自分のための時間があるから、読書をして過ごしたいの。この部屋のどこかに、少なくとも一冊はあなたが書いた『テン・ベルズ殺人事件』があるはずだわ。どこにあるか探してもいいかしら？」

するとベネディクトは大股で、図書室の入り口近くにあるガラス扉のついた本棚の前へ移動した。アルシアがその流れるような動きを目で楽しんでいると、彼は両開きのガラス扉の片側を開き、ふたたび閉めた。近づいていくと、一冊の本が差し出されている。大切に受け取り、紫色の硬い表紙に指を滑らせると、指先からざらざらとした感触が伝わってきた。本をひっくり返し、背表紙に金色文字で刻された題名と著者名をうっとりと眺める。この本と同じように、目の前にいる男性のことも優しく撫《な》でてみたい。

「読んでもいいかしら？」

「もし読みたいなら、その本はきみにあげよう」

「いいえ、そんなわけには――」

「俺はもう一冊持っている。というか、実際は何冊か持っているんだ」ベネディクトは椅子の前に戻ったが、まだ立ったままだ。

アルシアは自分の椅子に腰かけた。フラシ天のふかふかのクッションが心地いい。シェリーを一口すすり、彼が腰をおろすのを待った。

ベネディクトはこちらを見つめると、自分のグラスから一口たっぷりと流し込んだ。スコッチ・ウィスキーに違いない。

「夕食の間、レディたちは午後の話で盛り上がっていたが、きみはおとなしかったね。きみはどう思ったのか聞かせてほしい」

彼がすぐにレッスンを始めようとしないことに、アルシアは感謝したい気分だった。

「彼女たちはちょっと手に負えないところもあるけれど、授業そのものはかなりうまくいったわ。話によれば、あなたはここで働くレディ一人一人にとてもすてきなドレスを仕立ててあげているそうね。彼女たちはそのドレスを着て授業へ参加したほうがいいと思うの」

「だったらそうさせればいい」

「提案してみたけれど、あなたは、あれを着るのはここから出ていくときだと言ったそうね。彼女たちはあなたのその言葉を絶対に守らなければと考えているみたい。でも別の仕事に就きたいなら、彼女たちはまず自分自身をレディとして見る必要がある。自分に対する見方を変えようとしなければ成功できないわ」

「わかった。レディたちと話してみよう」

「ありがとう」

ベネディクトから突然値踏みするような目で全身を見つめられ、たちまち居心地の悪さを感じた。今日の午後のレディたちのように、ほとんど何も身につけていないような気分になる。

「明日きみを仕立屋へ連れていき、ドレスを何枚か注文しよう」

「とてもありがたい話だけれど、そんな必要はないわ」

「きみはいま着ている灰色と、あとブルーのドレスを持っている」青いドレスは、彼が〈人魚と一角獣〉に二度めに来店したときに身につけていた。「それと緑色のドレスだ。他のドレスは持っているかい?」

フランネル製のナイトドレスとお揃いの下着があるが、ベネディクトが尋ねているのはそういう類いのドレスではないだろう。灰色のドレスはすり切れているし、青いドレスもくたびれてきているけれど、それは認めたくない。「それだけあればじゅうぶんよ」

「きみはいまさっき、どんな人間なのか、人生に何を求めているかは、その人の装いに反映されると意見したばかりじゃないか。きみ自身にも同じことが当てはまるはずだ。そうだろう？　誘惑の達人にふさわしい装いをすべきじゃないのか？」

ベネディクトは先ほどの言葉をまんまと逆手に取り、こちらをにっちもさっちもいかない状態に追いつめ、自分の望みを果たそうとしている。なんて頭の切れる男なの。

そして、暖炉の炎をぼんやりと見つめながら思い出したのは、少し前までの自分の姿だ。あの頃の自分ならかっとなって部屋から飛び出し、文句を並べ立て、使用人たちに八つ当たりをしていただろう。ベネディクトの罠《わな》にはまったことに対して、怒りよりもはるかに強烈ないらだちを感じている。とはいえ、それはまだわたしにそうする選択肢が許されていたときのこと。誰の慈悲にすがることもなかった頃の話だ。父親が強大な権力を誇り、わたしもその権力を笠《かさ》を着て、父親と同じように振る舞えたからにほかならない。

でも、もはや自分の不快感を示す贅沢《ぜいたく》は許されない。権力を持つ誰かに自分を擁護してもらうこともない。これから愛人として生きるなら、わたしの将来は相手の男性の気まぐれに左右されることになる。加えて、その男性に対するいらだちをうまく隠す、自身の能力にも。

そう考えると恐ろしくなった。相手に不機嫌さを見せないためには演技力が不可欠だが、わたしにそんな能力があるのだろうか？

アルシアはベネディクトに注意を戻した。「あなたの言うとおりだわ。ご親切にありがとう。明日は一緒に仕立屋に行きます」

もしベネディクトが満足げな顔をしたら、今夜はここまでにしましょうと言うつもりだった。ところが彼はそんなそぶりは見せず、ただこちらを見つめ続けているだけだ。

「言い忘れていたことがある。午後にきみも気づいたかもしれないが、レディたちは全員文字が読める。もしきみの目標を達成する手助けになる本があれば、その本の題名を教えてほしい。すぐに注文して、ここへ届けさせる」

「ええ、本当に驚いたわ。文字が読めないせいで、彼女たちがこういう仕事に就いたのかと考えていたから」

「こういった仕事に就く女性にはそれぞれ、さまざまな理由があるものだ。なかには字が読めるレディもいるし、そうでないレディもいる。妹のファンシーが週に何度か、大人たちのための読み方教室を無料で開いているから、俺もここにいる字が読めないレディたち数人を妹の教室に連れていった。おかげで、少なくともいま彼女たちには字が読めるという強みがあるんだ」

そういえば、トゥルーラヴ家の末娘ファンシーは最近、ローズモント伯爵と結婚したばかりだ。父の事件があってからもしばらくは、貴族社会での幸せな出来事を必死に追いかけようとしていた。たとえもはや自分にはなんの関係がなくても、彼らの結婚や出産に関する噂話《うわさばなし》を拾い集めるようにしていたのだ。とはいえ、スキャンダルが書き立てられた新聞が放置されていることはほとんどない。それに、そういう噂話を教え合う友だちもいない。

かつては取るに足らない噂話をひそかに集めていた。ゴシップ紙にも載らないような、ごくたわいもない裏情報を、珍しい味わいの貴重なお菓子であるかのようにこっそり蓄えていたのだ。でも、いざ自分の家族が対象になり、貴族たちの間で不愉快きわまりない言い方をされるようになると、もはや噂話の蜜の味を楽しむことなどできなくなった。

「あなたは女性たちに教育を受けさせることにとても熱心なのね」

「俺の母さんは昔から、もっといい人生を送るために大切なのは知識だと信じていた。だから俺たちを貧民学校に通わせ、一日たりとも休むのを許そうとしなかったんだ。やがてきょうだい全員が働き始めると、みんなで金を貯《た》めて年間購読料を支払い、貸し出し図書館の会員になった。ただ、借りられる本は一度に一冊だけだったから、順番で自分が読みたい本を借りるようにしたんだ。たとえ他のきょうだいが選んだ本に興味がなかったとしても、みんなでその一冊の本を読むという決まりだった。そうすればきょうだい全員で、その本のテーマについて話し合える。だからいま、どんなに複雑で難しい話題でも、俺たちきょうだいにはそれなりの知識があるし、ちゃんと理解しているから話にもついていける。目の前の事実に対してちゃんと自分の意見を持ち、議論を闘わせることもできる。きっと、それを不思議に思っている人もいるんじゃないかな。そんなこんなで、結果的に俺は、女性たちにできるだけ教育を受けてほしいと思うようになったんだ。男と同じように、女も自分の人生をよりよくする機会をもっと与えられるべきだと思う。自分の妻とは活発な議論を闘わせたくないからおとなしい女のほうがいいなどと考える男の気持ちが、俺にはわからないんだ」

「これから誰の奥さんにもなるつもりがない以上、わたしが誰かと議論を闘わせることはないはずだわ。愛人となる男性は、きっとわたしにいつも口を閉じて静かにしているよう望むはずだもの」

「俺は女がヒップを揺らすのを見るよりも、その言葉を聞いているほうがそそられるが」

アルシアも認めざるをえなかった。たしかに、ベネディクトのがっちりした肩を見るよりも、彼の言葉を聞いていたほうがはるかにそそられる。とはいえ、あの男らしい両肩にこの指を滑らせてみたい気持ちに変わりはないけれど。

「あなたにとって、特にそそられる言葉はある？」

ベネディクトはウィスキーを口に含んだ。濡《ぬ》れた唇を見つめながら、アルシアは思う。彼の唇についたウィスキーの残滓《ざんし》を、この唇で舐《な》め取ってあげたい。チャドボーン伯爵は唇が薄くて、上唇はほとんど見えないほどだった。けれど、ベネディクトの唇はまるで違う。分厚くて、ふっくらしていて、本当に蠱惑的だ——まるで彼そのもののように。

「正直な言葉がいい。たとえとげのある言葉であっても」しばらく黙っていたあと、ベネディクトはとうとう口を開いた。「以前、きみのお父上に関する記事を読んだよ。彼が女王に対して反逆を企てていたことが事細かに書かれていた。だがきみに関する記事は一度も目にしなかった。きみは昨日、俺がきみに関する真実を知ったと話していたがそんなことはない。だから、その真実を話してほしいんだ」

アルシアは暖炉の火に注意を戻した。「せっかくあなたとの会話を楽しんでいたのに」

ベネディクトは体を前にかがめ、引いた両膝に肘をつくと、それが守るべき小鳥であるかのようにグラスを両手で挟み込んだ。

「アルシア、俺は自分の人生についてかなり詳しい話をきみに打ち明けた。個人的な話もあれば、成功した話もある。サリーに関する真実もだ。彼女の死に自分がどう関わっているか、そのせいでどれほどの罪悪感を抱えているかも正直に打ち明けた。きみはそんな俺を慰めてくれたね。いまや俺たちは何かを隠すような間柄ではないはずだ。それなのに、どうしてきみ自身の話をほとんど俺にしてくれないんだ？　なぜ隠そうとする？」

「どう考えても……恥ずかしい過去だから」

「庶子に生まれた俺が、自分の過去を恥じていないとでも考えているのか？　俺がきみをあざ笑ったり、一方的に判断したりするとでも？　きみは、自分ではどうすることもできない状況に陥っただけなのに」

もしベネディクトがこれほどひっそりと言葉を発さず、すべて打ち明けるのをじっと待つ姿勢を見せていなかったとしたら、彼を無視できたかもしれない。でもいままでずっと、自分の背負った重荷について誰にも打ち明けられずにきた。もちろん、家族とは苦しみをわかち合ってきたけれど、暗黙の了解で、父について詳しく話したり、〝裏切られた〟という気持ちを吐露し合ったりしたことは一度もない。一度でも本音を口にすれば、事態がさらに悪くなるような気がした。だから全員で何事もなかったように振る舞っていた。ある朝目覚めたら突然、自分たちが貧しい平民になっていたかのごとく。

青や赤、オレンジ色など、さまざまな色合いで揺らめく暖炉の炎を見つめ続けているほうがはるかに簡単だった。でもどういうわけか、ベネディクトの黒曜石の瞳のなかに、何かを探し求めずにはいられなかった。彼のがっちりとした顎や、ナイフの刃先を思わせる鋭い鼻や高い頬骨にも。

いまでは、ベネディクトの顔のありとあらゆる輪郭が記憶に刻み込まれている。こうして見つめると、ひどく懐かしい気分さえ覚える。向けられた強いまなざしには、紛れもなくこちらを心配する気持ちが感じられた。それがどうにも恐ろしい。心が慰められるのと同じくらい、言いようもない不安をかき立てられる。なぜなら、わたしはベネディクトの注目を乞い願うべきではないから。彼の存在をこんなに大切に感じるべきではないから。

ベネディクトはこの人生にほんの一時的に関わるだけの人だ。いままで関わってきた、他のおおぜいの人たちと同じこと。今回、父の件で大きな傷心と失望を味わわされて気づかされた。それまでいかに献身的に尽くしてくれていたとしても、その本人からのたった一言、あるいはただ一度の振る舞いで、すべてが立ち消えてしまうものなのだと。

「屋敷の正面玄関を叩《たた》く大きな音で目が覚めたのは、あの夜、午前二時八分のことだった」喉が締めつけられているようで、かすれ声しか出せなかった。無意識のうちに、不愉快な言葉を吐き出さないようにという注意が働いたのかもしれない。「どうしてそのとき炉棚の上にある時計を見ようと考えたのか、自分でもよくわからないの。寝室の窓からは屋敷に通じる私道全体が見渡せて……そうでなければ、きっと外の騒ぎには気づかなかったはず。とにかく窓から外を見てみると……あのときのうちの私道には、ロンドン警視庁が総出になっていたに違いないわ。執事か従者が彼らのために屋敷の玄関を開けると、すぐ廊下に荒々しい足音や叫び声が響き渡ったの。わたしの寝室の扉もいきなり開けられて――」

アルシアはシェリーをごくごくと飲んだ。アルコールの甘い味わいは、いま自分が話している厳しい言葉とはまるでかけ離れている。

「扉から入ってきたのは警部と思われる男性で、わたしをちらりと見ると廊下へ戻っていった。ぼんやりした頭のまま、その男性のあとを追うように戸口まで出てみると、母が金切り声をあげていて、母の侍女がなんとか落ち着かせようとしているのが見えた。でも、おおぜいの男たちが動き回っていたものだから、母に近寄ることさえできなかったの。ちょうど、警察が兄たちを廊下へ引きずり出そうとしているときだった。兄たちもいきなり寝室に入られたに違いないわ——その瞬間、彼らは兄たちに寝巻きを着させるほど紳士的ではないんだなとしか考えられず、珍しい光景を眺めているような気分だった。そうしたらマーカスが叫んだの。〝頼むから、せめてちゃんとした格好をさせてくれ〟って。

あなたはまだマーカスには会ったことがないけれど、その気になれば、マーカスは威圧感たっぷりに周囲の人を怖がらせることができる。きっと世継ぎとして生まれたせいね。結局、当局は兄たちに着替えを許したわ。いまでもよく覚えているのは、連行されていくときのマーカスがわたしと目を合わせて〝すべて大丈夫になるから〟と言ったこと。そのときは兄を心から信じていた。でももちろん、そうはならなかったの」

11

アルシアの身に起きたことを聞かされ、ビーストはいたたまれない気持ちになった。だが気まずさと同じくらい、感謝の念も感じている。彼女のことをもっとよく知り、さらに深く理解するための機会を与えられたのだ。

アルシアはグラスをつかんでシェリーを飲み干した。話し続けるためには、アルコールの景気づけがもっといるようだ。もう一杯注《つ》ごうかと考えたが、出すぎた行為かもしれない。というか、突然いかなる動きもこの場にふさわしいとは思えなくなった。炉棚の上で時を刻む時計の針と、炉床で爆《は》ぜる音を立てながら揺れている炎以外は。

驚くとその場から逃げ出しそうな赤ちゃんウサギを相手にするかのごとく、ごくゆっくりとアルシアに向かって自分のグラスを差し出した。「これを」

彼女はグラスを受け取ると、琥珀《こはく》色の液体を見つめた。「スコッチ？」

「ああ」

「ウィスキーは一度も飲んだことがないの」

「だったら少し口に含むといい」

先ほどまで聞かされていた壮絶な話に比べると、ひどくありふれた言葉に響いた。間違いなく、若いアルシアにとっては人生最悪の夜だったはずだ。

一瞬だけグラスを唇に近づけた様子から察するに、アルシアがごくわずかでもウィスキーを飲んだかどうかは疑わしい。彼女は指先でクリスタルのグラスを軽く叩《たた》き、リズムを刻み始めた。

「当局は兄たちも陰謀に関与し、何か知っているはずだと考えていた。でも二人ともまったく関わっていなかったし、何も知らなかったから二週間後に釈放されたの。

父と兄二人が逮捕されてから一週間後、母が、招待されている舞踏会には出席すべきだと言い出したわ。以前と何も変わりないように振る舞うべきだし、舞踏会に出席することで〝わたしたちは陰謀に関わっていない、いっさいあんな悪事には加担していない、わたしたちの英国女王に対する忠誠心は、母の夫でありわたしの父であるウルフォード公爵をはるかに上回るものだ〟と態度で示すべきだと言い張ったの」

昨日と同じく、アルシアはそのすべてが、自分の知らない誰かの身に起きたことであるように――彼女自身にも関係ないかのように話し続けた。声には抑揚がなく、感情もいっさい感じられない。だがビーストには痛いほどよくわかっていた。いま彼女の心のなかではさまざまな感情が渦巻き、胸が潰れるような思いをしている。

「すべて解決するまで舞踏会に出席するのはよしたほうがいいと、母を説得しようとしたわ。わたし自身、父がそんな陰謀に関わっていたという事実を受け入れることができずにいた。だから、すぐにあるべき状態に戻るはずだし、父の身の潔白も証明され、何もかもすべて元どおりになると信じていたの。でも、舞踏会への出席はやめたほうがいいのではと考えるようになったのは、婚約者のチャドボーン伯爵がわたしを訪ねてこなくなったから。友だちも誰一人訪ねてこなくなったし、こちらから訪ねても彼女たちは留守だと言われ続けた。それでも母は、どうしても舞踏会に出席すると言って聞かなかったわ。そんな母を一人で行かせることなんてどうしてもできなかった。いまにして思えば、母は心労のせいで正しい判断を下せなくなっていて、夫が反逆の罪に問われていない世界に逃げ込もうとしていたんだとわかる。でもそのときはわからなかった。だから母と一緒に舞踏会へ出席したの。

わたしたちの名前が呼ばれて階段をおりていくと、チャドボーンが階段の下まで進み出てきた。あとになって噂《うわさ》好きなおしゃべりたちは――新聞の社交面の記事でさえ――そのときのわたしが〝自分の名誉を守るために駆けつけた騎士を見るように嬉《うれ》しそうな表情を浮かべていた〟と嬉々《きき》として振り返っていたものよ。一番悔しいのは、そのときのわたしがまさにそう信じて疑っていなかったことなの。彼がわたしを救ってくれると考えていた。でも近づいていっても、チャドボーンからは完全に無視されたわ。そして、他のみんなからも同じしうちを受けた。チャドボーンは裏切り者の娘を妻にするつもりはないとはっきり表明することで、公の場で英国と君主に対する忠誠心を示そうと考えたの」

ビーストはその男に対する嫌悪感がふつふつとわき上がるのを感じた。チャドボーンという男を捜し出し、ついに見つけたら完膚なきまでに打ちのめしてやる。

「結局母は気を失って、使用人たちによってその場から運び出されたの。かなり手荒な運ばれ方で、それ以降、母が元気になることはなかった。ふたたび口を開くこともなく、ベッドから起き上がることもないまま、乱暴に摘み取られて水やりもされず放っておかれた花のようにしおれてしまった。そして父の絞首刑が実行された数時間後に、母も息を引き取ったの。そんな屈辱には耐えられなかったせいよ。母にとってはそれでよかったのかもしれない。だってその翌日、屋敷に当局が押しかけてきて何もかも奪い去っていったから。そんな目に遭わされるだけでも、母はとうてい生きていられなかったはずだもの」

アルシアが視線を合わせた。その瞳のなかには多くの思いがあらわになっているが、まだ完全に明らかにされていない感情のほうがはるかに多い。

「チャドボーンについて聞かせてほしい」

彼女は自分をあざ笑うような笑みを浮かべた。「彼を意識したのは、わたしが社交界にデビューした年だった。まだ十九歳だったし婚約を焦る気持ちはなかったから、ダンスをしたりいちゃついたり恋愛ごっこを楽しんだりしていたの。二年めの社交シーズンも彼から真剣に求婚されることはなくて、三年めに結婚を申し込まれたわ」

「高級娼婦《しょうふ》になることで、きみはふたたび彼の注目を取り戻したいと考えているのか？」

アルシアのほほ笑みが皮肉っぽくなった。まだ心の傷が癒えていない証拠だ。「まさか。ただ、人気者になって彼のほうからわたしを求めるようになるのはかまわない。そうすればこちらから彼を拒絶できるし、そのことに少しは満足できるはずだから」そう言ってウイスキーをいっきに飲み干したが、突然咳《せ》き込み始め、目に涙をためながらふたたび口を開いた。「なんだか急に冷えてきたみたい」

彼女はグラスを置くと立ち上がり、両腕で自分の体を抱きしめると、炉床に近づいた。慎重な足取りで彼女の隣に立ち、炉棚に腕をもたせかける。

「以前は、暖炉に火があるのが当然だと考えていた」アルシアはひっそりと言った。「でも、それは使用人たちが常に火を絶やさないようにしていたからなのね。そういう仕事をしている彼らに、わたしはこれっぽっちも注意も払っていなかった」

「俺たちは失って初めて、失ったもののありがたみに気づくものだ」

アルシアの悄然《しょうぜん》たる姿を目の当たりにして、ビーストは自己嫌悪にさいなまれていた。彼女の暗い記憶を呼び覚ましたのはこの自分。どうしても好奇心を抑えられず、どんな手を使ってもアルシアがこれまで歩んできた人生を調べ尽くし、彼女を完全に理解したいと考えたせいだ。そんなことをする権利などないとわかっているのに。

「彼を愛していたのか？」

アルシアはわずかに――やっとそれとわかる程度に――うなずいた。にもかかわらず、みぞおちを殴打されたような衝撃を受けた。

「本当に愚かよね」

なんの感情も感じられない声だ。それでもビーストにはわかった。アルシアは自分の父親よりもチャドボーンに裏切られたことでいっそう深く傷ついたのだろう。彼女は父親のせいで英国王室への忠誠心を疑われ、社交界での立場を失うことになった。だが、それだけではない。チャドボーンのせいで、それまで抱いていた夢や希望をすべて手放さざるをえなくなったのだ。提案があると持ちかけたとき、アルシアが〝愛人になれ〟という意味だと誤解したのは、チャドボーンの卑劣な行動のせいかもしれない。

「愚か者は彼のほうだ」

気づけばビーストは、常に自分の厳しく課しているルールを思い出す前に、頭を下げてアルシアに口づけていた。

どう考えても間違いだ。ケーキを食べすぎたときのように、あとで腹痛を起こして後悔するのはわかっている。それでもいまこの瞬間、目の前にある甘やかな唇以外、何も欲しくなかった。

アルシアの唇は温かく柔らかで、ふっくらとしていた。いつも想像していた通りに。最初に唇が触れ合ったとき、すぐに離すべきだったのだろう。だがアルシアがもらした小さな声が絶望のあえぎに聞こえ、彼女が首のまわりに巻きつけてきた両腕は、しっかりした支えを求めるつる草のように感じられた。細い腰に片腕を回して引き寄せ、唇を開かせてキスを深める……。

アルシアの舌から伝わってきたのは、くらくらするようなシェリーとウィスキーの濃厚な味わいだ。だがそれだけではない。軽くめまいがしたのは、彼女自身の、しかも彼女特有の味わいのせいだろう。もちろん女を知らないわけではないが、これほど圧倒的な欲望を感じたのは初めてだ。いま差し出されているものを受け取るだけでは飽き足らず、もっと味わいたいという切羽詰まった欲望に打ちのめされている。こちらの熱心さに驚いたかのように、アルシアの唇や舌の動きはためらいがちだ。彼女が無垢《むく》であることの紛れもない証拠だろう。本能的にわかった。ためらいがちなのは、アルシアがこちらを警戒しているからではなく、そもそもこういうキスに慣れていないせいだと。

ああ、なんてことだ。婚約者はアルシアと一度もキスをしたことがなかったのだろうか？　これほど蠱惑的《こわくてき》な女性を目の前にして、その誘惑に屈しなかったとは、いったいそいつはどれほどの聖人なんだ？　先ほどチャドボーンのことを愚か者呼ばわりしたが、それは真実だったのだろう。

俺自身は聖人でもなければ愚者でもない。罪人だ。

こと男と女の関係に関する限り、自分を抑えようとしたことはない。ありとあらゆる可能性を探究してきた。それこそ、なんの制限もなく。アルシアが俺に求めているのは、男を誘惑する方法を教えること。俺ならそれを彼女に教え込むことができるだろう。相手の男の理性を破壊し、征服し、誘惑し、操作し、意のままに従わせるためにはどうすればいいかを。

だが、いまのアルシアはレッスンを必要としているわけではない。そしてこの瞬間、俺は絶対にやらないと自分に誓ったことをやってしまっている。くちなしの花の香りを胸いっぱいに吸い込んで情熱をたぎらせ、体に押しつけられた女らしい曲線を感じ取り、そのくぼみや膨らみを一つ残らず記憶に刻みつけようとしている。胸板や腹部、そして……脚の間に押しつけられたアルシアの体を意識せずにはいられない。彼女のドレスはあっさりしたデザインで、ペチコートもふわふわとはしていない。だからこそ、アルシアも自分が俺の体にどれほど影響を及ぼしているか気づいているはずだ。あるいは二人で生み出している炎のごとき情熱に圧倒され、自分のこと以外は何も考えられなくなっているのだろうか？

と、アルシアはこちらのうなじから指先をはいのぼらせ、頭全体を包み込み――

とっさに両手首をつかみ、そのまま腕を彼女の背中のうしろに回させたが、持ち上げられた柔らかな胸が胸板に強く押し当てられることになった。

アルシアは公爵の一人娘だ。いまは貴族としての立場を失っているかもしれないが、彼女が高貴な生まれであり、俺が庶子である事実に変わりはない。

アルシアには、実の親から見捨てられる理由など一つもなかった。俺にはそうされる理由があった。

唇を無理に引きはがし、美しい顔を見おろしながら、心のなかでひとりごちる。

俺には彼女に触れる権利などない。なぜ一瞬でもそんな権利があるなどと考えたのだろう？　小指一本はもちろん、唇や、いま押しつけられている体の他の部分に触れるなど、許されるはずがない。

ああ、なんという愛らしさ……。だがうっすらと湿り、腫れたようになったその唇からあえぎ声はもれていない。青い瞳にも、燃えるような情熱の炎は宿っていない。

アルシアが求めているのはこの俺ではない。彼女が求めているのはレッスンだけだ。先ほどのチャドボーンへの見立ては間違っていた。俺こそどうしようもない愚か者だ。

ビーストは、アルシアの体が自然発火したかのように突然手を離し、あとずさった。

「明日の朝十時にここを出発だ。仕立屋に向かう」そう言い残して廊下のほうへ向かい始める。

「ベネディクト？」

歩調を速めながら階段をおり、館の正面玄関を勢いよく開くと、そのまま大股で夜の闇のなかへ歩き出した。

アルシアにキスをした。そしてそのキスを楽しんでいた。しかも、もう一度彼女にキスしたくてたまらない。

馬鹿者めが。

厚地の大外套《おおがいとう》を着ないまま外に出てきたのだから、本当に救いようもない大馬鹿者だ。頑固な性分ゆえ館に外套を取りに戻る気にもなれず、寒風のなか、しかたなく肩を丸める。こうすると、いっそう獣《ビースト》じみて見えるに違いない。大股で歩きながら、何かを思いきり殴りつけてやりたい衝動に駆られた。れんが壁でも、誰かの顎でも、みぞおちでもいい。

いま大騒ぎを引き起こしている輩《やから》がいたら、喜んでその騒ぎに加わるだろう。

巨体にもかかわらず、暴力は好きになれない。最後の手段として相手に罰を与えるとき以外、暴力に訴えたことはない。が、今夜は暴力を受ける側に回りたい。何かばかなことをしでかして、自分を笑い者にしてやりたい。

彼女はキスを返してきた。

いや、いや、いや。

アルシアはあのキスを楽しんだのだろうか？　もう一度俺にキスされることを望んでいたのか？　それとも、こう考えていただけなのかもしれない。

〝これが一回めのレッスンね〟

くそっ。普段なら女相手にむやみにいらだったりしない。だがアルシアの場合は違う。コックニーなまりで〝わたしの生まれはあなたには関係ない〟と告げられたときから、あざけるような声の調子が心のなかに刻みつけられ、ありとあらゆる方向に触手を伸ばし、彼女の一挙手一投足に反応せずにはいられなくなった。

アルシアのこれ以上ないほど美しい瞳と顔立ちを見ていると、十四歳年下の妹ファンシーにかつて読み聞かせていたおとぎ話の王女たちを思い出す。だからといって、あの古代ギリシャ神話の女神ティアのごときアルシアが、俺を自分にふさわしい男だと考えているわけがない。あるいは、彼女の窮状を救いに駆けつける、白馬に乗った王子だと。

ティア。そうだ、か弱い王女たちよりも、法や掟《おきて》の女神であるティアのほうがはるかにアルシアにぴったりくる。かつて貴族のレディだった彼女は、ティアのごとき女性に生まれ変わったのだ。

いま彼女は俺の庇護下《ひごか》にいて、俺の世話を受けている。だがその〝世話〟のなかにキスが含まれることがあってはならない。たとえどんなに寒風が吹きつけ、凍える唇を温める必要があったとしてもだ。

唇を舌で湿そうとしてすぐに、その行動の愚かさに気づかされた。まだアルシアの味わいが残っている。彼女がすすっていたシェリーの味とも、がぶ飲みしていたウィスキーの味とも違う。シナモンとバター、砂糖——そんな甘さをすべてを混ぜ合わせたような味わいだ。アルシアだけの味わい。

きっとこれからも思い出すだろう。息を引き取る最期の瞬間まで。

二人で一緒に過ごす契約期間が終われば、俺は違約金の千ポンドを支払うことになる。

アルシアのベッドに他の男を誘い込む方法を教えようとすれば、まさに地獄を見るだろうから。

12

たかがキスだわ。アルシアは祈りの言葉のようにそう繰り返して眠りについた。でも目覚めるとすぐに、まだその言葉を唱えている自分に気づいた。

たかがキス。延々と続くはずのごちそうの、最初の一皿のようなもの。嵐を前にしてぽつんと落ちてきた雨粒か、猛吹雪を前にして空から舞ってきたひとひらの雪みたいなもの……。

いいえ、違う。あれこそすべてだった。わたしの心をなすすべもなく奪った――とめどなく照りつける太陽のように、どこまでも輝き渡る月のように、果てしない夜空に広がる無数の星のように。ただ口と口を重ねただけではない。二人で協力し合い、いろいろなやり方を試したり、滑らせるような動きをしたりして、一つのリズムを生み出していったのだ。唇だけでなく、舌や歯も使って、ため息やあえぎをもらしながら。熱はいつしか口のなかだけでなく、手足や胸にまで、さらには脚の間のとても感じやすい部分にまで及んでいた。どうしようもないうずきと脈動を感じ、その場所をベネディクトの体に押しつけたくてしかたなくなった。そして、おなかに彼の硬いものを感じた瞬間は陶酔感に溺れた。ほとんど恍惚《こうこつ》状態とも言っていいほどの悦《よろこ》びだ。あれはベネディクトが紛れもない欲望を感じていた証《あかし》だろう。それはとても熱くて、火花のようにこちらの情熱をいやおうなくかき立てた。あんな経験は初めて。でも同時に、どこか懐かしさも覚えた。まるでわたしのありとあらゆる部分が、最初からベネディクトのものであったかのように。

ああ、どう考えてもばかげている。彼のほうは感覚を失うほどの興奮は感じていなかった様子だった。あんなにすばやく体を離したことからも、キスしたのは間違いだと考えていたのははっきりしている。不思議なのは、ベネディクトから体を離されたときのほうが、前にチャドボーンに拒絶されたとき——彼なら社交界の面々の前で〝彼女の父親がいかなる行動を取っても、僕らの間は何も変わらない〟と態度で示してくれると期待していたのに——よりも、はるかに傷ついたことだ。

朝の沐浴《もくよく》をして顔を洗って、三つ編みをほどいてブラシをかけて髪を結い、あっさりしたデザインの青いドレスに着替える合間も、嫌な記憶を思い出さないように努めた。

思い出したくない。社交界の全員から文字どおり背を向けられ、なんの助けも支援も受けられず、わたしたち家族だけがのけ者にされたことを。その結果、母が立ち直れないほどの衝撃を受けたことも。あの舞踏会の夜を境に、母は心身ともにどんどん弱っていった。あんなに誇り高く思いやり深い女性を完全に破滅させた父を、そして英国貴族たちを責めずにはいられない。

鬱々とした物思いを振り払ったとたん、朝食の席でベネディクトと顔を合わせるのを心待ちにしている自分に気づいた。昨夜の夕食のときのように隣の席をすすめてくれたらいいのに。どうか、こちらの姿を見ても慌てて出ていかないでほしい。昨夜のキスをどうにか笑い飛ばす方法ならある。ベネディクトの前で、〝あれは第一のレッスンにすぎなかった〟と考えているふりをすればいいのだ。そうすれば、ベネディクトもこう考えてくれるはず――今後体を近づけたり、触れたり、レッスンをしたりしている間にいかなる感情を見せたとしても、アルシアはそういったものをいちいち気にはしないのだと。

しかし、ダイニングルームに足を踏み入れ、テーブルの上座に誰も座っていないのに気づいた瞬間、体に強烈なパンチを見舞われたような衝撃を覚えた。

「ベネディクトは？」その場に座っていた女性全員から見つめられ、慌てて言い直す。「ビーストは朝食を一緒に食べないの？」

「彼は明け方まで外出していたの」ジュエルが答える。「まだ朝寝坊しているんじゃないかしら」

ベッドの上に手足を広げて横たわるベネディクトの姿を想像してみた。ベッドは普通よりも大きく、あの体に合うよう特注で作らせているはずだ。ベネディクトは寝巻きを着るのだろうか？　きっと何も身につけないまま眠っているはず。

そこまで考えたとたん、口のなかがからからになった。いいえ、一糸まとわぬ彼の姿を見たいわけじゃない。というか、寝巻きを着ている姿も見たいわけじゃない。あのとき肌で知ったように、彼の腕にはうねるような筋肉がついているのか知りたいだけ。胸にも鋼のような硬い筋肉がついているだろうか？　ベネディクトならば、ギリシャの神々の彫像を手がける彫刻家のモデルになれるだろう。

ほとんど食欲がなかったものの、サイドボードに並べられた食事を皿に盛ると、椅子に座り、どうにか食べようとした。不安で胃がねじれるようになっているのを気づかれたくない。

「食欲がなさそうね」

声のするほうをぱっと見やると、ジュエルだった。ジュエルほど相手への思いやりが伝わってくる人物には、これまでお目にかかったことがない。わたし自身も、これからそういう技術を身につける必要がある。とはいえ、これまではずっと自分の感情を表してはならないと教えられてきた。激しい感情ならばなおさらに。最後の舞踏会で屈辱的なしうちを受けている間も、ずっと顎を高く掲げ、絶対に泣き崩れないようにしていた。貴族たちに拒絶され衝撃を受けている姿を、誰にも見せたくなかったからだ。

「ベネディクトから、今朝十時に待ち合わせて仕立屋に行くと言われたの。彼の気が変わったのかどうかわからなくて」

「あら」へスターが興奮したように言う。「ビーストはあなたにもドレスを作ろうとしているのね？　あなたが衣装だんすに吊《つ》るしている夢を叶《かな》えるために」

わたしが追い求めているのは夢ではない。悪夢のような現実から逃げ出すための、選択肢の一つというだけだ。とはいえ、事情をすべて打ち明けたくない。過去を彼女たちに知られたくない。こういう仕事をしている彼女たちは、ある意味で罪深いと言えるかもしれないけれど、わたしの父親が本物の罪人と知ったら彼女たちを怖がらせてしまう。

アルシアはどうにか笑みを浮かべた。「ええ、そんなところよ」

「どんなドレスになるか楽しみね」

挑発的で、蠱惑的《こわくてき》で、間違いなく生地がほとんどないドレスになるだろう。

「あなたの夢って？」へスターが眉根を寄せた。「いまやっていることじゃないとすれば、あなたはこれから何をしたいの？」

すぐには答えられずにいると、ジュエルが先に口を開いた。「ビーストはただ、あなたたちにいろいろ教えようとしてくれているアルシアに、感謝の気持ちを示したかったんだと思うわ」

ジュエルの瞳に思いやりが宿っているのに気づき、アルシアはすぐに察した。ベネディクトはこの女主人に、わたしの野心について話したのだろう。

「アルシア、朝食が終わったら、少しわたしの事務室に立ち寄ってもらえるかしら？　それと、十時に仕立屋に連れていくと言ったら、ビーストは必ずそうするはずよ。約束を破るような人じゃないから」

その日、アルシアが約束した時間に階段をおりていくと、ベネディクトは玄関広間で待っていた。彼の姿を目にしたとたん、全身を喜びが駆け抜けたのがどうにも気に入らない。必死に自分に言い聞かせた。ベネディクトとは、あくまで仕事上の契約関係にすぎない。彼に対してこれ以上想《おも》いを募らせても、何もいいことはない。だってベネディクトはわたしを利用しているし、わたしも彼を利用しているのだから。わたしたちをつないでいるのは、あの羊皮紙にした署名だけ。三カ月が経《た》てば、それぞれが別々の道を進むことになる。そしておそらく、その道がふたたび交わることはない。

いつものようにベネディクトはこちらをしげしげと眺め、様子を確認している。ようやく頬のほてり――ジュエルとの率直な話し合いで、火がついたように真っ赤になっていた――がおさまったのがありがたい。彼から頼まれて、ジュエルは避妊のために役立つさまざまな方法を教えてくれたのだ。役立つ知識を授けてもらったことには心から感謝しているが、同時に、自分がこれから何をしようとしているかという現実を思い知らされた気がする。

ベネディクトが無言のまま玄関扉を開けてくれたため、アルシアは館から出て、ひさしの下に立った。雨が降り続く歩道の先に、一台のハンサム馬車が待機しているのを見て思う。あの馬車を捕まえるために、ベネディクトは肌寒い雨のなかを走り回らなければならなかったのでは？

外套《がいとう》のフードをかぶって駆け出し、馬車の前にたどり着くまでずっと、背中にはベネディクトの大きな手が置かれたままだった。止める間もなく、男らしい両腕に抱きかかえられて馬車に乗せられたかと思ったら、彼はすぐ隣の席に落ち着いた。

ハンサム馬車が動き出すと、このなかで二人きりで過ごすひとときがぜん楽しみになってきた。ベネディクトが大柄なため、体を彼にぴたりと寄り添わせるしかない。こちらは外套を、ベネディクトも厚地の大外套を着込んでいるものの、彼の体の温《ぬく》もりが伝わってくる。しばらく前方に注意を払ったまま、雨のせいで灰色一色になった景色をじっと見つめ続けた。というのも、ベネディクトからはまだ一言も話しかけられていないからだ。挨拶の言葉さえかけようとしてこない。そこで、こちらから野獣《ビースト》を刺激してみることにした。

「昨夜のレッスンは楽しかった」

「あれはレッスンじゃない」

ちらりと見ると、ベネディクトは顎に力を込めたまま――心配になるほど奥歯を強く噛《か》みしめながら――こちらをじっと見つめている。

「でも、あなたはわたしにキスの仕方を教えてくれたわ」それに、体がとろけそうになるほど感じて、相手をなすすべもなく求め、欲望を募らせるのがどういう状態かも。

「あんなことはすべきじゃなかった」

「でも、いずれあなたの授業計画にはああいうレッスンも登場したはずよ」

「俺が授業計画をきちんと立てていると考えているのか？」

「ええ、そうよ。だって、そうすれば時間の無駄が省けるもの。わたしはあなたのレディたちのために、ちゃんと授業計画を立てているわ」

ベネディクトは驚きと同時に、いらだちも感じたようだ。「言ったはずだ。俺はレディの言葉にそそられるたちなんだと」

アルシアは苦い笑みを浮かべた。「昨夜聞かせた、あのひどい話のどこにそそられたというの？」

「昨日きみは、これまで以上に身の上話を打ち明けてくれた。それはきみの言葉以上に、俺の心に突き刺さった。きみの痛みを自分の痛みのように感じたんだ」

「わたしの苦しみが、あなたの興奮をかき立てたと？」

ベネディクトはかぶりを振り、目をきつく閉じた。「そうじゃない」

ふたたび開かれた彼の目に浮かんでいたのは、紛れもない自責の念だった。

「いかなる種類であれ、きみが心の痛みがどんなものか知らずにいられたらよかったのにと思う。だがきみは俺を信頼して、心の苦しみを打ち明けてくれた。その痛みを不当に利用したり、俺につけ込んだりもしようとしなかった。だが、俺はそんなきみにつけ込んでしまった」

「もしかして、わたしがああされるのを嫌がっているように見えたの？」

「きみはひどくもろい状態にあった」

「あなたはわたしを慰めてくれたの」

きっと、それがそもそもの間違いだったのだろう。昨夜二人を結びつけたのは、相手に対する抑えきれない欲望や興味、心の惑いではない。ベネディクトは傷ついた者が目の前にいることに気づき、その心の痛みを和らげようとしただけなのだ。そしていま、午前の光のなかで――雨のせいで光はほとんど感じられないものの――改めて気づいたのだろう。

わたしがさほど魅力的ではないことに。

「もう二度とあんなことはしない」

「だったら、これからのレッスンではどんなことを教わるの？」キスも、愛撫《あいぶ》も、抱擁もなしなのだろうか？

「アルシア、誰かの愛人になるのは、きみが本当に今後の人生に望んでいることなのか？」

「望みどおりの人生を生きることなんて、わたしには許されない」

「きみが計画しているのは、本当にきみにふさわしい人生なのか？　もしそれが自分の望みどおりの人生ではなく、義務としてしかたなく受け入れているのであれば、きみは自分に一方的な判断を下した貴族たちに負け、味わわせるべきではない勝利感まで与えることになってしまう」

「あなたは何もわかっていないわ」

「いや、もし俺がどうしてビーストと呼ばれるようになったかを知れば、きみも違う考えを抱くはずだ」

どうしてビーストと呼ばれるようになったのかと尋ねるべきだったのだろう。そうすれば、ベネディクトは話してくれたはずだ。

しかし、馬車がちょうど店が立ち並ぶ街路に到着し、ベネディクトが車内の開口部から御者に運賃を手渡して、馬車の扉がいきおいよく開かれた。まず彼が飛びおり、すぐに手を貸しておろしてくれたが、歩道は人でごった返しているうえ、ちょうど雨のいきおいが増したため、そのままひさしの下に逃げ込むことになった。てっきり、しばし雨宿りをするのかと思っていたが、ベネディクトがひさしのあるその店の扉を開いたときに気づいた。ここが目的地だ。入り口には、凝った金文字で記された仕立屋の看板が掲げられている。ベネディクトにうながされて店内に足を踏み入れ、突然気づいた。ここは話の続きをするには一番不向きな場所だ。ここよりも〈人魚と一角獣〉のほうがまだましだろう。あるいは相合い傘をしながら公園のベンチに座り、昨夜のように親密な雰囲気で、彼の打ち明け話に耳を傾けたい。

この仕立屋にやってくるのは初めてだが、ずらりと並んだ布地や衣服のパターンブック、染料の匂いがひどく懐かしい。それに、デザインについてああでもない、こうでもないと話し合うレディたちの声もだ。アルシアより少し年上に見える一人の女性が、一緒にいた他の三人のレディたちに中座を断ると、二人のほうへ近づいてきた。

「ミスター・トゥルーラヴ、またいらしてくれて嬉《うれ》しいです」

「ベス、店は繁盛しているようだね」

「公爵夫人がひいきにしてくださっているおかげです」

ベネディクトはアルシアのほうへ向き直った。「ベスはもう何年も姉ジリーのドレスを仕立てていて、ここが彼女の店なんだ。ベス、ミス・スタンウィックを紹介させてくれ」

「お会いできて嬉しいです」ベスはすぐに話しかけてきた。

「ええ、わたしもですわ」

もし自分を取り巻く世界が崩壊しなければ、お針子になることはなかっただろう。レディ・アルシア以外の名前で呼ばれることもなかったはずだ。あのままなら、公爵の娘として、最高の腕を持つ仕立屋たちを意のままに使っていただろうに。

「彼女にドレスが何枚か必要なんだ」ベネディクトが言う。「普段着用のドレスを二、三着と舞踏会用のドレスを一着。それと、誘惑のためのドレスを一着だ。最後のは赤いドレスにしてくれ」

ベネディクトは〝誘惑のための〟という言葉をいとも簡単に口にした。アルシアにはその目的を達成するための武器が必要だと、高らかに宣言するかのように。ふいに頬が染まるのを感じた。ベネディクトが注文したドレスと同じように真っ赤になっているだろう。

「舞踏会用のドレスが必要だとは思えないわ」まわりに聞こえないように声を低くしたままでベネディクトに言った。

「いや、必要だ。誘惑するためにも使える。それ用のドレスよりも効果があるかもしれない」

ベネディクトはこれまで、自分の庇護下《ひごか》にあるレディたちが別の仕事に就くためにふさわしいドレスを仕立ててきた。でもわたしの場合、ドレスは将来の愛人から贈られることになるだろう。愛人の同伴なしで舞踏会に出席するつもりはないから、どう考えても舞踏会で他の誰かを誘惑するためのドレスは必要ない。とはいえ、いまここでそんな話し合いはしたくなかった。もしベネディクトがどうしてもお金を遣いたいなら、無駄遣いになってもしかたがない。だから、なるべく優雅にこう答えるだけにした。

「本当に気前がいいのね。ありがとう」

「ミセス・ウェルチのドレスの仕上げのために、あと二、三分お時間をいただけますか？」ベスが尋ねる。「そのあとすぐに対応させていただきます」

アルシアは以前の自分を思い出した。かつては仕立屋に待たされることなどなかった。店に足を踏み入れた瞬間から裁縫師がつきっきりで世話をしてくれたものだ。いま、そういう日々を振り返ってみると、以前の自分がどうしようもなく甘やかされた人間に感じる。わたし自身、そういう特別扱いをされるに値するような行動を取っていただろうか？　ただ、運よく公爵家に生まれたという以外に。しかも、いまはその幸運にも見放されてしまった。

「別に俺たちは急いでいない。ゆっくりやってくれてかまわない」ベネディクトが答えた。

「実は他にもすませたい用事がいくつかあるんだ。一時間後でいいだろうか？」

「ええ、もちろんです」ベスは答えると、ミセス・ウェルチの元へ小走りで戻っていった。

「まさか、わたしをここへ置いていくつもり？」アルシアはベネディクトに話しかけた。一人で置いていかれたくはない。

「ここにいたほうがくつろげるだろう。きみは仕立屋によく通っていたはずだから」

もちろんそうだ。仕立屋に足しげく通い、サテンやシルク、レースのドレスを何着も持っていた。なかでもお気に入りは、スカートがクジャクの羽のようにふんわりと広がった一枚だ。刺繍《ししゅう》がことのほか美しく、そのドレスをまとうだけで周囲の注目を集めたものだった。

「彼女はわたしのことをあなたの……愛人だと考えていると思う？」

「ベスからどう思われていようとかまうものか。そうだろう？　目標を達成したあかつきには、周囲から好意的な目で見られるようになるとでも考えているのか？」

好意的には見られないだろう。でも、周囲から背を向けられ、あっさり見捨てられることもないはずだ。その気になれば、よこしまな未亡人たちと戯れていることで知られる王子の注目を集められるかもしれない。ひとたび王子のお気に入りになれば、それなりの権力を得られるはずだ。

「なんだか怒っているみたいな言い方ね」

「なぜ俺が怒る必要がある？　それにベスは勝手に相手を判断しない。用事をすませたらすぐに戻ってくる」

アルシアが見守るなか、ベネディクトは大股で店から出ていった。いまやどしゃ降りに変わり、通りが水びたしになっている。彼はわたしと一緒にいるよりも、びしょ濡《ぬ》れになるほうがまだましだと考えたのだろうか？　どうしてすべてがこんなに急に変わってしまったの？　昨夜は図書室であんなに心地いい時間を過ごしていたのに、なぜ突然二人の間がこれほどぎこちなくなったのだろう？　わたしが家族にまつわる真実を打ち明けたせいで、苦々しい気分になった？　それともあのキスのせいで、わたしに嫌悪感を抱いたの？

「ミス・スタンウィック？」

呼ばれたほうを振り返ると、ベスが思いやりたっぷりの目でこちらを見つめていた。まるでアルシアが恋の悩みを抱えているかのような表情だ。でもベネディクトとは恋愛関係にない。いまこの瞬間は、彼のことを好きかどうかもよくわからない。

「ミス・ベス」

「ベスと呼んでください。普段着のドレスのために、生地をいくつかお持ちしました。どれもあなたのお顔を引き立てる色合いです。見ていただけますか？」

「まずは赤いドレスね。これ以上ないほど鮮やかな赤にしてほしいの。広い襟ぐり、胸元を強調するようなデザインのもので」

どうしても夜用のドレスが欲しい。そうすれば舞踏会に出席するよりも前に、そのドレスがどれほど魅力的か、ベネディクト・トゥルーラヴの反応を見て試せるから。

13

ビーストははらわたが煮えくりかえる思いだった。アルシアが、自分はこれから売春婦になるしかないと考えていたとは。愚かな父親や婚約者、不愉快な友人たちが取った行動も許しがたい。周囲からあからさまに関係を断ち切られたことは一度もないが、取るに足りない存在のように感じさせられたことはある。呼吸する価値もない存在――あるいは、親切にしたり受け入れたりする必要もない存在として扱われたこともある。すべては生まれのせいだ。そしてそれは、自分の手ではどうにもできないこと。アルシアの場合も同じだ。父親が王座の転覆を狙う陰謀に加担しようとしたのは、彼女自身の手ではどうすることもできなかったはずなのだ。

どちらの場合も、なんの罪もない者たちが苦しめられている。

いっぽうで、激しい怒りを感じている自分も腹立たしい。若い頃は心の内にいる悪魔と闘うのに必死で、荒ぶる感情を支配しようとしていた。物心ついたときから体は大きく、巨体に劣等感を抱えていた。長すぎる脚に比べると、筋肉が盛り上がった腕はあまりに短すぎ、手は普通の人の三倍ほど大きく、上半身は丸太のようにがっちりとしていて分厚かった。結局は成長するにつれ、巨大なオークのごときバランスの取れた体型となり、ぎこちない動きをすることもなくなった。それでも少年時代は、自分のことをあざ笑ったり、からかったり、ひどい名前で呼んだりした者たちに食ってかかっていたものだ。

そんなとき、母エティはすり傷や切り傷の手当てをしながら、残酷な言葉を投げかけられても無視するのが一番だと忠告してくれた。

〝大切なのは相手にしないこと。誰かから馬糞《ばふん》を投げつけられてもいちいち受け止めなければ、両手が馬糞まみれになることもないのだから〟

つまりは忍耐力を鍛えよということだ。じっと我慢していれば、最後はこちらをからかおうとした相手より上の立場に立てる――母はそう言いたかったのだろう。

のちには、姉ジリーも同じ心の傷を抱えているのを知った。彼女も実の親から見捨てられ、枝編みの籠に入れられてエティ・トゥルーラヴの戸口に置き去りにされていた。そしてこちらと同じく、ジリーもまた実の両親が誰なのか手がかりさえないままだ。なぜ自分は見捨てられたのか、その見捨てた人物とはいったい誰なのか？――それがわからないという共通点のおかげで、ジリーとは強い絆《きずな》を結ぶことができた。

エティに自分を預けた女性が、実の母親かどうかさえわからない。その女性も、一度もそうは名乗らなかったという。彼女は引き取りに戻ってくると告げたらしいが、それはじゆうぶんな金を持っておらず、嘘でもつかないと赤ん坊を突き返されてしまうと考えたからでは？　とはいえ、そう言い残したのは、その女性も少しは俺を気にかけていたからだろう。とはいえ、その女性が実の母親だという証拠にはならないが。

まあ、すべてはもはやどうでもいいことだ。しょせんは自分のあずかり知らないこと。三十三歳になったいまは、自分が知らないことよりも、知っていることのほうがはるかに人生において重要だとわかっている。たとえば、自身がひとたび腹を立てると恐ろしい事態になること。これまでは感情を爆発させないよう、常に自分を厳しく戒めてきた。ただ、チャドボーンと顔を合わせたらどうなるかは、自分でもわからない。何よりはっきり言えるのは、仮にアルシアの父親と遭遇したら、まず間違いなく感情を爆発させるだろうということだ。すでに絞首刑になったにもかかわらず、亡き公爵は娘にいまだ悪い影響を及ぼし続けている。父親のせいでアルシアは自信を失い、自分はかつての夢を抱き続けるに値しない人間だと考えてしまっている。

目的地のクラブ〈エリュシオン〉に到着したときには、ビーバー帽の縁から雨粒が川のように流れ落ち、大外套《おおがいとう》をぐっしょり濡《ぬ》らしていた。それでも扉をいきおいよく開き、大股で玄関広間を横切っていく。玄関広間にいる男たちは女性客をエスコートし、奥にあるレディ専用のクラブへいざなおうとしているが、もちろんビーストはそういう男たちとは違う。

「エイデンはいるか？」

「ミスター・トゥルーラヴ、彼なら屋根裏部屋にいます」カウンターの背後にいた若い女性が答えると、帽子と大外套を受け取ろうと手を伸ばしてきた。

誰かに〝ミスター〟という尊称をつけて呼ばれると、いつも居心地が悪くなる。まるでいままで誰とも衝突したことなどない、知的な紳士のようではないか。実際は、母の忠告の大切さに気づかないまま大きくなり、大人になってからようやくカッとしやすい性格をどうにかしようと努力し始めたというのに。ただ、言うまでもなく、怒りの炎が必要なときはいつだってかき立てられる。そしてその炎を鎮めるためにこの拳を振るい、正義の鉄《てっ》槌《つい》を下すこともできる。

ビーストはためらいながら帽子を取ると、大外套を脱ぎながら言った。「どちらもびしょ濡れなんだ」

帽子と外套を受け取りながら、女性は笑みを浮かべた。「いまはあまり忙しくないので、あなたがここから出ていくまでに、この帽子と外套を元の状態に戻しておきます」

客が少ないのは、いまが昼近いからだろう。さらには、一年のこの時期だからだ。〈エリュシオン・クラブ〉を訪れる女性客のほとんどは貴族であり、この時期は郊外で過ごす者が大半なのだ。だがエイデンと彼の家族は、このクラブの階上にある部屋に住んでいる。だからビーストもここに来ればエイデンを見つけられるのだ。

「ちょっと階上に行ってくる」

ビーストは一段抜かしで階段をあがり、踊り場へたどり着くと、屋根裏部屋に通じる細い階段をのぼり続けた。もう何度のぼりおりしたかわからないほど勝手知ったる階段だ。てっぺんにたどり着くと、屋根裏部屋の扉が開かれ、作業するエイデンの姿が見えた。雨が降っていて窓が開けられないため、絵の具から出るガスが小さな部屋に充満しないよう扉を開けているのだろう。

柱に片方の肩を押しつけ、油絵に取り組んでいるエイデンの姿を見つめた。「近ごろは自分の奥さんしか描いていないな?」

突然話しかけられても、エイデンは驚いたそぶりさえ見せなかった。だが当然と言えば当然だろう。ビーストはこれまで何度も、〝おまえが動くだけであたりの空気の流れが変わる。誰にも気づかれずに移動するなんて不可能だ〟と言われてきた。でもそのいっぽうで、必要とあらば気配を感じさせずに狙った男のすぐそばまで近づくこともできる。相手が気づいたときにはすでに手遅れなのだ。

「どうしてわざわざ他のものを描かなきゃならないんだ?」エイデンは尋ねると、うしろに下がって自分の作品を見つめた。なんとも幻想的な作風だ。彼の絵を目にするたびに、薄いガーゼ越しにモデルを見ているような気分になる。今回エイデンが描いているモチーフは、幼い息子を抱いた母親だった。「描くなら、描いていて喜ばしい気分になる絵がいい」そして振り返り、顎をしゃくってキャンバスを指し示した。「この二人は俺に喜びをもたらしてくれる。セレーナのために、今年のクリスマス・プレゼントとして描いているんだ。だから、もし妻に会っても絶対にこの絵の話はしないでくれ」

「了解」

エイデンは小さなテーブルの前まで行き、デカンタを持ち上げると、二個のグラスにウイスキーを注《つ》ぎ、一個をビーストに手渡した。「こんなどしゃ降りのなかをやってきたんだから、これで体を温めるといい」

「ああ、ありがたい。それじゃ乾杯」ビーストはごくごくとウイスキーを飲み、温かさが喉からみぞおちへ、さらに手足へと広がっていく感覚を楽しんだ。

「こんな早くに来るなんて珍しいな。いつも夜遅い時間にしか来ないのに」

二人とも夜の世界で成功している。それがエイデンとビーストの共通点だ。

「日中すませないといけない用件がいくつかあって、今日はこの界隈《かいわい》にやってきた。あと、おまえに聞いておきたいこともあったからな。チャドボーン伯爵が〈ケルベロス・クラブ〉を利用しているかどうか知りたい」

レディたちのあらゆる妄想を叶《かな》えるこの〈エリュシオン・クラブ〉の他に、エイデンはもう一軒、〈ケルベロス・クラブ〉という賭博場も所有している。夜ごと殿方たちが一獲千金を夢見てやってくるが、彼らの多くが大金を失うことになる場所だ。店の名前からもわかるとおり、エイデンは神話に魅せられている。これまで描き上げた妻の肖像画でも例外なく、セレーナが女神のように描かれているのはそのせいだろう。

「ああ。彼が利用するようになったのは、ここ一年くらいの話だ」

かつて〈ケルベロス・クラブ〉は、他のクラブに借金を断られた貴族が最後に行き着く場所として知られていた。ただ、エイデンが公爵の未亡人であるセレーナと結婚して以来、店の評判はかなりあがっている。

「なぜ知りたがる？」

「チャドボーンはおまえに借りがあるか？　彼の債務伝票のようなものは持っていないか？」

「いや、彼は賭けの席ではびっくりするほど運に恵まれている。いかさましているのではないかと考えることもあるが、仮にそうだとしても、その方法がわからない」

「彼がまだロンドンにいるかは知っているか？」

「二、三日前の夜に見かけた」

「彼の好きなゲームは？」

「フォー＝カード・ブラグだ」

エイデンが答えを知っていても、ビーストは少しも驚かなかった。多くの人がエイデンを過小評価している。自分のクラブをひんぱんに訪れる客について、実に細かな情報まで記憶しているのに気づいていない。

「もし今度チャドボーンが〈ケルベロス・クラブ〉にやってきたら、俺に知らせるよう支配人に伝えておいてくれないか？」

エイデンはゆっくりとウィスキーをすすると、指先でグラスの縁をたどった。「彼女はなんていう名前だ？」

そう質問されても動揺すべきではなかったのだろう。ビーストがエティ・トゥルーラヴに預けられた瞬間からずっと、エイデンとは兄と弟として育てられてきたのだ。幼い頃から一緒に育てられたきょうだいのうち、正確な誕生日がわかっている者は一人もいない。みんな生まれた時期は数カ月しか違わず、結局彼らがやってきた時期によって、エティがきょうだいの順番を決めたのだ。

最初は質問を無視しようとしたが、思い直した。家族以上に信頼できる相手などいない。

「アルシアだ」

「チャドボーンは彼女にひどいことをしたんだな」

「ああ、だがおまえの考えているようなやり方とは違う」ビーストもきょうだいも、これまで男たちにつけ込まれてきた女たちを数多く守ってきた。最初は自分たちの母親エティだった。仕立屋ベスもその一人。「だが彼女を傷つけたことに変わりはない」

エイデンはうなずいた。「今度来店したら必ず知らせるよう言っておく」

ビーストはふいに胸のつかえがとれた気がした。いまのいままでそんな胸苦しさを感じていたのにも気づいていなかったが。「俺は彼女を愛しているわけじゃない」

なぜそんなことをうっかり口走ったのだろう。もし三秒前に時間を戻せるとすれば、そんな言葉は絶対に口にしないのに。

エイデンは苦笑いした。「そんなこと、俺は一言も言っていないが」

「彼女はただ、俺が助けたいと思っている女にすぎない」

「俺だって、セレーナをただ助けたいと思っていただけさ。なあ兄弟、だから気をつけろよ。自分でも気づかないうちに、小説じゃなくて甘ったるい詩を書いているかもしれないぞ」

ベスはとにかく話し上手だった。体のサイズを計測し、生地見本を見せて選ばせ、模様を変えてみてはどうかと提案するまでの間、アルシアの気をそらすことなく楽しませ続けてくれた。おかげでベネディクトのことだけでなく、トゥルーラヴ一家についても多くを学ぶことができた。家に戻る間に、新たに得た知識をベネディクトに披露するのが楽しみでたまらない……。

いいえ、あの館は自分の家ではない。信じられないほど居心地がいいのは事実だけれど、わたしにとってあの館は仮住まいにすぎない。あの館の住人たちのなかで、今後もやりとりを続ける者は誰一人いないだろう。それはベネディクトも同じ。いずれ、彼はわたしにとって思い出の人にすぎなくなる。

それだけに、ベネディクトが仕立屋の戸口に姿を現したとき、言いようもない喜びが全身を駆け抜けたのが引っかかった。そのせいで、ベネディクトの前に、使用人の女の子を従えた一人の女性が割り込んできたのにも気づかなかった。その女性の存在にようやく気づいたのは、彼女が口を開いたあとだ。

「ベス、あなたが裏切り者を相手に仕事していたなんて気づかなかったわ。彼女が顧客の一人だと知っていたら、あなた以外の仕立屋に頼んだのに」レディ・ジョスリンは当然のごとく怒りをあらわにし、首が引きつってもおかしくないほど鼻を上向かせている。

ベスが答える前に、アルシアは口を開いた。「お元気そうね、レディ・ジョスリン」

そんなことは不可能と思えたが、ジョスリンは鼻をさらにつんと上向かせた。「普通なら裏切り者とは話さないところだけれど、一言言っておくわね。元気そうに見えるのは、わたしが最近婚約して結婚を控えているせいで、あまりにまぶしく輝いているからかしら。あなたももう聞いたはずよ……結婚相手がチャドボーンだと」

そんな話は聞いていない。でも、結局チャドボーンは世継ぎを求めて誰かと結婚するだろうと予想はしていた。そしてその噂《うわさ》を聞いたら、自分はひどく傷つくだろうと。でも驚いたことに、覚悟していたほど強烈な心の痛みを感じていない。とはいえ、ここで自分の気持ちを顔に出すつもりはない。これっぽっちも。

「尊敬するわ。一度交わした約束やみずから負った責任を果たそうという気概もない男性を夫にするのは、そう簡単なことではないはずだもの。人生の試練に直面したら、彼ならすぐに逃げ出しそうよね」

　ジョスリンはアルシアほど自分の感情を押し隠すのがうまくなかった。目をぎらぎらと光らせていることから察するに、相当怒っているのだろう。

「彼はすぐに、自分にふさわしいのは裏切り者ばかりの一族出身の女性ではなく、最高の血筋を引く女性だと気づいたのよ」

「あなたって、いつも大げさな言い方をするのね。裏切り者ばかりの一族ですって？　裏切り者は一人だけなのに」

「あなたがまた別の裏切り者を生み出すかもしれない。そうでないと誰が言いきれるの？」ジョスリンは手をひらひらと動かした。あまりにすばやい動きで、あたりに風が起きたほどだ。「もういいわ、これ以上あなたと関わるつもりはないから。あなたのような低俗な人と話していると、わたしの品位まで下がるもの。ベス、あなたが彼女のドレスを仕立てるなら、注文していたわたしの嫁入り衣装《トゥルーソー》はすべてキャンセルするわ」

　トゥルーソー一式を用意するのにどれだけお金が必要かは、アルシアもよく知っている。父のせいで婚約が台無しになる前、自分でもトゥルーソーを注文しようとしていたからだ。

ベスにそんな損失を被らせるわけにはいかない。「待って。彼女はなんの関係も――」

「わかりました」ベスが割って入った。「わたしはこれから彼女のために美しいドレスを仕立てるつもりです」アルシアのほうを向いて続ける。「金曜日に仮縫いをしましょう。そうすれば、来週にはご注文の品をすべて完成させることができます」

「ベス――」

「これで決まりです」ベスはジョスリンに視線を戻した。「あなたの美しいトゥルーソーについて心配なさる必要はありません。貧しい人たちのための活動をしている団体に寄付をします。うちのレディたちやわたしが何時間も費やして一針一針ていねいに刺繍《ししゅう》を施した衣類の数々ですから、うまく役立てたいと考える女性たちはおおぜいいるでしょう。どうかお幸せに。それではよい一日を」

驚きのあまり口もきけずにいるジョスリンを目の当たりにして、アルシアは心ひそかに確信していた。かつての友人レディ・ジョスリンは、これまで身分が下の相手からこんな物言いをされたことが一度もないに違いない。勇敢なベスをこの場で抱きしめたいくらいだ。

そして、思わず声をかけていた。「伯爵とのご結婚、本当にお悔やみ申し上げるわ」

「……この件を聞いたら、ソーンリー公爵夫人が快く思わないでしょうね。そもそもわたしがここにやってきたのは公爵夫人のおすすめがあったからだもの」ジョスリンは体の向きを変えて戸口に向かおうとしたが、すぐうしろに立っていたベネディクトに立ちはだかられた。胸の前で腕組みをした、アルシアにはもうおなじみのポーズだ。

「きみはミス・スタンウィックに謝るべきだ。裏切り者は彼女の父親であって、彼女ではない」

「あなたにはなんの関係もないでしょう！」

「いや、俺は自分の仕事を彼女に頼んでいる」

立っている位置からはジョスリンの顔が見えなかったが、彼女はベネディクトに鋭い一《いち》瞥《べつ》をくれているに違いない。彼女がそんな目つきをするのは以前何度も見たことがある。ジョスリンは相手から挑戦されるのが大嫌いなのだ。

「どこかで見た顔ね」彼女は指を一本掲げると、ベネディクトに向けて振り動かした。「あら、あなたはあの庶子の集まり、トゥルーラヴ家の一人ね」

ジョスリンは嫌悪感たっぷりに〝庶子〟という言葉を口にした。口に残る不快な味を吐き捨てるような言い方だ。先ほど自分が口にした――それも女王の親類であるかのようなうやうやしい言い方で――〝ソーンリー公爵夫人〟もまたトゥルーラヴ家の一員であり、目の前にいる男性がきょうだいであることに気づいていないのは明らかだ。

しかし、アルシアが一歩前に進み出たのは、その事実を告げるためではなかった。自分を思いやってくれたベネディクトが傷つけられる姿を見るのが我慢ならなかったせいだ。

できることなら、いますぐジョスリンの髪の毛をつかみ、思いきり引っ張ってやりたい。そうしないためには、ありったけの意志の力をかき集める必要があった。

「ジョスリン、あなたに彼を侮辱する権利はないわ」

「失礼ね、レディ・ジョスリンと呼んでちょうだい」

「いや、侮辱でもなんでもない」ベネディクトはこともなげに言った。「俺が庶子なのは真実だし、両親が誰なのかもわからない。ただし、そんな俺でもきみよりもはるかにマナーをわきまえているぞ、レディ・ジョスリン。彼女に謝るんだ」

「謝らなければどうするつもり？」

ベネディクトは扉に寄りかかった。「なんならここに立ったまま、きみの行く手を一日じゅうさえぎり続けることもできる。だがきみだって急いで別の仕立屋に行き、新しくトゥルーソーを注文しなければならないはず。ただ一言、〝ごめんなさい〟と言えばすむことだ」

ジョスリンは肩越しにアルシアをちらりと見た。愛らしい顔が怒りで歪《ゆが》んでいる。その怒りの激しさたるや、そばに立っているだけでいまにも火が燃え移りそうなほどだ。ジョスリンは唇を歪め、いったん閉じると強く引き結び、ふたたび歪め、観念したように目をきつく閉じ、見開いた。「お詫《わ》びするわ」

「わたしもよ。あなたとチャドボーンが幸せになるのを願っているわ」

ジョスリンが一瞬激しくまばたきするのを見て、アルシアはふと思った。もしかして彼女はあふれそうになる涙をこらえているのでは？　しかし、ベネディクトが扉を開けると、彼女は忠実な使用人を従えて早足で店から出ていった。

店内にいる他の客や従業員たちの視線を無視して、アルシアはベスに向き直った。「本当にごめんなさい。彼女のトゥルーソーの値段を教えて。三カ月後にお金のめどがついたら、必ず支払うから」

三カ月後、仕事をきちんと終えてベネディクトから特別ボーナスをもらったとしても、その四分の一の金額がトゥルーソー代として消えることになる。

「いいえ、心配には及びません。あの服たちはもっと有効に活用されることになるはずです。レディ・ジョスリンの場合、一度袖を通したらもう見向きもしなくなるかもしれませんし」ベスはアルシアの手を取り、握りしめた。「正直言うと、レディ・ジョスリンを追い払うことができてほっとしているんです。彼女は気がころころ変わるせいで、欲しいドレスがなかなか決まりません。しかも彼女の注文どおりにわたしたちが仕立てた直後にわがままを言うんです。ずっとうんざりしていました」アルシアの肩越しを一瞥し、両手を叩《たた》く。「さあ、レディたち、仕事に戻って。お楽しみはもうおしまいよ」

今度まばたきをして涙をこらえるのはアルシアの番だった。ベスの優しい心遣いが胸にしみる。かつては、仕立屋がこちらを気遣うのは当然と思っていた。前の自分ならば、今回のベスの行動に対しても感謝の念を抱いたりしなかっただろう。だが顧客からの注文で生計を立てているベスが、この自分のためにわざわざ立ち上がってくれたのだ。

「俺がここに戻ってくるまでの間、すべて順調に運んでいたらいいんだが」

ベネディクトがそう言いながらそばにやってきたことに、アルシアは心のなかで感謝した。おかげで気がそれて、人前で涙を流さずにすんだ。人前で泣いたことは一度もないし、いまここでそうしたいとも思わない。

「ええ、すべて順調よ。注文したドレスがどんなふうに仕上がるのか、いまから楽しみ」

ベネディクトはどこか悲しげな瞳で、探るようにこちらを見つめている。「前に聞いた話によれば、たしかレディ・ジョスリンはきみの親友だったはずだ。あれは、そのレディ・ジョスリンなのか?」

アルシアは無言のままうなずいた。それ以上なんの説明が必要だろう?

「彼女はきみを見捨てた男と結婚するんだな」

「ええ、そのようね」

ありがたいことに、ベネディクトはそれ以上その話題を続けることなく、二人でベスに別れを告げて店から出た。もし店先に立派な一台の馬車が停《と》まっていなければ、どしゃ降りのなか、あっという間に濡れねずみになっていただろう。青い車体に赤い縁取りが施された馬車の前に従者が待機していて、すぐ二人のために扉を開けてくれた。ベネディクトから背中に大きな手を当てられ、早く乗るよううながされる。

「これはわたしたちの馬車なの？」

「ああ、そうだ。さあ、早く乗って」

従者の手助けを借りて、フラシ天の内装で統一された車内に落ち着いた。すぐあとから乗り込んだベネディクトが反対側の席にどっかりと座ると、車体が大きく傾いた。

「どうやってこの馬車を？」馬車が出発すると、アルシアは尋ねた。

「これは兄弟のエイデンの馬車なんだ。ちょうど彼を訪ねたから、きみをずぶ濡れにさせないために貸してもらった」

「思いやりに心から感謝するわ。それに、さっきはレディ・ジョスリンに謝罪させてくれて本当にありがとう」

そう言うとアルシアは窓の外を眺めた。雨はいっこうにやみそうもない。馬車の屋根に叩きつける雨音に耳を傾けていると、車内の静けさと落ち着きがことのほか心地よく感じられた。先ほどまであんなに張り詰めた気分だったのが嘘のようだ。

「傲慢な物言いをすることにかけて、きみの右に出る者はいない」ベネディクトが静かに口を開いた。彼もまた車内の穏やかな雰囲気に癒《いや》され、その雰囲気を壊したくないと考えているようだ。「きみが彼女に悔やみの言葉をかけたときには、思わず拍手喝采しそうになったよ」

アルシアは小さく首を振った。「ジョスリンの失礼な物言いに怒りを感じていたところへ、彼女ったら、わたしの服を仕立てたらトゥルーソーの代金は払わないとベスを脅しつけたんだもの。ベスはこちらのドレスは作らないはずだと説明して立ち去ろうとしたら、あの勇気ある女性はわたしをかばってくれた。その瞬間、かつてレディだった頃のわたしが完全によみがえって、最後に一言言ってやらずにはいられなくなったの」

「ベスはトゥルーソーの代金を全額手にすることになる」

「でも、あなたが支払うべきではないわ」

「心配しなくても、支払うのは俺じゃない。いずれにせよ、レディ・ジョスリンの家族が支払うことになる。俺が知りたいのは、彼女の父親が誰かという情報だけだ。あるいは一番上の兄か……とにかく、彼女の面倒をみている者なら誰でもいい」ベネディクトは肩をすくめた。「チャドボーンに支払わせるのも一つだな」口元にいわくありげな笑みが浮かんだ。「むしろそっちのほうがいい」

アルシアは彼が膝上で重ねている、手袋をはめた大きな手を見おろした。「〝いずれにせよ支払うことになる〟って……」

「おそらく、彼らは賭博テーブルで普段よりも負けることになる。あるいは、もし払うべきものを払わなければ、隠しておきたいことが明るみに出ることになる」

「彼らを実際に傷つけるつもりはないのね」

ベネディクトは重々しいため息をつくと、窓の外を一瞥した。アルシアの言葉にがっかりした様子だ。「甘やかされたレディ・ジョスリンのドレスを仕立てるのに、ベスは長い時間を費やした。彼らはその対価を払うべきだと気づくことになるだろう。とりあえず、いま言えるのはそれだけだ」

「もし彼らがそう気づかなければ？」

アルシアに視線を戻したとき、ベネディクトの顔からは笑みが消えていた。「俺は自分の説得力にはかなり自信がある。もし俺がだめでも兄のミックがいる。最近貴族のほとんどがミックの話には耳を傾けるようになっているし、彼に気に入られたがっているんだ。そんなわけで、彼らが俺の拳の威力をじかに感じることはない。もしきみが心配しているのがそういうことだとしたら安心してくれ」

ベネディクトの気持ちを傷つけてしまったのでは？　それが心配で、アルシアは彼にいたずらっぽい笑みを向けた。「もしチャドボーンが相手なら、一度くらい拳の威力を感じさせても気にしないわ」

ベネディクトの低い笑い声が車内に響き渡った。「きみが復讐心《ふくしゅうしん》の強い女だってことを肝に銘じておかないとな」

アルシアは長いため息をつくと、膝の上に折り重ねた、すり切れた手袋に包まれている両手を見おろした。「わたしは見下され、軽蔑された女だもの」顔をあげて続ける。「ベスから聞いたわ。あなたやあなたのきょうだいのおかげで、彼女は大家との厄介な状況から抜け出せたそうね」〝厄介な〟というのは、あまりに遠回しな言葉だ。ベスは大家から家賃だけでなく体まで求められていたのだから。

「ジリーがやったことだ」

「ベスは、大家と直接対決したのはあなただと言っていたわ」

「ジリーにそうするよう頼まれたからな」

「その大家は、あなたの拳の威力をじかに感じたのかしら？」

「ああ、何回か」

「あなたがビーストと呼ばれているのはそのせい？」

「それもある」

「それ以外の理由は？」

彼はかぶりを振り、アルシアはそれ以上の追求をやめた。今日ベネディクトはわたしのために立ち上がってくれた。そんな彼から無理やり秘密を聞き出す気にはなれない。

「兄弟を訪ねたと言っていたわね。どうだったの？」

ああ、兄たちが恋しくてたまらない。でも〝会いたい〟という伝言を伝えることで、二人を危険にさらしたくなかった。

「ああ、うまくいった。おかげで、こうやって快適な馬車で家まで帰れるんだからな」

14

その日の夜、時計が十時を告げると、アルシアは『テン・ベルズ殺人事件』を手にして図書室へ足を踏み入れた。もしベネディクトにレッスンをする気がなかったら、この本を読むつもりだ。昨夜座っていた椅子の脇、小さなテーブルの上にチューリップ型のシェリー・グラスが置かれているのに気づき、胸の真ん中がとろけそうになった。鼓動を打っている心臓に近い部分が。

いつものように、ベネディクトは立ち上がって迎えてくれた。そんな彼の姿を見て、これほど嬉《うれ》しさが込み上げなければいいのに。夕食を一緒に食べ終えたのは、ほんの数時間前のこと。それなのに、こうしてふたたび会えるまでの時間が永遠にも等しく感じられる。

アルシアは流れるような動きで椅子に腰かけた。今日の午後、レディたちに教えたとおりの座り方だ。彼女たちの装いについて、ベネディクトはどこかの時点で話をしてくれたのだろう。今日の授業では、レディたち全員が、派手ではないものの優雅なデザインのドレス――しかも襟ぐりはほとんど開いていない――を身につけていた。

「服装の件をレディたちに注意してくれてありがとう。おかげで今日の午後、授業に対する態度がはっきり変化したのがわかったわ。それにもちろん、肌を露出しないドレスでディナーを楽しめたのもよかった」

「いつもの食事に比べると、彼女たちが……おとなしくなったような気がしたんだが」

「今日の授業では、座り方と食事の仕方に関するマナーを集中的に学んだの。彼女たちは学ぼうという意欲が高いし、吸収も速い。何冊か参考にする本があれば、もっと彼女たちのマナーを改善できると思うの」

アルシアは青色のドレスのポケットに手を差し入れ、何冊か題名を記した紙を取り出して、腰をかがめてベネディクトに手渡そうとした。彼もまた前かがみになって、その紙を受け取る。指先が触れ合った瞬間、雷に打たれたような衝撃を覚え、ひそかに恐れおののいた。どうしてごくわずかに触れ合っただけなのに、言いようもないうずきが全身に走るのだろう？

体をすばやく戻したせいで風が起こり、炉床の炎がふんわりと燃え上がった。いっぽうのベネディクトは、何も感じなかったようにゆっくりと体を戻した。ただし、彼もこの世で一番不思議なものを見るかのごとく、暖炉で舞う炎をじっと見つめている。

「レディたち全員の分をファンシーに注文しておく」

ベネディクトは内なる悪魔と闘っているように見えた。引きずり込まれないよう、必死に耐えているみたいに。もし悪魔に屈したら、彼はわたしに口づけてくれるのだろうか？　アルシアはどうしてもその答えが知りたくなった。

彼は以前、女性の言葉にそそられると話していた。男性とはみんなそういうものなのだろうか？　それともベネディクトだけ？　自分が危険なほど魅力的な女性で、伏せたまつ毛越しにベネディクトを見上げ、胸の谷間をちらりとのぞかせたところを想像してみる。いいえ、そもそもすべてがわたしの勘違いだったらどうするの？　もし胸をときめかせているのがわたしだけだったら？

昨夜ベネディクトはわたしの秘密を探り当てた。今夜はわたしが彼の秘密を探りたい。

「夕食のあとっすたら、長椅子に丸まってあなたの小説を読んでいたの。ここでのレッスンが終わ、部屋に戻って残りをいっきに読んでしまいそう」

ベネディクトは暖炉の火からアルシアへ視線を移した。彼の目や顔つきがはっきり見えて嬉しい。

「夜の街の情景がすごくいきいきと描かれていて、実際に通りを歩いているような気分になったわ。どうしてあんなふうに描けるの？」

「俺がよく知る世界だからだ」

「では、なぜあなたは殺人について書いているの？　どうして妖精とか、船長とか、王子を探し求める若いレディが主人公の小説を書かないの？」

「俺が、王子を探し求める若いレディについて何も知らないからだ」

「でも殺人なら知っていると？」

自分でもばかな質問だとわかっている。人はほとんど知識のないことについても書き記せるものだ。とはいえ、心のどこかで――塩粒よりも小さな部分ではあるけれど――一つの疑問が生まれている。なぜ彼はビーストと呼ばれるようになったいきさつを話してくれないのだろう？

ウィスキーの入ったグラスを手にしたベネディクトは、足首を膝にのせるようにして脚を組んだ。これから夜を徹して長い冒険談を語り始めようとする男のごとく。

夜明けまでかかっても気にしない。ベネディクトについて多くを知り、たとえこの身が危険にさらされることになってもかまわない。〝清廉潔白な指南役〟として以外の彼の顔を知りたい。悔しいことに、ベネディクトが相手だと、わたしは清廉潔白ではいられない。自分で自分の感情をもてあましてしまう。

「八歳くらいの頃、ある男をこっそりつけたことがある。ホワイトチャペルのあたりをうろついていた男で、それまで見た誰よりも上等な服を着ていた。その男が気になってしかたがなかったから、あとを追ったんだ。男はときどき立ち止まり、ベストのポケットから金の懐中時計を取り出して時間を確認し、それから歩き始めた。俺はその懐中時計が欲しくてたまらなくなった。それほど何かを欲しいと強烈に思ったのは初めてだった。だから盗んだんだ」

アルシアは目を見開いた。これまで見たどの紳士も、懐中時計をベストのボタン穴に鎖で留めていた。それを、相手に気づかれず、襟首を捕まえられることもなく盗んだということは、ベネディクトは相当な腕前の持ち主に違いない。いろいろなものを巧みに盗み取っていたのだ。

「あなたはすりだったの？」

ベネディクトは肩をすくめた。「自慢げに吹聴《ふいちょう》するような話じゃない。だが貧民街に暮らす男の子も女の子も、多くはすりを働いていた。腕のいい奴《やつ》はいつだって、相手に気づかれることなく盗み取るための方法を自慢げに教えたがっていたよ。でもその懐中時計を最後に、すりはやめようと思った。もし母さんに気づかれたら、絶対に俺を恥ずかしく思うとわかっていたからだ。だからその日の最後、あの懐中時計だけは自分の靴底に隠して、これまで盗んだものすべてをギャングのボス〝三本指のビル〟のところへ持っていき、これですりはやめると言った。ボスはそれが気に入らなかった。その日家に戻ったとき、俺は両腕の骨を折られていたんだ」

「そんな……」シェリー酒に手を伸ばしたアルシアは、その指が震えているのに気づいた。

またしてもベネディクトは肩をすくめた。「〝三本指のビル〟は俺に選ばせたんだ。簡単にやめられると信じていた自分の傲慢さを認めるなら、腕一本で許す。本気でやめる気なら、二本とも腕の骨を折る。そう言われて、俺は二番めの選択肢を選んだ。それを後悔したことは一度もない」

「その人はあなたを手放してくれたの？」

「〝三本指のビル〟は犯罪人だが、約束は守る男だった。ときどき、俺がいっぱしの大人になったら、彼はどんなふうに利用するつもりだったのかと考えることがある。当時の俺は手足がひょろ長くて、年齢の割には大柄だったものの、とても器用とは言えなかったんだ。彼から自由になるために、ほんの少し痛い思いをした。そして手元にはあの懐中時計が残ったというわけだ。その後は目覚まし屋《ノッカー・アッパー》として働き始めた」

つい三カ月前まで、アルシアはその言葉を知らなかった。毎日起こしてくれる使用人がいたからだ。

「兄のグリフィスが週給三ペンスで、毎朝五時半に窓を叩《たた》いて起こす人を雇っていたわ。そうすれば波止場の仕事に遅れないように行けるから。あなたがやっていたのは、そういう仕事かしら？」

「ああ、そうだ」

「でもいったい誰があなたを起こしていたの？」

ベネディクトが笑みを浮かべ、それを見たとたん、アルシアは胸に温かなものが流れるのを感じた。まるでシェリーをもう一口飲んだみたいに。

「仕事柄、俺は昼の時間に寝ることになる。それはうちにとって好都合だったんだ。俺と兄弟たちは一台のベッドで寝るしかなかったから、絶対に誰かが起こしてくれた。そんなわけで、俺は夜にホワイトチャペルを歩き回ることになった。依頼者を起こす時間になるまで、あちこちの通りや馬小屋を改装した長屋《ミューズハウス》、路地裏をくまなく歩き回ったんだ」

「だから、あなたは夜の街をあんなにいきいきと描けるのね」

ベネディクトはうなずいた。「いろいろな売春婦や酔っ払いたちを見てきた。こちらに危害を加えるようなずる賢い者もいれば、親切にしてくれる者もいた。ある意味、そこに人生の縮図が広がっていたんだ。人によっては一生目にすることもないような縮図がね。その仕事を始めて一年ほど経《た》ったある夜、あちこち回って依頼者を起こしている途中で、路地にだらしなく倒れている一人の女につまずいた。酔っ払ってそのまま寝込んだんだろうと思い、その女を起こそうとしたんだ」

その先を話し続けるのに景気づけが必要であるかのように、ベネディクトはウィスキーをたっぷりと喉に流し込んだ。

アルシアは嫌な予感に襲われた。もしかすると、この話には何か恐ろしい結末が待っているのでは？

「彼女は死んでた」

ベネディクトはグラスに視線を落としたまま、クリスタルに映る炎の動きをじっと見つめている。もしかすると、揺らめく炎にその女性の姿を重ね合わせているのかもしれない。「青いドレスは血だらけだった。彼女の前にかがみ込んだとき、なんともいえない血なまぐさい臭いが鼻をついたんだ。ドレスや両手、首に切り傷があったから、何者かにナイフで切りつけられたんだろう。彼女はまぶたを開けたままだったが、瞳はうつろだった。そのときふと考えたんだ。彼女がこの世で一番最後に見たのは、自分を殺した犯人の顔だったのだろうかと」

暖炉の火が爆《は》ぜ、炉棚の時計が時を刻むなか、アルシアは自分の耳から心臓の激しい鼓動が聞こえるのを意識していた。多感な年頃だったベネディクトに、その光景はどれほど大きな影響を及ぼしただろう？　どれだけぞっとしたことか想像もつかない。

琥珀《こはく》色の液体をさらに飲み込むと、ベネディクトはアルシアと目を合わせた。「そのあと、警官を探しに行ったんだ。高い階の窓を叩くための、竹製の長い棒を持ったままでね。それを見た警官は俺の肩を叩いて、おまえは仕事に戻っていいと言った。依頼者たちも仕事に出かけるために起こしてもらう必要があるだろうからって。だから警官に言われたとおり、仕事に戻ったんだ。でもあんな恐ろしいことが起きたのに、それを無視して仕事を続けているのが間違っている気がしてしかたがなかった。だから最後の窓を叩き終えたあと、彼女を見つけた場所に戻ってみたんだ。もう遺体はそこになかった。最初は、ただの勘違いだったのかもしれない、あの女性は生きていて、意識を取り戻して自分で歩いて帰ったのかもしれないと思った。だが心の奥底では真実に気づいていた。彼女が家に戻ることは二度となかったはずだとね」

ベネディクトはウィスキーを飲み干した。アルシアは心ここにあらずの状態で彼のグラスを受け取るとサイドボードまで行き、ウィスキーのお代わりを注《つ》いでテーブルへ戻った。

「変なことを尋ねてごめんなさい。思い出したくない記憶だったはずなのに」

「だが、そういう記憶のおかげで、いまの俺があるんだと思う」

アルシアは自分の椅子を引き、フラシ天のクッションに体を沈めた。「どういうこと？」

ベネディクトは前のめりになると、太ももに両肘をついて、両手でグラスを包み込んだ。

「それ以前は、自分のでかい体をもてあましていた。目立ちたくないのに、いやでも目立つせいで不自由さしか感じなかった」彼は自分の気持ちを的確に表現する言葉を探しているようだ。だからアルシアは急《せ》かすことなく、待つことにした。「当時から、このでかすぎる体のせいで、周囲にいる同世代の子どもたちからビーストと呼ばれていた。でも、あの女性の遺体を見つけたとき、もし彼女が襲われた現場に自分がいたら、きっと救えただろうと思った。いや、理性的に考えればそんなわけはないんだが、それでもそのあと、街を歩いている間も前より注意を払うようになった。誰かに危害を加えようとした者を追い払ったことも何度かある。そのうち俺は〝ホワイトチャペルのビースト〟と呼ばれるようになった。だが同時に、殺人にも魅せられていた」

「そういうことに心を奪われるのは、何もあなただけじゃない。殺人事件やその犯人の裁判について、細かな点まで生々しく書いている新聞記事が信じられないほどたくさんあるのがいい証拠だわ」

ベネディクトは自分をあざ笑うようににやりとした。「そういう新聞記事が、俺の小説のネタになっているんだ。俺は警官や探偵にも話を聞くし、法廷に出向いて裁判を傍聴することもある。殺人現場をこの目で見るために金を払ったことさえあるんだ」

アルシアは背筋に冷たいものが走るのを感じた。「さすがにそれはぞっとするかもしれない」

「その点に関して反論はしないさ。一時期、殺人現場を回るのが人気だったことがあるんだ。ただ俺の場合、血を見たくて参加していたんじゃない。何が犯人を殺しに駆り立てたのか、その背景を理解しようとしていた。殺人現場といっても、ごく普通に見える場所がほとんどだ。棚には食器が並べられ、ベッドにはキルトがかけられ、暖炉の前には一脚の椅子が置かれている。そしてそれこそ、殺人事件の恐ろしさの一面なんだ。殺人はなんの前触れもなく、どこでも起こりうる。ひっそりとした村でも、騒々しい街の通りでも、緑に覆われた公園でも。その後は探偵小説を読みあさり、やがて自分で書くようになった。駄作ばかりだったが」彼は顎をしゃくって、アルシアの膝上にある自分の小説本を示した。「だがついに駄作ではない作品が生まれた。少なくとも、俺自身がそう信じられる作品がね」

アルシアは彼に励ますような笑みを向けた。「ええ、わたしも一度読み始めたらやめられなくなった」

ベネディクトは椅子の背にもたれ、ウィスキーをすすると、暖炉の炎に視線を向けた。

「すまない。いつもならこんなふうに自慢はしないんだが」

「いいえ、その自慢が嬉しいわ。小説を書くことに対する情熱がひしひしと伝わってきたもの」

彼はふたたびアルシアを一瞥《いちべつ》した。「きみはどんなことに情熱を感じているんだ？」

アルシアは膝上に置いた本の背表紙に指を滑らせた。まずは金文字で刻された小説のタイトル、次に著者である彼の名前。

ベネディクトについて学びたい。いまや、そんな情熱を感じている。彼のすべて――これまでの人生で起きた大事件からささいな出来事まで、すべてを知りたい。もう一度キスしてほしいし、キスを返したい。

誰かの愛人になることで、わたしを心配する兄たちから解放され、自由の身になれるとずっと考えていた。いま、一つの牢獄《ろうごく》から別の牢獄へ移るだけなのではと思い始めている。

彼の問いかけになんと答えたらいいのかわからない。このままだと本音を打ち明けてしまいそう。

しかし、突然ジュエルが図書室へ駆け込んできたため、ベネディクトはすぐに席から立ち上がった。

「たったいま、あなた宛てに手紙が届いたの」

彼はジュエルから手紙を受け取って開封し、読み始めた。最後まで目を通すと、手紙を折りたたみ、上着のポケットにしまい込んで、アルシアのほうを向いた。「すまないが、急遽《きゅうきょ》対処しなければいけない問題が起きた」

一瞬、ベネディクトがやや落胆した表情を浮かべた気がした。声もがっかりしたように聞こえた。でもきっと、それはこちらの勝手な思い込み。

「だったらおやすみなさいを言わないとね」

ベネディクトは大股で戸口へ向かったが、つと立ち止まった。

そのときアルシアにはたしかに聞こえた。彼がうなりながら吐き捨てるように口にした、男性の陰部を意味する下品なののしり言葉が。

彼がくるりと振り返る。「これから兄弟の賭博場へ行く。女性も歓迎される場所だ。よければ、きみも一緒にどうだ？」

15

アルシアは傍目《はため》にもわかるほど興奮していた。飛び跳ねるような足取りでエイデンの馬車に乗り込み、反対側の座席にはずむように腰をおろしたため、その一歩一歩の揺れが床からじかに伝わってきたほどだ。エイデンは手紙だけでなく、快適な馬車も届けてくれていた。なかには足を温めるための器具《フットウォーマー》と毛皮の毛布まで用意されている。それらを見たときは、やや複雑な気分になった。もちろん、エイデンがそれらを用意したのは俺のためではない。俺が〝繊細で華奢《きやしや》で甘やかすべき存在〟を連れてくると予想してのことだ。

いまだに信じられない。どうして先ほど、アルシアにとりとめもない話を聞かせ続けていた？　彼女からあれこれ質問をされたわけでもないのに。一言こう答えればじゅうぶんだったはずだ。〝一度女が殺された現場を目撃したことがある。そのとき想像力をかき立てられたんだ〟

ただ、実際はそうではなかった——少なくともあの当時は。土気色になった女の顔や冷たくこわばっている手足を目の当たりにして仰天し、何も考えられなくなった。とにかく助けを求めようと駆け出したが、体が震えてまるで言うことを聞かず、それでもぎこちない足取りのまま必死に走った。ようやく警官を見つけたが、言葉がつかえてうまく話せず、しばらく深呼吸を繰り返して心臓の鼓動を鎮め、冷静さを取り戻さなくてはならなかった。

正規の年齢に達したらロンドン警視庁の一員になろうと考えたこともある。でも、どこか上の空のままこちらの背中を叩《たた》いて追い払った警官のことを思い出すたびに、無性にやりきれない気分になった。あの警官は、わずか九歳で恐ろしい殺害現場を目撃することになった少年に思いやりの言葉一つかけようとしなかったのだ。あのあと、その少年は何カ月も悪夢にうなされ続けた。

話の途中でエイデンからの手紙が届いたのはありがたかった。あの恐ろしい夜のことはもうあれ以上思い出したくない。ただ、手紙が届くのがもう少しあとだったらよかったのに、という落胆は拭えない。アルシアが何に情熱を感じているのか、その答えを聞けたはずなのに。あのとき、彼女は答えを探し求めるように俺の唇に視線をさまよわせていた。期待がどうしようもなく高まり、ほとんど息もできないほどだった。馬車のなかで二人きりになったいま、あの先についてあれこれ考えないよう気をそらさなければ。

「きみはフォー＝カード・ブラグをやったことがあるか？」

「いいえ」

「エイデンの賭博場ですごく人気のあるゲームなんだ。だからきみにルールを教えておこうと思う。どのカードを捨て、どのカードを三枚残せばゲームに勝ちやすくなるかをね」

「あら、わたしは賭けなんてしないわ。そもそも賭け金がないもの。でも、これまで賭博場には一度も行ったことがないから、ものすごく興味はある。どんな場所か隅々まで見て、雰囲気を満喫したいわ」

ビーストは心のなかでつぶやいた。所有する大型船二艘《そう》を賭けてもいい——ひとたび賭博場に着いたら、アルシアは賭けのテーブルにつくはずだ。それも、勝つために。

「あなたの用事は長くかかりそうなの？」

「いや、さほど時間はかからない」

「賭けのテーブルにつくあなたを見られるかもしれないわね」

「だからルールを前もって説明しておきたいんだ。そうすれば、俺のカードゲームの腕前がどれだけすばらしいかわかるはずだからね」

馬車の暗い車内にもかかわらず、こちらを見つめるアルシアの視線が感じ取れる。まるで実際に彼女が手を伸ばし、指先でこの体に触れているかのようにありありと。

「知り合ってまだ日が浅いけれど、てっきりあなたは自慢をしない、謙虚な人なのかと思っていたわ」

正直に言えば、俺はカードゲームの達人ではない。それでも腕前を自慢したのは、アルシアにどうしてもプレイの方法について教えたかったからだ。先ほど図書室で、アルシアからおやすみなさいと言われ、出かけようと戸口に向かったとき、突然気づいた。今すべきなのは、エイデンのクラブへアルシアを一緒に連れていくことだけなのだと。

「俺のわがままを許してほしい」

アルシアは柔らかな笑い声をあげた。ごく優しいのに、魂にまで響くような笑い声だ。

「ええ、わかったわ」

ビーストはルールの説明を始めた。同じカード札のマークが続き札に勝つこと、三枚の揃い《マッチング》の札《カード》が同じスート《スート》または続き札に勝つこと、同じスートの続き札が一番強いこと。

「そんなに複雑なゲームではないのね」

「ああ。だが、勝つか負けるかは運次第だ」

狭くて暗い馬車の車内で、アルシアと二人きりなのは実に危うい。あたりをふんわりと漂うくちなしの香りに鼻腔《びこう》をくすぐられているのだから、なおさらに。

ビーストはかぶりを振って長いため息をつくと、背後のクッションにもたれて両脚を伸ばし、胸の前で腕組みをした。いまはアルシアに手を伸ばして彼女をこの膝上に乗せ、自分のものとばかりに柔らかな唇にキスすべきときではない。とはいえ、どうしてもあの唇に目がいってしまう。もう一度彼女の唇を味わいたくてたまらない。しっかりしろ、と心のなかで自分を叱咤《しった》する。そんなことが許されるときなど絶対にやってこないのだ。

馬車が停《と》まると従者が扉を開いたので、ビーストは先に飛びおり、手を伸ばしてアルシアがおりる手助けをした。

彼女はわずかに目を見開いた。「〈ホワイツ〉みたいな場所かと思っていたわ」

目の前にある建物はれんがと石造りでどっしりとしているが、大きさは有名な紳士クラブ〈ホワイツ〉の半分ほどだ。

「ロンドンのこの界隈《かいわい》にそんな場所は存在しない。俺の連れだとわかるように、ぴったりくっついてくれ」

そう言って腕を差し出し、アルシアから腕を巻きつけられると、満足感と誇らしさが込み上げてきた。本来なら、そんな感情を覚えるべきではないのだが。彼女をいざなって正面玄関に通じる階段をあがると、従者が扉を開けた。

ビーストはアルシアのあとから建物のなかに入った。薄暗いものの、短い玄関通路の先にエイデンが立っているのにすぐ気づいた。一階に広がるいくつかの部屋でさまざまなゲームに興じている客たちを見つめている。小さなデスクに立っていた係の女性に大外套《おおがいとう》とアルシアの外套を手渡し、さっそくエイデンに近づいた。「まさかおまえがいるとはな」

エイデンは肩越しに一瞥《いちべつ》すると口を開いて何か言いかけたが、突然口を閉ざして目を少し見開くと――アルシアの姿を見たからだろう――完全にビーストのほうを向いた。だが実際のところ、エイデンは彼女の出現にさほど驚いているようには見えない。むしろ、馬車にフットウォーマーと毛皮を用意した自分の見立てを喜んでいる様子だ。

「手紙を届けるよう頼んだ男に、そのときは俺にも知らせるように命じていたんだ。おまえが何を企《たくら》んでいるにせよ、俺がそれを見逃すはずないだろう？」

エイデンは、復讐劇《ふくしゅうげき》やだまし討ちの現場を目撃したり参加したりするのが何より好きな男なのだ。

「アルシア、こちらは俺の兄弟のエイデン。エイデン、こちらはミス・スタンウィックだ」

エイデンは彼の代名詞とも言うべき悪魔のごときハンサムな笑みを浮かべると、アルシアの手を取り、手の甲に唇を押し当てた。手袋をはめているので、彼女のシルクのような肌をじかに感じたわけではない。そうわかってはいても、エイデンにパンチを見舞ってやりたいという衝動を覚えずにはいられなかった。まあ、そんなことをしてもしかたないが。エイデンは妻にめろめろなのだから。

「会えて嬉《うれ》しいよ、ミス・スタンウィック」

「ええ、わたしもです」

「で、どうやって兄弟と知り合ったんだ？」エイデンはアルシアの手をまだ握ったままだ。このくそったれめ。

「いまその話はいい」ビーストは割って入った。「さっそく仕事に取りかからないと。彼はどこにいる？」

エイデンはビーストに注意を戻すと、目を光らせた。きょうだいのなかでも、エイデンほど人生を壮大なジョークとして楽しみ、笑い飛ばそうとする者はいない。ただし、自分の妻と息子が関わる場合は別だ。葬儀に参列するかのごとく大真面目になり、むやみに口を開くことがなくなる。

エイデンは首をかしげ、とある方向を見るようビーストに指し示した。「壁沿いのテーブルのなかほどにいる。俺たちのいる場所から、顔がすっかり見えている金髪の男だ」

その男はビーストの予想よりも小柄で、ほっそりした体つきをしていた。立ち上がっても百七十センチくらいのものだろう。身につけている服はどれも最高級の仕立てで、髪型もつい数分前に従者によって整えられたようにきまっている。体の動きも洗練され、優美そのもの。アルシアがかつて愛し、結婚相手に選んだのは、クジャクのように見栄えのいい男だった。そしていま、彼女は熊のごとき男の横に立っている。

視界の片隅で、アルシアが体をわずかに前に傾けたのが見えた。エイデンとビーストが話している彼が何者なのか見きわめようとしているのだろう。すぐにあのろくでなしだと気づき、一瞬小さなあえぎ声をあげると、ビーストの腕を放し、両手で口を覆った。

「チャドボーンだわ」弾《はじ》かれたようにこちらを見上げた顔にはっきりと浮かんでいるのは、〝裏切られた〟という表情だ。「彼がここにいると知っていたのね？」

ビーストはうなずいた。「さっきの手紙でそう知らされた」手紙には〝彼がいる〟とだけ書かれていた。それでじゅうぶんだった。

アルシアはカードルームを見ると、ビーストに視線を戻した。「急遽《きゅうきょ》対処しなければいけない問題って、彼のことだったの？」

「ああ」

「いったい何をするつもり？」

「今夜彼には有り金すべてを失ってもらう」

そのとき、アルシアの目に浮かんだ警戒の色が少し薄らいだ。ほんのわずかな変化だったが、すぐにわかった。彼女は俺がチャドボーンを殺すつもりではないかと恐れていたのだろう。そう気づかされて、心がいたく傷ついている。だが、そんな痛みを感じる資格がないこともわかっている。

俺はかつて人を殺《あや》めたビースト。もう二度とあんな経験はしたくない。

「最初のチップはいくら賭けるつもりだ？」エイデンが尋ねてきた。

ビーストは、アルシアの美しい青い瞳からかたときも目を離さないまま答えた。その瞳になすすべもなく溺れてしまいそうで怖い。「千ポンドだ」

エイデンは木製のチップを取りにその場から離れた。

「あなたは千ポンドも賭けるつもりなの？　全額失う可能性もあるのに？」アルシアがぞっとしたように尋ねた。

「いや、賭けるのは俺じゃない。きみだ」

パンチを見舞われたかのように、アルシアは突然息ができなくなった。

「あなた、頭がどうかしたの？」

「なぜ馬車のなかで俺がきみにルールを教えたと？」

「それは……あなたが自慢屋だからよ」もし本当にそれが理由なら、どんなにいいだろう。

「アルシア——いや、ティア」ベネディクトは目を一瞬たりともそらそうとしない。「最初は俺が彼とプレイするつもりでいた。だが、先ほど図書室から出ようとしたときに気づいたんだ。これは俺が勝つための戦いではないと。公衆の面前で恥をかかされたのは俺じゃない。彼から背を向けられたのも、見捨てられたのも俺じゃないんだ」

「今夜彼の所持金をすべて奪ったところで、何も変わらないわ」

「それは違う。もちろん、ゲームに負けて彼が味わう屈辱など、きみが味わったものとは比べ物にならない。だが何かにはなるはずだ。そして、人にはそれでじゅうぶんだと思える瞬間がある。ゲームで勝った金のうち、借りた千ポンドをエイデンに戻したら、残りは全額きみのものになる。将来に備えて貯金するとか、きみの好きなようにするといい」

ああ、わずかに希望を抱いてしまったのが気に入らない。仕立屋のベスに嫁入り衣装《トゥルーソー》の代金を支払うには、じゅうぶんな金額になるはずだ。残りは将来のために蓄えられるかもしれない。

「もしわたしが負けたら？」

「きみが負けることはない。俺がきみの隣に座る。どのカードを捨てるべきか迷ったら、俺に尋ねるといい」

もしチャドボーンを打ち負かせたら、これ以上ないほどの満足感を得られるだろう。

「わたしに気づいたら、彼はここから出ていくかもしれないわ。レディ・ジョスリンの態度を見たあなたならわかるはずよ。わたしは疫病よりも歓迎されない存在なの」

「彼が出ていくとは思えないが、俺はきみに、自身に選択肢がないようには感じてほしくない。もし彼とプレイするのが嫌なら、俺が相手になる。今夜俺がここにやってきた目的を必ず果たしてみせる。エイデンの部下の一人を付き添わせるから、きみはこのまま館に戻ってもいい。あるいはここにとどまって、ゲームの行方を見届けることもできる。あるいは、きみ自身がプレイして彼をぎゃふんと言わせることもできるんだ」

そのときアルシアは、自身が思っていたほど善良ではないことに気づいた。チャドボーンが負ける姿を見てみたい。そしてどうせなら、彼を負かすのがこの自分であってほしい。

心を決めると、静かに、それでいて決然とうなずいた。「ええ、わたしが彼とプレイするわ」

「よし。そう決断した自分に感謝することになるよ」

エイデンが戻ってきて、木製のチップでいっぱいになった小さなトレイをベネディクトに手渡した。すぐさまそのトレイがアルシアに渡されるのを見ても、特に驚いたそぶりはなかった。「チップ一枚が十ポンドに相当する。幸運を祈っているよ」

「ツキを失わないように努力するわ」

エイデンは大したことではないと言いたげに肩をすくめた。「俺は心配しちゃいない」ベネディクトの腕に触れながら言葉を継いだ。「チャドボーンの向かい側に座っている赤いシャツの男の肩を軽く叩け。そうすれば、赤シャツは別のテーブルへ移る」

「おまえの特別なディーラーが必要だ」

「ダニーならすでにテーブルについている。チャドボーンにじゅうぶん勝たせて、おまえたちがテーブルにつく頃には彼を自信満々にさせているはずだ。さあ、彼に身のほどをわきまえさせ、俺を楽しませてくれよ」

ベネディクトはやれやれと言いたげにかぶりを振り、それを見たアルシアはふと思った。もし彼が目玉をぐるりと回すタイプならば、かなり上手にできるのでは？　実際目を見事に白黒させながらベネディクトは振り向いた。「さあ、用意はいいかな？」

「ええ、これ以上ないほど」

元気づけるように背中に片手を置きながら、ベネディクトは目指すテーブルのほうへアルシアをいざない始めた。

おおぜいの人をかき分けていくなかで気づいた。不思議なことに、最高級の装いの者もいれば、上等とは言えない身なりの者もいる。どう見ても貴族と思われる女性も一人いた。賭博場にいる女性たちはあっさりとしたデザインのウールのドレスを身につけ、髪をアップにしているが、さほどきつく結い上げていない。室内にはパイプや葉巻の煙が充満し、目がしばしばする。なかにはほっそりした形のチェルート葉巻を吹かしている女性も何人かいた。そして、この場にいる誰もが酔っ払っているように見えた。従者がお代わりのグラスを掲げてあちこち走り回っている。

客たちは自分のプレイに夢中のため、アルシアとベネディクトが部屋の奥まで進んでも誰一人注意を払おうとしない。もしアルシアと面識のある貴族男性たちがここにいたとしても、彼らがこちらに気づくことはまずないだろう。結局のところ、自分はもはや貴族らしい装いをしておらず、貴族はめったに平民の顔に目を向けない。今日の午前中のレディ・ジョスリンがそうであったように、平民が自分の真正面に立たない限り、わざわざ顔を見ようとはしないものだ。だから誰かに声をかけられる恐れをほとんど感じないまま、まっすぐ歩いていた。

「あなたの兄弟は誰にでもこんな大金を簡単に貸すの？」

「それはエイデンから借りた金じゃない。もし全額すったとしても、返す必要はないんだ」

アルシアは突然足を止めてベネディクトを見上げた。「嘘でしょう？　彼はこんな大金をわたしにくれたというの？」

ベネディクトは頬を緩めた。「いいかい、たとえきみが負ける相手が誰であっても、きみが失った金がエイデンから与えられていても、きみの相手が賭けのテーブルに長く居座るほど、結局エイデンの儲《もう》けが増えることになる。それこそ賭博場がこんなに儲かる理由の一つなんだ」

「でも彼は誰に対しても、ただでお金をあげるわけではないでしょう？」

「もちろんだ。他の者たちは、エイデンに金を借りたら利子をつけて返さなければならない。うちの家族だけは、自分で金を出さずにここでプレイできるんだ」

「でも、わたしはあなたたちの家族じゃない」

ベネディクトはため息をついた。「今夜きみは俺と一緒にいる。しかも、このささやかな楽しみをお膳立てしたのはこの俺だ。だから賭けのチップは俺のものなんだ。さあ、行こう。チャドボーンがゲームに飽きないうちに」

直後、チャドボーンがこちらに気づき、アルシアにはその瞬間が手に取るようにわかった。伯爵がメンフクロウのように目をまん丸くしたせいだ。とたんに、注文した新しいドレスがまだできあがっていないのが残念でたまらなくなった。もし間に合っていたら、袖口も襟ぐりもすり切れ、傷だらけのボタンのついた色あせたドレスを今夜着ることもなかったのに。しかもこのドレスはやや大きく、体からぶら下がっているように見える。わたしがもはや、はちきれんばかりの体つきをした少女ではないせいだ。何しろ、少女時代は日々の食事に事欠くこともなかったうえに、毎日午後は赤紫色をしたベルベット製の背のない長椅子《ディバン》で読書を楽しみながら、チョコレート・ボンボンを一箱丸ごと平らげていたのだから。なお、髪型のほうはなんの問題もない。今夜はヘスターが侍女になるレッスンの一環として、ディナーの前に一時間もかけ、複雑で優美な髪型に結い上げてくれたのだ。

　こちらがさらに近づいても、チャドボーンは立ち上がろうとせず椅子に座ったままだ。そのとき頭に意地の悪い考えがよぎった。伯爵はわたしの姿に驚くあまり、膝に力が入らなかったのでは？　まあ、本当はもっとがっかりする理由かもしれないけれど。ささやかな礼儀を払うにも値しない存在だと考えているとか。

　チャドボーンの礼儀に欠けた態度を目の当たりにし、ベネディクトへの称賛の気持ちがいっそう募った。ベネディクトはわたしが部屋に入ってきたときだけでなく、あの館のレディたち全員にも等しく敬意を払っている――自分の体で殿方に親密な奉仕をすることで生計を立てている女性たちに。

　ベネディクトが誰かを見下すことなどあるのだろうか？　すばやく彼を見上げると、チャドボーンに向けた黒い瞳には紛れもない蔑みの色が宿っている。そう気づき、アルシアも改めて身を引き締めた。

気づけば、奇妙にもチャドボーンが座るテーブル全体の動きが止まっている。アルシアはとっさに考えた。これはわたし自身のせいというより、ベネディクトが放つ存在感のせいなのでは？　どんな場所であれ、ベネディクトが姿を現すと、その場にいる人びとは彼の望みが何か見きわめるまでおとなしくじっとしている。あるいは、単に〝特別なディーラー〟――彼の何が特別なのかさっぱりわからないが――が二人の到着を待っているせいかもしれない。

アルシアはテーブルの少し手前で立ち止まり、チャドボーンと視線を合わせた。つい最近までこちらを優しく見つめ、特別な気分にさせてくれた青い瞳。「チャドボーン卿《きょう》」

「レディ・アルシ――」

チャドボーンはそこで口をつぐみ、不機嫌そうに顔を歪《ゆが》めた。かつてアルシアが信じられないほどハンサムだと考えていた顔だ。なんて興味深いのだろう。その裏切り行為によって、彼の見た目の魅力まで失《う》せたように思えるとは。

「アルシア、いったいここで何をしている？」

「あなたにアルシアと呼ばれる筋合いはないわ。ミス・スタンウィックと呼んで。わたしがここにやってきたのは、あなたから有り金すべてを奪うためよ」

16

なんてことだ。ビーストは心のなかでひとりごちた。アルシアが自信たっぷりに宣言したせいで、テーブルについていた数人の男たち——チャドボーンも含めて——が口をあんぐりと開けている。一人の男は驚嘆したように目をしばたたき続けたままだ。瞬時にしてアルシアに心奪われた者が少なからずいるかもしれない。

俺はそうだ。否定しない。この気取り屋の愚か者を前に、少しも尻込みしないアルシアの姿を前にして、誇りで胸がはちきれそうになっている。

「き……きみがここでプレイできるわけがない」チャドボーンはつっかえながら言うと、ディーラーのダニーを見た。細長い指で無言のままカードをシャッフルしているダニーは、指と同じく全体的にすらりとした体つきだ。「彼女の父親は反逆を企てた裏切り者だ。入店を許すべきじゃない」

「ミスター・トゥルーラヴがこの店の客に求める条件は一つだけ。負けて支払うための金を持っていることです」ダニーは目を細め、アルシアが手にしたトレイを見つめた。「彼女はおよそ千ポンドのチップを持っています。このテーブルにつくのは大歓迎です」そう言うと、アルシアにわずかにうなずいてみせた。

ビーストが赤いシャツ姿の男の肩を叩《たた》くと、男は煙のようにすぐに姿を消した。先ほどまで男が座っていた椅子をビーストが引くと、アルシアは王座につく女王のような優雅さで腰をおろした。

「謀反人の娘とゲームをすることはできない」チャドボーンはきっぱり言うと、音を立てながら自分のチップをかき集め始めた。明らかに、ダニーがアルシアを追い払い、貴族である自分にゲームを続けさせるだろうと考えているようだ。

「女に負けるのが恥ずかしいのか?」ビーストは挑発した。男の愚かなプライドを利用した作戦だ。

伯爵はビーストの頭の先からつま先までじろじろと見た。貴族ではない相手に対する嫌悪感を隠そうともしていない。「そんな気遣いは無用だ。きみになんの関係がある?」

「俺が気遣っているのは彼女だ」ビーストはとっさに思った。額にでかでかと〝俺が心配なのはティアだ〟と書いておくべきかもしれない。そうすれば、間抜けな貴族どもと顔を合わせるたびに同じ発言を繰り返す必要がなくなる。

チップを集める音がやんだ。チャドボーンが手の動きを止め、目を細めている。「きみはいったい何者だ?」

「みんなからはビーストと呼ばれている」手近なテーブルから椅子を一脚引っつかむと、アルシアとダニーの間に振りおろした。ゲームテーブルに椅子の背を向けたまま、どっかりと腰をおろし、背もたれの上で腕組みをする。

「きみがプレイするつもりか？」

「いや、俺は見学だ」ビーストはさりげなく肩をすくめた。「同時に、このレディが必要なときにアドバイスを与える。彼女は一度もゲームをプレイしたことがないからね」

「いかさまをすると言っているように聞こえるぞ」

「俺がどうやって不正をするというんだ？　カードに手も届かないのに？　そのうえ、今夜幸運の女神はきみにほほ笑んでいると聞いた。ここでわざわざ別のテーブルに移って、幸運の女神に見放される危険を冒すのはばかばかしくないか？　もしきみがこのテーブルを離れなければ、幸運の女神に見放されることもない」

チャドボーンは、罠《わな》にかけようとしているのではないかと疑うようなまなざしでしばしビーストを見つめたが、すぐに自分にとって危険な相手ではないと判断したようだ。

ビーストにはその瞬間がはっきりとわかった。これまでも、多くの男が同じ間違いを犯すのを何度も目の当たりにしてきた。

「いいところを突いているな」チャドボーンは得意げに言うと、ふたたびチップを積み重ね始めた。思いあがりもはなはだしい。しかも、これほど簡単に心を操られるとは。

　ダニーが割って入った。「話し合いがすんだのなら、そろそろ始めましょう」彼はもう一度カードをシャッフルすると、まっすぐに揃《そろ》えた。「最初に出す賭け金《アンティ》は十ポンド」

「ちょっときみを手助け《ハブ・ユア・ハンド》してもいいだろうか？」ビーストはアルシアにかすれ声で、いかにも親しげな様子で尋ねた。とたんに、チャドボーンが軍人のように背筋を伸ばしたのがわかった。たしかに彼の背骨が鳴る音が聞こえたのだ。この伯爵はこれまでに一度か二度、同じ調子で彼女に話しかけたことがあるに違いない。きみの手を取る《ハブ・ユア・ハンド》という親密な言葉が何を匂わせるのか、じゅうぶん理解しているのだろう。

　アルシアが何も尋ねず片手を差し出したのを見て、このうえない満足感を覚えた。あたかも手を取ることで、彼女を悦《よろこ》ばせられたかのような……いや、それは言いすぎだろう。とはいえ、アルシアがこちらを信頼しているのははっきりしている。そう気づいただけで、感謝の念が込み上げた。

　ごくゆっくりと、その手から子ヤギの革の手袋を脱がせ始める。手袋に包まれていない、アルシアの手に触れるのはこれが初めてだ。こうして手袋を脱がせているのが馬車のなかだったら――暗い車内で二人きりだったならどんなにいいだろう。そうすれば、アルシアの手のひらの中心に口を押し当て、これからの運命を指し示す手相に沿って唇を滑らせられるのに。アルシアの手のひらには一箇所だけ硬くなっている部分があった。タコだ。テーブルに座るウジ虫野郎に背を向けられる前には存在しなかったものだろう。

それでも、シルクのようになめらかな手のひらより、タコのある手のひらのほうが大切に思えてしかたがなかった。

脱がせた手袋を折りたたんで自分の太ももの上に置くと、今度はドレスの袖口のボタンを三つ外し、袖をそろそろとまくり上げた。「きみが袖口にカードを隠しているなどと、誰にも文句は言わせたくないからね」

「まあ」アルシアは吐息まじりの答えをもらしただけだった。

もしかして、俺の脚の付け根がこわばっているように、彼女の同じ部分もしっとりと濡《ぬ》れ始めているのでは？　ここではない、どこか他の場所でこうすべきだった。アルシアにキスできるような場所で……いや、キス以上のことも。

だめだ、いったい何を考えている？　そんなことをすればさらにひどい事態になる。テーブルはしんと静まり返ったままだ。こちらがアルシアに奉仕している様子を、他の男たちが固唾をのんで見守っている気配がひしひしと伝わってくる。ここにいる男たち全員が、多かれ少なかれ妬ましさを感じているに違いない。だから、さらに時間をかけてもう片方の手袋を脱がせ、ドレスの袖口をまくり上げた。奉仕を終えてアルシアの顔を見上げると、自分の両手をじっと見つめている。まるでそれらが自分の手ではなく、どうしてこの体についているのか理解しようとしているかのように。

とうとうアルシアは目をあげ、視線を合わせてきた。その瞳に宿っていたのは、紛れもない欲望だ。彼女はいま、俺に奪われることを切望している。そして俺もアルシアをいますぐ奪いたくてたまらない。

大きな咳払《せきばら》いが聞こえ、アルシアは弾《はじ》かれたように背筋を伸ばして、ディーラーに注意を戻した。

「さあ、全員賭け金を払って《アンティ・アップ》」

ダニーの声がややかすれているのをビーストは聞き逃さなかった。ダニーもアルシアの柔らかそうな腕があらわになる様子から目をそらせずにいたのかもしれない。

アルシア以外で、テーブルについているプレイヤーはディーラーのダニーを含めて五人いる。彼ら全員がチップをテーブルの上に投げると、アルシアはビーストのほうをちらりと見た。疑いの色が少しもない、まっすぐな瞳だ。励ますように笑みを浮かべ、うなずいてみせる。すると彼女は――その一枚で大きな違いが生まれるかのように――慎重にチップを一枚選ぶと明るい緑色の生地《ベーズ》に覆われたテーブルの上に滑らせた。ほっそりとした優美きわまりないアルシアの片手の動きにじっと見入っていたのは、ビースト一人ではない。

ダニーがカードを配り始める。ビーストは身ぶりで若い従者を呼び寄せ、注文した。

「ミス・スタンウィックにシェリーを、俺にはウィスキーを頼む」

「すぐにお持ちします」

「彼女の飲み物の好みを知っているのか?」チャドボーンが不機嫌そうに尋ねてきた。

ビーストはたっぷりと間を置き、にやりとした。太古の昔から、相手の男が欲しがっているものを自分のものだと誇示するとき、ここぞとばかりに男が浮かべる笑みだ。

「俺は彼女の好みならなんだって知っている」

このテーブルでは二つのゲームが同時進行している。アルシアははっきりと気づいていた。

一つはわたしとチャドボーンの間で行われているカードゲーム。そしてもう一つは……どう考えてもわたしに関するゲームで、こちらはベネディクトとチャドボーンの間で行われている。先ほどから伯爵の頬が何度も引きつっていることから察するに、二番めのゲームはベネディクトがすこぶる優勢と言っていい。ベネディクトは、いままさに目の前にいるガゼルに飛びかかってむさぼり食おうとしているヒョウのよう。両者の力の差は歴然としており、ガゼルには万が一にも勝つチャンスはないだろう。

ことベネディクトに関しては、勝算が見えない。最初に将来に関する計画を思いついたときは、現状を変えるため、これ以上単純明快な解決策はないと思えた。あのときは自分の心が死に絶え、空中にまく遺灰しか残っていないように感じていた。

ずっとそうだった。三カ月前、自分を取り巻く世界が完全に崩壊してから、複雑な事態に対処することなんてできずにいた。そんな能力など、自分のどこにも残っていないように思えた。心も体も感覚を失い、いまいる場所から少しも動き出せなかった。今後の人生をどう生きるか思い描くどころではなかったのだ。感覚を失って何も考えられなくなったのは、ある意味いいことだったのだろう。そうでなければ、頭が完全にどうかしていたはずだから。

心にぽっかりと穴が空いたような状態ならば、やるべきことをかえって簡単にできるかもしれない。やがてそう考えるようになった。そもそも心そのものがないのだから何かを切望することもないし、理性を働かせて物事について真剣に考える気持ちにさえならないはずだと。でもいつしか風向きが変わり、その強風のせいでわたしの心は胸のなかに押し戻された。そしていままでは、これまで下した決断を分析した理性の声がはっきりと聞こえている。〝おまえは救いようのない愚か者だ〟と。それもこれもすべて、いま隣に座っている男性のせい。どういうわけか、ベネディクトのおかげでわたしは感情を取り戻し、ふたたび理性的に考えられるようになったのだ。

カードゲームは信じられないほど順調に進んだ。こちらはさほど熱心に集中する必要さえなかった。とはいえ、勝つたびにぞくぞくするような喜びを感じていたのもまた事実。勝者が明らかになると、前回使ったカードがまとめられ、積んでおいたカードの一番底に入れられるだけで、シャッフルはされない。シャッフルされるのは、プレイヤーの一人の手札が同じランクの三枚のカードだと判明した場合のみだ。

ゲームにそれほど集中する必要がなかったのは、改めてチャドボーンに注目してみたところ、前は見逃していた欠点に気づいたからだろう。

チャドボーンは引っ込んだ顎の持ち主だった。極端に小さいその部分は、完璧に結ばれたネック・クロスの背後に埋もれるように隠れている。

ベネディクトの力強い顎とはあまりに対照的だ。ベネディクト自身はゲームに参加していないのに、なぜか彼がこのテーブルを支配しているような印象が拭えない。それはきっと、ゲームの行方を見つめる鋭い視線のせいだろう。毎回ゲームの終わりには、最後に残った二人のプレイヤーが同時に最後のカードを見せ合うことになるのだが――各プレイヤーが賭《ベット》けるかゲームから降《フォールド》りるかを繰り返し、最終的に二人まで絞り込むのがルールだ――ベネディクトは毎回どの手札が配られているか、すべて知っているように思える。

そこでアルシアは、一枚捨てるカードを決めると、さりげなくベネディクトを一瞥《いちべつ》するようにした。そのままでいいなら、彼はわずかにうなずいてくれる。自分が選んだ捨て札が正しいのだと知ることができるのだ。ただときどき、アルシアが賭けたチップを入れておくところ《ポット》にチップを入れるか、ゲームから降《フォールド》りるかどちらかを選択するタイミングで、ベネディクトがわずかに首を振ることがある。それを見ると迷わず後者を選択するようにした。そういう場合は、もしフォールドせずにゲームに参加していても、どのみち自分が負けていたことがわかる。

ベネディクトは両腕を一度も動かさず、椅子の背もたれの上で組んだままでいた。ウィスキーを味わいたいときだけ、グラスを持ったほうの片腕を動かしている。だから彼がカードを操作しているわけがないのだが、アルシアは確信していた。前に積み重ねられたチップすべてを賭けてもいい。ベネディクトはなんらかの形で、わたしのいかさまを手助けしてくれている。

そしてアルシア自身、これがいかさまであろうといっさい気にならない。

ほとんどの場合、最終的に残る二人のプレイヤーはアルシアとチャドボーンであり、アルシアが伯爵を打ち負かすことになった。チャドボーンの顔にさまざまな感情が浮かんでは消えていくのを見るのは、ことのほか楽しかった。不信感、落胆、怒り、そして〝次こそ自分が勝つ〟という並々ならぬ決意……。

ただし、彼が勝つことはほとんどない。ときどきチャドボーンの手札があまりに弱すぎて、初心者のアルシアでさえ、伯爵がテーブルの中央にチップを投げる様子でゲームをあきらめたのがわかることもあった。

時間が経《た》つにつれ、最初はテーブルに六人いたプレイヤーが、いつしか三人まで減っていた。ますますアルシアと伯爵が最後の二人に残ることが増えていき、アルシアはどんどん自信をつけていった。伯爵のチップの山が目に見えて減っている。彼もそう長い時間テーブルについていられないだろう。だからアルシアは心を決めた。ここで伯爵に第三のゲームをしかけるべきときだ。ちなみに、そのゲームは心ひそかにこう名づけていた。〝いらだたしいチャドボーンを徹底的に叩きのめすゲーム〟

「今日の午前中、レディ・ジョスリンにばったり会ったの」アルシアはさらりと口にした。もはやその名前を口にしても、みぞおちにパンチを見舞われたような衝撃は感じないかのように。

自分のカードから突然目をあげた伯爵から見つめられたとき、アルシアはかすかに思い出した。かつてチャドボーンの注目を浴びて、めまいがするような喜びを感じていたときがあった。なんて愚かだったのだろう。チャドボーンのことを優雅で、洗練されて、非の打ちどころのない男性だと思っていたなんて。実際の彼は金でも銀でもなかった。輝きとは無縁の、単なる真鍮《しんちゅう》にすぎなかったのだ。

「どこで?」チャドボーンはぶっきらぼうに尋ねた。

アルシアはにっこりとほほ笑んだ。「仕立屋で偶然出会ったの。信じてもらえるかどうかわからないけれど、わたしたちが利用している仕立屋がたまたま同じだったのよ」

眉間にしわを寄せていることからすると、チャドボーンは信じていないようだ。

「いいえ、〝利用していた〟と言うべきね」アルシアは言い直した。「彼女は別の仕立屋を使うことにしたのだから。しかも、すでに彼女のために花嫁衣装を仕立てていた裁縫師《トゥルーソー》に代金も支払わないまま。なんて厚かましいのかしら。彼女の未来の夫として、その未払い金はあなたに請求されることになるはずだわ。ジョスリンのドレスの好みを知っているわたしにはわかるの。彼女のトゥルーソーの代金は五百ポンド近いはずよ。今夜あなたがここから立ち去る前にその金額をわたしに渡してくれたら、喜んで仕立屋のベスに届けてあげるわ。金曜日に仮縫いに出かける予定だから」

そしてアルシアは、ポットに積み重なった山めがけて、チップを二枚放り投げた。巧みに手首を返したため、チップはかちりという音を立てながら、ちょうど山の上に落ちた。チャドボーンは見知らぬ相手を見るような目で、まじまじとこちらを見つめたままだ。そんな彼の姿を目の当たりにしたアルシアのなかに、満足感と悲しみが同時に生まれる。

「彼女の父親がどうにかするはずだ」伯爵はチップを二枚放り投げた。

「あなたが正しいことを願っているわ。ベスが、もらって当然の代金をだまし取られる姿なんて見たくないもの」そう答えてダニーを見てみる。ディーラーは口の片方を意味ありげに持ち上げ、自分のチップを放り投げた。ダニーがフォールドしない限り、アルシアは新たなゲームを続けられるのだ。木製のチップを二枚手に取り、テーブルの上で軽く叩くようにして音を立てながら尋ねた。「結婚式はいつなの？」

「一月だ。もちろん聖ジョージ教会で行う」

い、いい、もちろんそうだろう。わたしと一緒に選んだのと同じ教会、わたしと結婚するはずだったのと同じ月に。驚いたことに、そう聞かされてもほとんど心の痛みは感じなかった。それはきっと、ベネディクトがいかさまを疑われることのないよう両手を組んだまま、ブーツを履いた片脚をさりげなく滑らせ、こちらの脚にすり寄せてきたから。〃俺はきみを応援している〃――ひそかにそう伝えられた気がした。まるでトランペットで応援歌を高らかに吹き鳴らされるなか、激励メッセージが記された何枚もの横断幕が掲げられたような心強さを感じる。うっかり膝と膝が触れ合い、すぐに脚を元に戻したが、ベネディクトが与えてくれたほんわかとしたぬくもりがさらに増した気がした。彼はごくさりげないしぐさで、わたしを守ってくれたのだ。

「正直に言えば、あなたが彼女と一緒になると知って驚いたわ」チップを放り投げる。

「僕は前から彼女のことが気に入っていたんだ」ポットの山に当たる、かちりという音がした。

続けてダニーのチップが山にぶつかった。

「求婚に時間をかける手間も惜しんだというわけね?」アルシアはその言葉を強調するようにチップを弾いた。

「初めての婚約者選びに失敗したから、二度めは迅速に対処しようと決めたんだ。早手回しに動くほど、前の判断の誤りもすぐに忘れ去られる」

すぐそばで低いうなり声がして、チャドボーンは手の動きを途中で止め、視線をわずかにずらした。ゆっくりと目を動かし、アルシアの隣に座る男の様子をうかがっている。

ベネディクトは両方の拳を握りしめていた。まだ腕組みをしたままだが、彼がどうにか自分を抑えているのは火を見るよりも明らかだ。「次に口にする言葉は慎重に選んだほうが身のためだ」

ごくなめらかな声を聞き、アルシアはふと思った。悪魔が〝地獄へようこそ〟と言うときにはこんな声を発するのではないだろうか?

ベネディクトに柔らかな笑みを向けて言った。「彼が何を言ったとしても、わたしを傷つけることはできないわ。彼がどう考えるか気になっていれば傷つきもしたでしょう。でもわたしはもう彼の考えなんていっさい気にしていない」

我ながら、口にしたその言葉に真実みがあるのが少々不思議だ。この数カ月間ずっと背負ってきた重荷が、突然どこかに取り払われたよう。チャドボーンの意見なんて気にする理由がない。そうでしょう?

「きみは変わった」チャドボーンがぽつりと言う。

アルシアは伯爵に注意を戻したが、笑みは向けなかった。「ええ、自分でもそう思う」

チャドボーンは身を乗り出し、テーブルの上に両肘をついて手を伸ばした。「アルシア、ことときみに関して、僕には選択肢がなかった。ああするしかなかったんだ。その理由はきみだってよくわかっているはずだ。もしあのまま結婚話を進めていたら、うちの一族も、僕らの子どもたちも、一人残らず仲間はずれにされただろう」

僕らの子どもたち。結婚したら二人の間に生まれたはずだ──ただ、こうなったいまは、彼らが生み出されることもない。

「わたしたちにはいつだって選択肢があるわ。たとえ存在しないように思えたとしても」

実際わたしはみずからスキャンダラスな道を選んだ。でもその選択肢を選び取ることで、兄たちのわたしに対する心配や責任感を軽くできたはずだ。

「もういい」伯爵はとうとう自分のチップをポットの山に入れた。「僕はうちの一族の名誉を守ることを選んだんだ」

「むしろ一族の不名誉になったがな」

ほとんどの人は、こういう言葉を相手には聞こえないようにつぶやくものだ。だがベネディクト・トゥルーラヴは〝ほとんどの人〟とは違う。というか、ベネディクトはアルシアがこれまで出会った誰とも似ていない。彼は自分の下した決断や選択に関して、いっさい言い訳を口にしない。たとえ世の大半の人から、売春宿と関わり合いを持つなんてどうかしていると思われていたとしても。

「きみが何者かわかったぞ」チャドボーンは目を細めてベネディクトを見た。本人は脅しつけているつもりなのだろうが、近視で相手がよく見えていないようにしか映らなかった。

「いまさらか？　俺が何者かはもう伝えたはずだ」

「ああ。だがそれは、ほんの一部の情報だけだ。いまようやく、最近結婚式で何度かきみを見かけたことを思い出したんだ。きみはあのトゥルーラヴ家の一員。つまり紛れもない庶子《バスタード》ってことだ」

「まるで恥ずべきことのような言い方だな」

「当然だ。きみの生まれは法律で認められていない――人として認められていないんだ。きみがどうあがいても、自分の生まれは変えられない」

「そのとおりだ。俺は、自分ではどうしようもない生まれのせいで庶子《バスタード》となった。いっぽうのきみはどうだ？　みずからすすんでろくでなし《バスタード》になっている」

チャドボーンは憤慨するあまり、体をぶるりと震わせた。「よくもそんなことを！」

「それよりケツ野郎《アース》と呼ばれたいか？」

「僕は伯爵だ。きみもそれなりの敬意を払うべきだ」

「敬意を払うかどうかは、その相手による。きみは尊敬に値しない」

「いいか、僕は伯爵なんだぞ」

「あなたはいまメイフェアにいるわけではありません」ディーラーのダニーが陽気な口調で言った。殴り合いになる前の口喧嘩《くちげんか》を仲裁するのに慣れているようだ。「ここはホワイトチャペル。誰もがトゥルーラヴ家に忠誠を誓っています。誰に尋ねても、みんなそう答えるはずです」自分のチップを山に放り投げ、アルシアを見た。「さあ、ミス・スタンウィック、どうします？　賭けます《ベット》か、降ります《フォールド》か？」

ダニーはどこかゲームを終わらせたがっているように見える。チャドボーンに残されているのは四枚のチップだけ。ここでダニーはポットのチップすべてを獲得するかもしれないが、このゲームの流れだと、アルシアはディーラーに負けたことにはならない。

手持ちのカードを置いて言った。「降りるわ《フォールド》」

ダニーは伯爵を見た。「さあ、チャドボーン卿《きょう》、わたしの手札を見たいですか？」

「もちろんだ」伯爵は自分に残された四枚のチップをかき集めた。

最後に二人だけ残った場合、相手のプレイヤーのカードを見るためには、直前の賭け金《ベット》の二倍を払う必要がある。一枚ずつ、伯爵は山の上に投げていった。

ダニーは自分のカードをひっくり返した。ハート、クラブ、ダイヤのスリー・ジャック。

その瞬間、チャドボーンがあげたうめき声は、クラブの外を歩いている人たちの耳にまで聞こえたに違いない。伯爵にはまだ自分の手持ちのカードを見せる選択肢も残されているのだが、この反応から察するに、ディーラーを負かすことが不可能なのは明らかだ。

ダニーは木製のチップをすべてすくい集めた。「楽しかったです。また一緒にプレイできることを祈っています」

「ただし、今後チャドボーン卿は抜きだ」突然威厳たっぷりの低い声が聞こえた。「彼がここに戻ってくることはない」

アルシアが声のした方角を見ると、胸の前で腕組みをしたエイデンが立っていた。ベネディクトもよくするしぐさだ。もしかすると、トゥルーラヴ家の男性全員がよくするしぐさなのかもしれない。

エイデンはどれくらい前からそこに立っていたのだろう？　〝楽しませてくれ〟と言っていたから、近くにいたのはまず間違いない。とはいえ、いまのいままで彼の存在に気づかなかった。これもエイデンとベネディクトの、もう一つの共通点かもしれない。二人とも陰の存在に徹するのが好きなのだ。

「閣下、きみはもう〈ケルベロス・クラブ〉では歓迎されない。ここに座っている俺の弟は庶子《バスタード》と誹謗《ひぼう》中傷した相手にも寛大だが、俺は違う。信じられないというなら、前もって教えておこう。もし今後この店にやってきても、きみは二度と勝てない。これっぽっちもだ」

チャドボーンは目をきつく閉じると、親指と人差し指で鼻先をつまんだ。アルシアも忘れていた彼のくせだ。失望や不満を感じると、伯爵はきまってこういうしぐさをする。かつては魅力的なしぐさだと考えていたけれど、いまはむしろ腹立たしさを感じる。

伯爵は目を開け、アルシアを見つめた。もしかして目を閉じている間、わたしをにらみつけないようにと自分に言い聞かせていたのだろうか？

「おめでとう、アルシア。きみは予言どおり、僕が今夜賭け金全額を失うところを目撃した。それだけじゃない。お気に入りのクラブから永久追放されるところも目撃したんだ。

これで僕たちはおあいこだろう」

「チャドボーン、あなたは正真正銘のケツ野郎《アース》ね。賭博場から永久追放された程度で、すべてを失い、もはや自分が何者かもわからない極限状態まで追い込まれたわたしとおあいこだと考えるなんて」

17

その言葉を口にして初めて、アルシアはそれが紛れもない真実なのだと気づいた。父が逮捕されたとき、自分という存在を作り上げていた糸が断ち切られた。もはや自分があの父の娘だとは考えられなくなったのだ。ただ、わたしにはチャドボーンという婚約者がいた。これから伯爵の妻となり、彼の子どもの母となるはずだった。だからチャドボーンから背を向けられたとき、自分という存在を形作っていた糸がもう一本、ぶつりと切られたのだ。あの舞踏会の夜は、もはや自分が何者かわからないまま、階段の途中で立ち尽くすしかなかった。そのあと英国君主によってすべてが奪われた。もはやレディでもなく、戻る屋敷もない。

レディ・アルシア・スタンウィックについてなら、ありとあらゆる面を知っているし、理解もしていた。でも、いったいアルシア・スタンウィックとは何者なのだろう?

ベネディクトと一緒に〈ケルベロス・クラブ〉から出たのは夜中の二時半だったが、店の前には馬車が待機していた。

「ものすごく寒いし、雨も降り始めたけれど、少しだけ馬車であたりを回ってみない？」

「どこか行きたい場所は？」ベネディクトが尋ねた。

真夜中に突然こんなことを言い出されても、アルシアの正気を疑う様子はみじんも感じられない。迷惑だとか厄介だとか感じているそぶりもない。

「いいえ、ただ暗い場所にいたいの。あなた以外、誰もいないところに」

館に戻って自分の寝室で一人きりになっても、他の居住者と見知らぬ客たちの存在がいつも感じられる。何かがこすれたりぶつかったりするような奇妙な音がしたり、叫び声が聞こえたりもする。

窓のカーテンが引かれた車内で、アルシアは毛皮の毛布を全身に巻きつけた。フットウォーマーでつま先がじんわりと温かくなってくる。向かい側の席に座ったベネディクトは長い脚を伸ばし、ブーツを履いた足を片方ずつ、アルシアの脚を挟み込むように置いている。アルシアは毛布を持ち上げ、彼のふくらはぎにかけてやった。こうすればベネディクトにもこちらの温《ぬく》もりが伝わるだろう。

「わたし、いままで彼の何を見てきたのかしら」アルシアはぽつりと言ったが、彼は沈黙したままだ。それが答えなのだろう。「チャドボーン卿《きょう》があんな人だったなんて。なぜ彼を愛しているなんて考えていたのか、自分でもわからない」

「愛していると考えていた？　きみは彼を愛していたんじゃないのか？」

「あのときは、自分の気持ちに自信があったわ。彼のことをよく思い出していたし、会いたくてたまらなくなるときもあった。でも、記憶のなかの彼をずいぶん美化していたみたい。今夜わたしが打ち負かしたのは、どうにも気に食わない男だったわ。わたし、もしかして勝つためにいかさまをした？」

「ああ、ちょっとだけ」

アルシアにはよくわかっていた。ベネディクトは正直に答えたのだろう。たとえ、そう答えることで自分が悪役を演じることになっても、そうする男性なのだ。とはいえ、彼を悪者としてとらえることなんてできない。たとえ八歳のとき、すりを働いていたとしても。

いまは暗闇と同じくらい、ランタンの灯《あか》りも恋しい。赤々と燃えるほどベネディクトの顔がはっきり見え、どんな表情を浮かべているのか見きわめられるし、彼の瞳をじっと見つめられるから。

間違いない。きっといまベネディクトは満足げな小さな笑みを浮かべているはずだ。

「さっきのゲームはすばらしかったわ。あなたが降りるべきだとさりげなく教えてくれたときはいつも、手持ちよりも勝者の手札のほうが強かったもの。あなたはカードの動きをちゃんと追跡できるのね」

「ある程度はね。少なくとも、一度見た手札の行方は覚えている。だから、どのタイミングですばやく降りるべきかもわかるんだ。絶対確実とは言えないが、負けるよりも勝つ確率をあげられるやり方だよ」

「ダニーはどうして特別なディーラーなの？」

「彼はカードの行方をすべて把握しているうえ、とにかく手先が器用なんだ。扱うのは必ずしもテーブル上の手札だけじゃない。むしろ、テーブルにのせられていない手札のほうが重要なんだ。まあ、あのあと手助けしてくれた謝礼として数ポンド払ったとき、今夜目を配っていたのはテーブルの上だけだと言っていたが」

「彼を信じているの？」

「嘘をつく理由がないからね。それにエイデンはダニーに、〝俺たちにとって望ましい結果を出すために必要なことをするように〟と命じただけだ。俺は、前回使ったカードをまとめて、積んであるカードの一番底に入れるときに、ダニーが順番を操作してきみを手助けしていたんじゃないかと思っているが。せっかくの勝利の喜びに水を差してしまったかな？」

「いいえ」アルシアはためらうことなく答えた。「伯爵が負ける姿を見られて嬉《うれ》しかったわ。たとえどんな方法であろうとかまわない。今夜は彼よりも、自分がどんな人間かを思い知らされた」しばし口をつぐみ、今宵《こよい》を振り返った。「テーブルについていた他の三人の男性はあなたの知り合いかしら？　受け取った勝利金から、あの三人が負けた分を払い戻してあげたいの」

エイデンが自分の〝賭け金〟――彼は最初にアルシアに与えたチップをそう呼んだ――を差し引いたあとでも、アルシアは千二百ポンドもの戦利金を手にして店を出ることになった。ほんの数時間ゲームを楽しんだだけなのに、仰天するような金額だ。やはり人びとが賭けに大金を注《つ》ぎ込もうとするのは感心しない。

「それはエイデンに任せておけばいい。もし彼らに負けた分を払ったらいくら必要だったのか、その金額はきみに教えてくれるだろう。ただあいつは、自分たちがいかさまに関わったことをあの三人に気づかれたくないはずだ。返金する場合、きみが信じられないほど寛大なレディだから金を返してくれたと説明するに違いない」

「いかさまが行われたという噂《うわさ》が少しでも立てば、彼のクラブにとってよくないものね」

「ああ、そのとおり。エイデンは普段から誠実な経営を心がけているんだ。ただ、めったにないことだが、ある結果を確実に出す必要がある場合、エイデンはためらわずその達成のためにすべきことをする。きみは他の紳士たちに一ポンドも支払う必要はない。カードテーブルについた者は、いつでも、誰であっても結局負けることになる。それこそ、ああいう賭博場で理解され、予想され、受け入れられている現実なんだ」

「そう聞いて少し気分が楽になったわ。着ているものから考えると、あの三人は貴族じゃなく、きちんと仕事をしている人たちのはずだもの。チャドボーンのブーツ一足分の代金は、彼らの年収を軽く超えるかもしれない」

かつての自分はそんなことにさえ気づかなかった。わずかなお給料のために苦労して働いている人たちがいかに多いかなんて知らなかったのだ。興味があったのはドレスや新しいダンスのステップ、最新の噂話だけ。とにかく自分の見た目ばかり気にしていた。どういう髪型にするか、どう肌艶を保つか、どんなドレスを身にまとい、どの帽子、靴、手袋を合わせるか……。まさかそんな自分が、あちこちすり切れたドレスに、手のひら——ちょうど中指の下あたり——に小さな穴が空いた手袋を合わせて人前に出ることになるとは想像もしていなかった。

「どうしてこんなことをしてくれたの？」アルシアは優しい声で尋ねた。「なぜ彼らはあなたに手紙を届けてくれたの？　どうしてあなたは伯爵と対決するためにあのクラブへ行ったの？」

二人の間に沈黙が落ちた。重たく長い沈黙だ。

とうとうベネディクトは口を開いた。夜の闇のなか、愛撫《あいぶ》のように優しい声だ。「きみにはあの男よりも、もっといい相手がふさわしいからだ。きみを妻にするはずだったあの男なんかよりも、ずっと」

アルシアは涙が目を刺すのを感じた。ベネディクトだって、あざけられるよりももっといい運命がふさわしいはずなのに。これまでの人生で、彼は多くの人から蔑まれてきたに違いない。「あなたの生まれについて、彼が心ない言葉を浴びせたのを本当に残念に思うわ」

「俺は神経が図太いから大丈夫。もっとひどいことも言われてきたから」

「でも本来なら、そんなことなんてあってはならない。わたしが知るなかで、あなたほど他の人たちの幸せを気にかけている人はいないもの」

身にしみる寒さにもかかわらず、アルシアは手袋を両方とも外して椅子の脇に置いた。今夜の戦利金があれば、新品の手袋を買えるだろう。でも今夜はめていたこの手袋を手放すつもりはない。箱のなかにしまっておくのだ。そうすれば、ベネディクトにこの手袋を外してもらったときの記憶をすぐに思い出せる。ほんの短い間だったけれど、あのとき、紫煙に煙っていた室内に、わたしたち二人しか存在していないような錯覚を覚えた。勝者の歓声と敗者のうめきで満ちていたはずなのに。

あれこそ、ベネディクトがこれまで授けてくれた誘惑のレッスンのなかで、一番効果的な教え。でも実際にそう口にしたら、ベネディクトから〝あれはレッスンじゃない。そんなつもりはなかった〟と反論されるかもしれない。

アルシアはゆっくりと毛皮の毛布を払いのけ、どうにか体のバランスを取りながら、ベネディクトが座っている反対側の椅子に移ろうとした。とはいえ、彼の伸ばした両脚に挟まれてほとんど身動きできないせいで、結局体の上に着地してしまった。腰が片方の太ももの上におり、片足が彼の脚の間でだらんとぶら下がったとたん、気恥ずかしさのあまり、頬が真っ赤に染まった。きちんとしたレディならば当然だろう。何しろ、これほど彼の下半身に近いのだから。

ベネディクトがとっさに片腕を背中に回してくれたおかげで、床に倒れ込まずにすんだ。ただ彼はそれ以外、ぴくりとも動かない。微動だにせず、呼吸をしているのかさえわからないほどだ。片手で彼の左頬を包み込むと、手のひらに強く男らしい顎の先が触れた。肌をちくちく刺しているのは無精髭《ひげ》だろう。たちまち全身を甘やかな悦《よろこ》びが駆け抜けた。分厚い唇に親指で触れてみる。なんて柔らかくて、温かくて、なめらかなの？　ベネディクトの体は、これ以外にもさまざまな感触から成り立っているに違いない。この手のひらを滑らせて、どんな感触なのか余すところなく確かめてみたい。

「さっき、あなたがわたしの手袋を脱がせていたとき、ふと考えたの。あなたは女性の服もこんなにゆっくりと脱がせるのかしらって」いかにも親密なかすれ声が出た。

「いつもそうとは限らない」

彼の声もかすれている。どういうわけか、その声を耳にしたとたん、胸の先端になんともいえないうずきが走った。親指に彼の温かな吐息がかかり、みぞおちのあたりが痛くなる。

「あれは間違いだったと言われたのはわかってる。でも今日一日、あなたもわたしとのキスについて考えていたんじゃない？」

「ああ。考えないときなど一瞬もなかった」

アルシアの太ももの間がかっと熱くなり、熱はあっという間に全身に広まっていく。

暗闇のなか、相手の体の輪郭しかわからないにもかかわらず、アルシアは迷うことなくベネディクトの口の端に唇を押し当てた。満面の笑みを浮かべる準備ができていないかのように、きまって片方だけ持ち上げられている部分だ。

「いまわたしにキスをしたい？」

背後で何かが引っ張られるような感じがしたかと思ったら、ベネディクトの空いたほうの手が掲げられ、頬を包み込まれた。素手のままだ。先ほど手袋を外したのだろう。長くてしなやかな指が髪に差し入れられるや否や、体をより近くに引き寄せられ、彼の答えが聞こえた。「ああ、何よりもそうしたい」

そしてベネディクトはアルシアに口づけた。この唇は永遠に俺のものだ、と宣言するかのように。

そのキスは、先ほどベネディクトが手袋を脱がせたやり方とはまったく違っていた。自制心のかけらも感じられず、上品でもなければゆっくりでもない。ベネディクトは喉の奥からうめき声を絞り出しながら、熱に浮かされたようにアルシアの上唇を舐《な》めると、口のなかへ舌先を差し入れてきた。二人の舌と舌が絡み合う。これは単なるキスではない。すばらしいごちそうだ。ベネディクトの舌が小刻みに動くたびに、アルシアの全身にほとばしるような熱が放たれていく。体の一部しか触れ合わせていないのに、彼はどうやってわたしの体のあらゆる部分をうずかせているのだろう？　どうして雷に打たれたかのように、全身がちりちりしているの？　火花のような感じがいつしか一本の線につながり、なんともいえないさまざまな感情を呼び覚ましているのはなぜ？

どうにか気を静めようと空いたほうの手でベネディクトの肩をつかみ、指をめり込ませたとたん、彼の外套《がいとう》の分厚さが恨めしくなった。頬に当てていたほうの手を掲げてベネディクトの頭を包み込むようにすると、彼はアルシアの手首をつかみ、口づけをいったん中断して、唇を手のひらの中心に押し当ててきた。その手を大外套の内側へ、さらに上着の内側へ入れ、ベストの下に滑り込ませる。

「俺の体の熱を感じてほしい」ベネディクトがかすれ声で言い、ふたたび口づけを始めた。

アルシアは、彼の肩に置いた手をリネンのシャツの上からきつくめり込ませた。

これほど熱心にわたしの唇を味わおうとする男性は、きっとベネディクト以外にいない。わたし自身、彼以外の男性にそんなことを許せるとも思えない。かつては愛していると考えていたチャドボーンでさえもだ。あの伯爵がこんなふうにわたしをかきいだき、唇を使ってすばらしい愛撫を紡ぎ出し、開いた唇から舌を熱心に差し入れてこちらの舌に絡めるところなど想像もできない。というか、チャドボーンはいままでの人生で、これほど情熱的なキスをしたことがあるのだろうか？　もちろん、わたしにそうしたことは一度もなかった。彼とはいつだって冷静で、静かで、落ち着いた関係だった。二人で欲望の嵐を生み出すことなど皆無だった。わたし自身、そんな行為は考えたことさえない。

「わたし……もうこれなしでは生きていけない」

まさに啓示を与えられた気がした。チャドボーンと結婚しなくてよかった。結婚していたら、これほど奔放な愛撫を知る機会もなかっただろう……。信じられないことに、その事実に対する感謝の念が込み上げてきたのだ。

ベネディクトは大きな両手でアルシアのヒップをつかむと、唇を引きはがし、荒い呼吸のまま命じてきた。「俺にまたがるんだ」

ベネディクトなら、どんなことでもわたしに命じられる。そしてわたしは彼のどんな命令にも従うつもりだ。いまこのときほど、彼の力を感じたことはない。それは、ベネディクトの言葉に〝きみにさらなる悦びを約束する〟という誓いが込められているから。同時に〝いまきみが感じているこのうえなく豊かな感覚や感情はいっさい損ねず、ありのまま感じさせてあげる〟という約束も含まれているから。ベネディクトの欲望に煙ったまなざし、熱っぽい会話、魅力的な笑み――そのすべてに彼の決然たる意思が込められている。ベネディクトは自分でもそれがよくわかっているのだろう。そしてわたしにもはっきりわからせようとしているのだ。

馬車は大きく揺れているものの、ベネディクトの助けを借りたおかげで、座席の上に片膝をついたまま、もう片方の脚を振り上げて彼にまたがることができた。太ももの間のくぼみに、硬くそそり立った彼自身を感じた瞬間、二人同時に声をあげていた。上品さとは無縁の振る舞いに、今度は互いに苦笑する。

互いの息がぴったりと合っている。その証拠に、今度は同じタイミングでむさぼるように相手の唇を求め始めた。

このほうがずっといい。先ほどよりもはるかにいい。だってベネディクトに正面から向き合えているから。両手を彼の上着のなかに滑り込ませ、両肩をつかむと、頭をのけぞらせた。ベネディクトは唇を喉に沿って熱っぽく押し当てながらも、ドレスの前側のボタンを一つずつ外している。やがて最後のボタンに手をかけると、彼が体を少し引くのがわかった。とびきり熱い視線にさらされ、ふいにあたりの薄暗さが腹立たしくなる。もしこんなに陰が落ちていなければ、黒曜石のごときベネディクトの瞳の奥にどんな色が宿っているのか見られたのに。彼がどう感じているかわかったはずなのに。

賭博場で手袋を外したときよりもさらにゆっくりした動きで、ベネディクトは両手を開かれた襟ぐりに沿わせるように滑らせ、コルセットに指をかけた。今度はコルセットの正面に留め金があるのを確かめている。もはや身の回りの世話をする侍女がいないため、体の前で留めるタイプのコルセットを使う必要に迫られたのだ。ただ、認めざるをえない。実際身につけてみると、こちらのタイプのほうが思ったよりも使い勝手がいい。

コルセットの一番上にある留め金まで確認すると、ベネディクトは両方の親指でアルシアの鎖骨をそろそろとたどり、シュミーズの縁まで滑らせて、喉のくぼみに戻した。コルセットの留め金にふたたび手をかけた瞬間、彼の息遣いが荒くなるのがわかった。賭けのテーブルで木製のチップを弾《はじ》いていたアルシアのように、ベネディクトはいとも簡単にコルセットの一番上のホックを指先で弾いて外した。

「もし嫌なら止めてくれ」もう一度ぱちんと弾く音がした。

「むしろ、あなたが早く仕事を終えられるよう助けようかと考えていたところよ」

「ああ……くそっ」ベネディクトは両腕をすばやくアルシアの体に回すと、前かがみになるよううながし、胸の膨らみの上部に唇を押し当ててきた。胸の谷間にベネディクトの温かな吐息がかかり、小さな露となって流れていく。

彼の両手は仕事に戻った。ぱちん、ぱちん、ぱちん。

コルセットの留め金はあっという間にすべて外された。ふと気づくと、もはやドレスは着ていない。床に落ちてしまったのだろう。

「いままであなたがどれほど多くの女性にこうしてきたのか、わたしには想像もつかないわ。こんな暗がりなのに、こんなに手際よく脱がせられるなんて」

すぐに目をきつく閉じて、下唇を噛《か》んだ。どうしてこんなことを言ってしまったのだろう？　しかも、なぜ怒ったような口調で？　別にベネディクトに答えてほしいわけではない。彼がこれまで何人の女性と体を重ねてきたかなんて知りたくない。

「俺は目まぐるしく変わる手札の順番を覚えていられる。忘れないためには、一度見るだけでじゅうぶんなんだよ」

ベネディクトがこれまで睦《むつ》み合った女性はたった一人だけ——そんなことなどあるわけがない。そうわかっていても、アルシアは心の奥底で彼に感謝した。ベネディクトがあんなふうに答えたのは、わたしを安心させるためだろう。世の男性のほとんどは、これまで相手にしてきた女の数を自慢げに吹聴《ふいちょう》し、自分がいかに男盛りで魅力的であるか強調したがるというのに。でも、ベネディクト・トゥルーラヴは違う。誰かに対して、何かを必死に証明しようとする必要など感じていない。彼は自分が何者であるかについても、言い訳一つしようとしない。いまの自分の人となりに心から満足しているのだ。

アルシアは身を乗り出すと、ベネディクトの口に唇を押し当てた。いつだって、この口から発せられる言葉が聞きたくてたまらない。そのままキスを続けようとせず、すぐに体を伸ばすと、ベネディクトの両手を取り、先をうながすようにシュミーズの上から押し当てた。

ベネディクトがシュミーズの上にあるリボンをほどき、ボタンを外す。アルシアの胸はようやくすべての拘束から解き放たれた。

膨らみがベネディクトの両手で包み込まれる。なんて優しい感触だろう。コットンやモスリン――切り詰めた生活のせいで身につけることを余儀なくされた生地――よりもはるかに心地いい。暗闇にもかかわらず、笑みを浮かべたベネディクトの歯が一瞬だけ見えた。

「思っていたとおりだ。きみの胸は俺の手にすっぽりおさまるだろうとわかっていた。これほど完璧な胸があるだろうか。シルクやサテン、ベルベットをすべて織り込んだみたいになめらかな手触りだ。男たちの狂気を駆り立てずにはいられない」

男たち。高級娼婦《しょうふ》になれば、これから何人もの男性を相手にするだろう。自分が心から望んでいるのはそういうことだろうか？　常に愛人をとっかえひっかえすること？　そのときそのときで、まるで違うタイプの男性を相手にすること？　突然、ただ一人の男の狂気を駆り立てるだけでじゅうぶんな気がしてきた。目の前にいるこの男を。

ベネディクトは頭を下げると、胸の膨らみにキスの雨を降らせてきた。どちらの膨らみにもまんべんなく十回、そして二十回……。小刻みなキスを止めてほしくない。でもとうとうキスの雨がやんだかと思ったら、ベネディクトは舌先で胸の先端に弧を描き始めた。たちまち全身が業火に包まれる。胸の頂にむしゃぶりつかれた瞬間は、体のあらゆる部分が伸びると同時に縮んだように感じた。いまにも体ごと宙に浮き上がりそうになり、指先を彼の両肩へしっかりとめり込ませる。ベネディクトは口で片方の胸を愛撫しながら、親指と人差し指でもう片方の胸を刺激するのも忘れない。二本の指をこすりつけられ、胸の頂が真珠のように硬くなっている。狂気を駆り立てられているのはわたしのほうだ。狂気とは言わないまでも、どうしようもなく荒々しい気分を感じている。

まさかこんな状態になるなんて想像もしていなかった。いまや燃えたぎるような情熱が全身を駆け巡っている。脚の間の秘めやかで感じやすい部分が〝次はここに触れて〟と叫んでいる。

もし馬車が速度を落とし始めなければ、実際にそうなっていただろう。

ベネディクトは激しく悪態をつくと、ボディスのボタンを留め始めた。「一時間ほど走らせたら館に戻るよう、御者に指示したんだ。さっきはきみに手助けしてもらうべきだったな。もっと手早くきみの服を脱がせるべきだった」

そう聞いたアルシアは笑い出さずにはいられなかった。でも、すぐに笑うことも呼吸することもできなくなった。ベネディクトから間髪入れず唇を塞がれたのだ。

馬車が大きく揺れて停車すると、彼はすばやく、でも優しく膝上からアルシアの体を持ち上げ、彼女の外套を全身に巻きつけた。「脱げないように外套をしっかりつかむんだ」

従者がやってくるよりも早く、ベネディクトは馬車の扉を開けて飛びおり、アルシアのほうへ手を伸ばした。その手を取ってひとたび歩道に足がついたとたん、アルシアはベネディクトを待つことなく、玄関に通じる階段めがけて駆け出した。緩んだコルセットが背中に当たるのを感じ、外套のフードをおろしておかなかったことを悔やんだ。いまのわたしを見たら、誰だって顔が真っ赤なのに気づくだろう。それに馬車のなかでよからぬ行為をしていたことにも。館の玄関広間を突っきって、一目散に階段を目指す。

ちょうど正面の客間に通じる戸口にジュエルが立っていた。「賭博場への冒険の旅はどうだった？」

アルシアは歩調を緩めることさえせずに答えた。「ええ、面白かった」

「信じられないでしょうけど、わたしは一度も賭博場へ行ったことがないの。今夜の話を聞かせてくれる？」

「また明日話すわ」

アルシアは階段を駆け上がり、一度も速度を緩めることなく、どうにか自分の寝室へたどり着いた。閉じた扉に背をもたせかけ、両手で頬に触れてみる。信じられないほど熱い。それにベネディクトの口と手の愛撫を求めるように、胸全体がずしりと重たく感じられる。胸の膨らみが少しちくちくしているのは、先ほど彼の無精髭でこすられたせいに違いない。これほど悦ばしくて甘い痛みに感じられなければいいのに。

馬車の暗闇のなか、情熱の嵐にのみ込まれて我を失った。でも明るい場所となると、話はまったく別だ。ランプの灯りの下で——いいえ、もっと悪いのはまぶしい陽光の下、どんな顔をしてベネディクトと目を合わせればいいのだろう？

そのとき、自分の考えの愚かさに気づかされた。わたしは彼に誘惑や情熱、悦びについてレッスンしてほしいと望んでいる。でもレッスン以外でベネディクトと関わることはできない。契約は目的あってのものだった。わたしには自分なりの計画があり、彼と個人的に関わりを持てば、計画は失敗してしまうだろう。

扉を軽く叩《たた》く音がして、心臓が口から飛び出しそうになった。まだボタンが外れたままのドレスをつかみ、コルセットを何度も引っ張り上げようとしたがうまくいかない。結局ベッドに向かってコルセットを放り投げると、どすんという音を立てて床に落ちた。

「ビーストだ」

「ちょっと待って」

こんなときに慎み深さを気にするなんてばかげている。それでもドレスのボタンを手早くかけて、扉を少しだけ開け、外をのぞいた。どうしてベネディクトはつい先ほどまで愛撫に夢中になっていたように見えないのだろう？　もう少し彼の服を脱がせるべきだったかもしれない。親密な行為をした男性の前で、どうやれば何事もなかったように振る舞える？　明日、この館のレディたちに尋ねなければ。

ベネディクトは探るようなまなざしだ。こちらのさまざまな部分を愛撫し、味わい、しゃぶりついた実際の証拠を探しているかのよう。「馬車のなかに忘れ物があった」

視線を下げて彼の手元を見つめてみる。つい先ほどまで情熱を巧みにかき立てていた手から垂れ下がっていたのは、クリーム色の手袋だった。彼に触れないようごく慎重な手つきで手袋を受け取った。

「ありがとう。それに、馬車のなかでのレッスンにもお礼を言わないと」

「あれは単なるレッスンなんかじゃない」

アルシアは唇を舌で湿した。「だったらあの馬車で起きたことは間違いね。わたしたちが関わるのは、レッスンの間だけにとどめるのが一番だもの」

ありえないことだが、ベネディクトの沈黙がさらに深まった気がした。

「俺はそのときどきにできる最善を尽くすのが一番だと固く信じている」彼はとうとう口を開いたが、皮肉っぽい調子はみじんも感じられない。ポケットに手を突っ込むと、茶色の包み紙に紐《ひも》がかけられた包みを取り出した。「きみの戦利金だ」

なんてこと。ほとんど忘れかけていた。今夜はレティキュールを持っていなかったため、ベネディクトから〝館まで勝利金を持ち帰ってあげよう〟と言われていたのだ。包みを受け取り、手袋と一緒にしっかりと胸元に引き寄せた。

「このお金があるから、ベスに作らせる新しいドレスや装飾品は自分で買うつもりよ」

「万が一《レイニー・デイ》のために備えたほうが賢いとは思わないのか?」

「今日だって雨が降っ《レイニー・デイ》ているわ」そんな返事をしながら、祈るような気持ちだった。どうかベネディクトが短く笑ってくれますように。ほほ笑みでもいい。せめて唇の端を持ち上げてくれたら……。

彼はうなずくと手を伸ばし、人差し指でアルシアの顎の線をたどった。すぐにあとずさり、扉を閉めるべきだったのだろう。でもベネディクトが指を動かしている間ずっと、彼の目をひたすら見つめることしかできなかった。彼が親指と人差し指で顎を持ち上げ、頭を下げて口づけてくる。他のどんなキスとも違い、今回はごく優しく、甘く、ゆっくりとしたキス。春を迎えて最初に開いたつぼみのように繊細なキス。彼の唇から伝わってきたのは悲しみ、後悔、謝罪……そして欲望、思慕、焦がれだ。

ベネディクトは体を離すと、アルシアの濡《ぬ》れた唇に親指を軽く押し当てた。「俺は、成功よりも間違いから多くを学ぶたちなんだ」

そしてアルシアをそこに残したまま、彼は大股で通路のはるか先にある自分の書斎へ向かい、やや荒っぽく扉を閉めた。呼び止めないためにはありったけの意思の力が必要だった。

ふと思う。彼はこれから書斎で、誰かが殺される場面を描くつもりだろうか？

18

　またしてもベネディクトは朝食の席に姿を見せなかった。今日も朝寝坊しているのかもしれないが、その説明を受け入れる気にはなれない。きっと彼はわたしを避けているのだろう。というか、わたしからの誘惑を避けているのだ。

　驚いたことに、館のレディたちのなかで賭博場に行ったことがある者は一人もおらず、朝食の席で彼女たちから矢継ぎ早に質問された。賭博場の内装や雰囲気、顧客の様子を説明すると、みんな興奮に目を輝かせ、熱心に話に聞き入った。

「わたしたち、一晩仕事を休んで賭博場に行くべきよ」リリーが熱心な口調で高らかに宣言した。どこか面白がるような調子も感じられる。

　その場にいる全員が賛同し、クリスマス翌日の休日《ボクシング・デー》の夜に繰り出すことに決まった。

　その日の午前中、アルシアが気づかないうちに、ベネディクトはすでに館から出かけていた。ジュエルによれば〝いくつか仕事をこなすため〟だという。

　おそらく船荷を待つ商人たちとの商談に出かけたのだろう。あるいは、大海原から帰港した、自分が所有する船の船員たちと話し合う必要があったのかも。波止場に到着したベネディクトの船をこの目で見てみたい。大型船のデッキをそぞろ歩き、あれこれ指示を出している彼のそばに立ったらどんな感じなのだろう?

いいえ、わたしが何をするにせよ、どこへ行くにせよ、彼のそばに近寄るのは危険だ。今後ベネディクトとはなるべく関わらないほうが身のためだ。わたしはいずれこの館から出ていくことになる。もし彼と関われば、一度も振り返ることなく、なんの未練もなく、この館をあとにするのがことのほか難しくなるだろう。

ベネディクトは夕飯の席にも加わらなかった。

その日の夜十時に図書室へ向かったが、やはり彼の姿はない。自分のためにシェリー酒を、彼のためにスコッチを注いだが、スコッチのグラスは手つかずのままだった。

なぜベネディクトは、今夜は都合が悪いと教えてくれなかったのだろう? いったいどこで、何をしているの?

たぶん執筆作業に没頭しているのだ。わたし自身、書きかけの手紙をそのままにしておくことができないたちだし、ベネディクトも同じかもしれない。ある場面、もしくは、ある章を書き終える作業に集中しているのだろう。

時計が十一時を打ったところで、彼の書斎に向かい、扉をノックしてみた。返事はない。扉を開いてみたが彼の姿もない。

緊急事態が起きたのだ。そしてベネディクトはそれにかかりきりになっているのだろう。明日になれば、彼の口から理由が聞けるはず。

ただ翌日もベネディクトは現れず、食事の席にも一度も加わろうとしなかった。ジュエルによれば、彼は館にいったん戻って休んだものの、別の用事があるため、その日の朝早くに出ていったという。

結局その晩はレッスンの時間になっても、ベネディクトは図書室に姿を見せようとはしなかった。心のなかで、彼への疑いが生まれ始めている。もしかすると、もう二度とこの図書室でレッスンをする気がないのでは？　ベネディクトが突然姿を見せなくなった理由は、この自分にあるのではないだろうか？

さらに翌日の午後、図書室にいると、階段をあがってくる重々しい足音が聞こえた。ベネディクトだ。続いて、彼の書斎の扉が閉まる音も聞こえた。それなのに、彼は昼食の席に加わろうとしなかった。どう考えても、ベネディクトはわたしを避けている。そうとしか思えない。このままにさせるわけにはいかない。

アルシアはノックしようともせず、いきなり彼の書斎の扉を開き、足を踏み入れた。

ベネディクトはシャツとズボンしか身につけていなかった。窓辺に立ち、窓枠の両側に手をついている。その姿を目の当たりにして、アルシアはどこかで見た挿し絵を思い出した——地下牢《ちかろう》の壁に両手を鎖でつながれて拘束された囚人の姿を。

ベネディクトは片方だけ腕をおろすと、完全には振り返ろうとせず、ちらりとアルシアを一瞥《いちべつ》した。「仕事中に邪魔するのは許さない。ただし、火事騒ぎか流血騒ぎが起きた場合は例外だ。どっちが起きた？」

なるほど。ベネディクトはすこぶる機嫌がよくない。上等だ。こちらも機嫌がすこぶるよくないからちょうどいい。

「仕事って何かしら？　窓枠に手をつくこと？」

彼は重々しいため息をつくと、アルシアに向き直り、書き物机の上に片手を叩《たた》きつけた。

「俺は小説を書こうとしているんだ」

「だったら羽根ペンをインク壺《つぼ》にひたしたほうがいいと思うけれど」

ベネディクトは黒い目を熱っぽく光らせ、きつく閉じるとふたたび開いた。「きみに小説の書き方の何がわかる？　いったいなんの用だ？」

アルシアは早足でベネディクトと扉の間まで進み出た。「わたしたちのレッスンはどうなったの？　レッスンしてくれる約束だったはずよ」

アルシアから突然ひっぱたかれたかのように、ベネディクトは驚きの表情を浮かべた。あるいはいらだちの表情かもしれない。

「レッスンといえば、きみこそどうした？　いまはレディたちの授業の時間だろう？」

「今日の午後の授業はお休みにしたの」

「なぜ勝手にそんなことを?」

「あなたがわたしを避けていると思ったからよ。もう二日間、朝食にも夕食にも加わろうとしないし、約束の時間になっても図書室にもやってこないから」

「やるべきことがあるからだ」

「いいえ、それ以上の理由があるはず」そして、実際そうだったらと考えただけで怖くなる。「あなたはわたしにキスをしたとき、これはレッスンじゃないと言ったわ。それに馬車でああいうことが起きたときも、これは単なるレッスンなどではないと言っていた。あなたはわたしにレッスンを授けるつもりなんてなかったんじゃないの? あの契約書に、もしレッスンの試みが失敗した場合、わたしに千ポンドを支払うという条件をつけ加えたのはそのせいでは? あなたは元々、わたしが必要としている知識を授けるつもりなんてなくて、自分が必要なものだけわたしから奪うつもりで——」

「そんなことはない」

「だったら、いつになったらわたしにちゃんとしたレッスンをするつもり?」

ベネディクトは体の両脇で拳を握りしめている。彼が本気になったら、どれほど凄《すさ》まじい力を解き放てるのか、いまは考えたくない。顎の筋肉を引きつらせ、瞳をさらに黒く煙らせているいまはなおさら。

「きみは単なるレッスンをしてほしいのか?」

「ええ、契約ではそう同意したはずよ」

「だったら扉を閉めて鍵をかけるんだ」

その言葉を聞いたとたん、アルシアのいらだちはさらに募った。「なんですって？」

「ジュエルは普段、きみみたいにノックせずにここに入ってくる。きみだってレッスンを邪魔されたくないだろう？　扉に鍵をかけるんだ」

アルシアは舌で唇を湿した。「いまここでちゃんとしたレッスンをするつもり？」

ベネディクトは何も答えようとしない。でも、こちらをじっと見つめている様子から察するに、答えは火を見るよりも明らかだ。エイデンのクラブから戻ってくる馬車のなかでも、ベネディクトはこんなまなざしでわたしを見つめていたのだろうか？　ほんの少しでも彼に近づけば、全身が炎に包まれそう。あの黒い瞳に宿る炎には、たしかにそれだけの威力がある。

アルシアは期待に体を震わせながら息を大きく吸い込んだ。踵《きびす》を返して、なるべく落ち着いた足取りを心がけながら扉のほうへ歩き出し、扉を閉めて鍵をかける。

体の向きを変えると、すぐ背後にベネディクトが立っていた。どうして彼みたいに体の大きい、しかも筋骨隆々な男性が、これほど無音で忍び寄れるのだろう？　でも最初から、彼の類いまれなほど優雅な身のこなしには気づいていた。水を切ってゆうゆうと進む、優美な大型船のような。

ベネディクトは大きな片手をアルシアの両方の手首に巻きつけると、手首を頭上に掲げさせ、その体を優しく扉へもたせかけた。アルシアはなんの不安も不快感も覚えなかった。ベネディクトなら、絶対にあざなど残したりしないとわかっている。

「前に、何かをあまりに簡単に与えすぎないようにと言ったのを覚えているか？」

ベネディクトが少し体をかがめてくれたおかげで、無理に頭をのけぞらせる必要がなくなった。自然に彼と目を合わせ、こくんとうなずく。

「何もかもすぐに与えてはいけない。相手の男の欲望をかき立てて、きみがどうしても欲しいと乞い願わせるようにするんだ。もしきみを自分のものにできなければ死んでしまう、と確信させる」

「そのためにはどうすれば？」アルシアは息も絶え絶えに尋ねた。耳から心臓のどくどくという音が聞こえているせいで、自分の声がよく聞き取れない。

今回もベネディクトは無言のままだったが、アルシアは彼の黒い瞳のなかに質問の答えをはっきりと見た。彼はこれからわたしの欲望をかき立てて、あなたがどうしても欲しいと乞い願わせ、もし彼を自分のものにできなければ死んでしまうと確信させるつもりでいる。

ビーストにとって、アルシアの顎の下の柔らかな肌に指先を滑らせるのは危険すぎる行為だった。指で触れるたびに、欲望がなすすべもなくかき立てられていく。きみがどうしても欲しいと乞い願わずにはいられない。そして、いまではっきり確信している。もし彼女を自分のものにできなければ死んでしまうと。

だが、それはけっして許されない。

サリー・グリーンから〝守ってほしい〟と頼まれて以来ずっと、三十人近くの女たちの面倒をみてきた。とにかくありとあらゆるタイプの女がいた。菓子屋に並べられた商品のように選び放題だった。はっと目を引く美人もいれば、地味でごく平凡な女もいた。色っぽい女も、ほっそりしたのもずんぐりしたのもいたし、背が高いのも低いのもいた。面白い女、心優しい女、甘え上手な女、大ざっぱな女……。

だが、彼女たちの誰かに心惹《ひ》かれたことは一度もない。個人的に課しているルールをなんの苦もなく守ってきた。一つ屋根の下に住んでいるからといって、いつでも彼女たちを言いなりにしてもいいということにはならない。だから、常に自分と彼女たちとの間に壁──けっして欲望が越えたり打ち砕いたりできない壁──を打ち立てるようにした。もちろん彼女たちと話したり、一緒に過ごしたりする時間は楽しむようにしたが、いかなる振る舞いも行動も肉体的欲求とは無縁の、ごく純粋なものだった。一瞬たりとも欲望に駆られたことはない。ただし、祝福すべきときには彼女たちを抱きしめ、悲しみをわかち合うべきときにはそっと抱擁することは、自分に許すようにした。

だがどうだ。相手がアルシアの場合、彼女をちらっと見るだけで欲望の証《あかし》が反応する。それが大きな問題になりつつあった。だからこそ、このレッスンを実行するのはアルシアのためであるだけでなく、俺自身のためでもある。自分に課した誓いをもう一度しっかりと思い出し、再確認するためのレッスンだ。

とはいえ、もしアルシアから触れられたら、たちまち我を失うだろう。あの馬車のなかでも、彼女の唇を味わう以上の行為に及んでしまった。図書室で彼女にキスした夜と同じように。

だからこうしてアルシアの手首をつかんだままにしている。こうすれば、彼女の柔らかな肌を感じるのは自分の手のひらだけになる。手の甲をそらして、堅木の扉に強く押し当てながら、ゆっくりと時間をかけてドレスから出ている部分だけを愛撫《あいぶ》するつもりだ。これもまた一つのレッスンと言っていい。

〝情熱をかき立てるには、必ずしも裸である必要はない〟

アルシアはのみ込みが早い。唇を開いて震えるような吐息をつき、青い目を煙らせ、瞳の灰色の部分が銀色に変わっている。金色の長いまつ毛を何度かまたたかせたあと、彼女は目を大きく見開いた。視線を真正面から受け止めようと心を決めたかのように。乞い願うのではなく、挑戦するような目つきで。

だが結局、アルシアは乞い願うことになる。

ビーストは手の向きを変え、今度はざらざらとした拳をシルクのごとき肌に滑らせ始めた。どうして彼女の肌はこれほど柔らかいのだろう？

しかも、どうして体からは、摘み取ったばかりのくちなしの花の香りがする？　昼食を終えたあとに入浴したはずがないのに。そこまで考えたところで、目をきつく閉じた。ふいに、アルシアが浴槽に身を沈めているイメージが脳裏に浮かんだせいだ――この手で包み込んで、キスをし、むしゃぶりついたあの形のいい胸のまわりで、湯が跳ねているイメージが。

いまなら明かりの下で、あの胸を見ることができる。胸の頂の色すらわかるはずだ。濃い色なのか、それとも薄いピンク色なのか。それ以外にも、アルシアの体のありとあらゆる部分の色合いを知ることができる。

だがこのレッスンの目的はそこにはない。自制心を保ち続けたいなら、そんなことはしないほうが身のためだ。

ふたたび目を見開いたとき、アルシアが目を開けたままでこちらを見ていたのを嬉《うれ》しく思った。このまま彼女の瞳に溺れてしまいたい。もちろん、そんなふうに降伏するのは危険だ。だが自制心を働かせ、完全に溺れてしまわないようにはできる。

頭を下げ、彼女の頬に向かってささやいた。「三つだけそばかすがあるんだね。自分でも気づいていたか？」

「ええ、嫌でたまらないの」

「そんなことはない。かえって男をうっとりさせる。小さい頃はもっとそばかすがあったのか？」

「ええ」

その当時のアルシアを見られたらいいのに。でも、きっと容赦なく彼女をからかって、激しく後悔する羽目になっていただろう。少年とはそんな愚かな一面がある生き物だ。目の前にいる少女が、美しい大人の女性に変身する事実を認めようとしない。

アルシアの口の隅に唇を押し当てる。彼女が頭の向きを変えてキスしようとしてきたので、すぐに体を引いた。「だめだ。キスをするつもりはない」

「どうして？」

なぜなら、たちまち我を失い、自制心をかなぐり捨ててしまうから。

「なぜなら、誘惑にキスは必要ないからだ」

唇でアルシアの喉元をたどり始めると、彼女は吐息まじりのうめきをあげた。できることなら、この体を彼女の体にぴったりと重ねたい。そんな衝動に駆られたが、どうにか自分を戒め、下半身はアルシアから離したままにした。正直に言えば、すぐにでも押しつけたくてたまらないが。

そのとき、アルシアが抵抗しようとしているのを感じた。手首の拘束を解こうとしているようだ。アルシアもこちらの体に触れたがっているのだろう。満足感がどっと込み上げてきたものの、そのまま手首は拘束し続けることにした。力でアルシアに負けるはずがない。とはいえ、彼女は弱々しい女性ではない。弱い女性ならば、この俺をひざまずかせることなどできないはずだ。でもアルシアは、初めて出会った夜、ウィスキーを運んできた瞬間から、俺にそういった力を振るい続けている。

笑みを浮かべるだけで、アルシアは俺から力を奪える。笑い声をあげるだけで、こちらの防御の壁を取り去る。半分目を伏せながら、まつ毛の下からちらりと見上げるだけで、俺から理性を奪い取る。そして指先で軽く触れるだけで、完全に俺を支配してしまう。

喉元に唇をはわされ、小刻みに吸われ、顎の線に沿って軽く歯を立てられて、アルシアは切なそうに身をよじっている。今度は手をほっそりとした上半身に軽く滑らせてみた。まずは胸の上へ、次に腰をたどってからヒップへ。形のいいヒップの片側を手のひらで包み込み、太ももへと滑らせ、膝に指を引っかけると、その片方の脚をこちらの腰に巻きつけ、大きくアルシアの体を開いた。

もしこのままベネディクトに触れられなければ死んでしまう。でもどうやら、彼はわたしを死なせる気らしい。

ベネディクトはわたしの体のごくわずかな部分にしか触れていない。それなのに、どうしてこれほど絶望的な気持ちを駆り立てられるの？

彼が肌に指を滑らせ始めたときは、昨夜のような展開を期待していた。ボタンを外され、素肌をむき出しにされ、両手と舌を至るところにはわされるのだろうと。でも彼はドレスを脱がそうとしない。ドレスをそのままにされていることで、こちらの欲望は募るいっぽうだ。

アルシアは片脚を彼の腰に巻きつけたまま、もう片方の脚のつま先に力を入れ、なんとか自分の体を持ち上げようとした。こうやってはずみをつければ、脚の間の秘めやかな部分をベネディクトのそこに押しつけられる。いますぐ押しつけなければ頭がどうにかなりそう。なのにベネディクトはそれを許そうとはしない。こちらの手の届かないところにい続けている。思わず低いうめき声をあげた。落胆のあまり、泣き声をもらしているようにも聞こえる。

体に触れ続けながらも、ベネディクトはドレスのスカートをたくし上げ、ふんわりとした生地の下へ片手を滑らせると、指先をすばやく動かし、アルシアの片方の足首をつかもうとした。

その刹那、ベネディクトが完全に動きを止めたのがわかった。森のなか、猟師の姿に気づいたシカのようだ。まさかスカートに隠された脚がむき出しのままだとは思ってもいなかったのだろう。今日は外出の予定がなかったため、ストッキングも靴も履いていない。

室内履きしか身につけていなかったのだ。

ベネディクトを驚かせた勝利感が全身を駆け巡った瞬間、唇を喉元にさらに強く押し当てられた。呼吸が荒くなり、短いうなり声をあげている。わたしのすべてに触れて――切羽詰まったこちらの思いがベネディクトにも届き、彼の全身を包み込んだかのよう。

彼は指を軽やかに、しかも挑発するようにふくらはぎに沿って動かし、膝の裏側でゆっくりと小さな弧を描き始めた。「欲しいのか？」

低いかすれ声から、紛れもない昂《たか》ぶりと飢餓感が伝わってくる。

「ええ」同じく昂ぶりと飢餓感に満ちた、ため息まじりの低い声で答えた。

「俺に触れてほしいのか？」

すでにベネディクトはこちらの体に触れている。でもアルシアは本能的に理解した。彼がいま言おうとしているのは、それとは違う種類の触れ方に違いない。お願いだからそこに触れてと、わたしに乞い願わせようとしているのだろう。

「ええ」切迫したような声が出た。何かを必死に懇願する泣き声に近い。

「どこに？」

「それを言わせないで」わ、わ、わたしにそれを、い、い、乞い願わ、わ、わせないで、い、で。

ベネディクトの口が耳元から離れた瞬間、泣き出しそうになった。こんなわずかな触れ合いさえ許してくれないなんて。

「美しい人、目を開けるんだ。そのブルーと銀色の瞳で、俺に触れてほしい部分を見つめてみてほしい」

アルシアは言われたとおりにした。するとベネディクトの張り詰めた顔に、はっきりと欲望がよぎった。まさにアルシアが感じているのと同じ欲望が。相手を自分のものにし、自分も相手のものにされたい――相手を心ゆくまでむさぼり尽くし、自分も相手からむさぼり尽くされたい――そんな、生々しくて原始的な欲望が。

「お願い」かすれ声でささやく。

ベネディクトは唇を重ねると、ひどく苦しげなうなり声をあげた。今夜は絶対にキスしないと言っていたのに、結局口づけせざるをえなくなったせいだろう。アルシアは口を開き、そんなベネディクトを迎え入れた。差し入れてきた舌先に、喜んで自分の舌を絡める。

彼は指をそろそろとアルシアの太ももにはわせ、しばし撫《な》で上げたり撫でおろしたりしていたが、とうとう片脚の位置をずらし、大きく脚を開かせた。下着の細い切れ目からためらうことなく指を滑り込ませ、柔らかな茂みのあたりにさまよわせて、さらに奥まで差し込んできた。襞《ひだ》をかき分け、秘めやかな部分全体を軽く撫でると、すでに腫れ上がったようになっている欲望の芯に親指をこすりつけてくる。アルシアは思わず泣き声をあげ、少しだけ体を引いた。

「もうこんなに濡《ぬ》れているし、熱くなっている」ベネディクトはアルシアの口に向かってつぶやくと、指を一本なかへ差し入れた。「それに……こんなにきつい」

さながら、拷問を受けている男の声だ。だがベネディクトが感じている苦しみなど、いまわたしが感じている苦しみに比べればどうということはないはず。

〝お願い、もう一度わたしに口づけて。そして、脚の間の濡れた部分に触れて〟

あと少しでそう口走りそうになったとき、ベネディクトが心の叫びに応えてくれた。指先で欲望の芯を撫で上げたり、弧を描いたり、刺激を与えたりしながら、とろりとした蜜をさらに広げていく。

全身を快感が走り抜けた。波のようにあとからあとから押し寄せ、興奮が高まり、強まり、大波となって体全体がのみ込まれていく。熱い波が体の隅々にまで到達し、広がっていく。ふいに純粋な悦《よろこ》びが込み上げ、全身からあふれ出そうになり、叫び声をあげると、ベネディクトがとっさに血管の浮き出た首筋を押し当てて口を塞いでくれた。

とめどない悦びが幾重にも広がり続けている間、アルシアはなすすべもなく唇を噛《か》みしめていた。体を支えている片方の脚に力が入らなくなり、拘束を解かれた両手でベネディクトのがっちりした両肩をきつくつかんだが、もし彼が片腕を体に巻きつけて強く抱き寄せてくれなかったら、その場にくずおれていただろう。

やがてすべてが終わり、体の震えがおさまり始め、ようやく我に返ると、アルシアは気づいた。ベネディクトと同じように自分も荒い息をついている。

彼はゆっくりと優しい手つきで、腰に巻きついていたアルシアの片脚を床に戻し、体を引き離した。もはや二人の間で重なり合っている部分は一つもない。

「以上だ――これですべてのレッスンを終了する」

ビーストは最初、ここまでやるつもりなどなかった。アルシアを悦びの極致寸前までいざなったら彼女を寝室に戻し、自分の手で慰めるよう仕向けるつもりだったのだ。スカートの下に手を滑り込ませ、この手で彼女の秘められた部分を愛撫する気などさらさらなかったのだ。

だが扇情的な光景を目の当たりにして、どうしてもアルシアを拒絶できなくなった。この手ではなく、アルシアみずからの手で自分を慰めさせることなどさせたくないと強く思ったのだ。

純粋な悦びに頬を真っ赤に染めていたアルシア。もう一度、彼女をこの腕の中に引き戻したい。俺の望みはそれだけだ。しかし、今後アルシアには指一本触れるつもりはない。ほんの少し触れただけで、意志の力をすべて奪われ、抵抗できなくなる。

アルシアが何度も目をしばたたいている。いま言われた言葉の意味を理解しようとしているのだろう。

「すべてのレッスンを終了する?」彼女はかぶりを振った。「これが最初のレッスンなのに？」

「最初であり最後のレッスンだ。これでレッスンを終了する」ビーストは強調するように繰り返した。「そう、俺は教師役として役立たずだ。このまま続けても、どのみちきみに違約金を支払うことになる。だから、明日きみに千ポンドを支払うつもりだ」

「でも、あなたは教師役として役立たずなんかじゃない。その正反対だわ。なのに、なぜもっとレッスンをしてくれないの？　わたしの反応に問題があったせい？　わたしの様子で不快な気分になって、これ以上レッスンを続けたくなくなったの？」

「冗談だろう？」

とはいえ、アルシアの目は真剣そのもので、浮かんでいるのは心配、困惑、内気さだけだ。いままでこの女性は、俺の前でびくびくしたことが一度もなかった。それがどうだ。いまや、すぐにでもここから逃げ出したい様子に見える。それほどまでに彼女に疑念を抱かせてしまった自分がつくづく嫌になった。

「わかるか？　あれほどすばらしい反応を返してくれる女性はそうそういない。そんな女性を抱くためなら、男なら誰だって魂を悪魔に売り渡してもいいと思うはずだ」

もちろん、アルシアにわかるはずがない。彼女は純粋無垢《むく》なのだ。

彼女は首を左右に振った。傷ついたような瞳に、胸が張り裂けそうになる。

「わたし……わからない。何か間違ったことをしてしまったの？」

くそっ。これまでアルシアに、自身の価値について疑問を抱かせた者たちを一人残らず呪ってやりたい。「大丈夫。きみは何も間違ったことなどしていない」

「だったら、どうしてあなたはレッスンを続けてくれないの?」

ビーストは欲求不満が爆発しそうになった。アルシアに出会って以来ずっと抱え、抗《あらが》い続けている欲求不満だ。

「俺の口や両手をきみから引きはがせなくなるからだ。しかも、この下半身を引き離し続けているのも日に日に難しくなっている」

アルシアの悲しげな瞳に驚きの色が浮かんだ。「まあ」

「きみにはレッスンなど不要だ。何も教えてもらう必要なんてない。きみには男を誘惑する天性の素質がある。必要なのは、本来のきみ自身でいること――ただそれだけだ。もしその事実を無視してこのままレッスンを続けていたら、俺はきみにつけ込んでしまうだろう。だが最初に、そんなことはしないと約束したはずだ」

「でもそうなったとしても、わたしは気にしない」

ビーストは深々とため息をつき、かぶりを振った。「だが俺は気にする。正しいこととは言えない」

「契約の残りについてはどうするつもり?」

「それはきみしだいだ。もし俺との間で起きたことのせいで気まずいなら、明日一緒にべックウィズの事務所へ行き、契約を正式に終わらせよう。約束した金額、つまり年俸と三カ月で目標達成した場合の謝礼金は全額きみのものだ。それに昨夜の戦利金を合わせれば、もう立派に一人立ちできる。愛人を選び放題の暮らしができるようになるんだ」

「それよりも、あのレディたちの授業を続けたいわ」アルシアはためらいがちな笑みを浮かべた。「どんな仕事なら満足できるか、彼女たち一人一人について考えているの。彼女たちがここから巣立っていく手助けをしたい。そうすることでわたしも満足感や達成感を得られるはずだから。それに、わたしの代わりの先生役を見つけるのは難しいはずよ」

〝きみの代わりを見つけるなんて不可能だ〟ビーストは思わず本音をもらしそうになった。アルシアにレッスンを授ける必要がなくなったら、二人の間にある程度の距離を保てるようになるだろう。四六時中感じている欲望や欲求を無視できるはずだ。

「馬車のなかで俺の膝上に乗ったりするのは、なしだ」

彼女はうなずいた。「お互いに誘惑しないようにすればいいだけの話ね。だって、あなたも女性を誘惑する天性の素質があるもの」

低い笑い声が室内に響いた。「まったく、そんなふうに言われたのは初めてだよ」

アルシアはにっこりと笑みを浮かべた。「でもわたしたち、これから友だち同士でいられるわよね？」

「ああ、そうだな。やってみよう」

19

書斎を離れるとき、ベネディクトから、今夜は母を訪ねるから夕食はみんなと一緒に食べないと告げられた。それなのに、アルシアはディナーの席に彼がいないのが寂しくてたまらなかった。寝室に戻ってからは、その日の午後の出来事について考えてみた。ベネディクトから教わったこと、おそらく彼が教えるつもりではなかったこと、それにわたしと同じように彼もわたしを求めてくれたこと……。

ベネディクトが、なすすべもなく惹《ひ》かれ合う二人の関係に抗《あらが》おうとしている気持ちは理解できる。彼は高潔でありたいと考えているのだろう。そんなベネディクトを尊敬せずにはいられない。だからこそ、これからは彼を誘惑しないよう気を引き締めなくては。ベネディクトとは友人として関係を深め続けていきたい。この館からレディたち全員が立ち去ったら、わたしたち二人の関係もさらに進む可能性だってある。

もはや彼からレッスンを受けない以上、夜十時に図書室を訪ねる理由もない。それなのに、気づけば足は自然とそこに向かっていた。手にしているのはベネディクトの本だ。もし彼がいなければこの小説を読めばいい。

ところがベネディクトは図書室にいた。アルシアのためにシェリー酒を注《つ》いだグラスも用意されている。

ベネディクトが立ち上がったとき、彼の顔にほんの一瞬だけ、安堵《あんど》の表情がよぎったのに気づいた。あるいは、わたし自身がほっとしたせいで、そう見えたのかもしれない。ベネディクトが図書室にいてくれた――そうわかっただけで喜びが全身を駆け抜けていく。それはとりもなおさず、わたしがやってくるのを待ってくれていたということだから。

「わたしがここに来るとわかっていたのね」

「きみがここに来るよう願っていたんだ」

こんな特別な状況では、〝わかっていた〟より〝願っていた〟という言葉のほうがずっとすてきに聞こえる。〝願い〟には望みや希望、夢さえ含まれているから。

アルシアは自分の椅子へ近づくと腰をおろし、ベネディクトが大きな体を折り曲げてふかふかの椅子にふたたび座るのを嬉《うれ》しく眺めた。もうレッスンは行われないとわかっているおかげで、前より落ち着いた気分でいられる。いったいいつ、何が始まるのか、どんな結果に終わるのかなどと、あれこれ心配する必要がないのだ。

「お母様との食事はどうだった？」

「ああ、いつものように楽しかった。食べきれないほどたくさん料理を用意してくれるんだ」

「他のごきょうだいも一緒だったの？」

「いいや、一カ月に一度、日曜日に家族全員で集まることにしている。あとは、それぞれが週に一度は母と夕飯を食べるんだ」

「お母様と一緒に過ごして感謝の気持ちを伝えられるのは、とてもいいことね。母親がこの世からいなくなったら、その現実はなかなか受け入れられないものだから」

「きみが母上を失ったことを残念に思う」

アルシアはうなずいた。母のことは恋しいが、それ以上考えないようにした。考えても悲しくなるだけだ。

ベネディクトは椅子の上で身じろぎをした。「最近ずっと帰るのが遅かったせいで、きみに伝えられずにいたんだが、結局レディ・ジョスリンの父親がベスに代金を支払うことになった」

「どうやったの？」

彼は片方の肩をすくめ、頭を傾けた。「彼と少し話し合ったんだ。借金をちゃんと返そうとしないという噂《うわさ》がロンドンじゅうに広まるのはあなたのためにならないと忠告したら、彼も同意してくれた。彼はミックが手がける新規事業への投資に興味を抱いているから、なおさらな」

「そう聞いて安心した。あの優しいベスが損しないように取り計らってくれてありがとう」

「礼を言われるほどのことじゃない」

本当に？　いいえ、そうは思えない。アルシアは心のなかでひとりごちながらシェリー酒に手を伸ばした。グラスの脇に細長い箱が置かれているのに気づいたのは、そのときだった。箱には紐《ひも》がかけられている。弾《はじ》かれたようにベネディクトへ視線を戻した。

「それはきみにだ」ベネディクトは長い脚を伸ばし、みぞおちのあたりで両手を組んだ。実に心安らかで落ち着いた様子に見える。それなのに、アルシアには彼が少しだけ緊張しているのがわかった。まるで相手をがっかりさせるのを恐れているかのように。

「クリスマスのお楽しみに取っておいてもいいかしら？」

「それはクリスマス・プレゼントじゃない。いま、きみに開けてほしいんだ」

ほんの少し息を震わせながら細長い箱に手を伸ばし、膝上に置いて紐を解いた。上蓋を開けたとたん、思わず頬を緩める。なかに入っていたのは象牙色をしたコヤギ革の手袋だ。繊細な刺繍《ししゅう》が施されている。「なんてすてきなの」

「きみの手袋に穴が空いているのには気づいていた」

もちろんベネディクトならそうだろう。彼はどんなささいなことにも気づく男性だ。わたしのために手袋を買うことも、彼が最近不在がちだった理由の一つに違いない。片方を手に取ってはめてみると、予想どおり、これ以上ないほどぴったりだった。もう一度視線をあげてベネディクトのほうを見てみると、今度は完全にくつろいでいる様子だ。もしかして、彼はこの贈り物をわたしが気に入らないのではないかと心配していたのだろうか？

「本当にありがとう」

彼は肩をほんの少しすくめた。よく見ていなければわからないほどの動きだ。感謝の言葉をかけられ、どう振る舞っていいのかわからないとでも言いたげなしぐさ。

アルシアは手袋を外して箱のなかへ戻すと、その箱をテーブルに置いて、シェリーの入ったグラスに指を巻きつけた。

「明日仮縫いに行くとき、手持ちでは足りない他の小物類も買おうと思っているの」実は〝買う必要があるものリスト〟の一番上が手袋だった。「ヘスターを一緒に連れていきたくて。女主人に仕える侍女がどんなふうに振る舞えばいいか教えるつもりよ」

「ああ、ヘスターも喜ぶだろう。だったらエイデンの馬車を用意しよう。そうすれば買い物の包みを楽に持ち運びできる」

「まあ、ありがとう」

「他のレディたちにはどんな職業がぴったりだと考えているのか教えてほしい」

「フローラの場合、どう考えても園芸ね。すでにこの館でも庭造りをしているもの。あなたなら、雇っている庭師にフローラの教育を頼めるはずだわ。ロッティの場合、室内装飾の才能があるのは明らかよね」アルシアは片手をひらひらとさせて室内を指し示した。「裕福になると、人は自宅に手をかけたくなるものよ。知り合いにいるそういった人たちに紹介すれば、ロッティが室内装飾家として仕事を始める手助けになるはず。リリーとパール、ルビーには、レディの話し相手になる才能があると思う。わたしなら彼女たちにその方法を教えられるわ」

「時間はどのくらいかかりそうかな？」

「三カ月以上はかからないはずよ」にやりとしながら続ける。「あなたは二千ポンドを支払うことになるわね」

「だとしても、有意義な金の使い方だ」

アルシアは彼との気のおけない会話を楽しんでいた。以前のような関係に戻った気がする。心のどこかで、〝妖婦になるための方法を教えて〟と頼まなければよかったのにと考えていたから。

この館にやってくる前、人生はお先真っ暗にしか思えなかった。未来にほんのわずかな希望も持てずにいたのだ。でもいまでは、目の前に突然約束に満ちた未来が開けたような気がしている。

「レディたちが……殿方を楽しませる仕事から卒業したら、あなたはどうするつもり？」

「ジュエルはこの場所を下宿屋に改装し、部屋を貸したがっているんだ」ベネディクトは唇をゆっくりと持ち上げ、笑みを浮かべた。これまで目にした、彼がゆっくりと行うさまざまな行為を思い出さずにはいられない。「その場合ロッティを雇って、階下にある部屋全部を改装する必要がある。もう少し長く滞在できるような部屋にしないとな」

というか、この館のありとあらゆる部分を模様替えする必要があるかもしれない。

「正面にある客間は絶対に改築しないとね」

「もっとけばけばしくなるかもな」

「それは危険」

二人の間に心地いい沈黙が落ちた。これで会話は終わりということだろう。アルシアはそう理解し、ベネディクトの小説本の表紙を開いた。

「クリスマスに家族で集まる予定なんだ」

アルシアは目をあげ、ベネディクトに優しい笑みを向けた。なんだか信じられない。クリスマスが来週の木曜に迫っているなんて。「それはすてきね」

「クリスマス・イブの日は、きみにも来てほしい」

アルシアはベネディクトをまじまじと見つめた。もし彼が突然手持ちの服を一枚残らず捨てたとしても、これほど驚きはしなかっただろう。

「あなたのご家族の半数は、いまでは貴族のはずよ。貴族がわたしを喜んで迎え入れるはずがないわ」

「この館にいるレディたちにとって、クリスマス・イブとクリスマスは一年のなかで一番の稼ぎどきなんだ。家族や恋人がいない男たちが寂しさを紛らわせようとやってきて、レディたちの腕のなかに慰めを見いだそうとする。その二日間、ジュエルはいつにも増して、彼らが居心地よくいられるように雰囲気を盛り上げるんだ。アルコールがふんだんに振舞われ、女たちはおしゃべりやダンスに興じたり、男たちといちゃついたりする。それにもちろん、男たちを自分のベッドに引き入れる。静かな時間なんてほとんどない。きみはそんなどんちゃん騒ぎを、この館の階上で、一人ぼっちで聞いていたいと思うのか？」

「わたしは醜聞まみれの存在だもの。裏切り者の娘で――」

「俺のきょうだいも俺も、生まれは法律で認められていない。まさに醜聞まみれの存在だ。その伴侶たちも、彼らと結婚したことでスキャンダルを巻き起こした。ロンドン広しといえど、そんな俺たちが集まる客間ほどきみが歓迎される場所――あるいは、きみがわが家のようにくつろげる場所はないと思う」

「他には誰が集まるの？」

「まずはジリーとソーンだ。二人の屋敷にみんなで集まることになっている。それにミックとアスリン。ミックは母さんが初めて引き取った赤ん坊だったから、俺たちきょうだいの長男ということになっていて、ミック自身もその役割を喜んでこなしている。あとはエイデンとセレーナ、フィンとラヴィニア、ファンシーとローズモントだ。子どもたちもいる。ミックとフィン、ジリーにはそれぞれ娘が一人いて、エイデンには息子が一人いる。一番年上なのがジリーの赤ん坊で、たしかもうすぐ一歳半だ。あと一人、俺たち全員で可《か》愛《わい》がっているロビンという孤児がいる。ロビンの本当の年齢は誰にもわからないが、きっと十歳くらいじゃないかな。動物が大好きで、フィンとラヴィニアと一緒に、二人の牧場で暮らしている。もちろん、母さんも出席する」

「もしあなたの考えが間違っていたら？　わたしを連れていったことで、あなたに恥をかかせることになったらどうするの？」

「もしきみに来てほしくなかったり、きみが絶対に歓迎されないとわかっていたりしたら、最初からこんな話はしない」

ベネディクトのあらゆる部分が――髪も、目も、日焼けしている肌も――黒みがかっているのに、こうして彼を見つめていると、まばゆい希望の光が感じられる。

アルシアはこくんとうなずいた。「ええ。ありがたくご一緒させてもらうわ」

20

それからも毎晩アルシアが図書室に足を踏み入れると、ベネディクトはきまってそこにいた。シェリーのグラスとともに、来訪を待ってくれている。二人とも一応本を手にしているが、単なる小道具にすぎない。本を手に持っていれば、図書室にやってきたのは二人で過ごすためでなく、読書するためだというふりができる。とはいえ、手に持った本の表紙が開かれることも、なかのページに目が通されることもけっしてない。その代わりに、自分の話をしたり相手の話を聞いたりして、いつも二人で笑い合っている。

とにかくいろいろな話をした。初めて乗ったポニーの話をアルシアが聞かせると、ベネディクトは幼い頃飼っていた皮膚病の犬について話をした。父親に初めて劇場へ連れていってもらった話をすると、ベネディクトはきょうだいたちと初めて大衆演芸場《ペニー・ガフ》へ行った夜の思い出を聞かせた。レディ・ジョスリンと一緒に下品な本を音読した話を披露すれば、彼は一人きりで無言のままわいせつな本を読みふけった逸話を語った。

ベネディクトが相手だと、どんなことでも、すべてを話せた。ときどき、お互いをじっと見つめすぎて、以前のような欲望や興奮、渇望にのみ込まれそうになることもあったが、いつもベネディクトが暖炉の火をつついたり、お代わりを注《つ》いだり、窓際に近づいたりして、うまく興奮を冷ましてくれた。書きかけの原稿があるからと、彼が図書室をあとにしたことも何度かある。〝絶対につけ込まない〟というルールを守れるか自信が持てなくなったからだろう。アルシアにはそれがわかり、信頼はいっそう高まるばかりだった。そして、そうしているうちに、自分がベネディクトのキスや愛撫《あいぶ》、ささやくような愛の言葉を心の底から求めているのに気づいた。

仮縫いはすでにすみ、ベスの優れた仕事ぶりはすばらしかった。予定どおりにヘスターと一緒に買い物に出かけた際は、欲しいものを手当たりしだい買わないようにと自分を戒めた。もはやお金は〝使って当然のもの〟ではないからだ。無駄遣いせずに、賭博での戦利金と合わせてなるべく貯金しておきたい。

翌週の火曜に新しいドレスが届けられ、水曜のクリスマス・イブにはヘスターが昼過ぎから腕を振るい、ベネディクトと過ごすための支度を手伝ってくれた。もちろんベネディクトだけでなく、彼の家族も一緒だ。でもアルシアがクリスマス・イブを楽しみにしている理由は、彼の家族に会えるからではない。

ベネディクトを誘惑したくてたまらない。いまいましいルールを破らせたい。

あらかじめ買っておいた、フランス製の機械練り石鹸《せっけん》――くちなしの香りだ――を使って入浴をすませたのは、そのためだった。サテンとシルク、レースでできた新しい下着を身につけたのも。慎重な手つきでストッキングをつけた両脚を、初めておろすサテンの室内履きに差し入れたのも。

赤いベルベットのドレス姿で鏡の前に立ってみて初めて、普段身につけているドレスがいかに自分をみすぼらしく見せているかに気づかされた。ほつれがあったり、すり切れた部分があったりするのはもちろん、いまの体にまったくサイズが合っていない。

今夜ベネディクトの姉、ジリーのお屋敷からこの館に戻ったときは、彼が両手をこの体にはわせてくれるかもしれない。そうであってほしい……。

喉元のくぼみに指を当てながら、首飾りがあればよかったのにと考える。宝石を身につけていないせいで、顎から胸の膨らみにかけての肌が露出しすぎているように感じられた。かつて持っていた真珠の櫛《くし》飾りが恋しい。とはいえ、ヘスターが整えてくれた髪型は文句のつけようがない。先日買った赤リボンで作った小さな蝶結《ちょうむす》びをいくつかあしらい、ピンで留めた髪をうしろに流し、背中へ垂れ下がるようにしている。顔のまわりにも小さな巻き毛が跳ねていた。

「うわあ、今夜のあなたを見たら、彼は間違いなく恋に落ちるわ。なんてすてきなクリスマス・プレゼントなの」

アルシアはヘスターの言葉にどう答えていいのかわからなかった。慕るいっぽうのベネディクトへの想《おも》いが顔に表れていなければいいのに。もしかすると、ヘスターが言った彼とはベネディクトのことではないかもしれない。

「あなたがなんの話をしているのかよくわからないわ」

ヘスターは軽やかな笑い声をあげた。「わかっているくせに」

アルシアは高慢な公爵夫人の口ぶりを完璧にまねしてみせた。「侍女は女主人に口ごたえしないものよ」

「あ、そうだ。そのルールを忘れてた」

アルシアには、大姿見に映る、にやりと笑ったヘスターの姿が見えた。ルールを忘れてなどいないのだろう。「まあ、生意気を言ってはだめよ」

そうは言ったものの、声にたしなめる調子はいっさい込められなかった。

そのとき扉を軽く叩《たた》く音がした。ベネディクトが迎えにやってきたのだろう。ヘスターがノックに応えようと扉に近づく間に、アルシアはレティキュールを手に取った。なかには、ベネディクトの家族のために用意した贈り物が入っている。毎日の午前中、さらには毎晩ベネディクトと図書室で過ごした後も遅くまで作業に励んで仕上げたものだ。図書室で彼の熱い視線にさらされると、すぐには眠ることなどできない。手作業をする間に肌のほてりを冷ますようにしていた。

「今夜のあなたを見たら、彼は完全に恋に落ちるわね」

入ってきたのはベネディクトではなく、ジュエルだった。

「わたしも同じことを言ったところなの」ヘスターが椅子にどっかりと座りながら応じた。自分の仕事はすべて終わったと言いたげな様子だ。実際、そのとおりだった。

アルシアはジュエルの言葉に何も反応しないことにした。もしヘスターの目をごまかせないのなら、ジュエルをごまかすことなどできるはずがない。

「彼はもう準備できたのかしら？」

「ええ。玄関広間で待っているわ」

「だったらすぐに出発しないと」一歩を踏み出す。

「ちょっと待って。出かける前に……」

アルシアは歩みを止め、ジュエル――レディ・アルシアならば一瞥《いちべつ》さえしなかったはずの女性――を見つめて、首をかしげた。

「母の形見の真珠よ」ジュエルが片手を開くと、手のひらに首飾りがのせられていた。

「仕事中は一度もつけたことがなくて、身につけるのは特別なときだけと決めているの。今夜はぜひあなたにこれをつけてほしいわ。そのドレスにぴったりだと思うから」

「まあ、ジュエル……」アルシアは感激しながらも尋ねた。「もしわたしがその首飾りをなくしたり、壊したりしたらどうするつもり？」

「あなたはそんなことをするはずないもの。あなたが今夜これをつけてくれたら、わたしもとっても嬉《うれ》しい」ジュエルはそこで、少々いたずらっぽい笑みを浮かべた。「そうしたら、この首飾りは公爵のお屋敷のなかに入ったことがあるんだって自慢できるもの」

アルシアの喉に熱いかたまりが込み上げた。うまく話せそうにないので、うなずいて姿見のほうへ向き直るだけにした。

ジュエルが背後から首飾りをかけ、アルシアの肩を軽く叩いた。「ほら」

「なんてきれいなの。ジュエル、あなたの言うとおり、このドレスにぴったりだわ」

「ええ。この首飾りは、彼の視線を自然にその魅力的な胸の谷間へ導いてくれるはずよ」

アルシアは一瞬目をきつく閉じたものの、笑い声をあげながらかぶりを振った。この女主人は率直にものを言いすぎるきらいがある。たとえ、その言葉が真実だったとしても。

ジュエルをきつく抱きしめて言った。「ありがとう。こんなによくしてくれて」

「お安いご用よ」

「ヘスター、外套《がいとう》を着るのを手伝ってもらえるかしら？」

「だめだめ」ジュエルはすかさずさえぎった。「いまの姿のまま、階段をおりていかないと。ヘスター、あなたがアルシアの外套を持って一緒におりて、玄関広間で彼の目をたっぷり楽しませたあと、着せるようにしてちょうだい」

階段をおり始めると、アルシアは自分に言い聞かせた。緊張する理由なんてどこにもない。これから大好きな紳士と外出をして、楽しい夜を過ごそうとしているだけだ。訪問先にはおおぜいの家族が集まっているはずだから、彼らはみんなで過ごすのに忙しいだろう。しかも、以前の自分は初めて顔を合わせる人たちとも難なく言葉を交わすことができた。もしベネディクトの家族に歓迎されなかったとしても、それなりに対処すればいい。

階段の最後の一続きに差しかかったところで、ベネディクトと視線が合い、つと足を止めた。でもそれは、彼の瞳からだけでなく全身からも感じられる熱っぽさのせいではない。わたし自身のせい――今夜彼の目にどう映りたいかということばかり考えていたせいで、自分の目にベネディクトがどう映るのかをまったく考えていなかったせいだ。

〝堂々たる〟というのは陳腐すぎる表現だろう。〝驚くほどの見目麗しさ〟〝まぶしいほどの存在感〟という言葉も。

ベネディクトは散髪していた。といっても、わずか一センチほどだ。そんなささいな変化にも気づけるほど彼を知っているなんて不思議な気がする。今夜は晩餐用《ばんさんよう》の正装姿だ。ぴったりとした黒いズボンに、同じく黒のダブルの燕尾服《えんびふく》を合わせ、ボタンを外した燕尾服からまぶしいほど白いベストとシャツがのぞいている。薄い灰色をしたネック・クロスは完璧な形に結ばれており、片腕には外套がかけられ、手には黒い帽子が握られている。

信じられないほど腕のいい仕立屋を雇っているのは、火を見るよりも明らかだ。このいでたちなら、どんな貴族の舞踏会にも参加できるだろう。彼が舞踏室を大股で歩いていても、なぜここにいるのかと誰からも尋ねられないはずだ。

「ちゃんと息をするのよ」背後でジュエルがささやくのが聞こえたとき、アルシアは自分が呼吸をしていなかったことにようやく気づいた。

階段をおり続け、ベネディクトの前に立つと、称賛のまなざしを浴びた。

「美しさに息をするのも忘れていた」彼がひっそりと言う。

「だったらよかった。わたしもそうだから」アルシアがほほ笑むと、ベネディクトはにやりとした。

「ソーンが迎えの馬車をよこしてくれたんだ。さあ、出かけよう」

馬車のなか、アルシアはビーストの反対側に座った。毛皮の毛布を膝にかけ、室内履きを履いた片方の脚をフットウォーマーのすぐ近くに休めている。アルシアから隣に座って暖を取るように言われたが、すでに全身、上から下まで熱くなっていた。彼女のそばに近づいたら、火のいきおいはいや増すばかりだろう。ベッドの上であれ、長椅子の上であれ、馬車のなかであれ。

アルシアの誘惑の力はそれほど強烈だ。彼女に手が届かない場所に、常にこの身を置くようにしているのはそのためだ。

先ほどアルシアの姿を目でとらえたとき、壮麗な舞踏会で階段からおりてくる彼女の姿がありありと思い浮かんだ。まさしく全身から品格がにじみ出ている。美しいドレスやきちんと整えられた髪型のせいではない。もっと彼女の奥深くから、何世紀にもわたって受け継がれてきた高貴な何かが感じ取れる。

なるほど、英国王室は彼女の父親の爵位を奪ったかもしれない。だがそんな彼らも、アルシアからレディとしての血筋――生まれながらにそうなるべく運命づけられたもの――まで奪うことはできなかったのだ。

少なくとも今夜だけは、そんな彼女がこの俺の腕に寄りかかっている。

アルシアはすでに誘惑の技術を身につけている。しかも、朝目覚める行為のようにごく簡単に、自然にその才能を振るっている。思えば、こちらに気づくたびにアルシアは柔らかな笑みを浮かべ、歓迎するように瞳を輝かせる。そして、俺の両手で胸を包まれた感触を思い出すかのように、恥ずかしげにうつむいて、頬の上にそっとはかないまつ毛の影を落とすのだ。

毎晩アルシアと一緒に過ごす図書室は、天国でもあり地獄でもある。彼女がそばにいて、その香りを吸い込み、声に耳を傾けるのは至福のひとときだ。だが同時に、あのふっくらとした唇に触れることも、柔らかい素肌を愛撫することも、硬くなった脚の付け根を彼女に押しつけることも許されないのは、生き地獄としか言いようがない。アルシアの計画が順調に進めば、最終的に彼女は俺から離れていくとわかっていることも。

アルシアが自由に愛人を選びたいと望む世界に、この自分は存在していない。きょうだいたちとは違い、俺自身はその世界に進出したいとも、受け入れられたいとも思わない。いま、自分がその世界から歓迎されているとも思わない。

毎夜それぞれの寝室へ向かったあと、一人寝のベッドで天井を見上げ、そこで踊る影をぼんやりと眺めていると、いますぐアルシアを取り戻したいという思いに負けそうになる。

〝どこかの野郎の愛人になりたいだって？　だったら俺のになればいい〟

俺にはじゅうぶんな財力がある。いますぐアルシアが住まうための家も、目がくらむほどの宝石類も、美しいドレスも何枚だって買える。アルシアのための使用人たちも、馬車も、とにかく彼女が望むものならなんでも与えられる。海運業が軌道に乗ったおかげで経済的な基盤が安定し、事業規模はどんどん拡大しつつある。それなりに金も貯《た》まった。もし今後一ポンドも稼がなかったとしても、預金の利子だけで老人になるまでゆうゆう暮らしていける。いま慈善事業を支援するために使っている金をまわせば、アルシアを自分のものにできるはずだ。だが、仮に俺のものになっても、アルシアは庇護者《ひごしゃ》となる貴族男性に求めているもの――名声や尊敬――を手にできない。

俺のために彼女はそういったものをあきらめてくれるだろうか？　そう彼女に頼むのは本当に正しいことなのか？　アルシアならばそれなりの爵位と特権を有する男を自分のものにできるのに、庶子として生まれた平民である俺で我慢しろ、と求めるなんて――

「ご家族はわたしが訪ねるのを知っているのね」

アルシアの声で我に返った。ほんのわずかだが、懸念と緊張感が感じられる。

「ああ」

「わたしが何者かについては、ご家族は知っているの？」

「お父上についての話は知っている。秘密にする理由はどこにもないからな。俺のきょうだいと結婚して家族の一員になった者たちは、きみの名前やきみ自身のことを知っている可能性がある。だから前もって話しておくのが一番だと考えた。何も話さずにきみをいきなり連れていって彼らを驚かせ、その場が気まずい雰囲気になるのを避けるためにね」

馬車の暗がりのなか、アルシアの姿はほとんど見えない。だがビーストは心ひそかに疑っていた。もしいま手を伸ばしたら、彼女が膝上で手袋をはめた手をきつく握りしめているのがわかるのではないだろうか？

「ティア、ほんの数時間、クリスマスツリーを飾りつけたり、上等のワインやウィスキーを飲んだり、極上のディナーを楽しんだりして、館へ戻るだけのことだ。もし今夜楽しい時間を過ごせたら、明日も一緒に俺の家族と過ごそう。みんなで贈り物を交換し、今夜とはまた違う絶品の夕食を楽しもう」

「わたしが持っているもう一枚の赤いドレスは、殿方を誘惑するために作らせたものよ。そもそもあれが〝ドレス〟と呼べるとは思えない。でも、明日あなたのご家族と過ごすとしたら、あの赤いドレスを着なくてはいけないわ」

ビーストにはすぐにわかった。アルシアの心の一部は、こちらをからかおうとしている。だが別の一部では、明日俺と一緒に過ごさないためのうまい言い訳をひねり出そうとしているのだ。クリスマスの日、アルシアなしで家族のパーティーに参加したら、さぞ寂しいことだろう。

「誘惑のためのドレスは、いつ俺に見せてくれるつもりだ?」

「どうかしら。正直、ベスはもう少し生地をたっぷり使ってくれたらよかったのにと思うの。でも、とてもすてきな仕上がりよ」

アルシアがそんな扇情的なドレスを着ている姿を見てみたい。同時に、そのドレスを脱いだアルシアの姿も見てみたい。

「別に明日そのドレスを着る必要はない。他のドレスでもじゅうぶんなはずだ」

「こうやってドレスを選べるようになったのは本当にすばらしいことね。服を仕立ててくれたあなたに感謝しなくちゃ」

〝俺はきみが望むものならなんだって与えられる〟――そう口にしそうになったが、どうにか思いとどまった。いまはそんな話をすべきときではない。というか、そんな話をすべきときは訪れないかもしれない。

「メイフェアに入ったのね」アルシアはひっそりと言うと、馬車の窓の外を眺めた。「ソーンリー公爵のお屋敷の場所は知っていたけれど、なかへ入ったことは一度もないの」

「きみはこの界隈《かいわい》のどこに住んでいたんだ？」

「もし教えたら、あなたはそこに行きたくなるかもしれない。でもわたしはあの場所を見たくないの。こうしてメイフェアに戻ってきたけれど、思っていた以上につらいわ」

「もしそうしたければ、このまま館に戻ることもできる」

「いいえ、それではあなたのご家族に申し訳ないもの。みんな、あなたに今夜会えるのを心から楽しみにしているはずよ。先に進むためにも、今夜はある種の試験のようなものだと考えることにするわ。忌まわしい過去と向き合う心の準備ができているかどうかを試すためのテストだって」


公爵家に足を踏み入れたとたん、アルシアはあたりに木の香りが漂っているのに気づいた。幅広い階段に飾りつけられた無数のヒイラギの枝と花冠のせいだろう。

「公爵と公爵夫人は客間にいらっしゃいます」お仕着せ姿の従者が、ベネディクトの帽子と大外套、アルシアの外套を受け取りながら言った。

ベネディクトに差し出された腕をためらうことなく取り、大理石の玄関広間から壮麗な客間へと向かった。客間に足を踏み入れると、二人でいったん歩みを止め、あたりの飾りつけを見回した。さまざまなテーブルにヒイラギの小枝が飾られ、炉棚には花冠があしらわれている。客間の奥に置かれた小さなテーブルの上には、モミの木が飾られていた。

アルシアの視線の先では、人びとがあちこちで小さな輪を作り、会話を楽しんでいる。ベネディクトの家族だ。なかには赤ん坊を抱いて、腕のなかであやしている者もいる。彼の家族が何人いるかは知っているにもかかわらず、実際にこうして見ると、その数の多さに少し圧倒されてしまう。自身の家族と過ごしたよそよそしく冷たい集まりを思い出し、記憶の波にのみ込まれそうな心もとなさを感じたせいかもしれない。あるいは、ベネディクトが間違っていて、ここにいる人たち全員が――少なくとも、わたしの父や母、兄たち、わたし自身を知っている人たちが――背を向けたらどうしようという不安に襲われたからかもしれない。

思わず、ベネディクトの腕にかけた指先に力を込めた。

彼は手袋をはめた手で、腕にかけられている手に軽く触れると言った。「万事うまくいくさ」

アルシアは彼を見上げ、どうにか笑みを浮かべた。生まれのせいで、ベネディクトはこれまで何度、いまのわたしと同じような不安に襲われてきたのだろう?

「来てくれたのね！」背の高い、ほっそりとした女性が叫ぶと、早足で部屋を横切って二人に近づいてきた。ベネディクトより短くカットされた髪が、顔のあたりで跳ねている。

「ちょうどツリーの飾りつけをしようとしていたところなの」

アルシアは、いまこの女性が浮かべている以上に心温まる笑みをこれまで見たことがない。彼女──ソーンリー公爵夫人はベネディクトを両手で強く抱きしめた。ベネディクトも姉を抱きしめたため、アルシアは彼の腕にかけていた手を離さざるをえなくなった。

公爵夫人はベネディクトから体を離すと、すぐにアルシアの両手を取り、強く握りしめた。「アルシア、来てくれて本当に嬉しいわ。わたしはジリーよ」

「お招きいただいて光栄です、公爵夫人《ユア・グレイス》」

彼女はふたたびにっこりした。「ここでは堅苦しく振る舞わなくっていいの。きっとソーンのことは知っているわね」

公爵が妻のそばにやってきた。わざわざ振り返らずとも、アルシアには公爵がそこにいることがわかっていた。いかに執筆に夢中になっていても、そばに気配を感じて立ち上がるベネディクトのように。

「やあ、アルシア、元気そうだね」ソーンが言った。

認めざるをえない。あの娼館《しょうかん》へ移って以来、前よりも気分がいい。日々の食事に事欠くこともなく、暖かくて居心地のいい隠れ家に暮らしているおかげだろう。でもそれ以上に、この幸福感はいま隣に立っている男性のおかげではないだろうか？

「ありがとうございます。閣下もお元気そうだわ」

「兄上たちは元気なのか？」

「ええ、わたしが知る限りでは。ただ、最近は連絡を取り合っていないんです」

「そうか。今夜きみがここへ来てくれて嬉しいよ」

ジリーがアルシアの腕に腕を絡めた。「そうよ、せっかく来てくれたんだから、あなたをみんなに紹介させて」

あとからついてくるベネディクトとともにまず向かったのは、エイデンと彼の妻、前ラシング公爵夫人がいる場所だ。

「前に会ったね」ジリーが紹介を始める前に、エイデンが言った。

「あら」妻セレーナが目を丸くした。「〈エリュシオン〉で？」

エイデンはにやりとした。「いや、〈ケルベロス〉だ。彼女は追いはぎみたいに相手の身ぐるみをはがしたんだ」

アルシアは頬が染まるのを感じた。「助けてもらったおかげです」

「大義のためになるなら、ちょっとばかり手助けするのは何も悪いことじゃない」

セレーナは手を伸ばし、アルシアの手を取った。「あなたが来てくれて嬉しいわ」

次に向かったのはフィンとラヴィニアの元だ。フィンを見たとたん、アルシアは彼がエイデンとどこか似ているような気がした。

紹介と挨拶が終わると、ラヴィニアはベネディクトに笑みを向けた。「人形と木の兵隊を贈ってくれて本当にありがとう。おかげで明日の朝、二百人もの子どもたちが大喜びするはずよ」

「二百人の子どもたち？」アルシアは尋ねた。

「この二人は牧場のなかに養護施設を作っているんだ」ベネディクトがさりげなく説明する。

つまり、ベネディクトはその子どもたち全員にクリスマス・プレゼントとしておもちゃをあげたということだ。今夜ここにやってこなければ、わたしがその事実を知ることはなかっただろう。ほかにベネディクトはどんな善行を積み重ねているの？　名声や功績などいっさい求めもせずに。

「こちらはロビン」フィンは、濃い色の髪をした少年の頭に手を置いた。少年はいまにも打ち明けたくてしかたない秘密を抱えているかのように、褐色の瞳をいたずらっぽく輝かせている。

「はじめまして、ロビン」アルシアは話しかけた。「動物に興味があるんですってね」

「うん。ぼく、動物が大好きなんだ。動物園に行ったことはある？」

「ええ。かなり前だけれど行ったことがあるわ」

「ぼくが世界で一番好きな場所なの」

「ものすごく特別な場所ということね？」

ロビンはいきおいよくうなずいた。

ミックとアスリン、ファンシーとローズモントにアルシアを紹介すると、ジリーは中座を断って立ち去った。ベネディクトにいざなわれ、最後に向かったのは、椅子に座っている白髪の小柄な女性の元だ。ぐっすり眠った赤ちゃんを抱いているその女性の前にやってくると、ベネディクトは体をかがめ、彼女が差し出した頰に軽くキスをした。「やあ、母さん」

「こんばんは。座ったままでごめんね。でも、この子を起こしたくなくて。ついさっき眠ったばかりだから」

「いいんだ。ジリーの赤ん坊は泣かせておくよりも、ぐっすり眠らせたほうがいい。母さんにアルシアを紹介したいんだ」

女性はいかにも幸せそうな笑みを浮かべた。「あなたに会えて本当に嬉しいわ」

「ミセス・トゥルーラヴ、わたしこそお会いできて光栄です。あなたの息子さんは本当に立派な方ですね」

「ええ、あなたの言うとおりよ。ただね、わたしはここにいる家族全員を誇らしく思っているの」ミセス・トゥルーラヴはベネディクトを見上げると、わずかに顎をしゃくってみせた。「あの椅子をもう少し近くに寄せて、あなたのレディを座らせてあげて。わたしたちがおしゃべりを楽しめるように」

「彼女は俺のレディじゃない」「わたしは彼のレディではありません」

二人同時に答えて視線がぶつかり合った瞬間、アルシアはベネディクトが顔を赤らめたのに気づいた。頬が熱くなっていることから察するに、わたしも頬が真っ赤になっているに違いない。

「ほら、早く椅子を」ミセス・トゥルーラヴが急《せ》かすように言う。

ベネディクトは椅子を近くに寄せ、アルシアを座らせた。

「あなたは抜きよ。二人で話させて」ミセス・トゥルーラヴが息子に命じた。

アルシアには、ベネディクトが立ち去るのをためらっているのがわかった。「わたしなら大丈夫」

「答えたくない質問に答える必要はないから」ベネディクトは渋々その場から立ち去った。

ミセス・トゥルーラヴがにっこり笑う。「さあ、あなたについてすべて聞かせて」

数人の乳母たちがやってきて赤ん坊を子ども部屋へ連れていく間にも、ツリーの飾りつけは順調に進んでいた。最初はビーストも手伝っていたのだが、ツリーのそばにいても母とアルシアが何を話しているのか聞こえないことに気づき、しばらく手伝ってからその場を離れた。スコッチの入ったグラスを手にし、今度は暖炉に近い場所に陣取ることにした。ツリーのそばよりも、ここのほうが二人の会話が聞こえやすいはずだと考えたのだ。でも、あいにく二人の話は何も聞こえない。少なくともこの場所からだとアルシアの顔ははっきりと見えるが。どんな表情を浮かべているかまでわかるため、母の質問攻めをいつ止めるべきかもちゃんと判断できるだろう。

これまでのところ、アルシアは笑い声をあげること三回、にっこりほほ笑むこと八回、うなずきは延々繰り返している。母にさえぎられず話し続けたのが二回であることから察するに、俺に関する話を二つしたに違いない。その間、むき出しの両肩に力が込められたのはゼロ、プレゼントした手袋をはめた両手をひらひらさせること二回。おそらく、自分が大切だと思う点を強調するためのしぐさだろう。

「もう彼女とキスした?」

ビーストはすばやく息を吐き出し、ロビンを見おろした。以前は少年を怖がらせないように体をかがめて目線を合わせていたのだが、時とともにロビンも身長が伸びて、いまでは頭がビーストの胸のあたりまで届くようになっている。もしかすると、自分たちが考えているよりもロビンは年上なのかもしれない。

「なあ、ロビン、秘密を守れるか?」

少年はこくんとうなずいた。「うん」

「俺は彼女にキスしたことがある」

ロビンは目をまん丸くした。「どんな感じだった?」

ビーストは視線をアルシアに戻した。母が何を話しているのかわからないが、熱心にうなずきながら嬉しそうに耳を傾けている。そんな彼女とのキスをどう表現すればいいのだろう？　自分の知っている言葉だけでは、とうてい表現しきれないように思える。言葉の持ついかなる力をもってしても、アルシアとの口づけでどんな気持ちになるかを完全に伝えきることは不可能だ。

「大海よりも広く……星々がまたたく夜空よりも果てしない感じだ」

返ってきたのは沈黙だった。見おろすと、ロビンは眉を思いきりひそめ、困ったような目で口をへの字に曲げている。

「それってどういう意味？」少年はとうとう尋ねてきた。

「ものすごく楽しい時間だったという意味だ」

ロビンは瞳を輝かせ、満面の笑みを浮かべた。「ってことは、彼女は最高ってことだね、そうでしょう？《ドント・イット》」

「そうでしょう《ダズント・イット》、だ」ビーストは言い間違いを正して続けた。「ああ、そうだよ。彼女は最高なんだ」アルシアの何が最高なのか、具体的に説明する必要などない。とにかく彼女のすべてが最高なのだ。

「ロビン！」ジリーが叫んだ。「さあ、ツリーのてっぺんに星をつけるわよ」

少年は大急ぎでツリーの元へ飛んでいった。ロビンはこれから成長するにつれ、もっと背が伸びるだろう。でもいまのところはまだ、テーブルの上に置かれたツリーのてっぺんに手が届くほど背が高くない。ビーストはウィスキーの入ったグラスを炉棚の上に置くと、駆け出したロビンのあとからゆっくりと近づいて尋ねた。「用意はいいか？」

少年が興奮したようにうなずくと、ビーストは両手をロビンの腰に回して体を持ち上げ、自分の両肩へ乗せた。ジリーから手渡された星飾りをロビンが受け取り、ツリーのてっぺんへ飾りつけたのを確認すると、少年をふたたび床へおろした。ジリーがツリーの枝々に配されたキャンドルに火を灯《とも》し始めたので、ビーストはアルシアのほうへ近づいた。彼女がいたのは、ツリーのまわりに集まった者たちの背後だ。集まりに加わろうとせず、少し離れた場所に立っていた。

「母さんとのおしゃべりを楽しんだかな？」

「ええ、とっても。あなたのお母様は愛に満ちあふれた女性ね。全身から愛がにじみ出ていて、触れようと思ったらこの指で触れられそう。もし実のお母様に、あなたを誰かの手に預けなければならない事情があったとしたら、彼女を選んで大正解だったと思うわ」

キャンドルがすべて灯されると、あたりから感嘆のため息や拍手があがった。結婚している男たちが腰をかがめ、かたわらにいる妻に軽くキスをしているのを見て、アルシアはふと思った。自分も顔をあげてベネディクトの口づけを受けるべきだろうか？　もし彼がこちらを見つめていたらそうしていたかもしれない。けれど、ベネディクトはこちらよりも星を興味深そうに見つめたままだ。

　ジリーが両手をすばやく二回打ち合わせ、あたりにその音が響き渡った。

「夕食まであと一時間ほどあるわ。その間にエイデンが、みんなに参加してほしいことがあるって。そうよね、エイデン？」

　彼は前に進み出た。「ああ。ただ、準備にもう少し時間がかかりそうなんだ。だから俺が準備している間、うまい酒でも飲んでくつろいでいてほしい」

　アルシアとベネディクトは部屋の隅へ行き、それぞれシェリー酒とウィスキーの入ったグラスを手にした。二人を呼び止めたのは、すぐそばにいたファンシーとローズモント伯爵だ。

「お兄様、話すのをうっかり忘れていたわ」ファンシーがベネディクトに言う。「お兄様が手に入れたがっていた本が店に届いたの。すぐ読みたいんじゃないかと思って、今夜ここへ持ってきたのよ」

「それは助かる。ありがとう」

「あなたの本屋さんはなんという名前なの？」アルシアは尋ねた。

　ファンシーは無邪気な笑みを浮かべた。「〈ファンシー・ブック・エンポリアム〉よ」

「あなたの名前にちなんだ店名なのね。なんて頭がいいのかしら」

　ファンシーは明るい笑い声をあげながら、愛情たっぷりに夫の手を軽く叩いた。「ええ、みんなそう言ってくれるけれど、夫だけは例外だったの。ことあろうに〝所有格のsを忘れている〟と言ったんだから」

「僕たちが出会った場所なんだ」ローズモントが説明する。「言わせてもらえば、当時の僕は完全に自分を見失っていた。彼女が頭のいい女性だと認めたくなかったんだ」

「当時、夫は女性とのおつき合いにうんざりしていたの。だからわたしに興味をそそられたくなかったんですって」

アルシアはローズモントに笑みを向けた。彼とはときどきダンスを踊ったことがある。

「でも興味をそそられたのね」

「ああ、そのとおり。生きていると、そっちには行きたくないと思う道を進まなければならないことがある。そして結局、自分が幸せになるためにはその道を進む必要があったんだと気づかされるんだ。たとえいまはでこぼこ道を歩んでいても、僕と同じように、きみも自分の心が豊かになったことに気づくはずだよ。さらに僕の場合は、最愛の人を見つけられた」

ファンシーがそっと寄り添うと、彼は守るように腕を妻の体に巻きつけた。

「夫はときどき詩人みたいになるの。ただ、それはわたしが彼を愛した理由のほんの一つにすぎないけれどね」

甲高い指笛があたりに響いた。「さあ、そろそろ始めようか」エイデンが大声で叫んでいる。

「あら！　あっちに行ったほうがいいみたい」ファンシーは夫の手を取ると、彼を引っ張ってソファのほうへ向かい始めた。

ベネディクトがアルシアの背中に大きな手を当てた。「あの二人は結婚して日が浅い。まだ熱々の仲なんだ」

アルシアは彼を見上げた。「あら、愛はいつか消えるものだと思っているの？」

ベネディクトはかぶりを振った。「いや」

彼は、愛は消えないと信じている。アルシアは一瞬息が詰まりそうになった。いざなわれて長椅子のほうへ向かい、隣に座って心のなかでつぶやく。

ベネディクトがそう固く信じるようになったのも当然だ。まわりを見てみれば納得できる。席についた夫たちは例外なく妻の手を握りしめたり、守るように両肩を抱き寄せたりしているし、妻たちも自分の夫に仲よく寄り添っているのだから。

椅子はU字形に並べられていて、その前面にイーゼルとおぼしきものが置かれ、そばにはエイデンが立っていた。イーゼルの表面には布がかけられている。

「よし、始めよう」エイデンは華麗な身のこなしで、イーゼルにかけられていた布を取り払った。

布の下から現れたのは巨大なキャンバスだ。鉛筆、おそらくは木炭でTREWLOVE《トゥルーラヴ》と描かれている。

「おまえのいつもの作品に比べると傑作とは言えないな」ベネディクトが言った。

「それはまだ完成していないからさ。いま、ここには色とりどりのパレットがある」パレットが掲げられる。「それに絵筆もだ」宙を切り裂くように、鋭く絵筆を一振りしてみせた。舞台上で海賊役を相手に剣を振るう俳優のよう。

「あいつは芝居がかったことが好きなんだ」

ベネディクトが低い声でささやいたが、アルシアは彼にもっと別の言葉を口にしてほしかった。もっとロマンチックな言葉を耳元でささやいてほしい……。

彼はこちらの手こそ握っていないけれど、長椅子の背もたれに腕を休め、ゆっくりと指先で弧を描いている。それも、ちょうどこちらのドレスの袖の下、素肌を滑らせるように。自分の指先の動きに気づかず、無意識にそうしているとしか思えない。

「結婚して家族の一員になった人たちを軽んじるつもりはさらさらない」エイデンは続けた。「だが今回は、最初からトゥルーラヴ家の一員だった者たちだけに参加してほしいんだ。みんな順番にここへ来て、一文字ずつかたどってくれ。そうやって俺たちの名字をみんなで完成させたいんだ。さあ、最初は母さんだ。ここに来て好きな色を選んで、Tの文字の線をかたどってほしい」

「まあ、わたしが最初？」ミセス・トゥルーラヴは椅子から立ち上がると、エイデンのほうへやってきた。「はみだしたらどうすればいいの？」

「俺が助けるよ。それに何かあっても、俺がちゃんとするから」

「だったらやってみるわ」

「どの色がいい？」

「わたしの好きな青をお願い」

エイデンはパレットに軽く絵筆の先端を当ててから、ミセス・トゥルーラヴに柄をつかませ、背後に回った。片手を伸ばし、絵筆を両手で握った手首のあたりをそっと包み込むと、母がゆっくり文字をかたどるのを手助けした。

「よし、完璧だ」

ミセス・トゥルーラヴは輝くような笑みを浮かべ、袖椅子に戻った。

「さあ、お次は長男のミックだ」

「俺はオレンジにする」ミックは即答すると、早足でエイデンの前を通り過ぎた。

ミックは一瞬でRの文字の輪郭を塗り終え、座っていた椅子へと戻った。隣に座っている妻のアスリンは、夫が世界征服を終えて帰還したかのような満足げな笑みを向けている。

「次は俺だ。俺は濃紺にする。初めて出会ったとき、愛《いと》しい妻が着ていたドレスの色なんだ」エイデンはそう言うと、腕を伸ばしてEの字をかたどった。

エイデンが塗り終えたときには、すでにフィンがキャンバスの前に立っていた。あたりに聞こえないよう二言三言交わし、二人ともにやりとしている。

「あの二人、なんてそっくりなのかしら」アルシアはささやいた。

「父親が同じなんだ」

ベネディクトの言葉に驚き、尋ねるように彼を見た。

「エルヴァートン伯爵だ」ベネディクトは静かに答えた。

アルシアは生前のエルヴァートン伯爵を好ましく思ったことが一度もない。妻を公然と裏切り続けただけでなく、同時に何人もの女性と関係を持っているのを隠そうともしていなかったのだ。

「ビースト、次はおまえの番だ」

彼が立ち上がったとたん、アルシアは気づいた。彼に触れてほしい……触れてほしくてたまらない。ベネディクトの身のこなしは力強く、それでいて優美だ。ほとんどの人にとっては平凡な動きでも、ベネディクトがすると、なぜこんなに特別に見えるのだろう？彼の立ち居振る舞いを見るたびに心がかき乱され、心臓の鼓動が速まり、息をのんでしまう。いまこの瞬間、もしサンタクロースがやってきて、きみにクリスマス・プレゼントを一つ与えようと言ってくれたら、間違いなくお願いするだろう。〝どうかベネディクト・トゥルーラヴとワルツを踊らせてください〟と。

ベネディクトがLの字の輪郭をゆっくりとたどるのを見て思う。赤い色。彼があの色を選んだのは、今夜わたしが着ているドレスの色に影響されたせいなのだろうか？

ベネディクトが席に戻ると、ジリーが立ち上がった。「みんな時間のかけすぎよ。さあ、ファンシー、一緒に行きましょう」

両腕を組みながら姉妹二人がキャンバスの前に進み出て、それぞれOとVの字をかたどると、すぐに夫が待つ席へ戻った。劇的な演出はいっさいなし。彼女たちに任せていれば、どんな仕事でもサクサク進みそうだ。そして、最後にEという文字が残された。

エイデンはその場にいる全員と目を合わせた。〝さあ、これからが本番だ、いいな?〟と確認するような目つきだ。キャンバスに視線を戻し、言った。「しまった、俺の計画に穴があったようだ。わが家のメンバー全員が色を塗り終えたのに、トゥルーラヴの最後のEの文字がまだ塗られていないとは!」

「思うに――」ミックがおもむろに言う。「そのEを塗るためには、名字を持たない、名前だけの誰かが必要だ。だが、そんな人がここにいるだろうか――」

「ぼくは名前だけだよ」ロビンが甲高い声で答えた。ジリーとラヴィニアの間にある床に座ったままで。

「本当かい、ロビン?」エイデンが尋ねる。

「名字があればよかったんだけど、ロビンっていう名前しかないんだ」

「あら、なんてすてきな偶然」ジリーが言う。

フィンがソファから立ち上がってひざまずき、ロビン少年と目を合わせた。

そのときアルシアは、自分が大きな間違いをしでかしたことに気づいた。身の回りの小物を買いに出かけたとき、なぜハンカチを買わなかったのだろう？　これからここで繰り広げられる光景を目の当たりにしたら、絶対にハンカチなしではいられなくなるのに。

「おまえはトゥルーラヴ家の一員になりたいかい？」フィンが優しい口調で尋ねる。

少年は前髪が額に垂れ下がるほどいきおいよくうなずいた。「うん！　本当にいいの？　だって最高の名字だもの」

「ロビンをトゥルーラヴの一員にしてもいいだろうか？」エイデンが尋ねた。「賛成の人は手をあげて」

トゥルーラヴ家の元々のメンバーだけでなく、かたわらにいる者たちも全員が手をあげた。もちろんアルシアもだ。いきおいよく手をあげすぎたせいで、肩に痛みが走った。

「だったらロビン・トゥルーラヴ、ここへ来て、最後のEを仕上げてほしい」エイデンが高らかに宣言する。

少年は飛び上がると、イーゼルの前に駆けつけた。ところどころ色を変えているせいで、四苦八苦しながらEの輪郭をかたどっている。

アルシアはベネディクトのほうを向いたが、込み上げる涙をどうしても抑えられず、彼の姿が霞《かす》んで見えた。「この計画を最初から知っていたのね？」

アルシアにリネンのハンカチを手渡しながら、ベネディクトはゆっくりとうなずいた。

「フィンとラヴィニアから、ロビンに俺たちの名字を与えたいが、どう思うかと尋ねられたんだ。反対する者は誰もいなかったし、みんな、ロビンには今日から俺たちの一員だとわからせるような方法で知らせたいという意見で一致した」

アルシアはハンカチで涙を拭きながら思った。さりげない演出だけれど、その影響は計り知れない。この一連の出来事によって、ロビン少年が自身を見る目は大きく変わるだろう。こんなかけがえのない瞬間に立ち合えることは二度とない。いままさに目の前で、一ペニーも費用がかかっているわけではないけれど、お金よりもはるかに価値のある贈り物が授けられたのだ。

アルシアはリネンを握りしめて椅子に座りながら、胸に去来するさまざまな思いを噛《か》みしめていた。このハンカチの持ち主は信じられないほど寛大だ。そして、その家族も驚くほど心優しくて思いやり深い。社交界へ戻ることは、本当に自分にとって幸せなことなのだろうか？　なぜ、それが何より大切だとこだわり続けてきたのだろう？

もし他の殿方の愛人になれば、ベネディクトには二度と会えなくなる。ましてや、彼と二人きりになることなど絶対許されないに違いない。毎晩、彼とともに図書室で穏やかに言葉を交わすひとときも楽しめなくなる。この複雑で謎めいた男性の、知られざる一面を見つける瞬間も。

「よし、よくできた」エイデンの声が聞こえ、現実に引き戻された。ロビンがＥの字を塗り終え、これ以上ないほどの満面の笑みを浮かべている。「キャンバスが乾いたら、額縁に入れて、おまえの寝室に飾るようにしよう。自分はいまからトゥルーラヴ家の一員だということを忘れないように」

「忘れたりしないよ」熱心に言うロビンの姿を見て、アルシアはまたハンカチで目元を押さえた。「絶対に」

ロビンが意気揚々とした足取りで元の場所に戻る間、アルシアは考えずにいられなかった。いつかベネディクトの妻となる女性が誰であっても、あの少年と同じようにトゥルーラヴという名字に誇りを抱くだろう、と。

「あら、見て、雪が降ってる」ジリーが突然声をあげた。

「この調子だとものすごく積もりそうだ」ソーンが言った。

ジリーは全員を見回した。「母さんとフィン、ラヴィニアは、今夜ここに泊まることになっているの。他のみんなも泊まったほうがいい。部屋ならじゅうぶんあるから」

「でもジリー、着替えの服を持ってきていないわ」ファンシーが言う。

「今夜着ているものを明日も着ればいい。着替えよりも、あなたたちの身の安全のほうがはるかに大事だもの。寝るときはわたしのナイトドレスを貸すわ。余るほど持っているから。こんな雪のなか、馬たちや御者、従者たちを働かせるのは気の毒すぎる。それに、もし雪が積もりすぎて、明日ここへたどり着けなかったらどうするの？」

他の者たちがいっせいに意見を口にし始めたが、アルシアは肩越しに聞こえる彼らの声を気にも留めず、ベネディクトに視線を戻した。まるで、このすべてが夢で、彼がみるみるうちに消えてしまわないか確かめる必要があるかのように。

わたしにとっていま大事なのは、目の前にいる彼が本物だという事実だけ。

「きみは残りたい？　それとも帰りたい？」ベネディクトは静かな口調で尋ねてきた。

「彼らはあなたのご家族よ。あなたが決めるべきだわ」

「みんなと一緒にいても、きみはくつろげるだろうか？」

彼らは、とびきり寒い冬の日、体に巻きつけられた毛布のように温かく、心地いい。

「ええ、もちろん」

「だったら今夜はここに泊まろうか？」

21

アルシアはベッドに横たわり、窓の外の雪景色を見つめていた。身につけているナイトドレスはかなりぶかぶかだが致し方ない。何しろ、貸してくれたジリーは、アルシアより十五センチ以上も背が高いのだ。遠くの街灯や庭園の屋外灯に照らし出され、大きな雪のかたまりが降り続いているのが見える。ガラスの向こう側から、気味の悪い音を立てながら吹きつけている風の音も聞こえてくる。

全員がここに残ることを決め、豪華なディナーのあとは、かなりの量のアルコールを楽しむことになった。ディナーはロビン・トゥルーラヴも一緒に食べたが、食べ終えた彼とミセス・トゥルーラヴが寝室へあがっていくと、アルシアはふいに心配になった。紳士たちがワインを楽しむために別室へ移り、他のレディたちと自分だけが残されたら気まずい雰囲気になるのでは？

ところがそんな心配は杞憂《きゆう》に終わった。ディナー後は全員でビリヤード室へ向かったのだ。この一家が〝晩餐後《ばんさんご》は殿方だけで過ごす時間を設ける〟という昔ながらの伝統など気にしていないのは明らかだ。ちなみに、ビリヤード室ではセレーナがエイデンを完膚なきまでに叩《たた》きのめすのを見物することになった。しかも、三度も。

アルシアがベネディクトと一緒に長椅子に座り、エイデンが打ちのめされる姿を見つめていると、ソーンが近づいてきて、ひそひそと話しかけてきた。

「きみが所有するなかで、近いうちに南米大陸へ向かう船はあるだろうか？」

「南米大陸で必要なものでもあるのか？」

「ああ、オオハシだ」

「オオハシとは？」

「大きなクチバシを持つ色鮮やかな鳥なんだ」

「まったく、ロビンはそのオオハシをどうするつもりだ？」

「あの子はちゃんと、僕が与えた巨大なカメを世話しているだろう？」

ベネディクトがため息をついたのは、雇っている船長の一人に迷惑をかけることになるからだろう。とはいえ、本当に困っている様子ではない。

「わかった。どうにか手配できると思う」

ソーンはアルシアにウィンクをよこした。「船舶を所有する義兄弟がいると、本当に助かるよ」

ソーンが歩き去ると、アルシアはベネディクトに尋ねた。「どうしてオオハシがロビンのためのものだとわかったの？」

「ソーンはしょっちゅうロビンに動物をプレゼントしているからさ。明日の朝も、クリスマス・プレゼントとしてスパニエル犬を贈る予定なんだ」

まったく、トゥルーラヴ家ほど仲がいいきょうだいは見たことがない。彼らはお互いについて本当によく知っていて、それぞれ自分の話を披露しては、笑い合ったりからかい合ったりしている。その輪のなかには彼らの伴侶も含まれていた。それにアルシア自身も。

何より楽しかったのは、他のきょうだいたちとやりとりするベネディクトの姿を見ていられることだった。ミセス・トゥルーラヴの話によれば、きょうだいのなかで最も繊細なのはフィンで、最も思慮深いのがビーストだという。思えば、知り合った当初はベネディクトがずっとこちらを観察している理由が気になったが、いまではそれが彼一流のやり方なのだと理解している。きょうだいたちがあるテーマについて議論したり意見を闘わせたりしていても、ベネディクトはその声に耳を傾け、いろいろな意見をまとめようとする。そして最終的に議論が決着すると、常に〝答えはおまえのなかにあるとわかっていた〟〝きみならみんなを納得させられるとわかっていたよ〟という言葉で締めくくるのだ。

そんなやりとりを見守っているうちに自然と理解した。彼らはいつもこんなふうに、秘密や悲しみ、心の傷、成功や失敗をわかち合ってきたのだろう。彼らはお互いを勝手に判断などしない。それぞれが一人の人間として、ありのままを受け入れ合っている。

　アルシアは心のなかで、その晩の記憶をたどっていた。彼らの会話を思い返し、思わず自身でも笑い声をあげたり、にっこりほほ笑んだり、涙を流したりした瞬間を頭のなかで再現していく。こうして過去に意識を集中させていれば――たとえその〝過去〟がわずか数時間前であっても――ベネディクトが隣の寝室にいる事実を思い出さなくてすむ。

　ジリーからはこう言われた。「今夜はみんなでうちに泊まればいいと提案したとき、一瞬だけ、あなたが慌てたような表情を浮かべたのに気づいたの。だからビーストと隣り合った寝室のほうがリラックスして眠れるかなと思って。もちろん、何か必要なものがあれば、いつでも呼び鈴を鳴らして使用人を呼べるわ。でもビーストがそばにいることで、あなたにもっと安心してほしかったの」

　かつて両親の屋敷では、独身男性たちは全員、未婚のレディたちが眠るのとは離れた部屋で就寝していた。未婚の男女が手の届く範囲で寝るなど言語道断だったのだ。もし、いま寝ているベッドから数歩離れた扉の向こう側にベネディクトがいると知れば、亡き母はあぜんとするはずだ。隣の寝室から物音が聞こえないか、彼がまだ起きているのではないかとわたしが耳をすませているのを知ったら、母はぞっとするに違いない。扉の反対側にいるベネディクトも、わたしの寝室から物音が聞こえないか耳をそばだてていればいいのにとまで考えている。

　きっとワインの酔いが回ってきたせいだろう。あるいは、お互いを思い合うトゥルーラヴ一家の愛情をたっぷり浴びたせいかもしれない。あるいは、単にクリスマス・イブを一人ぼっちで過ごしたくないという気持ちのせい――

そこまで考えて、突然大声で笑い出しそうになった。これでは、今夜ジュエルやヘスター、ロッティたちとともに過ごす男たちと何も変わらない。家族や愛する人がいない寂しさを紛らわせるために、あの館にやってくる男たちと。

でも今夜わたしは、自分の将来はこうあってほしいと常に夢見ていた以上の、すばらしい体験をするだろう。同時に、自分にとってそれが〝すばらしい〟以上の、はるかに重い意味を持つ体験になるだろうこともはっきりわかっている。

わたしの足なら、隣に続く扉まで十一歩ほどでたどり着ける。いますぐベッドから起き上がって十一歩進み、扉をノックしたい。たとえそうすることで、厄介な間違いを犯すことになったとしても。

ビーストは頭の下で両手を組んだまま天井を見つめ、心のなかでジリーに悪態をついていた。これでもう百回めだ。

うっかり扉を見るたびに考えてしまう。〝俺の足なら三歩か四歩。それだけで隣の寝室までたどり着ける〟

今宵《こよい》はこれまで過ごしてきた夜とは違う。いままでも毎晩、アルシアの寝室の扉を叩こうかと思い悩みながらも、どうにかそんな気持ちを抑えて眠りについていた。だがそれは、今夜のように彼女が隣り合わせの寝室に眠っていないからこそできたこと。隣の部屋からくちなしの香りが漂ってきているように思えるいまは――自分の想像力の産物にすぎないのは、はっきりしている――誘惑に簡単には抗《あらが》えそうにない。

アルシアをここに連れてきたのは間違いだった。彼女はなんとすんなり家族に打ち解けたことか。母エティの隣に座っているのが、どれほど正しく見えたことか。俺自身、アルシアがそばにいてくれる時間をなんと楽しんでいたことか。アルシアとわかち合えたおかげで、今夜ロビンに俺たちの名字を与えた瞬間が、どれほど特別なひとときになったことか。何年か経《た》って二人で振り返ったとしても、アルシアが目に涙を浮かべていた姿は絶対に忘れ――

いや、二人のはずがない。今夜の記憶をたどるのは俺一人だけだ。この先アルシアのように、心の底から求められる別の女性が現れるとは思えない。この世で一番求めているのはアルシアなのに、それ以外の女性と幸せになるなど不可能だ。

アルシアが望んでいるのは結婚ではない。彼女は彼女なりのやり方で社交界復帰を望んでいる――たとえ、それが悪名をとどろかせる、スキャンダラスで恥ずべきやり方だとしても。

たしかに俺ならば、ジリーやファンシーが主催する舞踏会にアルシアを連れていけるだろう。だが彼女がこの世で最も望んでいるのは、そういうことではない。一番求めているものを与えられない俺と一緒になって、彼女は幸せになれるだろうか？　いや、なれるわけがない。

そもそも、なぜこんならちの明かない悩みについて延々と考え続けている？　寝室のベッドで横たわるアルシアのことを考えるのは即刻やめて——

そのとき、扉を叩く音が聞こえた。静かな音だが、全身を凍りつかせるにはじゅうぶんだった。猟師に見つけられ、とっさに身の危険を感じた獲物のような気分になる。いや、いまのは聞き間違いだろう。扉を叩く音を心待ちにするあまり、実際に聞こえたような気になっただけだ。どう考えても、アルシアのほうから扉をノックするはずが——

またしても扉を叩く音が聞こえた。今度は少しだけ大きな音だ。何かよくないことが起きたに違いない。そうでなければ、アルシアが俺を求めるはずがない。彼女の寝室が火事になったのだ！

ビーストはベッドから飛び起き、椅子にかけてあったズボンを引っつかむと、手早く穿《は》いてボタンを留めた。裸足《はだし》のまま扉に近寄り、そっと開けてみる。ただし、聞き間違いだった場合のために、開くのはほんの少しだけにした。

だが聞き間違いではなかった。扉の向こう側に立っていたのは、紛れもないアルシアだ。ジリーのナイトドレスを着ているが、足元にドレスの裾が幾重にもたまっていて、ひどく弱々しく見える。髪は三つ編みに編まれ、片方の肩の上に垂らされていた。あの髪をこの手でほどきたい。ほどきたくてたまらない。

「暖炉の火が消えてしまったの」彼女はささやいた。

「そうか」

寝室が火に包まれたのではない。それどころか、火が消えたのだ。彼女が扉を叩いたのは、雑事をこなす手伝いを頼むためだった――そう気づき、ひどくがっかりしている。我ながら、それがどうにも気に入らない。

「だったら炉床をかき混ぜて、もう一度火をおこすよ」

「いいえ」アルシアはビーストの腕をつかむと、指先にぐっと力を込めた。必死に何かを伝えるように。「あなたの火をわかち合えるわ」

「俺の火を?」おずおずとした口調で尋ねる。どういう意味だ? 俺の寝室の暖炉前にある椅子で丸まりたい――アルシアはそう言いたいのか?

「それに、あなたのベッドも。一緒に毛布の下にもぐり込めば温かいはず」

ビーストの心臓がたちまち早鐘を打ち出した。あまりに強すぎる鼓動だ。この屋敷全体が揺れていないのが不思議なほどに。

「ティア、俺が誘惑に抵抗できるのもここまでだ。もしきみがこの部屋に入ってきて、俺のベッドに横たわったら、大きな間違いが起きることになる。それも、取り返しのつかないほど大きな間違いが」

「ええ。でも今夜、わたしはあなたの庇護下《ひごか》にあるわけじゃない。あなたの所有する館に守られている状態ではないもの」

ビーストは目をきつく閉じた。アルシアはこれから運命を変えるほど大きな出来事が起きることを、ちゃんと理解している。俺との間でどんなことが起きようとしているのかを。それでもなお、自分からこの部屋へやってきたのだ。それに、もし本当に暖炉の炎が消えているならば、なぜあちらの寝室で影が躍っているのが見えるんだ？

「あなたが指摘したとおり、間違いからでも常に何かを学べるものよ」

ビーストは、アルシアの声が不安に震えているのを聞き取った。自分から俺の寝室にやってきた気まずさと、にべもなく断られたらどうしようという恐れを感じているのだろう。ここで断れば、アルシアに背を向け、手ひどく傷つけることになる。この俺にそんなことができるわけがない。太陽が地平線からのぼるのを止められないのと同じように。

もちろん、アルシアを寝室に入れるのは大きな間違いだ。が、被害を最小限に抑えられるかもしれない。取り返しのつかない事態を避けるのだ。純潔を奪わないままにすれば、アルシアに高すぎる代償を払わせずにすむ。高級娼婦《しょうふ》になる代わりに、誰かの妻になるという選択肢もまだ残すことができる。

そこまで考え、ビーストは扉をさらに開いた。

アルシアはつまずかないよう、足元にたまったフランネルの生地を集めながら言った。「公爵夫人はわたしより背が高いから」声が少し震えているのは緊張のせいだろうか？

「ジリーはほとんどの女性よりも背が高いんだ」一部の男よりもだ。

ナイトドレスの裾からようやくつま先が見えると、アルシアは敷居をまたいで寝室へ足を踏み入れた。ビーストはそっと扉を閉めると、ベッドの近くで立ち止まった彼女のほうへ近づいた。「大きすぎるナイトドレスの問題はすぐに解決できる」

アルシアはまだフランネルの生地を握りしめたままだ。ビーストは彼女の両手をそっと体の脇へ払うと、だぶついた生地をまとめ始めた。これでじゅうぶんと思えるまで、アルシアの小さな手よりも手際よくまとめると、いっきに頭からナイトドレスを脱がせ、手近にあった椅子めがけて放り投げた。

一糸まとわぬ彼女の姿を目の当たりにし、突然息がうまくできなくなった。なんという美しさだろう。頭の先からつま先まで、これぞ究極の美としか言いようがない。華奢《きゃしゃ》で繊細で、まるで吹きガラスのようだ。それなのに、鋼のごとき強さも感じられる。この腕に強く抱きしめても、ぽっきりと折れたりはしないと思えるしなやかさだ。

カーテンは閉めてある。ランプも灯《とも》していない。光と呼べるのは暖炉の火明かりだけだ。揺らめく炎の動きに照らし出され、アルシアの青白い肌に陰影が深く刻まれている。頼むからもっと光を――そう祈るような気分だった。ランプでも、ガス灯でも、太陽でも、なんでもいいから。だが同時に、こちらの欠点を押し隠し、いまから起こるはずの出来事に神秘性を加えてくれる漆黒の闇を求めてもいる。

ビーストはアルシアのおさげ髪を手に取り、視線を合わせると、ゆっくり髪をほどき始めた。

アルシアは両手を胸板にそっと置いた。ごくためらいがちな触れ方だ。「ずっと考えていたの。服の下に隠されているあなたはどんな姿をしているのかしらって」それから指先で肋骨《ろっこつ》をたどり始めた。数を一本ずつ数えるかのように、ひどくゆっくりと。「波止場で働いていたのだから、きっと引き締まった体だろうと思っていたわ。本当にどこもかしこも硬いのね。全身の筋肉がぴんと張り詰めているみたい」

ビーストは三つ編みをほどき終えると、指先を差し入れてシルクのごときなめらかな感触を楽しんだ。「きみは本当に柔らかい」

それから両手を滑らせ、手のひらでアルシアの顎の下を包み込むようにし、顔を持ち上げると、唇を重ね合わせた。

それは優しい口づけではなかった。むさぼるような荒々しいキス――もう幾晩も我慢し、たまりにたまっていた欲望がいっきに爆発したかのような。背中に滑らされたベネディクトの両手の熱を感じた瞬間、アルシアは体をいきおいよく引き寄せられた。むき出しの胸板に裸の胸が強く押しつけられ、平らになっているのがわかる。親密な触れ合いを通じて伝わってくる素肌の熱さとなめらかさに、思わず低くうめいていた。いままでどれほど多くの女性が、この極上の感触を楽しんできたのだろう？

大きなベネディクトから見おろされ、自分の小ささを感じるべきなのだろう。巨大なオークの木陰にひっそりと生えた一本の低木のように。それなのにどういうわけか、かつてないほどの力強さをこの身に感じている。心も揺るぎなく落ち着いていた。

そう、わたしたちは対等だ。これからお互いに与え合い、奪い合おうとしているのだから。もちろん経験面で言えば、ベネディクトにはとうていかなわない。それでもはっきり確信できる。わたしがベネディクトに与えようとしている悦《よろこ》びは、彼がわたしに与えようとしている悦びに比べても遜色ないはずだと。

ベネディクトが挑発するようなキスを続けている間、アルシアは両手を肩へはわせ、硬い筋肉の感触を楽しんだ。彼が両手を上げ下げするにつれ、筋肉も伸びたり縮んだりしている。やがてベネディクトの両手がついにヒップにかけられ、ぎゅっと力が込められた。思わずつま先立ち、両手を高く掲げ、太い首にしっかりと巻きつける。

片方の手にベネディクトの指がかけられたと思ったら、その手がズボンの前におろされた。脚の付け根が硬くこわばっているのがわかり、突然興奮をかき立てられる。この大きな膨らみは、彼がわたしを心の底から求めている証拠に違いない。ベネディクトはかたときも唇を離さないまま低くうめくと、こちらの手のひらをいざなうように動かし、こわばった膨らみの根元から先端まで上下させ始めた。

「ボタンを外して」ベネディクトが一瞬だけ唇を離し、かすれ声でつぶやく。

アルシアはもう片方の手もおろし、その仕事に取りかかった。指が震えているのは恐れのせいではない。高まるいっぽうの興奮のせいだ。欲望の証《あかし》が解き放たれた瞬間、その熱さとなめらかさに驚き、すばやく両手で包み込んだ。上下させると、彼がまたしても低くうめく。でも今回はこれまでよりもはるかに野性的な響きだ。

「やめてくれ」死の瀬戸際にいるような、切羽詰まった声だ。

アルシアは懇願されたとおりにした。ベネディクトがズボンを脱ぎ捨て、脇へ蹴り飛ばして、アルシアのほうに手を伸ばしてくる。

「やめて」今度はアルシアが命じた。

ベネディクトは言われたとおりにした。呼吸は荒いままだ。暖炉の火明かりを背中に受け、全身のほとんどが影に覆われているように見える。

「あなたをもっとよく見たいの」そう言うと彼の手を取り、二人の場所が入れ替わるようにした。おかげでベネディクトの姿が先ほどよりよく見える。オレンジ色の光が彼の素肌を照らし出し、全身の筋肉の隆起をこれ以上ないほど際立たせている。引き締まった腹部にうっとりと視線を走らせたそのとき、脇腹にかけて恐ろしい傷痕が走っているのに気づいた。その部分だけ、みみずばれのように盛り上がっている。ケロイドのようになった傷痕に、指先でそっと触れてみた。「これは……どうしたの？」

「ナイフでやられた」

そんな説明では足りない。「誰かに襲われたの？」

「ずっと昔の話だ。もう傷も痛まない」

でも、かつてはひどく痛んだはずだ。傷の長さは十センチほどもある。傷痕そのものが怒っているように見えた。それにアルシア自身も、どうしようもない怒りをかき立てられている。かつて何者かがベネディクトを傷つけようとした。彼はいまここにいなかったかもしれないのだ。

「いったいどうして？」

「大したことじゃない。そんな話をしても、きみを口説く助けになるとは思えない」

いいえ、絶対に答えを聞き出すわ。そう心を決め、アルシアは彼をじっと見上げた。

「なぜその相手はあなたをこんなふうに傷つけようとしたの？」

ベネディクトは長いため息を吐き出した。この件をうやむやにしてすませることはできないと観念したのだろう。

「俺はそいつから売春婦たちを引き継ぎ、もっと安全な環境で仕事ができるようにして、彼女たちの身に危険が及ばないかどうか見守り続けようとした。そいつは俺のそういう干渉を嫌ったんだ」

それ以上尋ねなくても、はっきりとわかった。その売春婦のなかにサリー・グリーンもいたのだろう。「あなたがその相手を激しく後悔させていますように」

「ああ、実際、奴《やつ》はものすごく後悔することになったと言っていい」

アルシアはうつむき、ナイフで切り裂かれた傷痕の先端に口づけると、傷の中心、さらにはもう一方の先端にも唇を押し当てた。

「かつて誰かがあなたを傷つけたと考えるだけで嫌な気分になる」

ベネディクトはアルシアのうなじを手で包み込んだ。「体の傷は、心の傷よりも簡単に治る。きみが他の人たちから味わわされた傷をすべて、俺が代わりに引き受けられたらいいのに」

かつてこれほど優しい言葉をかけられたことはあっただろうか？　でも、わたしは彼に代わってほしいとは思わない。たとえあの痛みをベネディクトが引き受けられるとしても、それを許すつもりはない。あれほど耐えがたい心の痛みをこの男性に負わせることのほうが、もっとつらい拷問のように思えるから。

そのとき、ふと思い至った。母が精神をむしばまれたのは、父の裏切りによる心痛のせいではない。子どもたちがこれからさらに苦しむとわかっているのに、自分にはその痛みを和らげることさえできないと気づいたせいなのだ。

ベネディクトは大きな手をこちらのうなじに巻きつけ、体を起こすようにうながして、もう一度唇を熱っぽく塞いできた。アルシアは思う。いま、ここにこそ危険がある。服というのは一種の鎧《よろい》のようなもの。その鎧をはぎ取ったら、それまで思いもつかなかった事実が白日のもとにさらされることになる。いまやわたしは、ベネディクトについてほとんどの人が知らないであろう真実を知っている。その体はまさに生ける大理石彫刻であること。こちらの下腹部に押しつけられた、そそり立つような欲望の証が脈打っていること。脇腹には傷痕があること。それがどうしてできたのかという経緯も、わたしはもう知っている。もし傷を目にする機会がなければ、ベネディクトはわたしにその話を聞かせはしなかっただろう。そういったすべてが相まって、かつてないほど彼との距離が縮まったような気がする。

ベネディクトは口づけを続けたまま、こちらの体を持ち上げて両腕に抱きかかえると、わずか二歩でベッドへ運んだ。愚かなのはわかっているものの、そうされたことが嬉《うれ》しくてしかたない。ベッドまでなら自分でも簡単に歩いていける。それでもわざわざ運んでくれた優しさが胸にしみて、彼にとって自分は特別な存在なのだという自信のようなものがわいてくる。

寝乱れたベッドの上に横たえられる。先ほど扉をノックしたとき、彼はこのなかにいたに違いない。いまさらながら尋ねずにはいられなかった。

「わたし、あなたを起こしてしまったかしら？」

「いや」彼は自分もベッドに寝転ぶと、人差し指をアルシアの胸のあたりにはわせ始めた。「きみのことばかり考えて、眠るどころじゃなかった。きみがすぐ隣にいるとわかっていたから」

ベネディクトは指をアルシアの指に絡めると、両腕を大きく広げさせたまま、唇を胸の膨らみに近づけ、思いきり口に含んだ。ただでさえ敏感な部分をしゃぶられ、強く吸いつかれ、全身くまなく舌をはわされているような気分になる。体の内側も外側も余すところなく愛撫《あいぶ》されているみたい。ベネディクトにわたしのすべてを作り変えられ、先ほどまでの自分には二度と戻れないような気がする。わたしもベネディクトに同じ贈り物を与えたい——彼のすべてを変えるような体験を。

アルシアは体をよじらせ、彼の腕から逃れようとした。

「じっとしているんだ。今夜はきみのための夜だから」

「わたしたちのための夜にしたいの」

「だったら俺に任せてほしい」

アルシアが体の力を抜くと、今度は腰にまたがってきて、両手で愛撫を始めた。手首から両腕、さらには体の脇を巧みな指遣いで刺激し、腹部から胸へと手をゆっくりはいのぼらせる。

「俺のために両脚を開くんだ」

アルシアは全身がたちまち業火に包まれ、とろけそうになるのを感じた。彼の単刀直入な物言いのせいなのか、切羽詰まったかすれ声のせいなのかはわからない。体が溶岩のように溶け出したとしても驚かないだろう。ベネディクトが体を下のほうへずらし、太ももの間に顔を近づけ、秘めやかな部分を覆う茂みに向かって息を吹きかけたので、全身を包む炎のいきおいはいや増すばかりだ。

もっと光があれば、ベネディクトの姿がはっきり見えるのに。でも同時に、あたりの薄暗さに感謝したくもある。暗闇に包まれているおかげで、全身の細かな部分までベネディクトに見られることがない。隠したい傷痕はないけれど、いままで殿方の前でこれほどあられもない姿をさらしたことはなかった。こんな姿勢を取らされると、自分がひどく弱々しく感じられる。とはいえ、混乱や不安はいっさいない。ベネディクトが唇と指を巧みに使って優しく愛撫してくれているので、自分が宝物のように大切にされていると思える。

アルシアは下唇を噛《か》み、ベネディクトの美しい体を見つめた。暖炉の火明かりを浴び、背中から上向いたヒップまでの筋肉が踊っているように見える。なんて堂々たる体躯《たいく》だろう。がっちりとしていて、なおかつ引き締まっている。

ベネディクトはアルシアの太ももの内側にキスをし、もう片方にも唇を押し当てると、膝のうしろに両手を滑らせて持ち上げ、脚の付け根がさらに開くようにした。じゅうぶん開かせたところで、一番奥に舌先をはわせる。ずっと舐《な》めたくてたまらなかった極上の生クリームを見つけたかのように。

今度たまらない気分にさせられたのはアルシアのほうだった。口からもれる小さなあえぎを止めることができない。その弱々しい泣き声のようなあえぎのせいで、ベネディクトはさらに興奮をあおられたように熱っぽく口の愛撫を続けている。

男と女が一つになるというのは、さぞ親密な行為なのだろう——そのことはなんとなくわかっていた。けれど、まさかこれほど深遠な体験だとは想像もしなかった。あまりの奥深さに、自分という存在がどこかに消えてしまいそう。まわりを取り巻く世界がいつの間にか消え去り、いま目の前にいるのはベネディクトだけ。彼の体、両手、指、舌、口しか目に入らない。キスをされ、揉《も》みしだかれ、しゃぶりつかれ、吸いつかれ、完全に支配されていることとしか感じられない。

わたしはベネディクトの前で、なすすべもなくひれ伏しそうになっている。でもそのいっぽうで、名状しがたい勝利感も覚えている。ベネディクトの髪に指を差し入れると、またしても彼に指を絡められ、きつく握りしめられ、自由に手を動かせなくなった。だが行動の自由を奪われたことで、かえって興奮が高まる。全身を欲望が駆け巡り、太ももが小刻みに震え始めた。それでもなお、ベネディクトは舌の愛撫をやめようとしない。

「ベン……」

「ティア、身を任せるんだ」

呼吸はいつしか短く激しいあえぎに変わり、胸が締めつけられて、全身の肌がちりちりする。頭を大きく左右に振りながら思った。もうすべては止められない。この状態で何かをどうかすることなんてできない。指先に力を込め、ベネディクトの指に必死にすがりつく。離さないで、わたしを離さないで、どうかお願い……。

そのとき突然、悦びの極みまで持ち上げられた。信じられないほど純粋で強烈な快感の波が襲ってきたかと思ったら、いっきに全身で炸裂《さくれつ》した。背中を弓なりにし、叫び声をどうにかのみ込みながら解放の瞬間を迎える。それなのに、どういうわけか快感の波は大きくなるばかりだ。

天地がひっくり返るようなクライマックスを迎え、体を小刻みに震わせている間も、ベネディクトは愛撫の手を緩めようとしない。一度、二度、そして三度。舌先を巧みに動かしてからついにアルシアの両手を離し、体を伸ばして強く抱きしめると、耳元であやすように優しくつぶやき始めた。「しーっ、愛《いと》しい人……大丈夫だよ、ダーリン」

しばらく経ったあと、アルシアはベネディクトの胸が濡《ぬ》れているのに気づいた。自分の頬も。まさか、わたしの涙？　親密な愛の行為による陶酔感はまだ残っていた。肌がひりつくほど激しかったのに、それでいてとても大切に扱われた感触が体の隅々まで行き渡っている。

これほどかけがえのない体験をしたのだ。涙をこぼさないままでいられるはずがない。

体の震えがおさまって、ようやく声を絞り出すことができた。「あなたは……？」

ベネディクトはわずかに体を持ち上げると、目を合わせた。「きみを悦ばせることが俺の悦びなんだ」

その言葉に胸を打たれながらも、アルシアはかぶりを振った。以前、彼の書斎で愛撫してくれたときもそうだった。あのときは圧倒され混乱していたせいで、ベネディクトのことまで気が回らなかった。

「なんだか不公平だわ。わたしは……」そこで口をつぐんだ。先ほどの愛の行為をどう言えばいい？「一度ばらばらになったのに、あなたはそうならないなんて」

そう、そのとおりだ。わたしのありとあらゆる部分が一度ほどけて、ばらばらになり、また一つに再生された。

今夜は、ベネディクトに何もできない自分が弱い存在に思える。そのせいで――

「とても悲しい気分なの。どうすればいいのか、わたしに教えて。この体のなかにあなたを受け入れる必要があるのでは？」

「きみの純潔を奪うつもりはない」

「どうして？」

「きみには必要なものだからだ」

もしこの計画を続けるとすれば、そうだ。でもベネディクトとこんな体験をわかち合ったというのに、本当に続けられるだろうか？

「あなたを悦ばせる別の方法があるはずだわ。お願い、そのやり方をわたしに教えて」

ベネディクトはかたときも目を離そうとしないままアルシアの手を取って掲げると、口を開けたまま手のひらにキスをし、舌で手のひらを潤した。それから喉元の筋肉を上下させて息を大きく吸い込むと、やがてゆっくりと、ごくゆっくりとその手を体の下のほうへ導いていき、脚の付け根に押し当てた。アルシアが指を硬くそそり立った欲望の証に巻きつけると、たまらないといった様子で低くうめいた。

ベネディクトは手をアルシアの手に重ねたままで、先端から根元まで動かすよううながした。ものすごく熱くて、いまにも爆発しそうになっている。そんなベネディクト自身に両手を巻きつけたまま、しごくように下から上へと撫《な》で上げてみた。根本までやってくると、彼からは親指でその部分を刺激し、そこから湿り気をさらに広げるよううながされ、ふたたび手を先端へと導かれた。

その間、二人は見つめ合ったまま、一瞬たりとも目をそらそうとしなかった。蠱惑的《こわくてき》で親密な雰囲気がいやおうなく高まっていく。もっと相手を求めずにはいられない。

アルシアはうっとりとしながらベネディクトの表情の変化を見つめていた。顎の筋肉を引きつらせたかと思えば、これ以上の悦びはないと言いたげに目を一瞬閉じ、ふたたび開いた目を欲望に煙らせている。彼はアルシアの手を離し、胸を揉みしだき始めた。

「ああ、きみの胸が好きだ」

わたしもあなたのペニスが好き――アルシアもそう思い始めている。そう呼ぶのは行儀が悪いような気がするけれど、他の言葉ではじゅうぶんに表現できない。ときどき親指をペニスのてっぺんに軽くこすりつけ、湿り気が広がるようにすると、そのたびにベネディクトが低くうめく。胸板からもその響きが伝わってくるのがなんとも心地いい。不思議な力を与えられた気分――このわたしが、ベネディクトにこんな影響を及ぼせるなんて。先ほどまでの物悲しさは、もうどこかへ吹き飛んでいる。そう、この感じ。ベネディクトと対等であるという感じこそ、わたしが求めていたものだ。

「もっと強く、早く――」ベネディクトの声がかすれていく。

アルシアは言われたとおりにした。欲望の証を握る指先に力を込め、さらにすばやく上下させる。

ベネディクトの呼吸が速く浅くなり始めたのに気づき、このうえない満足感を覚えた。先ほどは悦びの極みに近づくにつれ、わたしも同じ状態になっていった。きっと彼もクライマックスを迎えようとしているに違いない。いまや口からはののしり言葉がこぼれている――それとも、これは祝祷《ベネディクシヨン》なのかもしれない。彼は首の付け根に顔をうずめ、片方の肩に唇を押し当てると、ふいに全身をわななかせ、アルシアの腰と手のひらに向かって熱い種をほとばしらせた。

手の動きをそっと止められたアルシアは、両腕を彼の体に巻きつけ、しっかりと抱きしめた。

ああ、自分でもよくわからない。本当は彼の体からこの手を離したくないのでは？

もう二度と。

運のいいことに、寝室には洗面器と水差しが用意されていた。おかげでビーストは、アルシアと自分自身に蒔《ま》いた種を拭き取ることができ、いまではベッドに横たわってくつろいでいる。左側に横たわっているアルシアには、いまだおさまらない心臓の激しい鼓動が聞こえているに違いない。ビーストは片腕を彼女に巻きつけ、アルシアは片手を彼の腹部にそっと置いている。つい先ほど、いきおいよく放出した種を受け止めてくれた手だ。我ながらどうすることもできなかった。というか、あまりの快感に意識を失いかけていたのだ。こうして横たわっていても、唇をアルシアの手の甲や手のひら、指先、手首に押し当てずにはいられない。

セックスのあと、これほど大きな満足感を得られたのはいつ以来だろう？　まったく思い出せない。考えてみれば奇妙な話だ。特に、ああいうやり方で解放の瞬間を迎えたのだからなおさらに。自分はアルシアの体の奥深くに挿入したわけではない。彼女がクライマックスを迎えたのと同時に、欲望の証がじわじわと締めつけられる感触を味わったわけでもない。

ああ、アルシアがどれほどきつく引き締まっているのか知りたい。彼女の体に、この自分が触れていない部分などあってほしくない。だがいっときの満足のためだけに、アルシアの純潔を奪うわけにはいかないのだ。彼女を一生後悔させることになる。

「〝間違い〟に関して言えば、これはわたしがしでかしたなかでも最高の部類の間違いだわ」アルシアがぽつりと言った。

ビーストは含み笑いをしながら、アルシアの頭のてっぺんにキスをした。彼女の髪が枕の上に、さらにこちらの胸の上にも扇のように広がっているのがなんとも嬉《うれ》しい。

「こうなる前、売春婦のことは本当に気の毒だと思っていたの。でも、もし彼女たちがこんな体験をしているとすれば――」

「いや、彼女たちがこんな経験をしているとは思えない。ジュエルに尋ねてみるといい。彼女なら本当のことを話してくれるはずだ」

「あくまで愛人としての務めを果たすだけ、ということ?」

「その相手がどれだけわがままかによるんじゃないかな」

ビーストは指をアルシアの腕に滑らせた。彼女もいずれ愛人を持つことになる。だが、いまはその事実を考えたくない。

アルシアはビーストのふくらはぎに足の甲を当てると、優しく上下させ始めた。「わたし、嘘をついたの。寝室の暖炉の火は消えてなんかいなかったのに」

「ああ、わかっていたよ。きみの寝室の壁に火明かりが躍っているのが見えたんだ」

胸から伝わってくる感じで、ビーストにはアルシアが笑みを浮かべているのがわかった。どういうわけか、それがとても親密に感じられる。今夜二人でした他のありとあらゆる行為と同じように。

「公爵夫人は隣り合わせの寝室にすることで、わたしたちがこうなるようにしてくれたのかしら？」

「ジリーは策を巡らすたちじゃない。だがここなら、俺を別の翼に寝かすこともできたはずだ」ビーストはかぶりを振った。

「これはレッスンじゃないのよね？」

ビーストはアルシアの手を掲げた。「ああ、違うよ」彼女の手の甲に向かってささやき、唇を押し当てる。

「わたしたち、これからどうすればいいのかしら？」

「正直に言って、わからない」認めざるをえない。常々、自分は意志が相当強いほうだと考えてきたが、アルシアに関する限り、それは当てはまらない。つくづく思い知らされた。

「だが今後は、寝室まできみを追いかけていきたいと思わない夜はないだろう」

「わたしもあなたにそうしてほしいと思わない夜はないはずだわ」

思わず低いうめきをあげた。「ティア――」

アルシアは両方の眉をあげ、視線をしっかりと受け止めた。「もしそれをわたしが望むなら、あなたはわたしにつけ込んでいることにはならない。もしわたしが処女を失わずにお互い楽しめるなら、そうすることのどこがいけないの？」

俺は、アルシアを完全に自分のものにしたいという誘惑に抗えるだろうか？　いまの彼女は、自分が頼んでいるのがどういうことなのか理解していないのだろう。だからといって、一糸まとわぬアルシアを抱きしめる悦びをみすみす手放すことなどできない。

「だったら、きみが望むときだけ、俺に対して寝室の扉を開けるようにしてくれ。そうでないときは、絶対に開けないと約束してほしいんだ」

「ええ、約束する」

ビーストはアルシアの頭を手で包み込むと、ふたたび自分の肩のくぼみに休ませた。二人の間にしばし沈黙が落ちたが、ビーストは気にならなかった。しんと静まり返っているせいで、アルシアの息遣いが聞こえてくる。なんとも心地いい、穏やかな気分だ。

「あまり長居はできないわ。もうすぐメイドが暖炉の火おこしにやってくるはずだから」

暖炉にはすでに燃えさししか残っておらず、その燃えさしも一つ、また一つと消えていく。

「メイドがそんな仕事をしているなんて気づかなかったよ。いままで貴族の館に泊まったことがないから」

ジリーとファンシーの大邸宅ならば、これまでに何度か訪れたことがある。壮麗で立派な屋敷での暮らしぶりを目の当たりにし、本当に嬉しかった。とはいえ、彼女たちの屋敷にそのまま泊まる気にはなれず、いつも館へ戻るようにしていた。あの館も使用人を雇ってはいるが、彼らはビーストよりもレディたちの世話を焼くのに忙しい。ビーストの寝室の暖炉の火が消えているかどうかなど、まったく気にしていないはずだ。

「あなたはさっき、わたしの寝室の火をおこそうと申し出てくれたけれど、本当は〝俺が呼び鈴を鳴らして使用人を呼ぼう〟と答えるべきだったのよ」

「どうして自分でできるのに、わざわざそんなことをしないといけないんだ?」

「そういうものだからよ」

ビーストはすばやく寝返りを打ち、アルシアにのしかかった。彼女が小さな悲鳴をあげて、口に片手を当て、目を見開く。このまま吸い込まれそうなほど大きな瞳だ。両腕の間に挟み込むようにしているため、美しい顔がよく見える。

ベッドの上に両肘をついてささやいた。「さっき、きみは情熱の火をかき立てられるのを楽しんでいたね。ここから出ていく前に、もう一度きみの火をかき立ててもいいだろうか?」

22

客間でプレゼント交換をしている合間も、アルシアは気が気でなかった。いま、こうしてベネディクトの隣に座るわたしを見て、誰かに気づかれるのではないだろうか？　夜の間ずっと起きていて、彼とみだらな行為にふけっていたことに？
ベネディクトの寝室から出ていく前に、彼は実際に欲望の火をかき立ててくれ、わたしも同時に彼の炎をかき立てた。二回めにそうできたのは、ベネディクトが舌ではなく、指でわたしの秘めやかな部分を愛撫《あいぶ》してくれたからだ。それぞれの愛撫の方法に、それなりのいい点があるものだ。ベネディクトのことを考えるたびに、頬がかっと熱くなる。いまもそう。きっと雪のなかを歩いてきたばかりのように、頬が真っ赤になっているに違いない。

赤ん坊たちはまだ幼すぎて、贈り物をもらっても本当に喜んでいるわけではない。ロビンはといえば、もらったばかりのスパニエルの子犬におすわりを教えようと躍起になっている。でもやんちゃ盛りの子犬は、初めて連れてこられたのがどんな場所か興味津々の様子で、あたりを駆け回っている。子犬の名前をどうするか、みんなで意見を交わし合い、結局ロビンがこう宣言した。「ラッキーって名前にする。この子はトゥルーラヴ家の一員になれて、世界一幸運な犬だからね」

トゥルーラヴ家の人たちに贈り物を用意してきて本当によかった。アルシアは嬉《うれ》しさを噛《か》みしめていた。トゥルーラヴ家のみんなは、アルシアにもプレゼントをくれたのだ。ソーンとジリーからは上等のシェリー酒のボトルを、ミックとアスリンからは象牙の扇子を、フィンとラヴィニアからは髪に飾るリボンを、ミセス・トゥルーラヴからは手編みのショールを、さらにファンシーとローズモントからは『クリスマス・キャロル』の初版――しかも、チャールズ・ディケンズの署名入りという希少本――を贈られた。

「ハッピー・クリスマス」自分の順番がやってくると、エイデンは両手を広げてみせた。左右の手のひらに小箱が一つずつのせられている。

アルシアは自分に近いほうの小箱を受け取り、ベネディクトが残った小箱を受け取った。普通なら、相手に贈り物を手渡したらすぐ次の相手の元へ行くはずだが、どういうわけかエイデンはその場から動こうとせず、体を前後させている。

「そこに突っ立って俺たちを見ているつもりか？」ベネディクトが尋ねた。

「ああ、実はそうなんだ」

ベネディクトがエイデンをにらみつけている間に、アルシアは自分の小箱を開け、はっと息をのんだ。箱から出てきたのは細密画だった。ベネディクトが描かれている。油絵の具で描かれ、この世のものとは思えないほどの仕上がりだ。あたかも天使の翼を通じて見つめているかのような、独特の優美さと、空気のような軽さが感じられる。目をあげてエイデンを見つめた。「これはあなたが？」

「ああ」

「すばらしい才能の持ち主なのね」

「きみの細密画は気に入ってくれるだろうか？」

「わたし？」

エイデンから頭を傾けられ、つられてベネディクトのほうを見ると、彼の手のひらの上にも細密画がのっている。描かれているのはアルシアで、こちらもそっくりだった。

「どうやってこれを描いたの？　記憶だけ？」

「きみがチャドボーンを打ち負かすのを見ながらスケッチしたんだ」

「どうして？」

「きみにもう一度会えると思ったからさ。これが必要になるかもしれないという予感がした」

ただし、エイデンは細密画をモデル本人に手渡していない。

「もしかしてわたしたち、間違った箱を受け取ったのかしら？」

エイデンは温かな笑みを向けてきた。「いいや」それだけ答えて立ち去る。

「なぜエイデンは、きみが俺の肖像画を欲しがっているなどと考えたんだろう？　俺にはさっぱりわからない」ベネディクトはややいらだったような声で言った。「もしきみがそうしたければ、細密画を交換しよう」

どれだけ本気か確かめるように、アルシアはしばしベネディクトを見つめた。でも彼の黒い瞳に、やや不安げな色がちらついている。「ありがとう。でもわたしはむしろ、この贈り物のほうをいただきたいの」

そして心のなかでつぶやいた。賭博場での戦利金で、自分のためにロケットを買おう。この細密画を肌身離さずつけていられるように。

アルシアの答えを聞いて初めて、ビーストは自分がちゃんと息をしていなかったことに気づいた。その答えがこちらの期待どおりだったことに、とりあえず安堵《あんど》する。とはいえ、ほっとしたのは、〝彼女が何か特別な感情を抱いて俺の細密画を手元に置こうとした〟と考えたせいではない。こちらがアルシアの細密画を手放したくなかったからだ。あの細密画を用心深く切り取って懐中時計の蓋の内側に入れておけば、いつでも持ち歩ける。時間を確認するたびに、アルシアの顔を見ることができるのだ。

とはいえ、エイデンには腹が立っている。アルシアに対する気持ちを、ほぼ正確に読み取られていたからだ。

「あなたにプレゼントしたいものがあるの」アルシアは細密画の入った小箱をレティキュールのなかにしまった。

ひどく慎重な手つきだ。まるでその小箱がこの世のなかで一番大切なものであり、いくら大事にしても大事にしすぎることはないかのように。さらに、レティキュールから積み重なった何かを取り出し、そのなかの一枚を差し出してきた。

それは淡い青色をした、細長いリネンの布だった。布には赤い文字でビーストの名前と、帆に風を受けた一艘《そう》の船が刺繍《ししゅう》されている。

「本のしおりとして使えるわ。あなたのご家族の分も一枚ずつ用意してきたの」

「これはすごいな、ティア。自分で刺繍するのはさぞ大変だっただろう。しかも、俺の家族の分まで用意してくれたんだから」

アルシアの頬が愛らしいピンク色に染まっているのを見て、ふと思う。俺が太ももの間で愛撫を繰り返していたときも、彼女はこんな色に頬を染めていたのだろうか？

答えはわからない。いかんせん、あの寝室は暗すぎた。頬の色を見きわめるどころではなかったのだ。

「ご家族に渡してきてもいいかしら？」

ビーストはうなずき、アルシアがエティのほうへ向かうのを見守った。贈り物を手渡され、母は輝かんばかりの笑みを浮かべている。さもありなん。本が大好きなトゥルーラヴ家の面々にとって、これ以上誇らしい気持ちにさせてくれる贈り物はないはずだ。

そのときエイデンが突然やってきて、ビーストの前にしゃがみ込んだ。「おっと、言い忘れていた……おまえが寝ていた寝室にはネズミがいるかもしれないと、ジリーに伝えておいたほうがいいかもしれないぞ。夜明け近く、キーキー鳴く声が聞こえたんだ」

ビーストは奥歯を噛みしめた。「ジリーにわざわざ言う必要はない。俺がなんとかする」

エイデンはにやりとした。すべてお見通しと言いたげな表情だ。「ああ、おまえならそうするだろうよ」

「あと一言でも何か言ってみろ。この拳を見舞ってやる」

「俺は彼女が好きだ」

ビーストは重いため息をついた。エイデンはもう一言言わずにはいられなかったのだろう。そして、それはこちらのいらだちを和らげる一言だった。

「エイデン、彼女には計画があるんだ。そしてその計画に俺は含まれていない。彼女が俺と一緒にいるのは、あと少しだけなんだ」

エイデンはしゃがんだままで体の向きをわずかに変えると、客間を見回した。「残念だな。おまえに似合いの女性に思えたんだが」

「まるで俺に似合いの相手の条件を知ってるような口ぶりだな」

エイデンはビーストに向き直った。「そうさ。まず、おまえの目を釘《くぎ》づけにし、かたときも目を離せなくすること。お次は、いつもなら嫌がるはずのおまえをこうして貴族の館に泊まらせること。しかもおまえは、彼女があのウジ虫野郎をぶちのめすお膳立てまでしたじゃないか」

「最初は、俺があいつをぶちのめすつもりだったんだ」

「だがおまえはその満足感をあきらめた。彼女に味わわせてやりたかったからさ」

「おまえが男女の機微について語るとはな。そんなことなどおかまいなしだった時代もあるのに」

「愛は男を変えるんだ」エイデンは両手を膝に置くと立ち上がった。「思ったよりも雪は積もらなかった。時間はかかるだろうが、帰り道はそれほど危険じゃないだろう。セレーナと俺はあと少ししたら出発する。今日の残りは彼女の家族と一緒に過ごす予定なんだ。小さなネズミを大切にしろよ」

エイデンが大股で立ち去るのを見守りながら、ビーストは思った。いったいアルシアをどう大切にすればいいのだろう？　彼女が必要としている幸せがいかなるものか、どうすればはっきりさせられるんだ？

彼女はいまロビンのかたわらにひざまずき、少年と話しながらラッキーを撫《な》でている。アルシアは犬を飼った経験があるのだろうか？　彼女について知らないことがあまりに多すぎる。

そのとき誰かが手を叩《たた》く音がした。ファンシーだ。夫と一緒に客間の中央に立ち、口を開いた。

「みんながプレゼントを交換し終えたあと、最後にわたしたちからの贈り物を発表したかったの。といっても、みんな――わたしたち二人も含めて――にこの贈り物を手にしてもらうには、もう少しの辛抱が必要よ。この世に届くまで、あと数カ月はかかるはずだから」

ローズモントはファンシーに指を絡めると、妻の手を掲げて唇を押し当てた。

ファンシーは幸せそうに宣言した。「わたしたちからみんなへの贈り物は、いまこのおなかのなかにいる、愛すべき新たなトゥルーラヴ家の一員よ」

歓声があがり、レディたちはたちまちファンシーのまわりを取り囲んだ。紳士たちはまるでローズモントが奇跡を起こしたかのように――伯爵は妻と愛し合っただけなのに――次々と彼に握手を求めている。

「本当にすばらしい贈り物ね？」

その言葉にビーストがアルシアを見上げると、彼女はこちらを見おろしていた。いまはっきりとわかった。アルシアとともに過ごした時間こそ、俺にとってのすばらしい贈り物なのだと。

立ち上がって口を開く。「俺からもプレゼントがあるんだ」アルシアは優しい笑みを浮かべた。

いやはや、彼女への贈り物をどうしようかと、これまでさんざん頭を悩ませてきた。何か意味のあるものがいい。だが個人的すぎるものは避けたい。ただし、アルシアが受け取るにふさわしいものでなければ……。

「本当にくだらないものなんだ」

彼女は期待したような目でこちらを見つめ、待っている。ビーストはポケットに手を突っ込み、小箱を取り出すと、彼女に手渡した。

アルシアは恐る恐る蓋を開けた。「マッチ入れね。あなたのとそっくり」

ただし、アルシアの銀製のマッチ入れには彼女の名前が刻まれ、そのまわりを囲むようにバラの花模様がついている。

「どれほど暗い事態に思えても、きみがいつでも光を見いだせるように」

アルシアは目に涙をためながらビーストを見上げた。「いつも、いつまでも大切にするわ」

ビーストは心のなかで答えた。俺もきみとの思い出を大切にする。いつも、いつまでも。

23

変化の風は容赦なく吹きつけてきた。図書室の椅子に座りながら、アルシアは感慨にふけっていた。これまでの三週間で、この館での生活が大きく変わったことに驚いてしまう。でも驚くべきではないのだろう。だってわたし自身、二十四歳を迎えた年に、一夜にして人生ががらりと変わってしまったのだ。最初は自分が無力に思えてしかたがなかった。つむじ風に突然さらわれ、どの方向へ行くのか、結局どこに着地するのかもわからないまま、あてどなくさまよう一枚の木の葉になったような気分だった。

でも、いまはしっかりと自分の足で立てている。だからこそ、館にいるレディたちの人生が変わりつつあるこのタイミングで、自分自身の望みについて慎重に考え始めているのだ。そして、人生に求めるものが最初とはかなり違ってきたことに気づかされた――そう、ベネディクトと初めて出会ったあの頃とは。

といっても、それは彼のせいだけではない。周囲でさまざまな出来事が起きるにつれ、わたし自身の物の見方も前とは少し違ってきた。変わらないものなんて一つもない。すべてのものは移ろいゆく。この自分が、こうしてときどきシェリー酒をするようになったこと一つとっても、それは明らかな事実と言っていい。

十二月二十六日《ボクシング・デー》に、館のレディたちは〈ケルベロス・クラブ〉へ繰り出し、パールとルビーはとても上手くカードを扱った。二人は相当な額の戦利金を手にしただけでなく、うちの賭博場で働かないかと声までかけられ、二人とも同意したのだ。

そして、ベネディクトの所有する船が港に到着してからすぐに、船員の一人が館にやってきて、フローラへ愛の告白をした。二人はそれまでもかなり長いこと、隠れて会っていたに違いない。その船員は航海中ずっとフローラへの想《おも》いを募らせ、もはや彼女なしでは生きていけないと考えたのだ。二人は今週めでたく結婚した。

リリーはファーガソン船長の妻の話し相手となった。船長が航海に出ている間、彼女の寂しさを和らげてあげる役割だ。

ヘスターも殿方を楽しませる仕事から足を洗った。レディの侍女たるもの、〝そういう類いの仕事〟はするべきではないと考えたからだ。いまではアルシア専属の侍女として働き、かなりの報酬を得ている。

結局、娼館《しょうかん》に残ったレディはロッティだけとなった。とはいえ、ロッティももはや殿方の相手はしていない。というか、館そのものがもはや売春宿ではない。下宿屋に改修することが決まり、すでに一月第一週からそのための作業が始まっている。

ロッティは改装工事すべてを監督している。これまで飾られていたわいせつな絵画や小像はすべて取り払われ、壁は塗り直され、カーテンも全部取り替えられた。この館の改修計画を終えたら、ロッティがお金持ちの屋敷の改修を次々と頼まれるようになるといい――アルシアは心からそう望んでいる。

変化の風は、館の客たちにも容赦なく吹きつけた。ジュエルは館を訪ねてくる男たちを出迎え、彼らにウィスキーを注《つ》ぐと、この館がもはや売春宿ではなくなる旨をていねいに説明し続けた。ちなみに、ロッティはお気に入りの客たちには最後の奉仕をし、好きではない客やよく知らない客にもさよならの投げキスをしてあげた。

そんなこんなで数週間経《た》ったいま、当然ながら夜の時間に仕事をする者はいなくなった。結果的に、毎晩みんなで図書室に集まって読書をするようになったのだ。

アルシアはまだロッティとヘスターに授業を続け、二人に洗練のなんたるかを教えている。でも、二人に永遠に教え続けることはできない。だからこそ、アルシア自身、そろそろ自分が進むべき道を決める必要があるのだ。

毎晩ベネディクトと二人きりで過ごしていた頃が懐かしい。お互いにどんな人生を過ごしてきたのか――その過程でいかなる喜びや痛み、心の傷を体験したかを語り合っていたあの頃が。いまでもテーブルには、アルシアのためのチューリップ型をしたシェリーグラスが置かれている。それに他の誰も、前から二人が座っていた場所に座ろうとはしない。

まるでその二脚が二人のためにデザインされ、二人のために作られた椅子であるかのように。

とはいえ、図書室に他のレディたちがいると、雰囲気が前とははっきり変わる。嵐がやってくる前のように、室内の空気がどこか張り詰めている。みんなが本のページをめくる音や思わずもらすため息、椅子の上で身じろぎしたときに聞こえる衣《きぬ》ずれの音——読書で凝った両肩を伸ばしたり、首をほぐしたりする動きも感じられる。

夜十時になれば、みんながおやすみの挨拶を交わして図書室から出ることになる。毎晩判で押したようにその時間だ。かつてベネディクトと二人きりだったときは、彼の話に夢中になったり彼から質問をされたりして、時間が経つのも忘れることがしばしばだったのに。

そのあとアルシアはヘスターの手を借りて寝支度を整え、ヘスターが寝室に戻ると、建物全体が静寂に包まれるなか、上掛けをめくってベッドの上に座り、寝室の扉が静かにノックされるのを待つことになる。ノックの音がしなかったことは一度もない。

そしてノックされた扉を開け、ベネディクトを迎え入れる。最近では、この瞬間のために自分は生きているのではないか、と思い始めている。

いま図書室でアルシアが見つめるなか、ベネディクトはベストのポケットから懐中時計を取り出して時間をちらりと確認した——まるで炉棚の上にある置き時計よりも、自分の懐中時計のほうが正確に時を刻んでいるとでも言いたげに。

「前に言っていたのはそれね？」ひっそりと尋ねた。これ以上説明しなくても、ベネディクトには通じるはずだ。いままで一度もそう尋ねなかったのが不思議なほどだ。

彼は体をかがめて、手のひらにのせた懐中時計を見せてくれた。もっとよく見ようと、アルシアも前かがみになる。蓋には一頭の雄ジカの凝った彫刻が施されていた。

「ああ、見ていると罪悪感が少し和らぐんだ」ベネディクトは低い声で答えた。その言葉の本当の意味がわかるのは、アルシアだけだろう。「これには紋章も文字も刻されていない。つまり、誰かにとって愛着のある品ではないということだ。ただ、どこかの金持ちが常に時間を把握しておくために買った時計ということになる」

〝自分の長男にその懐中時計を譲るつもり？〟すんでのところでそう尋ねそうになったが、どうにか口にせずにすんだ。そんなことを尋ねれば、これから先に光を当てることになる。将来についての話題は、どちらも避けている気がしてならない。

毎晩ベネディクトはこのうえない悦《よろこ》びを与えてくれる。それまでとはまったく違うやり方のときもあれば、おなじみのやり方のときもある。ただし、彼がアルシアの処女を奪い、完全に自分のものにしようとしたことは一度もない。でも自分の全身が彼を求めて叫んでいるのがわかる。完全に奪ってほしい。わたしにまたがってベネディクト自身をこの体の奥深くへ差し入れてほしい――そんな、獣のように強烈な欲望は募るばかり。

ベネディクトも同じような欲望に駆られているのでは？　彼がいかにも苦しげな、獣じみた低いうめきをあげるたびに、そう思わずにはいられない。もちろん、ベネディクトを悦ばせるための方法は教えてもらっているし、やり方も試している。だけどそういう行為のあとには、どこか物悲しさを覚えてしまうのだ。そのやり方では、お互いが完全には満足できていないような……。

「俺は自分の行動を正当化するために、これが実際よりもはるかにすばらしいものだと考えているのかもしれない。だが、これが俺の人生を変えたことに変わりはない」

ベネディクトに見つめられ、アルシアは心のなかでつぶやいた。彼が〝これ〟と言ったのは、おそらく時計についてだけではない。暗にわたしのことも含めているのだろう。いまのわたしにははっきりわかっていることといえば、ベネディクトによって自分の人生ががらりと変わったこと。それに、最近では社交界に復帰したいと考えるのがめっきり減ったことだ。いまではもう、社交界に戻りたいと思っているのかどうかさえわからない。本当にそれがわたしの探し求めているものなの？

いいえ、気づき始めている。わたしが本当に探し求めているものは、ここにある。ベネディクトがいる、この館のなかに。

「あら、見て」ジュエルが言った。「もうお楽しみの時間は終わり。ベッドに入る時間だわ。ビースト、仕事に差しさわるわよ」

アルシアは炉棚の上の置き時計を見た。夜十時を二分過ぎているだけだと気づいて、思わず頬を緩めた。かつて図書室で二人きりだったとき、時計を見たことなどなかったのを思い出したのだ。いかにお互いの話に夢中になっていたかという証拠だろう。

ベネディクトが椅子から立ち上がると、他の者たちもいっせいに立ち上がり、寝室へ向かい始めた。最近ではお決まりになった夜の手順だ。しばらくののち、寝室で寝支度を整えたアルシアはベッドで起き上がり、ベネディクトを待っていた。ヘスターが寝支度の一環として着せてくれたナイトドレスのボタンを自分で外し、苦労して編んでくれた三つ編みもすでにほどいてある。

そのときノックの音が聞こえた。アルシアが扉を開け、ベネディクトが扉を閉める。ようやく二人きりの時間の始まりだ。

いつものように、ベネディクトはランプの灯《あか》りを消し、まったくの暗闇にならないよう暖炉の火明かりだけを残した。とはいえ、室内はほとんど暗闇に覆われてしまう。

アルシアは切実に願っていた。まぶしい陽光のなか、ベネディクトと抱き合ってみたい。そうすれば、彼のしなやかな体の動きがすべて見られるのに。

アルシアがナイトドレスを脱ぎ、ベネディクトがシャツとズボンを脇へ放り投げた瞬間、二人で駆け出し、扉とベッドの間でひしと抱き合って、性急に唇を重ねた。まるで彼が、何年にも及ぶ放浪の旅から帰還したかのように。実際に離れていたのは一時間だけだというのに。

アルシアが片手を掲げると、ベネディクトは指を絡めてきた。その手をアルシアの背後へ強く引っ張り、体を弓なりにさせ、突き出された胸にしゃぶりつく。巧みな愛撫《あいぶ》に、その場でクライマックスに達しそうになった。

あのクリスマス・イブ以来、ベネディクトとは情熱的な触れ合いを繰り返し、いまでは体の隅々まで完璧に知り尽くされている。彼が熱心に学んでくれたおかげだ。どんなことをされるのが好きか、好きではないか、はっきり伝えてほしいとうながされたのだ。それに、もっと優しくしてほしい場合ともっと強くしてほしい場合、さらには、もっとゆっくりしてほしい場合や速くしてほしい場合も。

ベネディクトのそういう部分を、アルシアは心から愛している。彼はこれを楽しんでいるし、こちらも楽しめるよう心を砕いてくれている。上流階級の人間ならば、絶対にありえない。彼らは自分が満足や楽しみを感じても、何もなかったかのように振る舞おうとする。ましてや、お互いの悦びを高めるために話し合うなど言語道断だと考えるに違いない。

実際ベネディクトは行儀の悪い言葉を口にするが、まったくみだらに聞こえない。官能的で、かえって欲望をかき立てられる。アルシア自身は最初恥ずかしくて、そういう言葉をつぶやくだけだったが、いまでは恥ずかしがらずに口に出すようにしている。少しでもベネディクトの興奮をかき立て、もっと快感を覚えてほしいからだ。

彼に押されるがままあとずさっていたアルシアは、体のうしろにベッドが当たるのを感じた。ぬいぐるみのように抱きすくめられ、マットレスに体を横たえられる。すぐにのしかかってきたベネディクトから熱っぽく口づけられ、喉元から胸に、さらに腹部へとゆっくり唇をはわせられ、とうとう脚の間を舌先で刺激され始めると、たちまち手足から力が抜けていくのを感じた。

「わたし……高級売春婦になるのはやめようと思うの」

ベネディクトは動きを止め、少し間を置いたあと、目をあげて視線を合わせてきた。室内は灯りがじゅうぶんとは言えず、暗闇に包まれているが、アルシアにはベネディクトの美しい顔が見えた。その瞳に炎が宿っている。

「なぜ？」

返ってきたのはその一言だけ。それでも、彼が発した一言には無数の疑問が含まれていた。

アルシアが手を伸ばすと、ベネディクトは両手を取って指を絡めてきた。それから上体を起こし、重ねたままの両手をアルシアの頭上に置いて上から見おろすと、繰り返した。

「なぜ？」疑念と希望の両方が感じられる声だ。

「なぜなら、そうなることはもうわたしの望みではないから。自分が必要としていることではないから。それに、わたしはここにいると幸せだから。もちろん、あなたと一緒に。

だって……わたしはあなたを愛しているんだもの」

ベネディクトは心臓をえぐられたかのように低くうめいた。それから頭を下げてアルシアの片方の胸に、さらにもう片方にも口づけたが、その位置にとどまったまま、荒くて速い呼吸を繰り返している。

アルシアはふいに不安に駆られた。あんな言葉を口にしたのは大きな間違いだったのでは？

「ティア、俺にとってきみは大きすぎる存在だった」彼はようやく口を開いた。「そんなきみから愛されているとは……。いまの言葉を聞いて、心臓が胸を突き破りそうになっているんだ」体を動かし、またしてもアルシアを見おろす。「俺が初めてきみに惹《ひ》かれたのがいつか知っているかい？」

アルシアは首を振ることしかできなかった。いまのいままで、ベネディクトが自分を愛してくれているかどうかもわからなかったのだ。それだけに、この驚くべき男性から愛されていると知り、天にものぼる気持ちだ。

「出会ったあの日、きみからにべもなく〝あなたには関係ない〟と言われたときだ。一瞬で恋に落ちたわけじゃないが、きみの知らない一面を知るにつれ、どんどん惹かれていった。もちろん、いまでもきみに惹かれ続けている。きっと最後の息を引き取る瞬間まで、この状態は続くだろうな」

「ベン」アルシアはそれだけささやいた。愛の告白に圧倒され、他に何も言うことができない。ベネディクトと同じく、自分にとっても、彼はそれほど大きすぎる存在だったのだ。これ以上ないほどに。

「きみはそんなに小柄なのに、一緒にいても、なぜか自分が巨大な野獣のようには感じられないんだ」

アルシアはベネディクトの手をほどこうとした。いますぐ指を彼の髪に差し入れ、顔を包み込んであげたい。それなのに彼は手を離そうとしなかった。いつもそうだ。わたしの手をがっちりと捕まえている。

「お願い、わたしを愛して……完全に、最後まで愛してほしいの。処女でいたいとは思えない。この体の奥底であなたの動きを感じてみたい。あなただけのものになりたい。あなたをわたしのものにしたいの」

ベネディクトはうめいた。アルシアの両手を自分の腰のくびれに置いてから手を離し、喉から顎の下へそろそろと手をはわせると、頭を下げて唇を重ね、舌を口のなかに差し入れた。アルシアも指を広げて大きな背中にはわせ、しなやかな筋肉の動きに合わせるように上下させる。惚《ほ》れ惚《ぼ》れするほど男らしくて力強い体だ。これほど優美な体つきをしているのに、ベネディクトが自分を〝巨大な野獣のよう〟だと感じているなんて。もちろん、彼はほとんどの男性よりも背が飛び抜けて高いし、肩幅もがっちりしているけれど、全身からなめらかな美しさが感じられる。前に動物園で見たパンサーのごときしなやかさが。

彼は鎖骨に軽く歯を立てると、今度は舌先で優しく愛撫した。

アルシアが両手をベネディクトの体に巻きつけると、彼はまた指を絡めてきた。動きを止め、眉をひそめながら尋ねる。「どうしていつもそうするの?」

彼もまた微動だにしなかった。「〝そうする〟とは?」

「わたしの両手をこんなふうにつかむこと――」いいえ、必ずしも両手とは限らない。ただし、左手はいつもつかまれる。「わたしがあなたの顔や頭の右側に触れるのを、あなたはけっして許そうとしない」その部分を常に守っているかのように。その部分の髪をかき上げて見せてくれたことも、一度もない。

アルシアが見守るなか、ベネディクトははっと息をのんだ。「それは……きみにどうしても見せたくなかったせいだ。俺がビーストと呼ばれるようになった本当の理由を知られたくなかった」

ベッドから体を起こしたとき、ビーストが感じていたのは怒りや不満ではなく、むしろあきらめの気持ちだった。これ以上先に進む前に、アルシアに伝えておかなければならない。彼女には俺のすべてを知る権利がある。俺に関する真実を知ったら気持ちが変わるかもしれない。最初の計画に戻り、別の男の愛人になる道を選ぶ可能性だってある。

ベッドがきしむ音がした。何をしているかわからないが、アルシアが動こうとしているのだろう。

母がくれたマッチ入れがあればよかったのに。そうすれば、マッチをすってあたりを覆う暗闇をすぐに追い払える。だがあいにく持っていないため、ベッド脇のテーブルを手探りし、常にそこに置いてあるマッチを手に取って一本すると、オイルランプに火を灯《とも》した。たちまち室内が明るくなり、ベッドを覆っていた暗闇が一掃された。アルシアを、さらにビースト自身を包んでいた暗闇も。

アルシアはヘッドボードに背中をもたせかけ、両手でつかんだシーツを顎の下まで引き上げていた。先ほどこの部屋に足を踏み入れたときにはむき出しだった彼女の体が、いまはシーツですっぽりと覆われている。思えば、これまで何度願ったかわからない。明るい照明のもと、あるいは燦々《さんさん》と陽光が降り注ぐなかで、アルシアの一糸まとわぬ姿を見てみたい、と。いっそランプを消さずにおこうかと考えたことさえある。だが、そうするには俺自身の体をさらす必要がある。アルシアの裸体だけを照らすことなどできるわけがない。

ビーストはベッドに座り、アルシアの隣に移った。こちらを見つめたままの彼女に向かって、ひっそりと話しかける。「さあ、これまできみに触らせなかった部分に触れてみてくれ。俺がきみから何を隠そうとしていたのか、その目で確かめるんだ」

アルシアはこちらをじっと見つめ続けたまま、唇を引き結んで一度大きく深呼吸をした。

さらにもう一度。

これまでビーストは、彼女が勇気を奮い起こす姿を何度も目の当たりにしてきた。その彼女が、今回だけは勇気を振り絞れずにいる様子だ。

「見てもきみが傷つくことはない」

アルシアは片手を広げたが、また拳を握った。「わたしが心配しているのはそういうことじゃない。あなたはどうなの？　あなたが傷つくことはないの？」

体に痛みを感じることはない。だがアルシアの反応によっては、心に痛みを感じる可能性はある。

「ああ、ない」

彼女は手のひらをゆっくりと肩から首へはいのぼらせ、喉元の激しく脈打っている部分で止めた。こちらの心臓の鼓動を数えているかのように。もしかして気づいているのだろうか？　俺の心臓は、彼女のために鼓動を一つ一つ刻んでいることに？　それからためらいがちに指を掲げて、顔の右側にかかる髪をそっと払いのけたが、すぐ見ようとはせずにしばし目を合わせたあと、とうとう自身の震える指先のほうへ視線を戻し、はっと鋭く息をのんだ。重たい沈黙が落ちる。身じろぎすらできない。やがてアルシアは髪から手を離した。

彼女は眉をわずかにひそめ、今度は両眉をつり上げると、シーツを握っていたほうの手を離した。シーツがしどけなく落ちて、形のいい胸があらわになる。認めざるをえない。明るい場所で見てもアルシアの胸はすばらしい――だがビーストは一瞬視線を落としただけだった。アルシアの浮かべた表情に目が吸い寄せられたせいだ。といっても、恐怖の表情ではない。

彼女は、シーツを離した手をビーストの左頬に当て、視線を合わせてぽつりと言った。

「右の耳がないわ」

「ああ」

「どうして？」

「生まれつき、なかったんだ」

「音は聞こえるの？」

「こっち側は聞こえない。何も聞き逃さないように頭を傾けて、聞こえるほうの耳を使うときもある。それと、まわりの人たちの口の動きに注目すれば、はっきり聞こえなくても話の内容がわかるということも学んだ」

「あなたはいつもわたしの右側に座っているわね」

「きみの発した言葉を一言たりとも聞き逃したくないからだ」

「みんながあなたを野獣《ビースト》と呼ぶようになったのはこのせいなのね。なんて残酷なの……あなたにはどうすることもできないことなのに。こう生まれついたのは、あなたのせいではないのに」

「ああ。ビースト、怪物《モンスター》、悪魔《デビル》……とにかく子どもの頃からひどいあだ名をつけられた。母さんはシラミがつくのを嫌って、俺たちきょうだいの髪をいつも短く切り揃《そろ》えていたんだ。最終的には髪を短く切らせないようにしたが、それでもうっかりしているとすぐにばれてしまい、周囲からあざ笑われることになった。これまで俺のきょうだいたちが何回、そういう奴《やつ》らを殴りつけて鼻血を出させたかわからない。あるいは、傷ついて涙を流している姿を誰にも見られたくなくて、何度俺自身がその場から走り去ったかも。ただし、そういう奴らを残酷だと考えたことはない。俺が他人とは違っていて、その違いが彼らを怖がらせているだけだと思ってきた。俺じゃなくて彼らがこうなった可能性もあるからな。で、ある日、俺は自分からビーストと名乗ることに決めたんだ。奴らがどんな態度を取ってもいっさい影響を及ぼせないし、彼らと俺は何も違わないというふりをすれば、いくら俺を傷つけようとしてもそうできなくなるとわかったから」

「もしかして、わたしがあなたを笑うと思っていたの?」

「いいや、哀れむような目で見つめるだろうと考えていた。まさにいまのきみのように」

「わたしはあなたを哀れんだりしていない。他の人たちがあなたに残酷なしうちをしたのを悲しく思っているの。特に、まだ幼いあなたにね。もし彼らの名前を教えてくれたら、フォー=カード・ブラグでこてんぱんにやっつけてやる」

ビーストは思わず小さな笑みを浮かべた。我ながら意外だ。この場で笑みを浮かべるなど絶対にありえないことなのに。しかも、かすかに頬を緩めたおかげで心が軽くなっている。

アルシアは身を乗り出して、激しく脈打っている喉元のすぐ上に軽くキスしてきた。彼女の優しさを目の当たりにし、ふいにうまく息ができなくなる。

「わたしの目には、あなたはどこから見ても完璧よ、ベネディクト・トゥルーラヴ」

ああ、神よ。全身の緊張がいっきに解け、ビーストはアルシアに口づけた。自分が完璧から程遠いのは百も承知だ。それに比べてアルシアはどうだ？　まさに女神のように神々しく、光に満ちあふれている。

アルシアから両手で頭を挟み込まれ、ゆっくりと唇を離され、熱っぽい目で見つめられた。「困難に直面しても毅然《きぜん》と立ち向かったと知って、ますますあなたが愛《いと》おしくなったわ。お願い、ランプを消して、いますぐわたしのことを愛して」

ビーストは含み笑いをすると、アルシアの体をベッドに押し倒した。「いや、今回はランプを灯したままだ」

アルシアは手を自由に動かせる状態を心から楽しんでいた。指先をベネディクトの豊かな髪に差し入れ、手のひらで顔を包み込む。最初にそうしたとき、ベネディクトが体をこわばらせたのに気づき、一瞬激しい怒りが込み上げてきた。ベネディクトに〝自分は他人より劣っている〟と感じさせた人たちが腹立たしくてしかたない。でもそのとき、突然思い至ったのだ――これこそ、ベネディクトがわたしの心情を誰よりもよく理解してくれた理由の一つだと。彼は、わたしが自身の手でチャドボーンに仕返しする必要があることをちゃんと見抜いていた。それはとりもなおさず、ベネディクト自身が人生の大半において、数えきれないほどの人に背を向けられてきたせい。

アルシアはゆっくりと興奮を高めるように、彼の唇にキスを始めた。やがて彼が低いうめきをあげ、腕のなかで体の緊張を解いていく。ベネディクトに思い出させてあげたい。わたしが心の底から彼を愛していることを。

ベネディクトが両肘をついて上体を持ち上げ、こちらを見おろしている。欲望に煙った瞳に見つめられ、その場でとろけそうになった。

ああ、これまで暗闇で愛撫されているとき、どれほど多くの機会を失っていたことか。同時に、いまこうして明かりの下、一糸まとわぬ姿のままでお互いの姿をはっきりと見つめられる幸せをひしひしと噛《か》みしめている。相手の体のあらゆるくぼみや曲線、隆起した部分を、二人で探究できるのだから。

「きみの胸は俺が想像していたよりもバラ色だ」ベネディクトがぽつりと言う。

胸の先端と同じくらい、わたしの頬もバラ色に染まっているのではないかしら？

「あなたの傷痕は、わたしが想像していたよりも痛そう」

「情熱が高まると、きみの肌がピンク色に染まるのが好きだ」

「あなたがわたしを見つめる熱っぽい目つきが好き」

それに、わたしを抱きしめ、キスをして、舌をはわせてくれるやり方も。特に好きなのは、脚の間の敏感な部分を口で愛撫してくれること。いまはそうされている間に濃い色の髪に指を差し入れ、ベネディクトとのたしかなつながりを感じられるのだからなおさらだ。

いっきに解放の瞬間を迎えて悦びの声をあげると、ベネディクトが上からのしかかってきた。うながされ、その両肩に脚をかけると、そそり立つ欲望の証《あかし》が触れるのをはっきりと感じた。彼を迎え入れる準備ができているかどうか確かめてくれているのだろう。

「本当にいいのか？」ベネディクトが尋ねる。

「ええ、全身全霊であなたを愛しているわ。これ以上ないほどに」

ベネディクトはうなり声をあげて目をきつく閉じ、ふたたび開いた。「ティア、きみといると俺はこうべを垂れずにはいられない。きみが俺を求めてくれるなんて。俺は野獣で、きみはそんなに美しいのに」

「求めるというのはおとなしすぎる言葉だわ。わたしはあなたが欲しい。どうしても必要なの。それに、あなたは野獣なんかじゃない。振る舞い方も、実際の行動も、もちろん見た目も。あなたはわたしが知るなかで一番ハンサムな男性よ。だから、完全にわたしのものにしたいの」

そしてわたしは完全にベネディクトのものになる。もはや何ものも二人を引き離せない。

ベネディクトは野性味あふれるうめき声をあげると、欲望の証を差し入れてきた。腰を引いては、ふたたびなかに入る。何度も同じ動きを繰り返し、少しずつ深めていく。アルシアの体が慣れるのを待っているのだ。じわじわと押し広げ、とうとう完全に満たすと、そこで動きを止めた。

「大丈夫か？」

「ええ。とっても好き……わたしのなかにあなたがいるこの感じが」

ベネディクトはアルシアの肩のくぼみに顔をうずめた。「ティア、きみのせいで死にそうだ。いますぐ果ててしまいそうだ」

そしてベネディクトは中に入ったまま、腰を動かし始めた。最初はゆっくりだったが、アルシアがリズムに慣れて体を動かすようになるにつれ、しだいにリズムを速め、やがて力強く腰を動かし始めた。

その間もお互いに愛撫をやめず、吐息とあえぎを交わしながら、興奮を高め合った。ベネディクトから何度も名前を呼ばれ、その祝祷《ベネディクション》を耳にするたびに、全身が業火に包まれていく。いままで生きてきて、これほど誰かを自分の一部のように感じられたことはない。それに、ここここそ自分の居場所なのだと確信したことも。

思えば、わたしが成長してきたこれまでの世界には、こういった魔法のような時間や満ち足りた思い、奥深さが欠けていた。いま、自分がいる世界はそれらで満ち満ちている。自分がこんな気づきに至ったのは、ほかならぬベネディクトがいてくれたおかげだ。もし彼がいてくれなければ、わたしは荒涼とした世界に取り残されたまま、本当の自分自身になることもなかっただろう。

ベネディクトにとめどない悦びをかき立てられ、彼の体の下で身をよじらせながら、がっちりとした背中や両肩に爪をめり込ませる。彼の好きな部分にどこでも自由に触れられるなんて夢のよう。どこに触れようと、もう拒まれることはない。

本能的にわかる。ベネディクトがこれほど自分をさらけ出し、心の底から信頼できる相手は、このわたし以外にいない。それはわたしも同じこと。その隠しようのない真実に、よけいに情熱をかき立てられた。ベネディクトにこの身を完全に、何一つ隠さないままで明け渡したい。だって、信頼とは最も大切なものだから。わたしはベネディクトに信頼されているし、彼もわたしを信頼してくれているのだから。

これまで幾度となくベネディクトから悦びを与えられたけれど、いまこのときほどめくるめく心地になったことはない。繭にすっぽりとくるまれたように、全身がさまざまな感情に包まれている。触れられるどの部分にも快感が走り、その快感の波が体の隅々まで行き渡り、全身がなすすべもなくうずく。

まるで世界全体がどこかに流れ去り、この世に二人しか存在していないみたい。聞こえるのは、お互いの息遣いや汗で濡《ぬ》れた肌がぶつかり合う音だけ。室内に漂っているのは、二人によって生み出された欲情の香りだ。我を忘れ、深みに溺れ、もうこのまま死んでしまいそう――

そのとき、クライマックスが突然訪れた。全身を快感に貫かれ、悦びの叫び声をあげると、ベネディクトが唇で唇を塞いでくれた。キスでさらに爆発的な悦びが押し寄せてくる。こんなに深い満足感を覚えたのは初めて。これほど至福のひとときが存在していたなんて。

そのとき、ベネディクトが全身を激しくわななかせた。体全体を震わせながらも、一瞬たりとも唇を離そうとしない。両手で彼の体をさらに強く引き寄せ、手のひらを汗で濡れた大きな背中にはわせていると、ベネディクトは低くうなり、最後にもう一度全身をこわばらせ、そのまま動かなくなった。やがて口から離した唇を喉元へと滑らせ、うなじの線をたどり始める。あたりを満たすのは、二人の荒々しい呼吸だけ。いまだおさまらない息遣いは、信じがたいほどの悦びの極致に互いに到達したという紛れもない証拠だ。

ベネディクトはこちらの両脚を自分の肩から外し、そっと体をベッドの上に横たえてくれた。壊れやすいガラスを扱うような、ごく慎重な手つきだ。たぐり寄せたシーツをかけてくれたあと、大きな片手をこちらの胸に休めた。不思議でたまらない。どうしてベネディクトは一度にこれほどたくさんの動きができるのだろう？　いまのわたしは二度と動けるかどうかさえわからないのに。

完全に満たされた心地のまま、彼と一緒にベッドにしばし横たわりながら、アルシアは思った。もし父やその仲間によって誤った決断がなされなければ、こんな情熱的な一夜を経験することなどなかっただろう。ベネディクトを自分のものにすることもなかったはず。

しばらく経ったあと、アルシアは口を開いた。「もう貴族の愛人になるつもりはない以上、誰かの庇護《ひご》下《か》に置かれることもない。かといって、永遠にロッティとヘスターに授業を続けることもできない。別の仕事を探さなくちゃ」少し間を置いて続けた。「でも、いったい何をやりたいのか、自分でもよくわからないの」

それを聞いたベネディクトは体を持ち上げ、ふたたびのしかかってきて、太ももの間に欲望の証を差し入れアルシアを驚かせた。またしても一つにつながった状態のまま、彼の顔にほつれかかる髪を撫《な》でつける。

ベネディクトは貴重な宝物を見るかのようなまなざしで、こちらを見おろし続けている。偶然見つけた、幸運のしるしであるかのように。「俺の子どもを持てる」

アルシアの心臓がとくんと跳ねた。「なんですって?」

ベネディクトは腰を引くと、ふたたび欲望の証を差し入れた。「俺の子を産んで、俺のビジネスパートナーになって、一緒に海運業をすればいい。他の誰も欲しがらないようなものを欲しがり、船を回り道させようとするソーンをうまくあしらってくれれば言うことなしだ」口の片端にキスをし、もう片方にもキスをして続ける。「俺と結婚してくれ、ティア」

アルシアは唇から小さな叫びをもらした。涙があふれそうになっている。

「……本気なの？」

ベネディクトはうなずいた。「もちろんだ。きみが別の男のものになろうとしていると考えるたびに、死にそうな気分だったんだ。俺のものに――俺だけのものになってほしい。俺の妻に、俺だけの愛しい人になってくれ。屋敷を買って、二人だけで暮らそう。愛し合っている最中、きみが俺の名前をいくら叫んでも大丈夫なように」

もしベネディクトが上からのしかかり、硬くなったものを挿入していなければ、アルシアの体は宙に浮き上がり、窓から外へ流れ出ていたかもしれない。まさに舞い上がるような、このまま飛べるのではないかと思うほどの無上の喜びだ。

「ええ。わたしもあなたに夫になってほしい。だって、もうあなたのことをこれ以上ないほど愛しているから」

ベネディクトはキスを深めながら、腰を優しく揺り動かし始めた。耳の下にある感じやすい部分に口を近づけ、舌先をはわせる。

「でもどこか別の場所で、もう一度プロポーズしてね」

ベネディクトは上体を起こすと、アルシアの目をのぞき込んだ。「どうして？」

「だって、レディたちは求婚されたときの様子を詳しく聞きたがるものでしょう。あなたからプロポーズされたのは立派なものを差し入れられていたときだなんて、口が裂けても言えないもの」

仮にベネディクトにまだ心をわしづかみにされていなかったとしても、いま浮かべているる含み笑いで、アルシアは完全にノックアウトされた。

心を丸ごと盗み取り、彼は答えた。「だったら、きみがいいと思う時間と場所を教えてくれ」

24

「やったのは執事だと思うわ」

ビーストは執筆作業の手を止め、ローズウッド材の書き物机から顔をあげた。アルシアがプロポーズを受けてくれた夜からすでに二日が過ぎようとしている。その間ずっと彼女と同じ寝室で過ごし、今日ようやく書斎に移って、二日間使うことのなかった書き物机に座っている。

とにかくかたときもアルシアと離れたくない。いつだってそうだ。彼女には俺のすぐそばにいてほしい。そうすれば、いつでも好きなときに立ち上がって口づけられる。そうするのが好きだし、アルシアが立ち上がって口づけてくれるのはもっと好きだ。一番ぞくぞくするのは、アルシアが寝室に鍵をかけて近づいてくる瞬間だが。

結婚についてはまだ詳しく話し合っていない。二度めの求婚をまだ終えていないせいだ。できることなら、記憶に残るようなやり方でプロポーズしたい。アルシアが思い出すたびに頬を緩めずにはいられないように。それなのに、彼女はいまだ求婚してほしい時間と場所を教えてくれない。

いまアルシアは自分の推理にとても満足しているように見える。いつもなら、自分の机に座ってロッティとヘスターの授業の内容を考えている時間なのだが、今日はビーストの書きかけの原稿を熱心に読んでいる。

「ほう、執事か」ビーストはぽつりと言った。

「ええ。警部が、犯人は嘆き悲しんでいる未亡人ではないと思い直したあと――チャドバーン卿《きょう》ではないかと考えているのは知っているわ。彼が親友を殺したんじゃないかと疑っているのよね。ちなみに、わたしはあの未亡人が大好き」

それはこちらも同じだ。この小説に登場する未亡人は、いまこの書斎に座っている女性そっくりなのだ。

「でも、わたしは執事が犯人だと思うの。彼はでしゃばらず、けっして目立たない。それにいつだって物静かよ。彼なら、どんな相手にも気づかれることなくこっそり近づける」

「もしかすると、きみが正しいかもしれない」

「まだ彼が犯人とは決めていないの？」

「ああ。きみには殺人犯が誰かわからない状態で、この原稿を読んでほしかったんだ。きみの意見を参考にすれば、これまでの段階で、犯人を推理できるだけのじゅうぶんな情報を読者に与えられているかどうかわかるからね」

アルシアは持っていた鉛筆の先で机を軽く叩《たた》いた。「書き終えるまで、あとどれくらいかかりそう？」

「二、三日だ」

そう聞かされたアルシアは、あまり幸せそうな様子ではない。どうしてだろう？　ビーストはにわかに心配になったが、すぐに彼女が気にしているのは別のことだとわかった。

「ちょっと気になることがあるの。この小説に登場するチャドバーン卿。彼の名前は、わたしの知人にあまりに似すぎているわ」

「そうかな？」驚いたふりをしたが、アルシアは目を細めて疑わしげにこちらを見つめている。

「どうしてあなたが忌み嫌っている誰かさんによく似た名前を使ったの？」

それは、チャドバーンが絞首刑になる場面を描くときに、このうえない喜びを感じられるはずだから。あるいは、彼を殺人の被害者にしてもいいかもしれない。どちらにせよ、チャドバーンを待ち受けているのは身の毛もよだつような最期であることに変わりはない。

「あら、彼が犯人なのね」アルシアは突然気づいたように言った。

ビーストは肩をすくめた。「かもしれない」

「もし犯人が警部なら大どんでん返しになるわね」

アルシアの言うとおりだが、ビーストはその警部を気に入っている。この小説のなかで、警部は常に物事を順序立てて考え、感情をいっさい交えることなく、見事な推理力を発揮する。実は、次回作でもこの名探偵に殺人事件の謎を解いてほしいと考えているのだ。我ながら不思議だ。小説のなかの登場人物たちについて、まるで彼らが実在するかのようにあれこれ考えを巡らせているとは。

書斎の扉がノックされた。

「どうぞ」

扉を開けて顔をのぞかせたのはジュエルだった。「ビースト、あなたにお客様よ。イワン・キャンベルという名前の立派な紳士が訪ねてきているわ」

聞いたことのない名前だ。「用件は？」

「いいえ、何も聞いてない。でも、あなたも彼と話したいんじゃないかと思って呼びに来たの」

ビーストは尋ねるような瞳でアルシアのほうをちらりと見た。彼女はまじまじとこちらを見つめたまま、ゆっくりとかぶりを振った。「わたしの知り合いではないわ」

「だったら、彼の用件を確かめに行かないとな」

椅子から立ち上がったビーストは、この機会を大いに利用することにした。アルシアが座っている机に近づいて体をかがめ、彼女が首を傾けたところを狙ってキスを盗んだのだ。

アルシアとはいくらキスをしてもしたりない。いつか〝これでじゅうぶん〟と満足できる日がくるとも思えない。

唇を離すと、アルシアは誘うような笑みを浮かべた。「なるべく早く用事をすませてね。それと、この部屋に戻ってきたら扉に鍵をかけて」

ビーストは含み笑いをしながら早足で廊下を進んだ。いままで生きてきて、これほど愛情と約束に満ちた日々があっただろうか？　訪ねてきた紳士との面会時間は、これまでの最短記録となるだろう。すでに一刻も早く書斎に戻り、扉に鍵をかけたい気分だ。

歩調を速めて階段をおり、客間へたどり着いたが、つと足を止めた。戸口に背中を向けて紳士が立っている。頭を傾けているのは、自分の磨き込まれたブーツの先か、暖炉で躍る炎のどちらかを見つめているからだろう。訪問者は大柄だった。背の高さも、肩幅も、ちょうどこちらと同じくらいだ。肩に届く黒髪には、ちらほらと白髪が交じっている。

「ミスター・キャンベル」

男性がゆっくりと振り返るや否や、足元の地面がぐらりと傾いたような錯覚に襲われた。どういうわけか、体のバランスを保つのが突然難しくなる。まるで鏡に映る自分の姿を見ているようだ。体内のありとあらゆるものが動きを止め、ひっそりと静まり返っている。理性を働かせたくても何も考えられない。肺いっぱいに息を吸い込みたいのに、うまく呼吸できない。まったく理解できない。いったいどうしてこの訪問者はこれほど俺にそっくりなのか？　相手もまじまじとこちらを見つめている。あたかも、墓場からよみがえってきたばかりの彼自身を目の前にしたかのように。

「ということは、きみがベネディクト・トゥルーラヴなんだね」キャンベルには強いスコットランドなまりがあった。手袋をはめた手はかなり大きく、一冊の本が握られている。『テン・ベルズ殺人事件』だ。

「ええ。その本に署名してほしくてここへ？」

キャンベルは自分の手を見おろし、驚いたような表情を浮かべた。小説本を手にしていたのをすっかり忘れていた様子だ。だが、彼は拳が白くなるほどしっかりと本を握りしめたままでいる。

「いや、この本は、わたしのマーラが誤っていた場合の言い訳として持ってきた。だがどう考えても、彼女は正しいようだ」

ビーストはさっぱりわからなかった。いったいこの男性は何を言っている？

「申し訳ないが、ミスター・キャンベル、あなたがここにやってきた理由が俺にはわからない」

「ミセス・トゥルーラヴに預けられたのがいつか、きみは知っているのか？」

ビーストの背筋に冷たいものが走った。紛れもない恐怖だ。

「十一月だ」正確には十一月十日。だが、そもそもこの男にとやかく言われることではない。

「何年の?」

「どうしてそんなことを——」

「何年だ?」

ビーストは突然いらだちを覚えた。自分と同じ、訪問者の髪と目の色がどうにも気に入らない。よく似た力強い顎や、広い額も。「キャンベル、いったいなんの——」

「三十三年前じゃないのか?」

この男からバケツ一杯の冷水を浴びせられたほうが、まだ衝撃が少なくてすんだかもしれない。俺は自分の年齢を周囲に言いふらすたちではない。だったら、このキャンベルという奴《やつ》はどうやってこちらの年齢を知ったんだ?

「あなたには関係ないことだ」

「いや、関係はある。わたしはきみの……父親だと思う」

もしビーストがこれほどしっかりした体躯でなかったら、突然襲いかかってきた怒りの激しさに耐えかねてあとずさっていたかもしれない。

こいつはいったい誰なんだ? これまで一度も姿を現さなかったのにいきなり訪ねてきて、こんな衝撃的な発言を口にするとは——それも〝雨が降るかもしれない〟と告げるような、冷静な言い方で。ナイフを脇腹に刺されたあのときのほうが、まだ傷は浅かった。

「なぜそんなふうに思うんだ?」

「きみを見ればわかる。きみはわたしの若い頃に瓜二《うりふた》つだ。きみの母親もうなずくに違いない」

さりげなく母親に触れられ、ビーストは怒り心頭に発した。よくもぬけぬけと。俺の母親に正しい振る舞いをしなかったくせに。この男のせいで庶子を産ませられ、厄介な立場に追い込まれたせいで、母は俺を手放さざるをえなくなったというのに。

ビーストは体の両脇で拳を握りしめながら、威嚇するように一歩前に出た。もし決闘が法律で禁止されていなければ、いまこの場で申し込み、夜明け前にこいつと対峙《たいじ》していただろう。いや、この男とは直接対決しなければ気がすまない。

「彼女はどんな存在だったんだ？　愛人か？　利用できるだけ利用して、飽きたら都合よく捨てたのか？　それとも、使用人であるのをいいことにつけ込んだのか？」

一瞬イワン・キャンベルの黒い瞳に怒りの炎が宿るのが見えたが、その炎はたちどころに消えた。「わたしが人生をかけて愛している女性だ」

「それだけ愛していたのに、彼女一人で庶子を産ませたというのか？　彼女は一人ぼっちだったに違いない。日々の暮らしにも困り、そのせいで俺を手放さざるをえなかったんだからな」

「わたしは当時、きみのことを知らなかったんだ」

そんな言い訳を聞き入れるつもりはない。もしこの男が俺の母親を本当に愛していたならば、どうして子どもができたことを知らないままでいられるだろう？　怒りのあまり、言葉がうまく出てこない。吐き捨てるようにどうにか答えた。「いまなら遅くない。俺のことは忘れられる」

ビーストは踵《きびす》を返し、その場から立ち去ろうとした。

「おまえはわたしの長男だ。ただ一人の息子――それもただ一人の子どもで、わたしの相続人なんだ」

ビーストは体をこわばらせると、大きな笑い声をあげ、キャンベルに向き直った。この男のすべてが知りたくてたまらない。だがいっぽうで、この男のことなど何一つ知りたくないと思う自分もいる。

「俺は庶子だ。庶子が相続人になれるはずがない」

「ああ、イギリスではそうだな。だがわたしたちはスコットランド人だ。おまえが生まれたのはパースシャーという場所なんだ。スコットランドでは、たとえ庶子として生まれても、子の父親が母親と結婚した場合、両親の遺産を相続する権利が与えられる。その子が生まれて何年も経《た》ったあとに両親が結婚したとしてもだ」

キャンベルの説明などどうでもいい。だがビーストにとって、どうしても聞き逃せない言葉があった。心の一部が氷のように冷たくなっている。

「あなたは俺の母親と結婚したのか？」

「ああ、そうだ。彼女を見つけてすぐに結婚した。だが、捜し出すまでに時間がかかって」キャンベルはかぶりを振った。「おまえの祖父、つまりわたしの父親《ダー》は正真正銘のろくでなし《バスタード》だったんだ」

「未婚の母から生まれたのか《バスタード》？」

キャンベルは張りのある、だがどこか皮肉っぽさが感じられる笑い声をあげた。その笑い声が思いのほか懐かしく聞こえるのに気づき、ビーストはいらだった。俺自身の笑い声になんとよく似ていることか。

「いいや。だが悪魔によって生み出されたも同然の男だった。父は、わたしが愛した女性を頑として認めようとしなかったんだ。彼女の父親を忌み嫌っていたせいだが、詳しい理由はわたしにもわからない。神のみぞ知るというところだ。とにかく、父は自分がこれまで誇りに思ってきた一族の血筋を、宿敵の娘の血によって汚されたくないと考えた。でも同時に、わたしが彼女とどれほど結婚したがっているかもよく知っていた。だから彼女がわたしの子どもを産んだと知ると、その赤ん坊には何一つ相続させたくないと考えた。父は、彼女の一族にそれほど激しい憎しみを抱いていたんだ。いつなんどき赤ん坊の命を奪うかもわからなかった。彼女は絶対にそんなことはさせたくないと、秘密裏におまえを他人に預けたんだ。だがその後、父の一味は彼女を捜し出し、心の病のせいで罪を犯した者として病院送りにした」

ビーストはまたしてもみぞおちにパンチを見舞われたような衝撃を覚えていた。母のたどった運命がそれほど苛烈なものだったとは。どうしようもない衝動がふつふつと込み上がる。何かを思いきり殴りつけたい……いますぐに。

キャンベルも同じ悲しみと怒りを感じているのだろう。整った顔を歪《ゆが》めながら続けた。

「彼女はその病院で残酷なしうちにずっと耐えなければならなかった。わたしが彼女を捜し出すまで五年もかかったんだ。とうとう見つけ出したときは、彼女をそんな目に遭わせた奴らを一人残らずこの手で殺してやりたいと思った。だがそんなことをして、いったいなんになる？　彼女のためになるとでも？　なるわけがない。まあ、実際は何人かを血まみれにしてやったし、父にさえ拳を振るった。どんな名医も元に戻せないほど、顎をめちゃくちゃにしたよ。ついに父が息を引き取ったときも、一滴の涙さえ出てこなかった」

俺はこの男の気性を受け継いでいるのかもしれない。だが、そう考えるいっぽうで、これまでずっと〝なぜ母は約束を破り、息子を迎えに来なかったのだろう？〟としか考えられなかった自分に罪悪感を覚えた。

「おまえの母《マ》さ《ー》んがおまえに会いたがっている」

ビーストは思わずあたりを見回した。壁やカーテンの背後から本人が出てくるのを期待するかのように。「ここに来ているのか？」

「いや。来たがったんだが、わたしが止めた。もしおまえがわたしたちの息子でないとわかった場合、彼女をがっかりさせるのが忍びなくてね」

「俺が本当の息子かどうか、まだはっきりわかったわけじゃない。あくまでもあなたの憶測にすぎない」

キャンベルは短くうなずいた。「おまえはその髪の奥に何を隠している？　きっとわたしと同じもののはずだ。おまえの母《マ》さん《ー》から、おまえはわたしのある特徴を受け継いで生まれてきたと聞かされてきた」そう言うや否や、自分の顔の右側にかかる黒髪を振り払った。「キャンベルの呪いと言われている特徴だ。代々伝えられてきた話によれば、わたしたちの祖先の一人が常に扉に耳を押し当てて、魔女たちをひそかに見張っていたらしい。それに気づいた魔女たちは、彼とその子孫たちにある呪いをかけた。右耳がないまま生まれ落ちるという呪いだ。なかには、その呪いから逃れた者もいる。だがおまえとわたしはそんな幸運には恵まれなかったようだ。とはいえ、この世にはこれよりもっとひどい運命に見舞われる人もいるがね」

にわかには信じられない話だ。だがそれより何より、いま聞かされた話でビーストの関心を引いたのは〝わたしたちの祖先〟という一言だった。もちろん、自分にはちゃんとした家族がいる。エティ・トゥルーラヴの元に届けられた庶子の集まりではあるが、誰もが心から家族みんなを大切に思い、互いのために猛然と闘ってきた。

とはいえ、トゥルーラヴ家には祖先がいない。血のつながりのある先祖だと認められる者が一人もいないのだ。だが、いま、自分にはれっきとした祖先がいるのだと知らされた。誇らしさで胸がいっぱいになる。しかも、その先祖たちのなかにも、自分と同じ身体的な特徴を持つ者がいたという。〝世襲《ヘリテージ》〟、〝生得権《バースライト》〟——そんな言葉を聞くたびに、いつも違和感を覚えていた。だが俺も〝先人たちによって受け継がれてきた遺産《レガシー》〟を受け継いでいるというのか？　もし俺がこの男の息子ならば……。

どうして疑うことなどできる？　目の前にいるキャンベルは、自分にそっくりの黒い瞳と角ばった顎、通った鼻筋、高い頬骨の持ち主だというのに？

母親からはどんな点を受け継いでいるのだろう？　いや、俺の母親はエティ・トゥルーラヴだ。これまでも、これからも、その事実に変わりはない。いま聞かされた女性は、俺の生みの母親ということになる。母親《マー》。キャンベルの口から発せられたその言葉には、強いなまりが感じられる。もし言おうとしても、自然に口にできるだろうか？

俺はこれまで常にそうだと信じてきた自分——望まれず、捨てられ、忘れ去られた赤ん坊——ではなかった。望まれ、愛され、守られていた。もしかすると、誰かを守らずにはいられない性格は、生まれながらに母親から譲り受けたものではないだろうか？　俺は見た目ではなく、内面が母に似ているのでは？

「彼女を捜し出したあと、なぜすぐに俺を引き取りにやってこなかったんだ？」

「妻はおまえをどこに預けたのか思い出せなかったんだ。彼女がわざと記憶を封じ込めようとしたのではないかと思うこともあった。そうすれば、おまえの居場所を誰にも教えられなくなる。実際にそんなことができるかどうかは定かではないがね。ただ、その目でじかにおまえの母親《マー》を見てみれば気づくはずだ。彼女は本当に強い。男であれ、女であれ、わたしはあれほど強い人間を見たことがない。だからこそ、こんなに長い歳月が経っても、わたしにははっきりとわかっていた――どこに預けられたにせよ、彼女の息子であるおまえならば絶対に生き抜いているだろうと」

そのとおり。少なくとも、エティ・トゥルーラヴの庇護下《ひごか》にある間は、身の危険を感じることなく生きていた。〝三本指のビル〟のせいで危うく命を失いかけたときでさえ、家族に助けられた。瀕死《ひんし》の重傷を負った自分のために医者を呼んでくれたのも、健康を取り戻すまで献身的に看病をしてくれたのも家族だったのだ。

ビーストは口を開いた。「これほど長い歳月が経って、彼女が突然記憶を取り戻したというのか？」

「いや、そうじゃない。おまえの本のおかげなんだ。数週間前、ロンドンに滞在していたときに、わたしは妻のために この本を買った。彼女は推理小説が大好きだから。それに、わたしたちが息子につけたのと同じ名前《ファーストネーム》の作家が書いた作品なら、なおさら彼女も楽しんで読むだろうと考えた。ところが実際に本を手にした妻が注目したのは、トゥルーラヴという名字のほうだった。おまえを預けた夜について彼女が覚えていたのは、相手の女性がおまえを心から愛すると約束してくれたことだけだったんだ。

だが、小説本に記されていたベネディクト・トゥルーラヴという著者名を見て、妻のなかに封印されていた記憶が解き放たれたんだろう。その日、彼女は眠っている間に、あの夜の夢を見た。これまでも数えきれないほど見ていたものの、今回はいつもと違ってぼんやりとしておらず、細かな点まではっきりした夢だった。妻は、おまえを預けた女性の名前がトゥルーラヴだったかもしれないと考えた。だからこの本の著者を訪ねてほしいと、わたしを説き伏せたんだ。そこでわたしはこの本の出版者を訪ね、おまえの住所を聞き出し、こうしてやってきた。そしていま、思いきってそうして本当によかったと思っている」

だがビーストは違う。まだこのすべてを受け止めきれていない。これまで過ごしてきた人生を一度ばらばらにし、いま聞かされた話を含めてふたたび組み立てることなどできそうにない。

「わたしと一緒に来て、おまえの母親《マー》に会ってくれないか?」イワン・キャンベル——俺の父親——が尋ねてきた。

ビーストはただうなずくことしかできなかった。

すると、ずっと数奇な運命にもてあそばれてきたキャンベルが大股で前に進み出て、握手を求めてきた。豚足ほどの大きさがある手だ。かつて波止場で船荷のあげおろしをしていたビーストだからこそわかる、手のサイズの測り方だ。もし差し出された手を取れば、自分の人生にこの男が関わるのを認めることになるだろう。同時に、俺自身が何者であるかを受け入れることになる。

それでもなお、手のひらが触れたとき、ようやくわが家に帰り着いたような感慨をひしひしと覚えた。

父親《ダー》から近くに引き寄せられ、両肩に片腕を巻きつけられて、背中を軽く一回だけ叩かれたとき、ビーストはまばたきをして、突然あふれそうになった涙を振り払うことしかできなかった。

「ようこそ、わが一族へ。最初に会ったとき、正式な自己紹介もしないままで本当にすまない。自分に生き写しのおまえを見た瞬間、すっかり驚いてしまったんだ。わたしはイワン・キャンベル――グラスフォード公爵だ」

俺の父親はいまいましい公爵だった。ということは、俺は公爵領を相続するのか？　なんてことだ、俺の体には貴族の血が流れていた。

公爵の紋章入りの馬車がメイフェアに入っていく。この馬車に乗り込んでから、ビーストも公爵も一言も話そうとしなかった。二人とも、先ほど握手と抱擁を交わした際、胸によぎったさまざまな感情を持てあましているかのように。それでもなお、無言のままで互いをじっと観察し続けている。ビーストは、まるで粘っこい糖蜜だらけの世界にいる夢を見ているような気分だった。あらゆる動きがゆっくりに感じられ、一つの行動がどんな結果につながるかも読めない。いつなんどき目が覚めて、すべて悪夢のような冗談にすぎなかったのだと気づいてもおかしくない。冗談にしては残酷だが。

そのとき馬車が角を曲がり、錬鉄製の門をくぐり抜けた。ちらりと窓に目をやると、巨大な領主館が見えている。きょうだいたちと一つのベッドに押し込められて眠っていた少年時代、こんな館に住めたらいいのにと夢見ていた大邸宅にそっくりだ。長いこと額に汗して働いてきたおかげで、こういった屋敷も手に入れられるようになってはいるが、一人で住む気になれずにいた。だがいまではアルシアがいる。こんな堂々たる屋敷を買い上げ、彼女とともに意気揚々と足を踏み入れたい。

「最初に言っておかないとな。おまえには儀礼上の爵位がある」公爵は静かに口を開いた。「おまえはテュークスベリー伯爵だ」

この自分が、しゃくに障る〝伯爵〟とは。だが、俺は貴族の何を知っているというのだろう？「とても現実とは思えません」

「しばらく現実とは思えないはずだ。わたし自身、まだ信じられずにいる。もう何年もおまえのことを捜し続けてきたんだから」

公爵から話を聞かされるたびに、ビーストの胸は締めつけられた。〝もう何年も捜し続けていた〟――それほど俺を求めてくれていたとは。だがいっぽうで、このすべてに〝ノー〟をつきつけ、いますぐ馬車から飛びおりてアルシアの元へ戻りたいと考えている自分もいる。アルシアとは言葉を交わすことなく、何も事情を告げないまま館を出てきてしまった。ショックを受けていたせいだろう。彼女に話す前に、もう少し確実な裏づけが必要だと考えたからかもしれない。どんな言葉を使っても、この驚くべき状況をすべて説明しきれるとは思えないが。

「あなたには領地もあるんでしょうね」

「ああ、とてもすばらしい場所だ。公爵領にある領主館に比べたら、ここなどおもちゃの家にしか思えない」

想像もつかない。俺一人の力ではとても手に入れられないものだ。というか、爵位や領地、公爵領を受け継ぐ相続人としての立場を、自分が求めているかどうかもはっきりしない。この俺にそんな価値があるだろうか？　ただ、この一族の一員として生まれ、生き続けてきたこと以外に。

馬車が停《と》まると、すぐに従者が扉を開けた。公爵が軽い身のこなしで馬車から飛びおりる姿を見て、ビーストは思った。公爵は健康のため、日頃から領地で乗馬や散歩を楽しんでいるに違いない。父にならって馬車から飛びおりると、正面玄関に通じる階段をのぼった。すぐに玄関扉が開かれ、執事が小さくお辞儀をして出迎える。「閣下」

「ベントレー、公爵夫人は庭園だろうか？」

「はい、閣下」

「よし、こっちだ」

二人は大股で長い廊下を進んだ。壁のあちこちに肖像画が飾られている。かなりの数だ。ふと思う。肖像画に描かれた多くのモデルたちに俺は似ているのだろうか？　立ち止まって、ゆっくりと肖像画を一枚一枚確かめたい。彼らの名前はなんというのか、どんな人生を歩んだのかを学びたい。

「公爵は何人いるんです？」

「おまえで九代目になる」

そう聞いて、みぞおちを強打されたような衝撃を覚えた。父はなんの疑いもなく、絶対的な確信を持って答えた。だが自分が公爵になり、広大な領地を領主として治める姿など想像できない。公爵の後継ぎとして生まれたという理由だけで周囲から歓迎され、尊敬を受ける男になれるのか？　これまで、自分は庶子だと誰はばかることなく主張してきたのに、いまは違う。ふいに肌が粟立《あわだ》った。もはや自分がどんな世界に属しているのか、自分が何者なのかさえ、わからない。

だが、変わらないものもある。女性を守りたいという心からの思いだ。

「外で過ごすには、今日は寒すぎます」

「ああ。だが妻は寒さなどちっとも気にしていないだろう。太陽の光を顔に浴びることも、風に髪をなびかせることもないまま、何年もの歳月を過ごさざるをえなかったから。わたしが彼女と結婚した日、初めての夜は星空の下で過ごしたんだ。彼女は必要のあるとき以外、部屋よりも屋外で過ごしたがったからね」

「俺はまだ彼女の名前すら知りません」公爵が先ほど口にしたような気がするのだが、はっきりと覚えていない。

「マーラだ。キャンベルになる前、彼女はスチュアートという名字だった」

会話しながら屋敷のなかを進んでいくものの、迷路のように細い道が張り巡らされていて、これでは貧民窟を歩いているのと何も変わらない。少しでも気を抜けば、あっという間に迷子になるだろう。だが幸い、ビーストはどんな細かな点にも注意を怠らずにこれまでの人生を生き抜いてきた。もし必要とあらば、ここからすぐに正面玄関まで——いや、さらにその先まで引き返す自信がある。これまで自分を臆病者だと思ったことは一度もないが、いまこの瞬間は胸の鼓動が信じられないほど速まっている。この胸の高鳴りが、先を進む公爵に聞こえていても驚きはしない。

これから再会しようとしている女性は、俺についてどのように考えているだろう？　どんな男になっていることを期待しているのか？　それに俺自身、彼女をどう考えているんだ？　母親としてこの世に産み落としたにもかかわらず、俺を手放した女性？　これまでずっと、彼女は俺を愛していなかったのだと信じてきたが、いまやそれが思い違いだったとわかった。彼女は俺を心から愛してくれていたのだ。だからこそ、俺を守るためにわが身を犠牲にすることもいとわなかったのだろう。

とうとうテラスに通じる戸口から外へ出ると、ビーストはあまりの寒さに言葉を失った。こんなに冷え込んでいるのに、どうして彼女は庭園になど出ている？

黒大理石の歩道の端で立ち止まったとき、椅子に座っている女性がいるのに気づいた。車椅子に座っている。

「奴らのせいで妻は体を壊した」公爵が静かに口を開く。「だが妻の精神まで壊すことはできなかったんだ。彼女は人として、称賛に値するほど強靭《きょうじん》な精神の持ち主なんだ。だからこそわたしは彼女を愛している。まあ、それは彼女を愛する理由の一つにすぎないがね」

ビーストは無意識のうちに彼女に近づいていた。予想していたよりも若く見える。わずかに老いを感じさせるのは、うしろでお団子にまとめられた黒髪の、生え際の中心が白くなりかけている点だけだ。だがビーストの注意を引いたのは、ココア色をした豊かな表情の瞳だった。輝くような笑顔に胸が締めつけられる。

何も言葉が出てこないまま、なすすべもなく、彼女の前にひざまずいた。伸びてきた片手が頬を包み込むのを感じた。意外なほど温かい。

「まあ、大きくなったわね。本当に残念。赤ちゃんだったあなたが、こんな立派な大人に成長する姿を見られなかったなんて」

ビーストは母の手に手を重ねると、彼女の手のひらに唇を押し当てた。「てっきり、あなたは俺など望んでいなかったんだと思っていました」

「いいえ、わたしは心の底からあなたを望んでいた。あなたが可愛《かわい》くてたまらなかったの。でも、あなたの身の安全を守るためには、ああするしか思いつかなかった。だから他の人に預けたのよ。あの女性はあなたによくしてくれたかしら?」

母の姿が涙で霞《かす》んで見える。「ええ。彼女以上にいい母親はいないと思います」

「ああ、よかった」彼女の頬に涙がこぼれ落ちた。「わたし、どこにあなたを預けたか思い出せなかったの」

「俺はよく面倒をみてもらったし、家族もできたんです」優しい笑みを向けながら続ける。「どうやら、これで俺の家族は一つになったらしい」

「いままでの話をすべて聞きたいわ」そう言うと、母は突然さめざめと泣き始めた。もはやこれ以上、気丈にも勇敢にも振る舞うことができなくなったのだろう。

ビーストはゆっくりと、ためらいがちに、母に痛みを与えないよう注意しながら、彼女の体を車椅子から持ち上げ、自分の膝上に乗せた。両腕をしっかりと巻きつけて、体を近くに引き寄せる。目から涙があふれそうになったとき、母にこうして抱っこされていたと抱きの記憶がよみがえった気がした。
いや、そんなことはありえない。自分でもわかっている。それでも驚くべきことに、抱っこされていたときの母の両腕の感触や、彼女の甘い香り、体の温《ぬく》もりがよみがえった。
この女性のすべてが懐かしく思えてしかたがない。三十三年もの長い歳月が流れ去って
もなお、彼女の前では、俺は単なる赤ん坊にすぎないのだ。彼女の記憶はないはずなのに、
それでも、この母との間にたしかなつながりが感じられる。否定しようのないつながりが。
まるで心の片隅にしまっていた絆《きずな》が、こうして再会することでいっきに花開いたかの
ようだ。きっと彼女にしかなしえない奇跡なのだろう。
「泣かないで」ビーストは母に優しくささやいた。「俺はここにいます——いまここに」

25

心配してはだめ。アルシアはナイトドレス姿のまま、ベッドに腰をおろし、必死に自分に言い聞かせていた。でも、どうにもうまくいかない。炉棚の上の置き時計を見ると、もう真夜中近くになろうとしている。イワン・キャンベルという名の訪問者に会うため書斎から出ていって以来、ベネディクトの姿を一度も目にしていない。ジュエルの話によれば、二人で館を出ていくのを見たような気もするが、定かではないという。

なぜベネディクトはわたしに何も告げずに館を出ていったのだろう？　どうしてこんな遅い時間になるまで戻ってこないの？　あと二分で午前零時。もしそれまでに戻ってこないようなら、ベネディクトのきょうだいたちに知らせるつもりだ。何かがおかしいという悪い予感を振り払いたくても振り払えない。

一分が過ぎたところで扉を叩《たた》く音が聞こえたため、ベッドから飛び出し、扉を大きく開けてみた。ベネディクトだ。ひどい顔をしている。まるで、無数の悪魔を相手に戦っているがもう打つ手がない、とでも言いたげな様子だ。

「何があったの？　いったいどこにいたの？」

ベネディクトは部屋に入ってくると、大きな音を立てて扉を閉めた。「ホワイトチャペルをずっと歩き回っていた。ティア、きみが欲しい。くそっ、俺にはどうしてもきみが必要だ」

ナイトドレスのボタンが引きちぎられ、床にこぼれ落ちたかと思ったら、すぐにベネディクトの服が次々と脱ぎ捨てられた。両腕をこちらの体にきつく巻きつけ、肌と肌を一分の隙もないほど密着させると、唇を奪い、舌を差し入れてきた。その間も体のあちこちに両手をせわしなくはわせている。いくら触れても触れたりないかのように。どうやっても満足できないかのように。

ベネディクトの唇から唇を引きはがし、その顔を両手で包み込んで瞳をのぞき込んだ瞬間、慄然とした。すっかり道を見失い、すっかり途方に暮れ、わたしが帰るべき家に導いてくれる北極星であるかのごとく、すがるような目でこちらを見ている。

ベネディクトの体めがけて飛びつくと、彼はすばやく両手でヒップを包み込んできた。腰に両脚を巻きつけ、熱っぽく唇を重ね合わせる。どんな悪いことが起きたにせよ、ベネディクトなら打ち明けてくれるだろう。いまは、彼をわたしの元へ取り戻すのが先決だ。彼が必要とし、望んでいるとおりにしてあげたい。

ベネディクトから足早にベッドへと運ばれ、端に座らせられると、いきなり欲望の証《あかし》を突き立てられた。獣のような生々しいうめき声をあげたかと思ったら、胸元まで頭を下げて胸の先端にむしゃぶりつき、もう片方の胸の頂を指先でもてあそんでから口に含んだ。

ベネディクトの動きに合わせるように腰を突き上げる。胸板から両肩へ手のひらをさまよわせているうちに、あっという間に悦《よろこ》びの極致に達した。鞭《むち》打《う》たれた放れ馬のごとく、強烈な解放の瞬間をいっきに迎え、なすすべもなく歓喜の叫び声をあげる。ベネディクトがかがみ込んで口を塞いでくれなければ、甲高い悲鳴を聞きつけ、館のみんなが目を覚ましていただろう。

すぐにベネディクトもクライマックスに達し、喉の奥から振り絞るような声をあげながら汗まみれの体で覆いかぶさってきた。

そしてアルシアは両腕を彼の体に巻きつけ、しっかりと抱きしめた。

「きみを傷つけたんじゃないだろうか？」ビーストはぽつりとアルシアに尋ねた。

そう尋ねるのが少し遅かったのは百も承知だ。きっと彼女を死ぬほど怖がらせたに違いない。強風にあおられたがごとく、有無を言わさずアルシアを奪ってしまった。

いまアルシアは、手脚を伸ばして仰向けに寝ている。ビーストもいまは仰向けになっているが、彼女の体に半分覆いかぶさるような姿勢だ。片方の腕をほっそりとした体に巻きつけ、空いたほうの手を、シーツの下に隠れていない素肌にそろそろとはわせている。どうしても彼女に触れるのをやめられない。触れたくてたまらない。

「いいえ」

アルシアは指先をこちらの髪に差し入れてきた。彼女にこうされるのが好きだ。右耳のことなど気にせず、もっと早くアルシアにこうされるのを許していればよかったものを。自分の愚かさを呪いたくなる。

「話して」

わが身に起きたことを誰かに話すとしたら、その相手はアルシア以外に考えられない。だが、どこから、どうやって話し始めればいい？　あれからディナーを一緒にとりながら、両親といろいろ話し合った。そう、俺の両親と。〝両親〟という言葉を使うのには、まだまったく慣れていない。その言葉を口にしようとするたびにためらいを覚える。

彼ら二人は、自分たち自身や所有する領地、家族について話を聞かせてくれ、ビーストにもいろいろと尋ねてきた。しかし、母エティや兄弟姉妹の話はしたものの、アルシアについては話さなかった。自分でもその理由はわからない。

アルシアとの関係はまだ始まったばかりだ。しかも彼女は特別すぎる女性だし、あまりに私的な存在にも思える。代わりに、自分の小説や所有する船舶についてや、もっと若い頃の思い出話もいくつか聞かせた。ただし〝三本指のビル〟やサリー・グリーン、あの娼館《しょうかん》についての話は控えた。ナイフで刺された話などしたら、彼ら二人に罪悪感を覚えさせることになるだろう。これまでの話を詳しくしても、喜んで耳を傾けてくれるとは思えない。どのみち、そういう話のどれ一つとっても、彼らにとっては重要ではないのだ。彼らはこの自分を、尊敬されるべき貴族の世界へ連れていこうとしているのだから。

とはいえ、本当はわかっている。両親にはこれまでのすべてを話すべきだ。母親を見ていても、何一つ隠す必要がないのだと感じられた。ただし、公爵および公爵夫人と自分との関係ははかなく、壊れやすい。まるでずらりと並べられた卵の上を、一つも割らないよう注意しながら歩いているような気分になる。両親と会話をしている最中も、ときどき足元でひび割れる音が聞こえ、極力自分についての話をしないようにしていることに気づいた。

元々、自分から話を始めるたちではない――アルシアは例外だが。彼女が相手だと、我ながら驚くほど口数が多くなる。他の人を相手にするのとは比べものにならないほどよくしゃべっている。

遅い時間になったため、公爵は館まで馬車で送ってくれた。ところが、いざ館に帰り着いても、そのままなかへ入る気にはなれなかった。心がひりひりして、考えも感情もばらばらで、まったくいつもの自分らしく感じられなかったせいだ。だから、昔からよく知るホワイトチャペルを歩き回ることにした。俺という人間を形作ってくれたのは、あの街の裏通りにほかならない。だがこうして両腕をアルシアに巻きつけて初めて、ようやくいつる自分を。

もの自分らしさを少し取り戻せた気がする。俺自身がよく知る、これこそ俺だと認められ
「イワン・キャンベルという人のせい？　彼はいったい何者なの？　どんな用件であなたを訪ねてきたの？」沈黙しているビーストに向かって、アルシアは尋ねた。

いつもなら彼女はけっして答えを急《せ》かしたりしない。だが今回は、あまりに待たせすぎた。彼女から〝話して〟と言われたときからずっと、炉棚の置き時計が時を刻む音しか聞こえていない。

「彼は……俺の父親だった」

アルシアがすばやく上体を起こしたせいで、ベッドが大きく揺れた。「あなたのお父様？　どうしてわかったの？」

「俺は彼と瓜二《うりふた》つなんだ。身長や髪や目の色まで、まるで鏡に映る年老いた自分を見ているようだった。あのあと、彼に連れられ、自分の母親に会いに行ったんだ」

「彼女はあなたのお父様の愛人なの？」

「いや、二人は結婚していた」

「だったら、なぜいまさらあなたを訪ねてきたの？」

アルシアはいらだちもあらわに言った。これほど長い歳月、姿を現そうとしなかった彼ら二人に憤りを感じているのだろう。

「彼らはずっと俺を捜していた。その間、本当に紆余《うよ》曲折《きよくせつ》あったんだが、彼らはつい最近、俺の居場所を突き止めることができたんだ」

それから、自分が知っていることをあらいざらいアルシアに話して聞かせた。両親から聞いたありとあらゆること――すなわち、彼ら二人の息子への愛情物語のすべてを。

すべて聞き終わると、アルシアはベッドの上で両膝を折ってにじり寄ってきて、指先で分厚い胸板をたどり始めた。「せっかく彼らが見つけてくれたのに、あなたはあまり幸せそうに見えないわ」

「まだ混乱しているんだ。ティア、きみの場合はどうだった？　きみはかつて貴族のレディだったが、いまはそうではない。その違いをどうやって受け入れたんだ？　俺は三十三年間、ずっと庶子として生きてきた。蔑まれ、あざ笑われ、あからさまに避けられてきた。周囲から、まさに罪そのものの存在のように思われてきたんだ」ビーストはかぶりを振り、彼女の愛らしい顔の輪郭を指でたどり始めた。「それがどうだ。いまは公爵領の相続人だと？　もう自分が何者なのかさっぱりわからない」

アルシアは微動だにしない。ぴくりとも動かず、まばたきさえしていない。

「いま、なんて？　公爵領？」

「言い忘れていただろうか？　俺にとっては大したことじゃないが、父はグラスフォード公爵なんだ。きみなら彼の爵位名を聞いたことがあるかな」

「いいえ。でも、わたしは貴族全員を知っているわけではないから。つまりあなたが生まれたとき、お二人は結婚していた。それなのに、あなたを手放したということかしら？」

今回もアルシアはいらだった声だ。彼女の憤懣《ふんまん》やるかたない様子を目の当たりにし、思わず頬を緩める。まったく、すぐそばにこれほど勇猛果敢な女戦士がいてくれるなんて。

「いや、俺は庶子として生まれ、二人が結婚したのはそのあとだった。だがスコットランドの法律によれば、俺が相続人になるという」

「スコットランド？　お二人ともスコットランド出身なの？」

ビーストは声をあげて笑い出しそうになった。先ほどからアルシアは、こちらが口にした言葉をおうむのように繰り返し続けている。俺自身がそうだったように、アルシアも話のすべてを信じ、受け入れるのに苦労しているようだ。

柔らかな巻き毛を指先に巻きつけながら答えた。「パースシャーのどこからしい」

「なんてことかしら……信じられない。こんなに状況ががらりと変わるなんて」

「ああ、今夜の俺は、これまで生きてきて一番奇妙な体験をした。使用人たちからずっと閣下《マイ・ロード》と呼ばれ続けたんだ。そのたびに、彼らが自分に話しかけていると気づくまで、しばらく時間がかかったよ」

「あなたの儀礼上の爵位はなんというの？」

「テュークスベリー伯爵だ」

アルシアは軽い笑いとも皮肉ともつかない声を発した。だが、どこか悲しげな響きが感じられる。「あなたは伯爵なのね」

「ああ、そうなんだ」

「そしてこれから公爵領を相続することになる」

ビーストは不思議に思った。なぜアルシアは心細そうな表情を浮かべているのだろう？　どうしてこの自分ではなく、その背後にある将来を見きわめるかのような遠い目をしているんだ？

認めよう。俺自身、ほとんど何も知らない世界に足を踏み入れることに不安を覚えている。だがアルシアにとって、そこは勝手知ったる世界だ。俺を首尾よく導けるはずなのに。アルシアのこめかみから顎へ指をはわせ、彼女の顔を自分のほうへ向けさせた。「俺と一緒にいれば、きみは社交界へ戻れる」

彼女の眉間にわずかにしわが寄ったため、親指を使ってそのしわを消した。

「どうやってそのすべてを世間に知らせるつもりなの？　『タイムズ』に広告を出す？」

「明日、俺は公爵と一緒に彼の事務弁護士を訪ね、彼の正式な相続人と認められるための手続きをする予定だ。夜は両親と食事をする。きみも一緒に来てくれ。二人にきみを紹介したい。きみに二人について知ってほしいし、二人にもきみについて知ってほしいんだ。きみは彼らを好きになると思うし、彼らもきっときみを気に入る」

　直後、アルシアの喉元から頬までがさっとピンク色に染まった。そのさまを目の当たりにして、遅まきながらビーストは後悔した。どうしてあれほど長いこと、暗闇のなかで彼女を愛撫《あいぶ》していたのだろう？　そのせいで彼女が体をほてらせる瞬間を何度も見逃すことになってしまった。

「まだ早すぎるわ。そう思わない？　わたしをいきなり紹介して驚かせる前に、あなたはお二人ともう少ししっかりした関係を築く必要があると思うの。一般的な家庭なら、家族の誰かが災難や試練に直面しても、それを乗り越えるだけの土台のようなものができあがっているはず。でも、あなたたち三人にはまだそういう歴史がない。たとえいい時代の思い出があったとしても、困難を乗り越える手助けにはならないわ」

　ビーストは彼女の言葉に込められているものをすぐに理解した。イワンとマーラ・キャンベル夫妻を心から愛したいと思っているし、自分をこの世に生み出してくれた二人に愛情も感じている。ただし、俺の家族があのトゥルーラヴ一家であることに変わりはない。

　その証拠に、あのクリスマス・イブの夜、俺はこの手でLという文字に赤い色を塗った。LOVEという単語もLで始まる。突然、それがとてつもなく大切な事実に思えてきた。Lという一文字は、自身に与えられた名前や家族、さらには愛という感情と俺自身を結びつけている。

　あれはロビンのためにやったことだが、同時に俺の心の一角を占める出来事になった。

この自分が彼らの一員であることに変わりはない。

ビーストは横向きになってアルシアを正面から見つめると、シルクのような髪に指を差し入れた。「まさか、自分がその〝困難〟に該当すると考えているわけじゃないだろう？」

「父親が反逆者だった女と結婚すると聞かされたら、お二人がどんな反応を見せると思う？　あなたにも予想できないはずよ。あなたはクリスマスの日、わたしを家族に紹介しても彼らが受け入れてくれるとわかっていた。それは、あなたと彼らの間にこれまで積み重ねてきた家族の歴史があるから。ああいう状況にみんながどう反応するか、ちゃんとわかっていたからだわ。あなたは実のご両親にわたしのことを話したの？」

ビーストはアルシアの額に唇を押し当て、彼女の視線を避けた。「それが、まだなんだ。きみのことを話す適切なタイミングは来ていないように思えてね。自分でも理由がわからない。本来なら、きみのことを真っ先に話すべきなのに」

アルシアはビーストの顎に手を当てて体を離し、しっかりと目を合わせた。「それは、お二人との関係を深めるために、いまあなたがとても慎重になっているからだと思うわ」

たしかに彼女の言うとおりだ。俺と両親は互いについてほとんど何も知らない。これまでともに過ごした思い出もほとんどない。彼らと一緒にいた時間は、全部合わせても半日にも満たないのだ。

「だったら、別の機会にしよう」そう答えたとき、腕のなかでアルシアが体の力を抜いたのがわかった。

いまのいままで、彼女がそれほど体をこわばらせていたのに気づかなかった。アルシアは二人に会うのを――俺の両親が自分に対してどんな意見を抱くか知らされるのを怖がっているのか？　仮にあの二人がアルシアを受け入れようとしないなら、俺はそんな二人を受け入れられない。だからこそ、彼女がつらい思いをせずにすむように、この手でお膳立てを整える必要がある。それに、たとえ両親が貴族でなかったとしても、過去などもう重要ではない。思えば、アルシアは何よりもそのことを身をもって教えてくれた。いまではその教えが何にもまして身にしみる。

アルシアのむき出しの肩を指でたどりながら続けた。「俺にはわからないよ。どうすればいいのか、どうすれば貴族になれるのか」

彼女は小さな笑みを向けてきた。「まず、あなたはいまよりずっと高慢にならなければいけないわ」

「もし俺が高慢ちきになっても好きでいてくれるか？」

「わたしは、どんなあなたでも好きよ」

が、ビーストははっきりと感じ取っていた。二人の間の何かが変わろうとしている。しかも、必ずしもいいとは言えない方向に。

26

アルシアは図書室に座り、自分のためにシェリー酒を注《つ》ぎながら、炉棚の置き時計が時を刻む音に耳を傾けていた。時計を一瞥《いちべつ》したが、先ほど見たときからまだ一分しか経《た》っていない。もうすぐ夜十時になるというのに、その日の朝外出したきり、ベネディクトはまだ館に戻ってこない。

彼は、貴族になるための方法は知らないかもしれない。でも貴族らしく見せる装い方なら間違いなく知っている。ベネディクトがどこであれほど上等な仕立ての衣服を調達しているか、アルシアにもわからなかった。クリスマスに身につけていた晩餐用《ばんさんよう》の正装だけでなく、普段から上着もズボンもベストも最高級のものを着こなしている。きっと、商人たちと商談をするときにも身につけているのだろう。常に海運会社の代表にふさわしいいでたちを心がけているのかもしれない。とはいえ、ベネディクトを見ていて一番強く感じるのは、〝どんなときでもありのままの自分でいられる男性〟という印象だ。自分が何者であるか完璧に把握している大人に見える。彼ならば公爵の相続人という大きな責任も果たせるだろう。

そして、ベネディクトが見つかったことを、彼の両親はさぞ喜んでいるに違いない。あれほど自信たっぷりな物腰の息子なのだから、なおさらだ。今日面会した事務弁護士も、今後ベネディクトが貴族のなかで確固たる立場を築いていくのを露ほども疑わないだろう。

そのいっぽうで、アルシアは今日一日、自問自答を繰り返している。この先、彼の人生においてわたしはどういう立場に置かれるのだろう？　ベネディクト・トゥルーラヴの人生における自分の立場なら理解できる。わたしは彼のもの――彼の妻になるだろう。でもベネディクト・キャンベルの人生においては？　そもそも彼を取り囲む新たな世界において、この自分が果たせる役割などあるのだろうか？

まったく。朝目覚めて〝ああ、また何もかも昨日と同じ一日が始まる〟と確信できる日は、本当にやってくるの？　自分が何者なのか理解できたと思うたびに、その自信をあざ笑うように、運命が行く手に障害物を放り投げてくる。

向かい側にある空いたままの椅子が、ベネディクトが座っているかのようにきしり音を立てた。

「よけいなお世話かもしれないけど、彼、本当に遅いわね」ジュエルがひっそりと口を開いた。

アルシアは心のなかでつぶやいた。ベネディクトと一緒にこの図書室で過ごせる夜がまたやってくるだろうか？「きっと積もる話があるんだわ」

ベネディクトは、自分を取り巻く状況の変化についてジュエルに話したが、ヘスターとロッティには話していない。家族にもまだ話しているとは思えない。ミセス・トゥルーラヴはどんな気持ちになるだろう？　これほど長い歳月が経ったいま、ベネディクトが実の両親と再会したと聞いたら？　彼にとっていいことだと、幸せな気分になるだろうか？　それとも、実の両親もまたベネディクトを愛し、彼の幸せを求めていたのを知ったら、もはや彼が自分一人だけのものではなくなったことに一抹の悲しさを覚えるのだろうか？

アルシアは話題を変えた。「そろそろ仕事を探そうと考えているの。わたしもここで一部屋借りるべきだもの」

「アルシア、彼があなたを置いていくはずがないわ」

ベネディクト自身、連れていきたいと考えてくれているかもしれない。でも結局、かつてのわたしと同じように、彼も目の前の現実を受け入れざるをえなくなる。もはやわたしとは結婚できないという現実を。わたしたちはもう同じ世界にいない。それにもはや……二人の間も前のようにはしっくりいかなくなる。

「いろいろつらい試練を与えられたせいで、わたしも学んだのよ。必要になったときのために、常に代わりの案を用意していたほうが賢明だって」

ジュエルはうなずいた。彼女もまた、どんな場合も代替案を用意しておくことの大切さを理解しているに違いない。「もし仕事を探すつもりなら、この下宿屋を手伝って。あなたがいてくれたら、それだけで洗練された雰囲気になるわ。品のいい下宿人たちだって集まるかもしれない」

「ご親切にありがとう。でも、わたしに施しを与える必要なんてないのよ」

「施しなんかじゃないわ。ビーストが――」ジュエルは慌てたように小声でつけ加えた。「もう伯爵と呼ぶべきなのよね」息を吐き出しながら続ける。「とにかく、彼はわたしに仕事のいろはを教えてくれたの。おかげで、わたしも自分の商売に役立つ人材を見抜けるようになったのよ」

誰が想像しただろう？　わたしの親友にかつて体を売っていた女性が加わるなんて。

「ありがとう、自分の価値を証明できる機会を与えてくれて」

「上流階級はこれだから」ジュエルは突然現れたうるさいハエを追い払うように、片手をひらひらとさせた。「あなたはわたしに、何も証明する必要なんてないわ」

「ねえ」ヘスターが割って入ってきた。「時計を見てよ。時間を知らせてくれるビーストがいないと、わたしたちみんな時間を忘れちゃう」

アルシアは置き時計をちらっと見た。十時を五分過ぎただけだ。それでも、自分にとってはこの五分がとても貴重なものに思える。

どこか上の空で、レディたちがこう叫んでいるのを聞いていた。「今夜、彼は戻ってこないつもりね！」

でももし戻ってきたら――アルシアは頭を巡らせていた。二人にとって永遠に忘れられないような一夜にしたい。わたしたちどちらにも、そういう夜が必要だ。

くそっ。ビーストはくたくただった。貴族の一員になるため、これほど煩雑な手続きが必要だとは思いもしなかった。事務弁護士と面会をしたあと、紋章院の記録係を訪ね、数えきれない質問に答えて、さまざまな書類を完成させ――

そんな手続きがうんざりするほど続いたのだ。

そのあと、両親とディナーをともにした。さらに質問され、さまざまな情報を求められたあげく、こう言われた。〝わたしたちのことは母上《マザー》と父上《ファーザー》、それか母さん《マー》と父さん《ダー》と呼んでちょうだい〟

ところが、いまだそう呼べずにいる。まだこのすべてが現実とは思えないのだ。とりあえずこれが現実であるかのように行動してはいるが、心のどこかでいつも考えている。これは夢で、いつか目覚めるのではないかと。何より気に入らないのは、これほど長い時間アルシアと離れていなければならないことだ。

ようやく館に戻って時計を確認すると、すでに十一時を過ぎている。

階段近くで、帽子と外套《がいとう》を外套掛けにかけた。他には誰の外套もかかっていない。夜遅い時間、この館の客間に男性客が一人もいない状態にはどうしても慣れなかった。ジュエルのしゃがれた笑い声が聞こえてこないのも、彼女のチェルート葉巻の香りが漂ってこないのもだ。だが、これはいい変化だろう。あと数週間もすれば、この館は下宿屋として再出発することになる。そして、そのときはもう、俺はここにいない。

階段をのぼっていると、ようやく心が軽くなってきた。アルシアがそばにいてくれる。まだ起きて、俺を待っていてくれるといいのだが。

何か言い訳をして、もう少し早い時間に帰ってくるべきだった。だがディナーの際、父が祖先たちの歴史を語り始め、彼らの冒険物語にすっかり夢中になってしまったのだ。領主館に掲げられた先代たちの肖像画を見ていると、誰もがどこか自分に似ているのがわかった。アルシアがそばにいてくれたら……と今夜ほど願ったことはない。そうすれば自分の祖先たちの試練と勝利、愛情、悲しみに彩られた武勇伝を一緒に楽しめたのに。いっぽうで、無法者や犯罪者、絞首刑になった者たちまでいた。とにかく、これまでの長い歴史のなかで、ありとあらゆる個性を持った先祖たちがいたのだ。英雄、女傑もいれば、反逆者、犠牲者もいた。なかには弟の命を救うため、みずからすすんで絞首刑になった兄もいる。一族を救うために、愛してもいない男たちと結婚した女たちも。父の語る言葉一つ一つに作家魂をかき立てられた。まるで父が吟遊詩人の家系の出身であり、見事な物語を紡いでいるような錯覚まで覚えた。

アルシアと結婚したあかつきには、父である公爵にもう一度、先祖たちの物語を一つ残らず聞かせてもらおう。そうすれば、喜びに顔を輝かせるアルシアの姿をこの目で確かめられる。

だが今夜は、もっと違う種類の喜びで全身をほてらせるアルシアを見たい。昨夜はあんなに乱暴なやり方で彼女を奪うべきではなかった。しかも、あっという間に果ててしまったのだ。今夜はその埋め合わせをするつもりでいる——もしアルシアがまだ起きていたらの話だが。もし起きていなかったら、そっと彼女のベッドにもぐり込んで、ただ抱きしめるだけでいい。

一番上の階まであがると図書室の様子を確認した。すでに部屋に灯《あか》りはなく、暖炉の火も消えている。かつてアルシアと二人きりで図書室に座り、ゆっくりくつろいでいた時間が懐かしい。アルシアが恋しくてしかたがない。

彼女の寝室の前にやってくると、扉を静かにノックして聞き耳を立ててみた。なかからは、寝返りでベッドがきしむ音さえ聞こえてこない。試しにもう一度軽くノックしてみた。少年時代に会得した、目当ての人物以外は起こしたくないときのための叩《たた》き方だ。だが扉は閉ざされたままだし、扉の向こう側もひっそりと静まり返ったままだ。どっしりしたマホガニー材の扉に手のひらを押し当て、なかへ入ろうかとしばし考えたが、無理にアルシアを起こしたくない。彼女がぐっすり眠り込んでいるなら、なおさらに。

自分の寝室へ向かい、寝支度を整えることにした。まずはズボンとシャツ、さらにブーツを脱げば、物音をほとんど立てないままアルシアが眠るベッドへもぐり込めるだろう。

寝室の扉を開け、足を踏み入れるなり、驚きに全身がこわばった。ベッドの上にアルシアがしどけなく横たわっている。さながら飼い主を挑発する猫のようだ。豊かな髪が背中に流れ落ち、身につけているのは真っ赤なコルセットのみ。高く持ち上げられた胸を強調するように、その部分だけ黒いレース飾りがあしらわれている。コルセットの裾のレース飾りは、脚の間の金色の巻き毛を隠すか隠さないかの絶妙な長さ。しかもコルセットの後ろ側は、ヒップがあらわになるデザインだ。彼女が取っているポーズのせいで、いまは右のヒップしか見えていないが、きっと左のヒップもむき出しになっているのだろう。この位置からだと見えないのがひどくもどかしい。アルシアの女性らしい曲線を強調するように、コルセットの前面には黒いパイピング装飾が施されている。

「なんてことだ」このかすれ声は自分の声なのだろうか？

「扉を閉めたほうがいいわ」アルシアがそっけなく言う。体の自由がきかない相手に言い聞かせるような口調だ。

体がうまく動かなかったものの、どうにか言われたとおりにすることができた。しかも、扉を叩きつけて館じゅうの住人を起こすことなくだ。

「それは俺がベスに頼んだ、誘惑のためのドレスなのか？」

「ええ、注文したのはあなたよ」アルシアはすばやくベッドからおりた。

コルセットに覆われていない部分の多くが見えるや否や、体は強烈な反応を見せた。彼女の素肌すべてに、この両手をはわせたくてたまらない。いますぐに。

「前に言ったでしょう？　ベスはもう少し生地をたっぷり使ってくれたらよかったのにって」

「コルセットとはそういうものだ」

アルシアはビーストの前で立ち止まると、顔をあげて目を見つめた。「それが、スカートも同じなの。でも、なぜあなたがわざわざこんなドレスを作らせたのかが不思議だわ。最初から身につけなければ、脱がせる手間もかからないのに」手を伸ばして指先を丸め、顎に滑らせてくる。「今夜はもう戻ってこないかと思っていた」

「俺はいつだって戻ってくる」もしアルシアがこれほど艶《なまめ》かしい姿で目の前に立っていなければ、今夜遅くなった事情をすべて聞かせていただろう。だがいまは、そんなことなどうでもいい。またしてもぐずぐずして時間を無駄にしたくない。上着を脱ごうとすると、アルシアが制するように手のひらを胸板へ押しつけてきた。

「わたしにやらせて。あなたの服を全部、この手で脱がせたいの」

「そんなことをされたら頭が変になる」

「でも、それってすてきなことだと思わない？」

ビーストは低くうなると、アルシアの唇を塞いだ。これ以上彼女の言葉を聞かされていたら、なすすべもなくくずおれそうだ。

ああ、この唇はいくら味わっても満足できない。柔らかな感触も、独特の香りも、それに、アルシアならではの大胆さも。

そう、俺がもっとも好きなのは、彼女の大胆さだ。

ビーストからかたときも唇を離そうとしないまま、アルシアは肩から上着を脱がせ、両方の腕までおろし、ようやく床へ落とした。

両手でアルシアの顔を挟み込みながら、口の角度をわずかに動かして、キスを深めていく。むさぼるように舌と舌を絡ませ合っている間に、アルシアがベストのボタンに指をかけ、なんとかすべて外し終えた。彼女の忍耐力に感心せずにはいられない。もし自分ならば、力任せに生地を引き裂いてボタンをはじき飛ばし、床に散らばる音を聞いて満足していただろう。

サテンのベストが床に落ちる。上着の上から重なるように落ちたため、ささやき程度の音しか立っていない。続いてすぐにネック・クロスが滑り落ち、アルシアがシャツのボタンに取りかかって、カフスボタンも外し始めた。

この両手は、たとえ一瞬でも彼女から離したくない。とはいえ、いまいましい服から解放されるためには、どうしても一度離さなければいけないだろう。

シャツを頭から脱がせられる瞬間、渋々アルシアから体を離した。

「ブーツは俺にやらせてくれ」

ビーストは手近な椅子に腰をおろし、脱いだ片方のブーツを引っつかんだが、ふとコルセットの前部分に目をとめた。垂れ下がった細い布が、アルシアの脚の間を巧みに覆い隠している。だが頭をほんの少し下げてみて、はっと気づいた。

「きみはいま、そのコルセットしかつけていないんだな？」

「ええ」

ビーストは目をあげて彼女と視線を合わせた。「そのいまいましいコルセットのせいで頭がおかしくなりそうだ」

「そうなの？」アルシアは答えた。無邪気な口調を聞き、さらに頭がどうにかなりそうになる。

「きみだってそれくらいわかっているはずだ」

アルシアは上唇を下唇に重ね、キスを思わせる軽い音を立てたかと思ったら、挑発するように舌を口のまわりにはわせてみせた。

くそっ、このままだとズボンを脱ぐ前に種を蒔《ま》いてしまいそうだ。ものすごい速さでブーツを、続いて靴下を脱ぎ捨てて立ち上がり、ズボンのボタンに手をかける。

その手にアルシアの手が重ねられた。「わたしにやらせて」

「早く脱がせてくれ」

彼女はいたずらっぽい笑みを浮かべ、長いまつ毛の下からビーストの顔を見上げた。

「わたしのやりたいようにやるわ」

「どうして俺をこんなに苦しめるんだ？」

「苦しめているかしら？」

「自分でもわかっているはずだ、この小悪魔め」

ズボンのボタンが一つ外された。それだけで神に感謝したい気分になる。

「いつだって導き手はあなたで、わたしはずっと導かれてきた」アルシアは静かに口を開くと、ボタンが一つ外されたズボンをじっと見つめた。残りのボタンをいつ突き破ってもおかしくないほど、欲望の証《あかし》が膨れ上がっているのはわかっているはずだ。「今夜はわたしが主導権を握りたいの」

そう言われるまで、こちらが常に主導権を握っていたとは気づいていなかった。ビースト自身は、互いに力を合わせて進むべき方向を探りながら睦《むつ》み合っていたように感じていたのだ。ただし、昨夜は例外だ。切羽詰まった欲望のせいで取り乱し、熱に浮かされたように彼女を自分のものにした。彼女は抵抗したわけではないが、なんとなくわかっている。今夜、俺は昨夜の罰を受けようとしているのだろう。それも受ければ受けるほど、悦《よろこ》びがいやおうなくかき立てられる甘い罰を。

また一つ、ズボンのボタンが外された。一つ、続いてもう一つ。もどかしいほどゆっくりとしたペースは続き、ようやく最後のボタンが外された。

ズボンをおろされながらヒップに軽く爪を立てられ、悦びにぶるりと体を震わせる。危うく種を蒔きそうになり、必死にこらえていたせいで、ズボンを完全に脱がせるために彼女がひざまずいていたことに気づかなかった。ズボンから両足を抜き、脇へと蹴り飛ばすと、彼女が立ち上がるのを手助けしようとした。だが手をアルシアの両肩にかけたところ、たちまち止められる。

「だめ」

ビーストは体をこわばらせ、ひたすら待った。

アルシアは次に、指で太ももを撫《な》で始めた。上下に、ゆっくりと。「あなたはこんなにがっちりした脚の持ち主なのね」

膝頭にキスされ、たちまち脚から力が抜けそうになる。それなのに、今度は膝の五センチほど上にキスをされた。しかも、太ももの内側に。

「あなたはよく口を使って、わたしの太ももの間にとてもみだらなことをするわ」アルシアはおごそかな口調で言うと、頭をのけぞらせて視線を合わせた。「あなたに同じことをするにはどうすればいいのか、なぜ一度も教えてくれなかったの？」

アルシアは暗にほのめかしているのだろうか？　本当は俺がそうしてほしいと考えてい

たことを。「きみは……好きになれないだろうと思ったからだ」

「だったら、あなたのこの部分は芽キャベツみたいな味がするのかしら?」

ビーストは思わず眉をひそめた。「いや、そうは思わない」

彼女は目を細めると、可愛《かわい》らしく唇を突き出してみせた。「わたしが嫌いなのは芽キャベツだけよ」

喉の奥から振り絞るようなうめき声が出た。「ティア――」

「あなたを味わいたいの」アルシアは両手で太もものうしろを包み込むと、またしてもその内側に唇を押し当てた。「わたしにそうしてほしい?」

どうしてこんな無邪気なことが言えるんだ? それでいて、ひどく世慣れている女の言葉のよう。

「ああ」口をついて出たのは、もはや言葉にならないしわがれ声だ。

太ももの内側の感じやすい部分に軽く歯を立てられた。みぞおちが突然苦しくなり、体の両脇で拳を握りしめる。どうしてもアルシアから目を離すことができない。欲望の証の、これほど近くに彼女の唇が寄せられているのだ。いったい何が彼女を突き動かしているのだろう? ただ、その手に負えないものがなんであれ、いまの俺には彼女を行儀よく振る舞わせることなどできない。そもそも、そうしたいとも願っていないのだから。

アルシアは両手を前に移し、そそり立つものの根元に指を巻きつけた。もはやこちらに選択権はない。彼女の命に従うだけだ。

唇を舐《な》めたアルシアから先端に口づけられた瞬間、全身を快感が貫いた。ありとあらゆる筋肉が引きつっている。思わず指を柔らかな髪に差し入れた。これほど親密な愛撫《あいぶ》をされているいま、彼女の体のどこかに触れずにはいられない。

「芽キャベツの味はしない」アルシアはそう言うと、舌を根本から先端まで余すところなくはわせた。極上の快感に襲われ、なすすべもなく低いうめきをあげながら頭をのけぞらせる。

〝小さな死〟――フランス人はオーガズムをそんな言葉で表現するが、俺もいま死にかけている。まさにこの場で。

そのとき、アルシアの口のなかにすべてが包み込まれるのを感じた。温かくて、湿っていて、柔らかい。自分の一番敏感な部分が、アルシアのふっくらした唇とベルベットのごとき舌で愛撫されているのを、なすすべもなく見おろした。

「ティア……知っているかい？　きみは本当に美しい……」

彼女は答えようとせず、口のさらに奥深くまで欲望の証を受け入れた。

ああ、正直に言って自信がない。アルシアのこの奉仕に、俺は本当に耐えきれるだろうか？

27

アルシアは愛《いと》しさを噛《か》みしめていた。わたしが笑みを浮かべていることに、ベネディクトは気づいているだろうか？　彼が低い声をあげたり、うなったり、ときおり悪態をついたりするのを聞いていると、えも言われぬ悦《よろこ》びがかき立てられる。もっと苦しめてやりたくなる。彼は先ほどから手の指を細かく震わせ、太ももを痙攣《けいれん》させ、みぞおちを引きつらせたままだ。

こうされるのをベネディクトがこれほど悦んでくれるなんて、このうえなく幸せな気分になる。でもいま感じているのは、雪が降りしきるなか、大きな笑い声をあげて喜ぶような〝幸せ〟ではない。甘い苦痛をともなう、もっと後ろ暗くてひそやかな類いのものだ。相反する感情に次々と襲われ、頭がどうにかなってしまいそうな感覚はよく知っている。ベネディクトから愛撫《あいぶ》され、責め立てられるときまって感じる感覚だから。ようやく彼にもその仕返しができて、とびきりいい気分。

「ティア……愛しい人……俺はもう我慢できない」ベネディクトはアルシアの顎をそっと

手で包み込むと、体を離した。「きみをベッドに運ばせてくれ。いますぐに」

アルシアは目をあげて彼と視線を合わせた。「こうされるのは好き？」

「ああ、大好きだ」アルシアを手助けして立たせると、ベネディクトはさっと体をすくい上げた。「キスしてくれ。そうすれば、俺も自分がどんな味なのかわかる」

言われたとおりに熱っぽく唇を重ねる。もしそうしなければ死んでしまいそうなほどの、ありったけの情熱を込めて。舌を差し入れて重ね合わせ、彼から強く吸われてため息をつかずにはいられない。負けじとこちらも彼の舌に強く吸いついた。二人でベッドに倒れ込み、キスは中断したものの、すぐにベネディクトは胸の膨らみを口で愛撫し始めた。

「悩ましくて頭がおかしくなりそうなんだ。この美しいコルセットをもう少し身につけていてほしい。同時に、いますぐ脱がせたくてしかたない」

「そのままにしておけばいいわ」

「俺をおかしくさせるのはこのコルセットのせいだよ。だが、今度は俺の番だ」ベネディクトは体を下にずらし、アルシアの太ももの間に陣取った。人差し指で襞《ひだ》をかき分けながら驚いたように言う。「もうこんなに濡《ぬ》れているじゃないか。さては、さっきの行為を自分でも気に入っていたんだな」

「ええ、そうよ。あなたはどう？　いまからしようとしていることが好き？」

ベネディクトは、まぶたを半分おろしたまま、熱っぽい目をアルシアの脚の間に向けた。

「もし好きでなかったら、わざわざこんな下まで体をずらさないよ」

指の代わりに、今度は舌を使って襞をひと舐《な》めされた。もどかしいほどゆっくりと時間をかけて。強烈な快感に、ほとんど気を失いそうになる。彼を受け入れる準備はこれ以上ないほど整っていた。小さな欲望の芯は腫れ上がり、小刻みに震えている。ひどく敏感になっているのだろう——ベネディクトから舌で強く刺激された瞬間、思わず上体を起こして、両手で彼の頭を挟み込んでいた。

「わたし……自分がこんなにみだらな女だとは思わなかった」

「俺はみだらなきみが大好きだ」

ベネディクトから欲望の芯をしゃぶられ、弧を描くように巧みな舌遣いで容赦なく愛撫され、なすすべもなく体をこわばらせる。全身が解放を乞い願って泣き叫んでいる。

「もうだめ、我慢できない」

「だったら、思いきり飛ぶといい」

「あなたと一緒でなければ嫌……特に今夜は。あなたをこの体のなかで感じたい」

ベネディクトはまさしく野獣のようなうめき声をあげると、すぐに体を離してベッドの上に仰向けになった。「俺にまたがってほしい。そうすれば、この目できみのコルセット姿を楽しめる」

アルシアはベネディクトの腰の両脇に膝をつき、体を起こした。彼が体勢を整えると、上体をゆっくりとおろしていき、やがて、欲望の証《あかし》を完全に受け入れた。そそり立つベネディクト自身をすっぽり包み込んでいる感触がたまらない。なんてすばらしいの。涙があふれそうになり、慌ててまつ毛をしばたたいて振り払う。いまはただひたすら、ベネディクトと一つになったときにしか味わえない、この驚くべき感触だけに意識を集中させていたい。

「こんな窮屈そうなものをつけて、ちゃんと呼吸できるのか？」ベネディクトが尋ねてきた。

「いいえ、あんまり」

「だったらすぐに脱いだほうがいい。それに、もうこのコルセットは自分の役目をちゃんと果たした。コルセットときみの口のおかげで、俺はもう爆発寸前だ。こんなに硬くなったのは初めてだよ」

アルシアは小さな笑みを浮かべた。ベネディクトの言い方はどこか不機嫌そうなのに、同じくらい喜んでいるようにも聞こえる。

ベネディクトからコルセットのホックを外されたとたん、思いきり新鮮な空気を吸い込んでいた。気づかないうちに、これまで息苦しさを我慢していたようだ。

彼はコルセットを脱がせ、ベッドの脇に放り投げると、両手で胸を揉《も》みしだき始めた。めくるめく快感にあえぎながら言う。「ああ……ものすごく《ダムド》いい」

「いま、ののしり言葉を使ったのか？」

アルシアはにっこりほほ笑むと、頭を下げてベネディクトに口づけた。「ちゃんと言えばこうなるわ。もう眠りにつこうとしていたわたしの胸を、あなたが目覚めさせてくれた。その起こし方が驚くほど気持ちよく感じられるの」

ベネディクトは大きな両手を背中に置いてアルシアの体を支えたまま、腹筋を使って上体を持ち上げると、乳房にむしゃぶりつき、口で愛撫し始めた。快感がさらに高まっていく。

彼はもう片方の乳房も口に含んで熱心に愛《め》でると、またしてもベッドに横たわった。

「愛しい人、主導権を握っているのはきみだ。さあ、俺を乗りこなしてくれ。きみの好きなようにペースを速めたり遅くしたり、優しくしたり厳しくしたりしてくれていい。俺はきみのリードに従う」

その瞬間、アルシアはベネディクトを心から愛しいと思った。これ以上誰かを愛することなどできるだろうか？　いいえ、できるわけがない。

彼の体の上で上体を起こし、わずかに腰を引いてみた。いつもとは違う角度になる。この角度もいい……というか、この角度がなんとも言えず好き。そう気づき、腰を上下に動かしながら、彼と一つになっている部分に意識を集中させる。強くこすれるような感じがたまらない。

「きみはこうするのを楽しんでいるんだね」ベネディクトが息を切らしながら言った。

「どうしてわかるの?」

「天国を見つけたような顔をしているからさ」

そう、実際にそう思っていた。ベネディクトが一緒ならば、いつでもこの世は天国だと。だけどいまはそのことについて考えたくない。考えるのはもっとあとでいい。

ベネディクトにまたがり、両手で胸を愛撫されながら、ひたすら腰の動きを速めていった。小刻みに揺らしたりこすりつけたりするうちに、二人とも呼吸が荒くなっていく。体の奥底で悦びが広がっていく。それなのに、ふいにその悦びがどこかに消えてしまった。

「だめ……」アルシアはかぶりを振った。この状態をどう説明すればいいのだろう?

「わたし、どうしても……」

ベネディクトは両手でアルシアのヒップを包み込むと、体をやや持ち上げ、さらに深いところまで導いた。たちまち全身を悦びに貫かれ、なすすべもなくあえぐ。

「きみが求めているのはこういうことか?」

「そう……そうよ」

ベネディクトの両手がヒップに置かれているため、アルシアは自分の手で胸を愛撫し始めた。胸の頂に触れたとたん、さらに悦びが大きくなっていく。その姿を見たベネディクトが瞳を煙らせ、顎に力を込めたのがわかって、信じられないほどの快感の波がいっきに押し寄せてきた。

　そしてとうとう悦びの極致に達し、アルシアは自分の拳を噛んで、悲鳴に近い叫び声をどうにか押しとどめた。快感の波動が何度も押し寄せる間に、ベネディクトはヒップに指をめり込ませ、低くあえぐと、最後に強く一突きして果てた。

　ベネディクトの体めがけて倒れ込みながら思う。

　自分でも自信がない。もう二度と立ち上がることなんてできないのではないだろうか？

　ビーストは不思議だった。なぜいままで一度も、自分の寝室にアルシアを連れてこようとしなかったのだろう？　自分のベッドは彼女のよりも広い。二人で寝そべってもまだじゅうぶんな余裕がある。とはいえ、二人とも広さを必要としているわけではない。睦《むつ》み合いがすんだら、アルシアはすぐに体をすり寄せてきて、片脚をこちらのヒップに巻きつけてきた。そんな彼女を抱きしめ、さらに近くに引き寄せる。いつものように。

「きみのリードは……とてもよかった。というか、すごく気に入った。いつもきみが主導権を握るべきだ」

　肩のくぼみに頭を休めていたアルシアが少しだけ頭を動かし、素肌に唇を押し当ててくる。「いつもというわけにはいかないわ。だって、わたしもあなたにリードされるのが好きだから」

今夜自分の寝室に足を踏み入れてから、ビーストが一瞬一瞬を心から楽しんでいたのは言うまでもない。だがどういうわけか、ときどき二人の間に絶望にも似た空気が流れた気がした。今夜どうしてもこのすべてを味わう必要がある、そうでないともう二度と触れられない――崖っぷちに立たされたような、そんな切実さを感じたのだ。そうなってしまう理由はどこにもないのだが。

「きみがさっき、口を使って愛撫してくれたのは……あれはジュエルに教わったのか?」

アルシアは上体を起こし、ビーストを見おろした。「ええ、そうとも言える」そこで頬を染めた。「でも実際に教わったわけではないわ。他の人はどうするんだろうと、自分でずっと考えていたの。特にここ最近あなたが……どんな味わいなのか知りたくなっていたから。だから今夜ジュエルに尋ねてみたの」

「彼女はやり方を教えたのか?」

アルシアはかぶりを振った。「いいえ、教えてくれなかった。ただ、わたしが楽しいと思うやり方ならなんだってやってみればいいと言ってくれたの」

ビーストは彼女のこめかみ近くの髪を指で梳《す》きながら言った。「実際やってみて、楽しいと思えた?」

アルシアはこくんとうなずき、笑みを浮かべた。「ええ、とっても」

「俺は本当に運がいい」親指をなめらかな頬に滑らせながら続ける。「これからも、きみが試してみたいことがあれば、いつでも俺に尋ねてくれ。他の人たちがやっているかどうかは関係ない。大切なのは、それがきみのやりたいことであるかどうかだけなんだ」

アルシアは視線をそらすと、ふたたび頭を肩のくぼみに休めた。「よく覚えておくわ」

しかしその瞬間、どこかに違和感を覚えた。自分はいま何か、間違ったことを言ってしまったのではないだろうか？「ティア、何か問題でも？　大丈夫か？」

「もちろん、大丈夫よ。あなたはどう？　すべて問題なくいったのかしら？」

何かがおかしい。そんな嫌な予感を拭い去れたらいいのだが。

「ああ。父は影響力のある人みたいだ。きっと俺の祖父もそうだったんだろう。そう考えたら、祖父がどうして父にあんなしうちができたのかもすべて説明がつく。どこの建物や事務所に足を踏み入れても、その場にいるみんなが飛び上がって父の命令に従おうとするんだ。とにかく父の存在感は並外れている。俺や俺のきょうだいたちも周囲から一目置かれているが、父はさらにその上をいっているんだ」

「それはお父様が貴族だからよ。性格や気性のせいもあるはずだけれど、それだけじゃない。彼の爵位が周囲に影響力を及ぼしているんだわ。より高い爵位であるほど、その爵位の持ち主もさらに尊敬されることになる。たとえ、本人がそういった尊敬に値しない人物であってもね。あなたのご兄弟の父親、エルヴァートン卿《きょう》がいい例だわ。正直、わたしはあの人に会うたびにぞっとしていたけれど、みんなは彼が聖人であるかのようにうやうやしくお辞儀をしていたわ。あなたも貴族の一員になったのだから、今後はいまよりもっと大きな影響力を持つことになるはずよ」

ビーストはうなずいた。「ずっと前から、貴族たちが特別扱いされていることには気づいていた。でもソーンリーやローズモントと一緒にいても、二人が特別だと感じたことは一度もない。それはきっと、あの二人が俺を対等の存在と見なしてくれているからなんだ。俺も二人を実の家族以外の存在だと思ったことはない。俺の父親だって、誰に対しても自分を特別扱いするよう要求はしない。ただ周囲の者たちがみずからすすんでそうしているだけだ」

「あなたもすぐにそんなふうに扱われる状態に慣れるわ。最終的には、周囲から敬意を持って扱われていることにさえ気づかなくなるはずよ。こうなる前、わたしも一度もそんなことには気づかなかった。自分が周囲からそう扱われて当然だと考えていたの」

ビーストは半信半疑だった。本当にこの俺が、お辞儀や会釈をされたりすることに慣れるのか？　使用人たちが暖炉の火をかき混ぜにやってくることにも、常に誰かがそばにいて、外套《がいとう》や帽子、手袋を預けることにも。

「俺にはよくわからない。そんなふうに扱われて居心地よくいられるものだろうか？」

「ええ、そうなるはずよ」

いまはっきりとわかっているのは、アルシアがそばにいてくれたら、すべてがもっとうまくいくだろうということだ。彼女の腕に指をはわせながら続けた。「両親から、一緒にスコットランドへ帰国してほしいと言われた。俺が二、三週間ほどあちらに滞在すれば、その間にスコットランドの領地を案内したり、他の家族に引き合わせたりできるからと」

この自分にもう一つの家族があるという事実にはまだ慣れていない。俺に会うのを心待ちにしているおじやおば、いとこたちがいるなんて嘘みたいだ。

「だから、きみが望む二度めのプロポーズのタイミングと場所を教えてほしい。正式に婚約した状態で、きみをスコットランドに連れていきたいんだ」

アルシアは微動だにせず押し黙ったままだ。不思議なことに、俺は彼女のごくわずかな変化も察知できる。特に、何かがおかしくなりかけている場合はなおさら。

「ティア?」

彼女は体を離して上体を起こすと、シーツを引き上げ、体の大半を隠した。「わたし、いまのあなたとは結婚できない」

心臓が大きく打った。胸に痛みを覚えながら、ベッドの上に起き上がる。「どういう意味だ? いまの俺と結婚できないとは?」

「いまのあなたは貴族の世界の人だもの」

「それこそ、きみが戻りたがっていた世界じゃないか。俺と一緒に舞い戻ればいい」

アルシアは目にみるみる涙を浮かべながら、小さくかぶりを振った。「そんなの無理よ。

あなたにとって公平なこととは言えないもの。それに、あなたのご両親にとっても」

ビーストはベッドのヘッドボードに片手を叩《たた》きつけた。たちまち手に鋭い痛みが走る。

ということは、これは夢ではない。うっかり眠って悪夢にうなされているわけではない。

「どういうことか説明してほしい。俺は愛する女性――それも、この命以上に愛している女性と結婚しようとしている。それのどこが俺にとって公平なこととは言えないんだ？」

アルシアの目から涙があふれ出し、いっきに頬を伝い始めた。それでも彼女は必死にまばたきして咳払《せきばら》いをすると、もう一度ビーストを見つめた。もはやその目には一滴の涙も残っていない。

「あなたは世間から受け入れられるため、これまでじゅうぶんつらい時間を過ごしてきたはず。それは周囲の人たちが、あなたのことをキャンベル家の一員ではなく、トゥルーラヴ家の一員だと考えていたから。ベン、わかるでしょう？　あなたにとって、わたしは重荷でしかない。もし反逆者の娘と結婚したら、誰もあなたに好意的な目を向けなくなる」

「俺はそんなこと、ちっとも気にしない。愛しているんだ、ティア」

「わたしもあなたを愛しているわ。だからこそ、あなたと結婚できないの」

ビーストはベッドから飛び出ると部屋を横切り、床に落ちたズボンを拾い上げて身につけた。自分のシャツを引っつかみ、アルシアのほうへ放り投げる。「これを着るんだ」

こんな話し合いを裸のままでするなんて無理だ。あのいまいましいコルセット姿の彼女とも。

行きつ戻りつしながら、どうにか考えをまとめようとする。ベッドがきしむ音が聞こえて肩越しに振り返ると、ベッドの端にアルシアが座っていた。

認めたくない。ぶかぶかのシャツを身にまとったその姿がどれほど愛らしいかを。

「俺たちなら、この事態をうまく乗りきれる」

「いいえ、無理よ。あなたは社交界がどういうところか知らないけれど、わたしは知っている」

「俺が誰と結婚するか、貴族たちに決めさせるつもりはない」

アルシアは立ち上がった。シャツの裾が両膝まではらりと落ちる。「わたしたちの子どもたちはどう？」

「子どもたち？」彼らに望むのはただ一つ。全員がアルシア似であってほしいということだけだ。

「チャドボーンを打ち負かしたあの夜、彼が口にした言葉を聞いていなかったの？　祖父が反逆者だという事実のせいで、〝僕らの子どもたちも一人残らず仲間はずれにされる〟と言われたわ。認めるのはしゃくだけれど、彼は正しい。わたしに背を向けたチャドボーンは憎いわ。でも、もし彼が背を向けることなくわたしとの間に子どもを作って、その子たちが心ない言葉や冷笑に苦しめられたら、もっとチャドボーンを憎んでいたでしょうね。

あなたなら、それがどれほどむごいしうちか、そうされることでどれほど心が傷つくかがわかるはず。だって実際に経験してきたんだもの。わたしの子どもたちに、わたしたちの子どもたちに、そんな思いはさせられない……絶対に」

ビーストは目をきつく閉じた。耐えがたいほど胸が痛む。もちろん子どもは欲しい。金色の髪と青い瞳の女の子たち、それに黒い髪と黒い目をした男の子たちが。

彼らを両肩に乗せて、クリスマスツリーのてっぺんに星を飾らせてやりたい。甥《おい》っ子や姪《めい》っ子たちと、思うぞんぶん冒険を楽しんでほしい。母エティが子どもの一人を抱っこしている姿を見てみたい。今夜実の父親から聞かされた物語を子どもたち全員に聞かせたい。強靭《きょうじん》な精神力でこの自分を守ってくれた実の母親の膝に、俺の子どもたちを乗せてあげたい。

大きく息を吸い込んで目を見開き、アルシアの目を見つめ、どうにか言葉を絞り出した。

「だったら、俺たちの子どもは作らない」

「ベン、そんなこと言わないで。胸が張り裂けそう」

「それでおあいこだ。きみは俺の心を打ち砕いたんだから」

アルシアはこちらに背を向けた。震える息を吐いているのが聞こえる。それからもう一度向き直ったとき、目の前に立っていたのは、仕立屋でレディ・ジョスリンに立ち向かった、あの傲慢不遜なレディだった。あの日がもう何十年も前に思える。

「あなたは貴族よ。最優先すべきは、これから相続する爵位と領地を引き継ぐ相続人をもうけること。あなたのご両親はそれを期待している。英国君主も、社交界も、わたしも、あなたにそれを期待している。あなたには、子どもを作らないという選択肢なんてありえないの」

くそ最悪《ブラッディ・ダムン・ヘル》だ、ばかばかしい《ボロックス》――心のなかで、波止場で働く男たちから教わったののしり言葉をいくつかつぶやいた。

「何か解決策があるはずだ」

「解決策ならすでに見つかっているわ」アルシアは宣戦布告する女王さながらの口調だ。

「わたしはあなたとは結婚しない」

そのとき、ビーストには自分の心がひび割れる音がたしかに聞こえた。

「いつそう決心した？」

アルシアは傲慢さをやや和らげた口調で答えた。「昨日の夜よ。あなたが眠っているのを見ている間に」

ビーストは弧を描くように腕を振り回し、室内全体を指し示した。「だったら、このすべてはどうなる？」

「このすべてには……さよならよ」

28

母エティの小さな家のなか、赤々と燃える暖炉のそばに立ちながら、ビーストはきょうだいたちが挨拶を交わし、母を抱擁し、それぞれ飲み物を注《つ》いでお気に入りの場所に落ち着くのをじっと眺めていた。つくづく思う。人生とは、なんと皮肉なものなのだろう。

これまでずっと長いこと、ホワイトチャペルのビーストとして、自分は女性から愛されたり、妻子を持ったりするのにふさわしくない男だと考えてきた。自分のせいで、妻や子どもに恥ずかしい思いをさせるのではないかと心配だった。両親が誰なのかわからないうえに、耳が片方ないことも気にかかっていた。結婚する気が最初からなかったからこそ、売春宿を所有することになっても悩んだりしなかった。自分がそうすれば、女たちがより豊かな暮らしをする手助けができるはずだと考えたのだ。もちろん、世間一般の妻にとって、そういう稼業の夫が自慢できないことなど百も承知だった。

とはいえ、すべてはやはり大した話ではない。妻を持つ将来を夢見たことなど、一度もなかったのだから。

ところが、そこへ突然アルシアが現れた。そして猛烈な嵐のように、俺の人生のすべてをことごとくなぎ倒しながら進み始めたのだ。しかもどういうわけか、こちらが胸のなかで〝アルシアに似つかわしくない理由〟として拾い上げていた言い訳をことごとく吹き飛ばし、とうとう俺を彼女にふさわしい男だと気づかせてくれた。だから、結婚を申し込んだのだ。彼女からイエスの返事をもらったときは、まさに天にものぼる心地だった。これまで生きてきたなかで、一番大きな満足感と喜びを覚えたのだ。

公爵領の相続人となったいま、俺はアルシアの夢を叶《かな》える力を手にしたことになる。俺と結婚すれば、伯爵夫人として社交界へめでたく復帰できるだろう。しかも時が経《た》てば公爵夫人になることも約束されている。

それなのにどうだ。アルシアはこの俺と結婚するつもりはないと、きっぱり言いきった。彼女のせいで、俺に――もっと重要なことに、俺たちの子どもたちにも――恥をかかせてしまうからだ。アルシアが関わったせいで、俺も子どもたちも上流社会になかなか受け入れられず、つらい思いをすることになるせいだ。

ばかばかしい《ボロックス》。

だが、だからといってどうすればいい？　実の両親に、〝この自分を息子として正式に認知しないでくれ〟などと頼めるはずがない。そんなことをすれば、あの二人の心を打ち砕く羽目になる。そうでなくても、俺のせいで、あの二人はすでに一度心を粉々に砕かれているのだ。しかも、彼らが誇りに思い、息子に喜んで渡そうとしている領地や爵位をにべもなく拒絶などできるわけがない。そもそも、そんなことが法律で許されるのかさえわからない。

まるで大海原へと漕《こ》ぎ出し、波間をあてどなく漂う船のなかに閉じ込められ、安全な港を必死に探し求めている気分だ。いったい俺は何者だ？　これから進むのはいばらの道なのに、そのとげに傷つけられることなく進むための方法を、どうやって見つければいい？

心が痛くてたまらない。自分以外の者たちをいばらの道に巻き込まないためにはどうすればいいのかも、まるでわからない。

ミックの咳払《せきばら》いが聞こえ、ビーストは鬱々とした物思いから現実へ引き戻された。いつの間にか、家族全員がまわりに集まっていた。レディたちはクッションがついた椅子に座り、夫たちは椅子の肘掛け部分に腰をおろしている。ただし、一度も再婚しなかった母エティだけは例外だ——他人の子どもたちを育て上げるのに人生を捧《ささ》げてくれた女性。

ふいに胸が締めつけられ、息がうまくできなくなった。いま目の前にいる人たちを心の底から愛している。アルシアと出会うまでは、三十三年間生きてきたなかで、彼らこそ人生のほぼすべてを占める大切な存在だったのだ。互いに押しのけ合ったり、言い争いをしたり、裏をかかれたりしてきた。そのいっぽうで、秘密を打ち明け合ったり、さりげなく背後から守ってくれたり、断固として味方をしてくれたりもした。いらつかせられるときもあったが——エイデンは特に——それでも、いつだってわかっていた。俺たち家族全員が一丸となってこの人生行路を歩んでいるんだと。彼らが俺をがっかりさせることも、俺を置いてけぼりにすることも絶対にありえないと。

きょうだいたちの顔には複雑な表情が浮かんでいる。目に心配そうな色を浮かべつつ、込み上げてくる笑みをこらえているようにも見える。今日一日、彼らにどう話そうかとあれこれ考えてきた。それなのにいま、言葉が何一つ出てこない。考えていたはずの言葉が、風に吹き飛ばされた枯れ葉のようにどこかへ舞い散ってしまった。

「全員がわかってる。おまえはアルシアとの結婚を考えているんだよな」とうとう沈黙を破ったのはエイデンだった。「だから、その話をどう切り出そうかとあれこれ考えて緊張する必要はない。みんな、彼女のことが気に入っている」

本当にそうならば、どんなにいいだろう。ビーストはため息をついてかぶりを振った。

「実は……俺は彼女と結婚できないみたいなんだ。だが、今日ここに集まってもらったのはその話をするためじゃない。つい最近、自分が何者かわかったんだ」

ずっと、自分が何者かはわかっていた——俺はビースト・トゥルーラヴだと。しかし、どうやら俺はビースト・キャンベルであるらしい。

みんなが口を閉ざし、矢継ぎ早に質問を浴びせかけてこないのがありがたかった。おかげで自分の考えをもう一度まとめる時間が与えられた。

「話すと長くなるから、手短に説明しようと思う。俺の両親はグラスフォード公爵イワン・キャンベルと公爵夫人マーラ・キャンベルで、俺は彼らの一人息子なんだ」かぶりを振りながらつけ加えた。「しかも一人っ子だ。公爵領の相続人は俺しかいない」

「驚きだな」フィンがひっそりと口を開いた。「おまえが貴族……それも嫡出子とは」

「ああ、そのとおりだ」

「彼らが自分の両親だと、どうやってわかったの？」ジリーが尋ねる。

その瞬間、自分がジリーを見捨てた気分になった。これで出生について何もわからないのはジリーだけになってしまったのだ。

「俺は公爵に生き写しなんだ。それに公爵と俺には――」手ぶりで右耳を指し示した。「――共通点があった。これが一族の共通の特徴らしい」

「それなのに、あなたはあんまり幸せそうに見えないわね」エティが優しい口調で言う。

「はっきり言って、俺の人生を激変させる出来事だった。嵐に襲われて、いきなり海岸線が変わったような気分だ。何も変わらない部分もあれば、いっきになくなった部分もあるし、完全に変わった部分もある。そのすべてをきちんと理解できないままなんだ。俺の両親はみんなを訪ねたがっている。それに、俺を連れてスコットランドへ帰国したがってもいる。二週間ほど向こうに滞在して、シーズンが始まるのに合わせてロンドンに戻ってきたいと言われた」

「おまえはスコットランド人なのか?」エイデンが反射的に尋ねた。

みんなには家系にまつわる詳細まで理路整然と話すつもりでいた。だがここへきて気が変わり、こう答えるにとどめた。「ああ。パースシャー生まれだ」

「どうしてお二人はお兄様を手放したの?」そう尋ねたのはファンシーだ。

ビーストは長い話を簡潔にまとめるのをあきらめ、公爵夫妻から聞かされたすべてを話し始めた。

「とんでもないな《クライスト》」話をすべて聞き終えると、エイデンがつぶやいた。

「言葉に気をつけなさい」母がたしなめる。

「ごめん、母さん。だが、とんでもない《クライスト》としか言いようがない。そういう類いの陰謀は小説のなかだけだと思っていた」

「そうだったらいいのにと、俺も思うよ」

「あなたなら、すばらしい公爵になれるわ」ジリーが言う。

「グラスフォードのことは知っている」ソーンが口を開いた。「よく知っているわけじゃないが、何度か顔を合わせたことがある。たしか、彼には他にもいろいろな爵位があったはずだ。儀礼上、きみにその一つを与えたのでは?」

「ああ、テユークスベリー伯爵だ」

エイデンが尋ねる。「ってことは、いまから俺たちはおまえを閣下《マイ・ロード》と呼ばなきゃいけないのか?」

「ああ、俺にぶったたかれたいならな。ここでは何一つ変わってほしくない」

そう言いながらも、ビーストにはわかっていた。いまからすべてが変わることになる。

翌日の午後、ビーストは自分の机に座りながら、手渡された書類を熟読しているジュエルを見つめていた。

ビーストはその日の早い時刻に、公爵夫妻を連れて母エティを訪ねた。三人はたちまち仲間意識で結ばれ、瞬時に意気投合した。きっと、ビーストを育て上げたエティに対して公爵夫妻が感謝の言葉を連ねたからだろう――同時に、エティも彼らに対して、ビーストが自分の子どもの一人だったことへの喜びを精一杯伝えたから。公爵夫妻は息子の幼い頃の話を聞きたがり、エティは喜んで二人の願いを叶えた。

自分の幼い頃の話はよく知っていたため、ビーストは二人を残して家をあとにし、明日の出発前に片づけなくてはいけない仕事に取りかかった。今夜、エティときょうだいたちは公爵夫妻の屋敷に招かれ、一緒にディナーをとる予定になっている。

書類に目を通したジュエルは混乱した目を向け、かぶりを振った。「書類には、この建物がわたしのものになるとある。どうしてわたしにここをくれるの?」

「ずっとそのつもりでいたんだ。俺がここから出ていく際はそうしようと考えていた。そのときがついに訪れたんだよ」

「でも、どうして？」

「理由が必要か？」

「理由を教えてもらったほうが気が楽になる。何しろ、こんな大きな贈り物だもの」

「きみがずっとここを大切にしてくれたからだ。それに、下宿屋をやりたいという夢を叶えるに値する人だからだよ」

ジュエルは椅子の端まで身を乗り出した。「本音を言えば、下宿屋をやりたいわけじゃないの。ただ、そう言ったほうが世間的に聞こえがいいと思っただけ。本当はこの場所を女性たちのための避難所にしたい。かつてのわたしにとって、ここがそうだったから。ただし、ここに滞在しても、女性たちはこれ以上脚を広げなくていい。まずは、彼女たちにそのことをよく理解してもらわないとね。生きるためには脚を広げるしか選択肢がない女性があまりに多すぎる。わたしは違った。自分でその道を選んだし、そういう仕事をやめるタイミングも自分で選んだ。でも二度めの選択ができたのは……あなたがわたしにこの場所を与えてくれたおかげよ」ジュエルは書類を掲げてみせた。「あなたはわたしに三度めのチャンスまでくれたのね」

「ここを女性たちの安息の場にしたいという、きみの考えが気に入った。俺が所有する船の一隻分の利益を全額、きみの手に渡るよう手配しよう。そうすれば、きみもこの場所を運営し続けられるだろう」

「そんなことまでしてもらう必要ないのに」

「ジュエル、きみは俺が始めたことを引き継ごうとしてくれているんだ。自分にできる手助けなら、なんだってやるつもりだよ」

「だったら、ここに〈傷ついたレディたちのためのサリー・グリーン避難所〉という名前をつけたらどうかしら？　やってきた女性たちに、生きる力を身につけてもらうの」

ビーストは優しい笑みを向けた。「とてもいいね」

ジュエルとの話し合いを終えると、ビーストは自分の部屋に戻り、ここへ戻ってくる前に買ってきた旅行かばんにわずかばかりの衣服を詰めた。続いて髭剃《ひげそ》り用品と櫛《くし》を放り込み、室内を見回してみたが、他に必要なものは見当たらない。一番大切な品々――蓋にアルシアの細密画をひそませた懐中時計とマッチ入れ――は肌身離さず身につけている。それ以外のものは、ここに置いていってもなんの問題もない。

長年住み慣れたこの場所を離れるのは寂しい。ここで一緒に暮らした人たちを懐かしく思い出すようにもなるだろう。だが伯爵となったいま、やはり元売春宿に住み続けるわけにはいかない。

これから両親と生活することになるが、どんな日々が待っているのかは想像もできない。

もちろん、両親は広大な屋敷に住んでいるから、二人と顔を合わせないまま一日を過ごすこともできるだろう。自分用の屋敷を購入するか借りるかしてもいい。ただ、いまのところはすべてが未定だ。はっきりわかっているのは、もはやこの館には住めないという事実だけ。

続いて向かったのはアルシアの寝室だ。そこに彼女がいるのは先ほどジュエルに確認ずみだったため、ためらうことなく寝室の扉を叩《たた》いた。

扉を開けたアルシアの姿を見て、驚きに言葉を失った。一睡もしていないかのように、目の下にくまが出ている。それに、つい先ほどまで泣いていたかのように、まぶたがわずかに腫れている。これから彼女に告げなければいけないことがあるが、廊下に突っ立ったままでは言いたくない。誰にも聞かれたくないのだ。

「なかへ入ってもいいかな?」

アルシアがうしろに下がったため、廊下に旅行かばんを置いたまま大股で中へ入り、後ろ手に扉を閉めた。一メートルほど先に彼女が立っている。手を伸ばせば触れられるほど近くなのに、二人の間は英国とフランスほど隔たっているようだった。

ビーストは紙包みを彼女に差し出した。「きみの報酬の残りと、目標の三カ月を達成したボーナスだ」

「なぜいま、これをわたしにくれるの?」

「明日スコットランドに旅立つ前に、俺たちの間の契約をちゃんとしておきたかったからだ。俺と両親は議会が始まる前に英国へ戻ってくる」

「わたしはここから出ていくわ」

「その必要はない。もう俺は、この館に住むつもりはないから」

「だったらどこに住むの？」

ビーストは肩をすくめた。「まだわからない。わかっているのは、ここには住めないということだけだ」

アルシアとの間に流れるぎこちない空気が嫌でたまらなかった。二人であれほど親密な時間をわかち合ったはずなのに、そんなことなど一度も起きていないかのようだ。

「もし愛人が必要ならいつでも……」あくまで明るい調子で言い始めたが、アルシアの言葉は尻つぼみに消えていった。こちらがかっとなったのを感じ取ったからだろう。

どうしても抑えきれず、激しい怒りに声が震えた。「あの晩はそういうことだったのか？　愛人としての審査《そうはく》だったと？」

アルシアが顔面蒼白になるのを見て、顔をしかめる。

「そんなはずがないことくらい、あなたもわかっているはずよ」

「ああ、きみがそんなひどい振る舞いをするはずない。だが俺は、きみに愛人になどなってほしくない。俺の妻になってほしいんだ」

「あなたと結婚できない理由はもう説明したわ」

「仮に誰かに背を向けられたとして、俺がそれを気にすると思うか？　俺たち二人がわが子に、世の中の嫌な人間にどう対処すればいいか教えられないとでも？　いいか、アルシア、俺はこの世に生まれたときから虐げられてきた。快適な人生とは言えない。むしろ、信じられないほどつらい人生を送ってきたんだ。いままで何度、誰にも見られない場所で一人ひっそり泣いたかわからない。そのたびに、めそめそしている自分を恥ずかしく思ってきた。それでもどうにか生きのびて、ようやくわかったんだ。俺は自分が味わってきた絶望の瞬間を、他の者には絶対に味わわせたくないと。その目標があったからこそ、少しはましになれたんだと思う。そうでなければ、もっと腐った人間になっていたはずだ」

アルシアは首を振った。「英国社交界は、ホワイトチャペルの狭い裏路地や貧民窟とはまったく違うわ。その違いを理解できなければ、あなたは本当の意味での貴族にはなれない。いまのあなたの考えは、これから時間が経つにつれて自然と変わっていくはずよ」

アルシアに対する愛情も、アルシアを強く求める気持ちも、これから何一つ変わらない。だが、それをどうやって彼女に伝え、説得すればいいのかがわからなかった。

同じように裏切りやいじめを受けたとはいえ、アルシアと自分の体験がまるで違うことも理解している。俺にとって、ひどい扱いをしてきた奴らは取るに足らない存在でしかなかった。だから、その挑発も糸くずのように簡単に振り払えた。でもアルシアの場合、俺と同じようにはいかなかったはずだ。何しろ、心から大切に思い、相手も自分を愛してくれていると思っていた人たちから、手のひらを返したように冷たい態度を取られたのだ。

「きみと結婚すると思っていたから、俺はいっさい避妊をしていなかった」

「わたしのほうは違うわ」

その短い返事によって、最後の望みは完全に絶たれた。

アルシアは頬を染めた。「ジュエルを通して、わたしに避妊法を教えたのはあなたよ」

ビーストはうなずいた。「だが百パーセント確実な避妊法などない。もし妊娠がわかったら、必ず知らせてほしい。その紙包みのなかに、俺の両親のロンドンとスコットランドの住所が書いてある。そこに連絡をくれたら、いつでも俺とやりとりできる」

「今回わたしが下したのは最善の決断とは言えない――あなたがそう考えているのはわかってる。でも時が経てば、あなたも理解できるようになるはずよ」

「きみの言うとおりかもしれない。だがそれでも、俺はきみを愛するのをやめられない。いまこの瞬間、きみにはっきりと言えるのはそれだけだ」

アルシアの顔がくしゃくしゃになる。いまにも泣き出しそうな顔を、それ以上見ていられなかった。「さようなら、ティア」

ビーストは部屋から出ると、旅行かばんを引っつかんで踏み出した。

行く手に広がる、まったく未知の世界へ。

29

一八七四年二月　スコットランド

ビーストは客間にある大きな窓のそばに立ち、天から滝のように降り注いでいる雨をじっと眺めていた。

スコットランドの領地にやってきて、すでに一カ月以上が過ぎようとしている。その間に、おばやおじ、いとこたちと顔合わせをした。緑豊かな丘で馬を走らせもした。ここはとにかく、大地が際限なく広がっている。行けども行けども終わりがない。いつの日か、この広大な土地がすべて自分のものになるのだろう。父からは細長い入り江《ロッホ》に連れていかれ、魚釣りをし、他にもさまざまな活動を楽しんだ。まさしく幼少時代を取り戻すかのように。

森へ散歩に出かけたときには野生の雄ジカを見かけ、ロビンを思い出した。もし一緒にいたら、きっとあの少年は目を輝かせただろう。

ありがたいことに、もはや巨大な屋敷で迷うこともなくなった。両親が暮らす屋敷は領主館というよりも城に近い。至るところにランプとろうそくが掲げられ、光があふれている。夕闇が迫ると、母エティからもらったマッチ入れからマッチを取り出し、自分の寝室にあるランプを灯《とも》して暗闇を追い払う。といっても、暗闇が怖いわけではない。厄介なのは、アルシアがそばにいないせいで感じる心の痛みだ。いくら振り払おうとしても振り払えない。これほど多くのものを得たというのに、一番大切なものを失った。将来について考えても、うらさびしい気分になる。

その朝アルシアから届いた手紙を読んでからは、いっそうそうなった。簡潔な言葉で要点のみがこう書かれていた。〝妊娠はしていませんでした〟

ベストのポケットから懐中時計を取り出し、蓋を開けてアルシアの細密画を見おろしてみる。いったいいつになったら、こうして彼女を思い出させるものを目にしても、胸が張り裂けるような悲しみを感じなくなるのだろう？　とはいえ、思い出させる品物など必要ない。彼女の存在はいつも頭から離れないからだ。何かを目にするたびに、アルシアに見せてあげたいと思う。何かを体験するたびに、アルシアとわかち合いたいと願う。雨一つとっても。

さまざまな物事についてアルシアの意見が聞きたい。いとこのアンガスは俺が思っているとおり、彼女の目にも愚か者に映るのか？　キルト姿の俺は間抜けのように見えないだろうか？　キルトは一度しか身につけたことがない。慣れるにはまだ時間がかかりそうだ。

アルシアはここに住みたいと思ってくれるだろうか？　ロンドンにはもう二度と戻らないと約束すれば、俺と結婚してくれるのか？　必要とあらば社交界との関わりをいっさい断ち切ってもいいが、そうする必要はあるのか、ないのか？

そう考えるたびに、アルシアがどう答えるか、ありありと想像できた――〝子どもたちはロンドンからも社交界からも受け入れられなくてはいけない。わたしたちは永遠にどこかに隠れ続けることなどできないのだから〟と、激しく反論する姿が。

ため息をつき、懐中時計を閉じてポケットに押し込んだ。

「あなたはよく時間を確認しているようね」優しい声が聞こえ、ビーストは思わず目を閉じた。

母マーラがこちらをじっと見つめていることに気づいたのは、これが初めてではない。いまは物思いにふけるあまり、母が近づいてきた物音にも気づかなかった。介添えを担当している使用人はいつも、母がこの屋敷を自在に動き回れるよう心を砕いている。油をさすのも忘れないため、車椅子が耳障りな音を立てることもめったにない。

ビーストは目を開くと、肩越しに母を見て小さな笑みを向けた。我ながら不思議なのだが、再会してまだ日が浅いのに、母マーラは常に人生に寄り添ってくれていたように感じられる。

「スコットランドは雨がよく降るようですね」

「ええ、降りすぎるくらいなの」彼女はさらに近づいてきた。「その懐中時計の話を聞かせて」

「これは……盗んだものなんです。八歳だったときに」

母は驚きも恐れも感じていないようだ。「でも、あなたが確認しているのは時間じゃないんでしょう？」

母が尋ねたかったのは、この懐中時計をどうやって手に入れたかではないのだろう。俺自身、最初からそれに気づいていたのかもしれない。盗んだと答えてショックを与えたら、それ以上母は何も尋ねてこないはずだろうと。

「見せてもらってもいい？」母は尋ねた。

ポケットから懐中時計を取り出して蓋を開け、母のほうへ手を伸ばし、手のひらを開いてみせた。なぜ懐中時計用の鎖《フォブ》から取り外さず、手のひらにのせたままにしたのか、その理由は自分でもわからなかった。

「とてもきれいな人ね。名前は？」

「名前はアルシア。だが俺にとって、彼女はいつもティアなんです」

「彼女とは昔からの知り合いなの？」

ビーストは細密画を一瞥《いちべつ》すると、蓋をふたたび閉じて懐中時計をポケットに戻した。

「知り合ってから永遠にも等しい時間が経《た》ったと思うこともあります。でも、それほど長い時間は経っていないように感じることもある」

「彼女については一度も話したことがないわね」

「公爵が初めて訪ねてきた日のちょうど数日前に、彼女に俺の気持ちを打ち明けたばかりだったんです」

どういうわけか、公爵夫人を自分の母親と考えるほうが、公爵を父親と考えるよりも簡単な気がする。おそらく公爵がそれほどまでに偉大な存在であり、いつかは自分が彼の跡を継ぐとわかっているからだろう。

「彼女は平民なの？」

ビーストはうなずいた。「ですが、元々は貴族として生まれ育ちました。彼女の父親が女王暗殺の陰謀に加わった罪で有罪判決を受けたせいで、彼女の運命も大きく変わったんです」

「彼女の父親はウルフォード公爵？」

「彼を知っているんですか？」

「その陰謀が失敗に終わったとき、あなたのお父様はロンドンに呼び出されたの。知ってのとおり、彼は貴族院の一員だから」

「正直に言えば、俺も貴族院の一員であることにまだ慣れていないんです。いつも社交シーズンにはロンドンへ行くんですか？」

「ええ、いつもそうしているわ。ただ、それほどたくさん舞踏会に出席するわけではないの。わたしはワルツの達人ではないから」

母からそういう話を聞かされると、心が折れそうになるときがある。もちろん、他意はない。母は自分の体の限界を受け入れているだけだ。ただ、どうしてもその責任が自分にあるように思えてしかたがない。もし自分さえ生まれてこなければ……もし母が俺の存在をひた隠す必要がなかったら……。

「その女性との結婚を考えているの？」

ビーストは窓の外に視線を戻した。雨。アルシアをあの仕立屋に連れていった日も雨が降っていた。思えば、人生のいかなる瞬間にもアルシアの思い出が深く刻み込まれている。つくづく不思議だ。あんなに短い間に、彼女はどうやってこれほど強烈な印象をこの心に刻みつけられたのだろう？

「いえ、彼女は自分が貴族の妻になるにはふさわしくないと考えています。彼女の父親の取った行動のせいで」

「あなたはどう考えているの？」

「ばかばかしい《ボロックス》」顔をしかめ、慌てて母に視線を戻した。「申し訳ありま――」

「ベネディクト、母に謝ったりしないで。これまでのあなたのままでいいの。それに、あなたのお父様がそういう言葉を一度も口にしないと思う？　もっとひどい言葉を使うのを聞いたこともあるわ」

ビーストは胸の前で腕組みをしながら、窓枠にもたれた。「男とはそういうものだと思います」

その言葉を聞き、母はほほ笑んだ。母が笑ってくれたのが純粋に嬉《うれ》しい。だが、すぐに気づかされた。公爵のように母を笑わせられる人は、公爵以外にいないのだ。父が部屋に入ってくると、母はいつも輝かんばかりの笑みを浮かべている。

「彼女について聞かせて」

ビーストはため息をついた。どこから話し始めればいい？

「彼女は強い女性です。あなたを見ていると、彼女を思い出します。あなたは何年もずっと、強い女性でいられるよう全力を尽くさなければならなかった」母に優しい笑みを向けて言葉を継いだ。「体がこんなに大きいせいで、俺はみんなから怖がられるし、ときにはその恐怖を利用する場合もあります。ですが彼女は、一度も俺を恐れたことがありません。初めて出会ったときも、自分に干渉するなと言いはなったんです。

俺は彼女にある提案をしました。もっといい暮らしができるよう俺が手助けしていたレディたちに教養やマナーを教えてほしいと持ちかけ、条件を提示したんです。彼女は交換条件を出してきて、俺はそれに同意しました。本当は、自分がその交換条件を守る気もないとわかっていたのに。ただ、俺は彼女にどこにも行ってほしくなかった――その一心で同意したんです。彼女の知識を授けたらレディたちのためになるのだからと、自分に言い聞かせていました。でも、本当は自分自身のためにやっていた。彼女がそばにいてくれたら、自分が幸せな気分になれると考えたから」

「それで実際、あなたは幸せだったのね」

ビーストはうなずいた。「彼女は頭がよく、しかも寛大な心の持ち主でした。いつだって自分自身よりも、他の誰かのためになるような決断を下すんです」

アルシアは兄たちのために、そして俺のために人生の大きな決断を下した。

「彼女が笑い声をあげると、俺を取り巻く世界がぱっと明るくなる気がします。彼女がにっこりほほ笑むと、世界がより色鮮やかに、いきいきとするように思えるんです」

「あなたは彼女が恋しいのね。ここでは寂しいんだわ」母はひっそりと言った。

「いいえ、寂しくなんてありません」

嘘だ、寂しくてたまらない。ただ、それはアルシアがここにいないせいだけではない。きょうだいたちが、さらには母エティがいないせいもある。スコットランドにやってきて以来、家族の誰かと話したいという強い衝動を何度覚えただろう? 〈人魚と一角獣〉でスコッチを飲みたい、〈ファンシー・ブック・エンポリアム〉で本を買いたい、と。

「俺はにぎやかなのに慣れているんです。おおぜいの人たちがいる場所にも。だから、ときどきここがひどく静かに思えて」

特に夜、自分のベッドに横たわるときは。腕のなかにアルシアはいない。彼女の寝息を子守唄がわりにすることもない。なんの音も感じられない寝室ではよく眠れない。

「わたしはむしろ、静けさを楽しんでいるの。もう何年も、昼も夜も関係なく、苦しげな叫び声ばかり聞かされてきたから」

「もし祖父が死んでいなかったら、この手で彼の息の根を止めてやりたい。あなたをそんな目に遭わせたのだから」

「でも彼は、あなたの人生にまで影響を及ぼすことはできなかった。そう考えると、わたしの心は安らぐの。あなたのご家族とディナーをご一緒したあの夜、あなたたちが気さくにやりとりしている様子を見ていて、本当に楽しかった。彼らがいなかったら、いまのあなたはいったいどうなっていたでしょうね」

同感だ。思えば、なんと数奇な人生を旅してきたのだろう。

「別に、ここでずっと暮らす必要はないのよ。たとえあなたが公爵になったときでもね。あなたがすべきは公爵領を適切に管理して、公爵としての務めを果たすこと。それだけきちんとやり遂げてくれたらいいの。あなたは貴族なんだもの、どこだって自分の好きな場所に住めるわ。ただし、すでにあれほど成功していた以上、貴族でなくたってあなたはそうできたと思うけれど」どこか遠くで雷鳴が聞こえるなか、母はビーストをじっと見つめた。「わたしたちがあなたを見つけなければよかったのにと思っている？」

ビーストはためらいなく前に進み出ると、母の脇にひざまずいて彼女の手を取った。「もちろん、そんなことはありません。ただ、自分の人生がこんなふうに大きく変わったせいで、現実に慣れるのに少し時間がかかっているだけです」

母は握られていないほうの手を伸ばすと、指を息子の髪に差し入れた。「わたしたちがどれほどあなたを愛しているか、気づいてくれるよう願っているわ」

ビーストは母の手を掲げ、手の甲に唇を押し当てた。「あなたを愛しています、心から」

「ロンドンへ戻ったら舞踏会を開く予定でいるの。英国貴族たちにあなたの立場を知らしめ、受け入れてもらうためにね。その舞踏会に彼女を招待するべきだわ」

一八七四年三月　ロンドン

一年で一番短い月なのに、アルシアには、この二月がいつまでも終わらないように感じられてしかたがなかった。

ようやく三月がやってきてくれて本当に嬉しい。三月になったからといって、何も変わりはしないけれど。ベネディクトが戻ってきてくれるわけではないのだ。

苦しいほどベネディクトが恋しかった。耐えがたい胸の痛みのせいで、ほんの一瞬でいいから心臓が止まってほしいと考えてしまう。

あのとき自分から求婚を断り、ベネディクトを傷つけてしまったことは、きちんと理解している。ただ、貴族社会において物事がどのように進むのか、ベネディクトがしっかり理解できていなかったのもまた事実だ。上流社会における個人の評判というのは、その人物のみに終始するものではない。その人物を取り巻く近しい者たちも関わってくる。彼らが不名誉な行為をすれば、たちまちその人物も恥をかくことになる。その人物の評判に彼らは欠かせない存在なのだ。

かつてベネディクトの書斎だった部屋で、かつて彼の書き物机だった机に座りながら、アルシアは避難所に初めて迎えた女性たちのために授業計画を立てていた。いったいいつになったら、こうしてベネディクトを思い出させる多くのものを目にしても、彼を思い出さなくなるのだろう？　夜、ベネディクトのシャツ——あの夜投げられたシャツ——に袖を通してベッドに横たわり、サンダルウッドとシナモンの香りに包まれていると、どうしても彼について考えてしまう。外へ買い物に出かけ、ポケットから懐中時計を取り出している紳士を見かけるたびに、彼を思い出す。冷たい風が吹きつけても、雨が降っていてもいなくても、気づくと彼のことを考えている。

特に切なくなるのは、夜、図書室に座っているときだ。ベネディクトとともに過ごした記憶が鮮やかによみがえってくるのに、もはや自分のためのシェリーグラスは用意されていない。結婚を申し込まれたときは、あの図書室に二人で座って穏やかな時間を重ねていく姿を想像していたのに。

ベネディクトをこの腕に抱きしめている間は、自分には社交界も庇護者《ひごしゃ》も必要ないと思えた。自分の面倒は自分でみられるという確信があった。必要なのはベネディクトだけだったから。それなのに、何より必要としていた彼を手放したのは、ほかならぬベネディクトのため。彼が貴族社会からできるだけすんなり受け入れられるようにと身を引いた。その理屈は、いまはまだベネディクトに理解できないだろう。でも時間が経てば、彼も理解できるようになる。

これから彼は社交界でたくさん傷ついていく。それが上流階級の人たちのやり方だ。かつてわたしも、彼らから手のひらを返したような心ない態度を取られ、のけ者にされてひどく傷ついた。ベネディクトもあからさまに無視されるだろう。あるいはダンスを申し込んだレディから、にべもなく断られることもあるだろう。紳士クラブで一緒に座るよう誘われず、つまはじきにされることもあるかもしれない。とはいえ、そういった心の傷は針でちょっと刺された程度のもの。でもわたしと一緒にいれば、ベネディクトは間違いなく手ひどい傷を被ることになる――それこそ、ナイフで刺されたような傷を。

針でちくっと刺された程度なら傷は残らない。けれど、ナイフでずぶりと刺された傷はあとあとまで残るのだ。

首に巻きつけた鎖を引っ張り、ボディスにしまい込んでいたロケットを取り出して蓋を開け、ベネディクトの細密画を見つめてみる。十分ごとにこうせずにはいられない。ベネディクトが恋しくてたまらない。

ジュエルが入ってきたが、アルシアはほとんど動かなかった。この部屋の扉は一度も閉めたことがない。どのみちジュエルも扉を叩《たた》く気はないようだ。彼女は机の前にやってくると、本を数冊手渡してきた。新たな人生を求めてここへやってくる女性たちの教育のため、アルシアが用意してほしいと頼んだ本だ。

「あなたにお客様よ」ジュエルが言う。「客間に通しておいたわ」

誰だろう？　兄たち以外にわたしを訪ねてくる者は誰もいない。

いや、一人だけいる。そう思い至ったとたん、みぞおちがざわざわとした。まるで何千羽もの蝶《ちょう》たちが、いっせいにさなぎから飛び立ったかのようだ。「もしかして、彼？」

そう尋ねるだけでじゅうぶんだった。ある晩、ジュエルからはっきりと言われたのだ。〝ビーストをはねつけるなんて、あなたは正真正銘の大馬鹿者よ〟と。

「そうとも言えるわ」

いったいどういうことだろう？

アルシアは立ち上がって髪を撫《な》でつけ、ほつれた巻き毛をきっちりと押し込んだ。藤色のドレスのおかげで、最近青ざめるいっぽうの顔色が――明らかに寝不足のせいだ――少しはましに見える。毎晩一人寝のベッドで天井を見つめていると、ベネディクトの熱っぽい愛撫《あいぶ》やキスを思い出してしまうのだ。

すばやく書斎から出て階段をおりたが、階段の途中から歩調を緩めるようにした。慌てたように客間に飛び込んでいきたくない。ベネディクトに気づかれたくない――ずっと彼に会いたくてたまらなかったことも、彼がまた訪ねてきてくれて嬉しいことも。それに、毎晩一番星に〝どうかベネディクトにまた会えますように〟と祈りを捧《ささ》げていたことも。

玄関広間でつと立ち止まり、二回大きく息を吐いたが、心臓の高鳴りはどうにも抑えられない。それでも両肩をそびやかし、顎をあげ、優雅な身のこなしで客間へ足を踏み入れた。頭のてっぺんに本を一冊のせ、落とさないままでいられるほどの美しい姿勢を保つよう心がける。

しかし、ベネディクトの姿が目に入ったとたん、はっと息をのんだ。落ち着かなくては。彼のすべてを見つめてわずかな変化に気づくには、心を静める必要がある。そのとき、先ほどのジュエルの言葉がすっと腑《ふ》に落ちた。〝そうとも言えるわ〟

ベネディクトは前から最高級の仕立ての衣服を身につけていた。でも、いま目の前にいる彼――黒いズボンに灰色のシャツ、濃い灰色のベスト、黒いネック・クロス、黒い上着を合わせている――は、以前よりはるかに魅力的だ。体全体が服に溶け込んで、装いと一体化しているように見える。髪は長いままだが、顔の輪郭を強調するように整えられ、ビーバー帽をかぶって、しゃれたステッキを手にしている。

それより何より、最高級の装い以上の堂々たる何かが彼の全身から放たれていた。

自信、権力——そして求心力。

もちろん、ベネディクトは以前からそのすべてを身にまとっていた。だがいま、彼のオーラはいっそう光り輝き、さらに強くなっている。前にダニーが〝トゥルーラヴ家の人間はホワイトチャペルの王族だ〟と言っていたのをふいに思い出した。

いまのベネディクトは、本物の王族のごとき風格を身につけている。彼が一歩部屋に足を踏み入れたとたん、その場にいる貴族全員が彼の存在感を感じ取るはずだ。レディたちの欲望をあおり、紳士たちの羨望をかき立てる——それほどまでにいまのベネディクトは、かつてないほど堂々として見える。それに、かつてないほど……孤独にも。

アルシアはどうにか尋ねた。「スコットランドはどうだった？」

「想像よりもずっと美しい国だった」

かすかなスコットランドなまりを聞き取り、思わず笑みを浮かべた。

「だが、彼らの話の半分も理解できずに苦労している。彼らは俺がこれまで聞いたことのない言葉を使うし、強烈ななまりの人が多いんだ……きみも知っている《ユーケン》だろう？」

アルシアは笑い声をあげた。「わかるわ。でも、すぐに慣れるはず。きっとあなたもスコットランドで生まれ育ったかのような言葉遣いをするようになるわ」

「それはどうかな」もはやスコットランドなまりは消えていた。この館から立ち去る前と同じ話し方だ。「どんなふうに過ごしていた？」

〝最低よ。ひどい毎日だったわ〟

「忙しくしていたわ。いまでは、ここにレディたちが何人か暮らしているの」

「それではきみがどう過ごしていたかという答えになっていない」

アルシアはふいにベネディクトから目をそらしたくなった。彼はあまりに熱心にこちらを見つめている。でも同時に、一瞬たりとも彼から目をそらしたくなかった。もう二度と彼に会えなくなるかもしれないから。

こんなことを口にするのは間違いだとわかっていたが、それでも言わずにいられなかった。「あなたがいなくて寂しかったわ。こんなに誰かを恋しく思えるのかと驚くほどに」

ベネディクトはこちらをじっと見つめたままだ。

〝お願い、何か言って。なんでもいいから、何か答えて〟

「貴族についてのきみの意見は正しかった。貧民窟での暮らしとはまるで違っていたんだ。以前きみから、使用人たちが暖炉の火をくべにやってくると教えられたが、こちらから呼ばないと火をかき混ぜにやってこないことも知らなかった。同じ爵位である公爵を二人迎えた場合、テーブルの席を決めるときはどちらがより上の立場か気を配らなければいけないことも」やれやれと言いたげにかぶりを振る。「俺は早急に妻をめとらなければならない。貴族社会で育ち、上流階級のすべてを知り尽くし、俺が社交界でうまく立ち回れるよう手助けしてくれる女性が必要だ」

ああ、ベネディクトはまたしても求婚するつもりなのだろう。アルシアは心のなかで、自分が彼の妻になれない理由を数え上げ始めた。でも、いまはそれらの理由がうつろに響く。ベネディクトをこんなにも恋しく思っているのだから。

「父から言われたんだ。心配ない、俺との結婚を望むレディなら問題なく見つけ出せると」

自分以外の女性がベネディクトから求婚される――そう考えただけで心がずしりと重たくなる。でも、彼にとってはそれが一番いいことなのだ。

アルシアはどうにか笑みを浮かべて答えた。「ええ、そのとおりだと思うわ」

ベネディクトは熱っぽい瞳でこちらを見つめたままだ。もう二度と目をそらすことなどできないのではないかと心配になるくらいに。

「もし父にもう一人息子がいたら、俺はなんとか方法を見つけ出して、彼に自分の義務を引き継がせただろう。だがあいにく息子は俺一人だ。俺の両親――特に母親は、これまで苦難の人生を歩んできた。しかも、これほど長い歳月を離れて暮らしていたのに、二人とも俺を心から愛してくれている。俺を誇りに思い、自分たちの息子であることに喜びを感じてくれているんだ。それが伝わってくるだけに、俺は息子として両親の期待を裏切るわけにはいかない」

もちろん、ご両親はベネディクトを誇りに思っているだろう。これほど誠実な息子はいない。わたしが彼にこれほど心惹《ひ》かれている理由の一つもそこにある。

「ええ、わかっているわ」

「来週、両親は息子を紹介するための舞踏会を主催する」ベネディクトは上着に手を突っ込み、アルシアに近づくと、上質皮紙を取り出した。「きみも出席してほしい」

「わたしが出席したら、すべて台無しになるわ。ご両親にとっても、あなたにとっても」

「いや、それはきみの思い違いだ」彼はソファの前にあるローテーブルの上に上質皮紙を放り投げた。「きみの気が変わったときのために、招待状をここへ置いていく」

「わたしの気は変わらない。気が変わるかもしれないなんて期待しないで。期待してもがっかりするだけだから」

「がっかりする可能性があったとしても、何もしないで後悔するよりましだ」

そう言い残すと、テュークスベリー伯爵は大股で客間から出ていった。せめてキスをしてくれたらよかったのに――アルシアにそんな切ない思いを残したままで。

「客間にお客様が来ているわ」

アルシアは突然聞こえたジュエルの声に驚いた。ちょうど、五日前にベネディクトが置いていった招待状を読み返していたところだった。読み返すのはこれが初めてではない。これが最後にもならないだろう。招待状に目を通すたびに、ベネディクトの腕に抱かれて舞踏場へ足を踏み出す自分の姿を思い描いてしまう——まるで美しい夢のように。実際、眠っている間もそういう夢を見た。ただし、その夢のなかでは、二人で舞踏場を旋回している間に、すれ違う人たちからことごとく背を向けられた。目覚めた瞬間はびっしょりと汗をかいているのに気づき、それからも罪悪感を振り払うことができなかった。彼をそんな恥ずかしい目に遭わせたのは、この自分だとわかっていたから。

「もしかして、彼？」ベネディクトがまたしても、舞踏会に出席してほしいと頼みに来たのだろうか？

「いいえ、女性よ。グラスフォード公爵夫人だと名乗っているわ」

ベネディクトの実の母親だ。なぜ彼女がここへ？　アルシアは弾《はじ》かれたように立ち上がると、手で髪を押さえた。

「わたし、おかしく見えないかしら？」そう尋ねたが、ジュエルが答える前にかぶりを振った。「いいえ、気にしないで。大したことじゃなかった」

何を気にする必要があるだろう？　公爵夫人に自分がどう見えるかなど、どうでもいいことだ。

早足で階段をおりて客間に足を踏み入れ、突然立ち止まったせいでつんのめりそうになった。目の前にいたのは車椅子に座った女性だ。ここへ駆けつける前に、もう少しジュエルと話をして訪問者について聞いておくべきだった。ベネディクトにも一言言わなければ。なぜ彼は自分の母親の体について、何も教えてくれなかったのだろう？

アルシアは深々とお辞儀をした。「公爵夫人《ユア・グレイス》」

「ミス・スタンウィック？」

うなずいて答える。「はい」

公爵夫人は頭を傾け、脇に立っている男性を見上げた。「ジョン、わたしの用事がすむまで玄関広間で待っていてちょうだい」

「かしこまりました、公爵夫人《ユア・グレイス》」

男性が部屋から出ていった。彼女の身の回りの世話を焼いている使用人だろう。

「紅茶を持ってこさせます」アルシアはそう言いながら考えた。ここはジュエルを呼んで頼むべきだろう。

「おかまいなく。そんなに長居するつもりはないから」公爵夫人の全身から優しさと落ち着きが感じられる。この世のものとは思えないほど、あまりに優美で繊細な雰囲気だ。彼女は頭を傾けて長椅子を指し示した。「どうか座って」

公爵夫人の言葉は絶対だ。たとえ自分がそうしたくなくても従わなければならない。アルシアは言われたとおりに長椅子に腰をおろした。「何かお役に立てることがあるのでしょうか、公爵夫人？」

「明日の夜は、わたしたちが主催する舞踏会に出席してちょうだい」

アルシアは口をあんぐりと開け、膝の上で指をきつく握りしめた。「あなたが、わたしとベネディクトの関係をどの程度ご存じかわかりませんが――」

「ほとんどすべて知っていると思うわ。スコットランドにいる間に、息子からあなたの話を愛情たっぷりに聞かされていたの」

「それなら、わたしの父が反逆者であることもご存じのはずです」きっと、公爵夫人はそこまで知らないだろう。こう聞かされ、衝撃の表情を浮かべるはずだ。

「ええ、知っているわ。わたしの理解が正しければ、彼は女王暗殺の陰謀に関わっていたのよね」

きつく握りしめているせいで、アルシアの指先はしびれていた。

「その結果として――ご存じのとおり――わたしは社交界から歓迎されない存在になりました。もしわたしが明日の舞踏会に出席したら、ひどく気まずいことになるでしょう。わたしだけではありません。あなたにとっても、そしてもっと重要なことにベネディクトにとっても厄介な事態になるはずです。出席者全員がわたしに背を向け、わたしやわたしの父、それにあなたやベネディクトについて醜い噂話《うわさばなし》をささやくにきまっています。彼らは、なぜあなたたちが絞首刑になった男の娘を招待したのかといぶかしがるでしょう。しかも、その男の子どもたちは、全員が生得権を剥奪されている。あなたたちは苦しい立場に立たされる危険があります。わたしを招いても、ベネディクトにふさわしい妻を見つける手助けにはまったくなりません。ベネディクトには、彼の隣に立つことを誇らしく思い、彼のことを心から愛する妻が必要です。わたしはこういったすべてを彼に説明し、納得させようとしてきました。でも、貴族の一員になって日が浅いせいで、彼には最終的にどうなるかまで見通せないようです。いまはまだ、完全に理解できていないだけなんです」

「でも、あなたには理解できている。しかも完全に。勇気を出して、あの子に身をもって示してあげて。そのとき初めて、どんな犠牲を払わなければならないのか、息子も本当の意味で理解できるようになるのだから」

公爵夫人の考えを聞かされ、アルシアの体も心も魂も異を唱えている。舞踏会に出席すれば、とんでもない恥辱と屈辱を味わわされることになるだろう。そう考えるだけで骨が震えるほど恐ろしい。以前、同じ目に遭わされて死ぬ思いをした。あれから何カ月か経って自分も強くなったけれど、心の痛みにはもうじゅうぶん耐えてきた。それなのに、これ以上の痛みに耐えろというの？

公爵夫人は手をアルシアの両手に重ねてきた。「もしあなたがわたしの息子を本当に愛しているなら、明日の舞踏会に出席しなければならないわ。あなたがその場にいることでどれほどの波紋が生じるか、あの子に見せる必要がある。さもないと、あの子はあなたと結婚できる可能性にしがみついたまま、あなた以外の女性に見向きもせず、けっして幸せをつかまない。

わたしは息子を愛しすぎるほど愛しているわ。だからあの子にとって一番いいと思えることなら、なんでもやる。こんな車椅子姿になったのも、あの子と彼の父親への愛情のせいよ。自分がこうなったのを一日たりとも後悔したことはないけれどね。もし自分がどんなふうに苦しむかわかっていたとしても、必要とあらば、喜んで同じことを繰り返すわ。

ミス・スタンウィック、あなたはどの程度本気でわたしの息子を愛しているの？　彼の将来の幸せのためなら、どの程度まで耐えられる？」

30

公爵夫人がよこした迎えの馬車は、速度をあげて通りをひた走っている。その馬車のなか、アルシアは波立つ神経をなんとかなだめ、落ち着きを取り戻そうとしていた。迎えにやってきた御者に、自分を乗せないまま公爵のお屋敷へ戻るよう危うく命じそうになったが、結局覚悟を決めてなかへ乗り込んだのだ。

舞踏会には緑色のドレスを着ていこうかと考えたが、結局赤いほうのドレスにした。わたしという存在がいることでどれほど事態が悪化するか、ベネディクトに完全に理解させる必要がある。そのためには、できる限りこちらが目立たなければならない。ドレスの小さな隠しポケットには、彼からもらったマッチ入れを忍ばせてある。ふたたび家路につくときに――公爵の館に到着しても、すぐに引き返すことになるはず――自身に思い出させてくれるものが必要だからだ。どんな暗闇であっても光を見いだすことはできるのだ、と。

ヘスターが仕上げた凝りに凝った髪型には、今日の午後に自分で買った真珠の櫛《くし》飾りをあしらっている。気前よく報酬を支払ってくれたベネディクトのおかげで、いまではときどき自分の好きなものを買う余裕もでき、櫛と一緒に真珠の首飾りと耳飾りも購入した。

今夜の舞踏会では、過去に苦しめられた亡霊たちと対峙《たいじ》することになる。ありったけの品位と冷静さをかき集め、そのときに備えたい。彼らのせいで嫌というほど辛酸を嘗《な》めてきたことを、絶対に気づかれたくない。

わざと一時間遅れて公爵邸に到着することにした――舞踏室により多くの招待客が集まっているほど、自分が味わわされる屈辱がより耐えがたいものになるとわかっていても。さらに多くの人から背を向けられ、無視されることになるだろう。

それでも、何より大切なのはベネディクトの今後の幸せだ。今後も妻を持たずに独身を貫こうとすれば、彼が究極の幸せを手にすることはない。

新聞でベネディクトが婚約した記事を目にしたらどれほど深い心の傷を負うか、いまは考えたくなかった。ただ、立ち直れないほどの傷を負ったとしても、どうにか生きのびてみせる。

馬車は速度を落として車道をおり、他の馬車と同じように、巨大な領主館へと続く正面階段の前に向かい始めた。ありがたいことに、周辺をうろついている人はほとんどいない。この分だと、馬車をおりて入場するまではさほど傷つくことなくすむかもしれない。

そのとき、階段のほうへ向かおうとせず、縁石から少し離れたところに立っている一人の男性に気づいた。人びとはその男性を避けるように遠回りしながら領主館へ向かっている。そんな彼らを責めることはできない。男性は胸の前で腕組みをし、誰にも会釈しようとしていないのだ。ただひたすら何かを待っている。

とうとう馬車が完全に停《と》まると、従者が前に飛び出してきて扉を開け、アルシアがおりる手助けをした。地面に片脚がついたかつかないかのうちに、すぐ脇に男性が立っているのに気づいた。エイデン・トゥルーラヴだ。先ほど縁石のあたりに立っていたのは彼だったのだろう。

エイデンは手を差し出した。「ビーストから頼まれたんだ。きみが姿を現すかどうかわからないが、もしやってきたらエスコートしてほしいと」

アルシアは彼の手を取った。「ここへ来るかもわからないのに、あなたはわたしを待っていたの？」

エイデンはその手を自分の肘のくぼみにかけさせると、入り口に向かっていざない始めた。

「ビーストはきみを一人でここに入らせたくなかったんだ。ただ、あいつ自身は貴族たちに紹介されるせいで手が離せないからね。まあ、いまはあいつもこの建物の外へ出たがっているだろうが。何しろ、こういった催しに出席するのは今夜が初めてなんだ」

たしかに、これまでベネディクトを舞踏会で見かけた記憶はなかった。てっきり自分が彼を見過ごしていたせいだと考えていたけれど、もちろん、いまにして思えば彼を見過ごすことなどありえない。

「彼は舞踏会に出席したことが一度もないの？」

「ああ。まるで疫病のように、そういった催し物を徹底的に避けていた。舞踏会だけじゃない。ディナーや、派手で優雅な催しもだ」

顔見知りの伯爵夫妻が戸口に向かおうとしている。明らかに伯爵夫人はアルシアの姿に気づいたのだろう。目を見開くと、汚物の臭いを嗅いだかのように鼻にしわを寄せ、急ぎ足で領主館へと向かっていった。

無視されているのがわたしである限り、最悪な事態には思えない。いま何より気になるのは、わたしが周囲からどう扱われるかではなく、ベネディクトが彼らからどんな態度を取られるかだ。今夜は社交界が注目する舞踏会になるだろう。ロンドンの貴族たちのほとんどが出席するはずだから、ベネディクトも圧倒されるほどの盛大な規模になるに違いない。

かつてアルシアも自分がデビューする舞踏会のために準備を重ねたことがあったが、当日はひどく緊張して落ち着くことができなかった。そのせいでなかなか知り合いを見つけられず、面識のない人たちに囲まれて右往左往していた。今夜はベネディクトにとって、家族以外の出席者は全員、初めて顔を合わせる人ばかりなのだ。

しかも、ベネディクトのきょうだいの一人はここにいる。本当ならば舞踏室にいてほしいはずだろうに。見覚えのあるエイデンの顔を認め、彼からいたずらっぽくにやりとされるだけで、ベネディクトの緊張はかなり和らぐはずなのだ。

夜風はひんやりとしているものの、アルシアは外套《がいとう》を羽織ってこなかったため、待機している従者に何も預ける必要がなかった。そのままエイデンにいざなわれて建物のなかへ入ると、目の前に壮麗な玄関広間が広がり、別の従者が到着した人たちを廊下の先へ案内している。奥に舞踏室があるのだろう。

だがエイデンは他の招待客たちに続こうとはせず、らせん階段のほうへアルシアを連れていった。階段の一番下に立っていたのは、他のトゥルーラヴ家のきょうだいと伴侶たちだ。つまり、いま舞踏室でベネディクトは一人ぼっちのまま、初めて顔を合わせるおおぜいの招待客たちと向き合っていることになる。そう気づいたとたん、アルシアはぞっとせずにはいられなかった。

ジリーが笑みを向けてくる。「来てくれたのね」

「みなさんはどうして舞踏室の外にいるんですか？」

「ビーストに頼まれたからよ。わたしたちに、ここであなたを待っていてほしいって」

ああ、ベネディクトは本当の意味では理解していない。貴族だらけの舞踏室を回りながら社交にいそしむのがどういう状態か、部屋に知り合いが一人もいないと、それがどれほど難しいことなのかを。実の両親はそばについているが、彼が心から必要としている人たちはここにいる——しかも、このわたしの到着を待って。

「さあ、なかへ入ろうか？」ミックが言う。

ええ、すぐに入ったほうがいい。アルシアは使命感のようなものを感じていた。一刻も早く、彼らを舞踏室へ連れていかなければ。彼らが同じ部屋にいていつでも支えてくれる状況を、すぐにでもベネディクトに作ってあげたい。

セレーナが近づいてくると、エイデンはアルシアから手を離し、妻を近くに引き寄せた。

「さあ、行こう」エイデンがアルシアに言う。「覚えておいてほしい、きみが必要なときには、俺たちがいつもそばにいることを」

ありがたいけれど、彼らに気にかけてもらう必要はない。それよりも彼らには、ベネディクトのうしろに立ち、弟のことを守ってあげてほしい。どうしてもベネディクトに知っていてほしいのだ。あなたはけっして一人ぼっちではないと。

きょうだいたちは舞踏会に出席したことがあるし、彼ら自身で主催したこともあるが、ビーストはこれまでそういう催しを避け続けてきた。これほど自分が場違いに感じられたことはない。身分からいえば、ここそ自分の居場所ということになる。だがそれでも、自分の存在だけが浮いているような気がしてしかたがない。さながら色とりどりの花壇に一本だけ生えた雑草みたいな気分だ。できることなら、誰かこの自分を引っこ抜いて、花壇の外へ放り出してほしい。先ほどからずっと、そんな叶《かな》うはずもないことを願い続けている。

ずっと両親の横に立って、名前を高らかに呼ばれて階段をおりてきた招待客たちに挨拶を繰り返している。社交界にデビューした年に、まさに同じ経験をした妹のファンシーからは、前もってこう忠告された。〝紹介されるお客様の人数を数えてはだめ。そんなことをしても、時間が全然経《た》っていないように思えるだけだから〟

若いレディたちがこちらを見る目つきのせいで、よけいに時間が遅々として進まないように思える。彼女たちは新種のデザートを見るような、物欲しげな目でこちらを見つめてくる。とにかくありとあらゆるレディたちと顔を合わせた。顔立ちの美しいレディもいれば、平凡な顔立ちのレディもいる。背が低い者もいれば高い者もいるし、大胆そうな女性もいれば内気そうな女性もいる。

だがアルシアに初めて出会ったあの瞬間ほど、こちらの注意をいやおうなく引きつけるレディはいない。

今夜は彼女のことは考えまい……そう心に誓ったはずなのに、舞踏会が始まってわずか二分で、その誓いを破ることになった。今宵《こよい》アルシアが姿を現してくれたら——そんな一《いち》縷《る》の望みを捨てきれずにいる。彼女がここにいてくれるだけで、今夜の自分はどれほど救われることか。

招待客を出迎え始めてからすでに一時間以上が経ち、いまや舞踏室は貴族たちでいっぱいだ。きらびやかな者もいれば、優雅な者、傲慢な者などさまざまだが、両親である公爵夫妻は彼ら貴族のなかでも人気者のようだ。さもありなん。たとえ実の父母でなかったとしても、自分もこの二人を好きになるだろう。二人とも優しくて寛大であり、しかも思慮深い。この二人に育てられていたら、自分はいまとどう違っていただろう？　前にそう考えたこともあるが、あれこれ憶測しても意味はない。つらい思いを何度もしたものの、それでも、これまで送ってきた日々以上にすばらしい人生など想像できなかった。あのきょうだいたちと母エティのいない人生などありえないし、それ以外の人生を送りたいとも思わない。

「ミス・アルシア・スタンウィック！」そのとき、クリスマスを告げる無数の教会の鐘の音のように、執事の朗々たる声が響き渡った。

彼女が来てくれた――ビーストの心はたちまち舞い上がった。いくら自分に〝彼女が来てくれても現状は変わらない。アルシアには俺と結婚する意思がない。人生において、今夜が彼女の見納めとなるかもしれないんだぞ〟と言い聞かせようとしても、全身に活気が満ちあふれるのを止められない。

アルシアは階段のてっぺんに立ち、真紅のドレスがその美しさをいっそう引き立てている。引き立てる必要もないほど、すでにじゅうぶん美しいのに。アルシアを守るように背後に立ったのは、愛するきょうだいとその伴侶たちだ。

彼らを従えながら、アルシアは優雅な足取りで階段をおり始めた。できることなら、このままアルシアを寝室へ連れ去り、一刻も早くあのドレスを脱がせたい。そして彼女の全身にキスの雨を降らせ、夜が明けるまで愛し合いたい。そうすれば彼女を忘れられる可能性も……。

〝お願いだ、ティア、あともう一晩だけ俺と一緒にいてくれ。今夜を最後にするから〟

いや、やはり今夜を最後になどしたくない。俺はアルシアを忘れたくない。

ビーストは両親に向き直った。「あなたたち二人を心から愛しています。だが、ここは俺のいるべき世界ではありません」

いい、彼女の隣こそ、俺がいるべき世界。

父は無言のまま短くうなずいた。そのしぐさを見て、ふと思う。

少年時代の自分に、どこか重なる。自分のせいではないこと――たとえば庶子であることや身長が高すぎること、体が大きすぎること、右耳がなかったり手脚が長すぎたりすること――のせいでからかわれたり、ばかにされたりしたときも、毅然《きぜん》とした、強い態度を取ろうとしていたあの頃の俺に。

母は、手袋をはめた息子の片手を取ると、強く握りしめ、唇を押し当て、顔を見上げた。あふれんばかりの力強い愛情が感じられる瞳だ。この母の愛ほど強いものはない。

かつて彼女は、この世に産み落とした愛するわが子を、自分以外の女性の手に預けた。そしていま、ふたたび同じことをしようとしている。しかも、その行為に一片の悲しみも良心の呵責《かしゃく》も覚えてはいない。なぜなら、この母にとって何より大切なのは、息子を守り抜き、その身の安全を守ることだから。彼女自身がどれほど苦しむことになろうとも。

そのとき気づいた。自分の顔は母とは似ていないが、しっかりと受け継いでいるものがある。彼女のしなやかな心だ。

両親から、おまえはわたしたちの息子だと知らされ、二人の言葉をそのまま受け入れた。だがいまほど、自分がこの二人の息子なのだとはっきり確信できた瞬間はない。

あの憂鬱な雨が降る午後、母はなんと言っていただろう？　それほどの悲しみと寂しさを感じているのはアルシアが恋しいせいなのかと尋ねたときに？　母に謝ったりするな、これまでの俺のままでいいのだからと言ってくれていた。

いったい俺は何者だ？　ずっとそう自問自答してきたが、とうとうその答えがわかった。

両親の愛情や、彼らから与えられた生まれながらの権利を重んじようと考え、そのための道を必死に探そうとしていたが、ついに——社交界のルールに従うのではなく——自分の心の命ずるままに生きようと決意を固めた、一人の男だ。

踊っていた貴族たちがダンスをやめ、ひそひそ話を始めるなか、ある人影がつかつかと階段に歩み寄っていくのに気づいた。チャドボーンだ。カードでこてんぱんにされたのが気に入らず、今夜その仕返しをしにやってきたに違いない。

ビーストは招待客リストに目を通していなかったため、いまのいままでチャドボーンが招待されていたことに気づいていなかった。もし事前にわかっていたら、間違いなくあの嫌な名前をリストから外していただろう。両親に中座を断った。「失礼します」

長い脚のおかげで、すぐにチャドボーンに追いついた。声を落とそうともせず、いらだちを隠そうともしなかった。「ここで彼女に冷たい態度を取ったら、きみの軟弱な背骨を真っ二つに折ってやる」

「彼女がこの階段をおりきるのを、きみは許すべきじゃない。そもそも、きみが彼女を歓迎するなど許されないことだ」

「いや、俺は許すし、心から歓迎するつもりだ。あと一分以内にこの場から立ち去れ。さもないと、きみをこの屋敷から強制的に立ち去らせる。あるいは、俺自身がきみを引きずり出してもいい」

伯爵は冷たい笑みを向けた。「生粋の社交界育ちじゃないきみには、やはりこの世界のルールが理解できないと見える」

「ああ、ありがたいことに」

「他の紳士やレディたち、公爵や公爵夫人、伯爵、子爵たちが彼女に背を向けたら――」

「彼女に意地の悪い態度を取る相手を、許すつもりはない」ビーストはチャドボーンをさえぎった。これ以上、この男に不愉快な発言を続けさせはしない。

いつの間にか、人びとが二人の周囲に集まってきていた。もしかして、彼らもチャドボーンと同じくアルシアを追い返そうとしているのか？　だとしたら、おおぜいの招待客たちがこの舞踏室から追い出されることになるだろう。とはいえ、俺には男兄弟三人と義理の男兄弟二人がついている。彼らが守ってくれている以上、何者も階段をおりてくるアルシアを止めることはできない。

そのとき、招待客たちのささやき声がはっきり聞こえた。どうやら、先ほど自分がチャドボーンに向かって発した言葉をそばにいる者たちに伝えているようだ。伝言はあっという間に舞踏室の隅々に広まった。

「さあ、出ていくんだ」チャドボーンにはっきりと告げた。「彼女にここでの歓迎を疑わせるような言葉を一言でもかけてみろ。遠慮なくその顎に拳を見舞い、きみの体を宙に吹っ飛ばしてやる」

チャドボーンは弱々しく――子ども相手でも怖がらせることはできないだろう――にらみつけてきた。それから体の向きを変えて、妻ジョスリンに話しかけた。「さあ帰ろう」

「でも今夜は舞踏会よ。わたし、もっと踊りたいわ。あなたは先に帰って、馬車をわたしのためにここへ戻してくれないかしら？」

チャドボーンはしばし途方に暮れた様子だったが、とうとう大股で階段をのぼり始めた。

その途中で階段をおりてくるアルシアとすれ違ったが、ビーストが見る限り、彼女には一言も話しかけなかった。ずる賢い男だ。

視線をレディ・チャドボーンに向けると、彼女は両手を掲げて慌てたように言った。

「わたし、彼女を無視するつもりはないわよ」体の向きを変え、舞踏室の奥のほうへ逃げ込むように歩き始める。一度でも振り返ったら、ビーストの気分を害するのではないかと恐れるかのように。

階段に向き直って駆け上がろうとしたとき、その場に凍りついた。すでに正面にアルシアが立っていたのだ。くちなしの香りが嗅げるほど、こんなにも近くに。周囲を守っていたはずのきょうだいたちが階段をおりている途中であることから察するに、アルシアは急ぎ足で駆けおりてきたに違いない。

なんと言葉をかけるべきだろう？　〝来てくれたんだね〟という言葉は、いま自分が感じている複雑な感情を表現するには陳腐すぎる。〝きみは本当に美しい。きみがここにいてくれてこんなに嬉《うれ》しいことはない。ずっときみが恋しくて恋しくてたまらなかったんだ〟――これなら、いまの気持ちに少しは近いかもしれないが、それでもまだ足りない気がする。

「やってきたわ。ここに」

アルシアは静かに、だがはっきりと言った。

ビーストは彼女の顔をまじまじと見つめた。アルシアはいまの言葉に、俺がそうであればいいと願っているとおりの意味を含めているのだろうか？　その手がかりを探し求めるため、彼女の顔のささいな変化も見逃したくなかった。アルシアがここにやってきたのは、俺たち二人は愛し合っていると認めるためなのか？　ベッドに横たわりながら魂をむき出しにし、ついに一つに結ばれたあの夜のように。

アルシアの目には希望と疑念の両方が浮かんでいる。もしここで、彼女が何を言いたいのか見誤れば、俺は舞踏室を埋め尽くしたおおぜいの紳士淑女の前で大きな恥をかくことになる。俺がとんでもない勘違いをしたという噂《うわさ》はあっという間に広まるだろう。細大もらさず伝えられ、ありとあらゆるゴシップ紙に掲載されるに違いない。

だが、そのとき気づいた。自分にとって間違いと言えるのはただ一つ。せっかく与えられたこの瞬間を逃してしまうことだけだと。

いままでだってそうだった。アルシアにキスをしても、揺れる馬車のなかで彼女の胸をむき出しにしても、それらはけっして間違いではなかった。アルシアを俺のベッドに連れていき、彼女と睦《むつ》み合っても、まったく間違いではなかったのだ。

ビーストはゆっくりと片膝をついた。「スコットランドにいたとき、彼らの話し言葉がわからなくて困ったという話をしたのを、きみは覚えているだろうか？　だが、そんな俺でも聞き取れた言葉があった。その言葉の意味を知ったとき、すぐに思い浮かんだのはきみのことだったんだ。モー・ヒアー――〝わが心〟という意味のスコットランドの言葉だ。ティア、いつもきみは俺の心のなかにいる。そして、これからもずっとい続けるだろう。お願いだ、俺の妻になってほしい」

アルシアはベネディクトの姿がほとんど見えなかった。込み上げる涙で視界がぼやけているせいだ。

本人が認めたとおり、ベネディクトは貴族のマナーがどういうものか、まるで理解できていない。もし少しでも知っていたら、あんなによく響く声でチャドボーンを脅しつけたりせず、声を落として二人にしか聞こえないよう静かに告げたはずだ。しかもチャドボーンを追いかけ、わたしを巡ってあんなやりとりをするべきではなかった。おかげで、こちらの心はもうめろめろだ。

それに〝軟弱な背骨を真っ二つに折ってやる〟という野蛮人のような脅し方もすべきではなかった。といっても、それはわたしが〝そんなことは許されない〟とか〝チャドボーンの背骨はそれほど軟弱ではない〟などと考えているからではない。紳士たるもの、夜が明ける時刻にピストルでの決闘を申し込むべきだからだ。

〝俺自身がきみを引きずり出してもいい〟と言ったのもいただけない。従者たちにさりげなく合図を送り、相手を引きずり出させるのが本当の紳士というものだ。

さらには、ベネディクトは自分のきょうだいたちをこの舞踏室に連れてきて、自分を支えてもらうべきだった。それなのに、玄関広間でわたしを待つように頼むなんて。わたしが今夜勇気を出せずに、ここへ姿を現さない可能性もあったのだ。

そう、どう考えてもベネディクトには妻が必要だ。もうこれ以上貴族の面倒なマナーを破ることなく、彼自身の幸せを犠牲にしないよう導いてくれる妻が。

「テュークスベリー伯爵ベネディクト・トゥルーラヴ・キャンベル。あなたは貴族について学ぶべきことがまだ山ほどあるけれど、愛について学ぶべきことはすべて知っているようね。わたしの心のなかにも、いつもあなたがいる。だから大きな感謝を込めて、あなたの妻になることに同意します」

ベネディクトは立ち上がり、アルシアを抱きしめると口づけた。しかも、周囲の目を気にしながらのキスではない。本来なら寝室でしか許されないような、ありったけの情熱を込めたキスだ。本当の紳士なら、軽く唇を重ねるだけにすべきなのに。でもこの件に関しては、ベネディクトが貴族のマナーを知らなかったことに心から感謝したい。

アルシアは両腕を彼の首に巻きつけ、負けじと熱烈なキスを返した。

31

ベネディクトは、手袋をはめた指をアルシアの指にしっかりと絡めて言った。「俺の両親を紹介したい。きみはあの二人が好きになるはずだ」

彼の母親が好きなことは、もうすでにわかっている。

アルシアはふと思った。彼の母親が車椅子に座り、その脇に父親が立っている場所へと近づいていく間も、誰も自分に背を向けない。それに、この舞踏室に入って以来、まだ誰からも無視されていない。まだこちらが気づいていないからかもしれないけれど。

ベネディクトと一緒になるためなら、どんなことでも耐える覚悟だ。わたしたちの子どもは、ベネディクトがしっかりと守ってくれるだろう。彼の両親ときょうだいたちがベネディクトを守っているように。

「母上、父上、アルシア・スタンウィックを紹介させてください。俺の心の恋人であり、これから妻になる女性です」

アルシアは深々とお辞儀をした。「閣下《ユア・グレイス》」

「こんな勇気ある女性に出会えて光栄だ」公爵が言う。「きみが家族の一員になる日を楽しみにしている」

「ありがとうございます」次に、車椅子に座る公爵夫人に合わせて体をかがめた。ドレスの裾がふんわりと広がる。「あなたが今夜ここに来るようにとおっしゃったのは、彼に物事の本質を見せて理解させるためではなかったのですね。あなたはわたしに物事の本質を見せて理解させるため、ああおっしゃったんだわ」

グラスフォード公爵夫人はにっこりとほほ笑んだ。それはアルシアがこれまで見たなかで最も美しい笑みだった。

「息子が小さくて傷つきやすかった頃、わたしはこの子のそばにいて慰めてあげることができなかった。スコットランドに滞在しているときも、あなたがいないせいで、この子が傷ついているのがわかったの。でも、今回はわたしにも息子が傷つくのを止めてあげる手助けができると思った。だから……ええ、わたしが期待しているとおりの結果になることを祈って、あなたにこの舞踏会へ来るようにと言ったわ。あんな言い方をしたわたしを許してね、ミス・スタンウィック。でもこれだけはわかってほしいの。わたしは十五歳のときからずっと、キャンベル家のある男性から愛され続けているから、この家の男性が、自分の愛する女性のためにどんなことでもするのを知っている。いかなる女性であっても、それほど深い愛情を拒絶しないでほしいという一心だったの」

「結婚したら、あなたにとって最高の娘になれるよう精一杯努力します」

「息子を愛してずっと幸せにしてくれている限り、あなたはすでに最高の娘だわ」

「もしそれがあなたのご希望なら、叶《かな》えるのはお安いご用です」

公爵夫妻の元から離れた二人は、すぐにベネディクトの家族――こういった華やかな催し物には出席しないエティ・トゥルーラヴを除いてだが――に囲まれた。みんなが笑みを浮かべ、嬉《うれ》しそうに何度も抱擁を繰り返している。

人生とはなんと不思議なものだろう。一時は回り道をして間違った方向へ進んだように思えたが、結局すべてがおさまるべきところにおさまったのだ。

「アルシア？」

声のしたほうを振り返り、笑みを浮かべる。「こんばんは、キャット」

「あなたにお祝いの言葉を言いたくて。婚約おめでとう」

「ありがとう。もちろん、もう伯爵には紹介されたのよね？」

「ええ、ここへやってきたときに」

アルシアは隣に立っているベネディクトをちらりと見た。無言のまま、励ますように背中に大きな手を置いてくれている。

「レディ・キャサリンはわたしの親友で、つい最近もためになる忠告を与えてくれたの」

「レディ・キャサリン、会えて光栄だよ」ベネディクトはわずかに会釈をした。

「閣下《マイ・ロード》」キャサリンは小さくお辞儀をすると、アルシアに注意を戻した。「時間ができたら、うちに紅茶を飲みに来て。今度は客間に」

「ええ、ぜひ伺いたいわ」

「よかった。実は急がないといけないの。次のダンスを申し込まれているから。それなら、今度会うのを楽しみにしているわ」そう告げると、キャサリンは姿を消した。

アルシアは希望を持たずにはいられなかった。きっとすぐに、わたしを客間に迎えてくれる屋敷が増えていくだろう。でもこの瞬間は、もっと差し迫った関心事がある。心の底から愛してやまない男性をじっと見上げた。「わたしとワルツを踊ってくれる？」

ベネディクトは笑みを浮かべた。笑顔の彼は胸が苦しくなるほどのハンサムぶりだ。

「実は、きみがそう言い出すのを待っていたんだ」

アルシアが笑い声をあげると、ベネディクトは舞踏場へ彼女をいざなった。周囲の誰もが羨むような華麗な足取りだ。

「きみがさっき母に言っていたのは……きみは前に母と話したことがあったんだね」

「ええ。昨日彼女がわたしを訪ねてきたの。もし訪ねてきてくれなかったら、今夜の舞踏会に来ていたかどうかわからない。とはいえ、出席しようと真剣に考えていたわ。だってあなたのことが恋しくてしかたなかったから」

「もう二度と、きみを寂しがらせたりしない」

「お母様はあなたに、わたしを訪ねた話をしなかったの？」

「ああ」

「それなのに、あなたは自分のご家族を待たせてくれていたのね。わたしが本当に姿を現すかどうかさえわからなかったのに。あなた自身こそ彼らを必要としていたのに。家族がこの舞踏室に一緒にいたら、あなただってどれほど心強かったことか」

「俺がきみを一人ぼっちで、ここにいる人たちと対面させるとでも思ったのか？　必要とあらば、俺はいつだってきみを守る。もし俺がそばにいてやれないときは、俺の家族がきみを守ってくれる」

　ワルツを踊っている最中に泣き出すわけにはいかない。「ようやく自分の父親を許せそう――もちろん、英国君主に対して陰謀を企てたのは許せない。でも、父はこの人生を大きく変えてくれた。そうでなければ、あなたとは絶対に出会っていなかったはずだもの」

「もしそうだったら、それこそとんでもない悲劇だ」

　ベネディクトはからかうような調子ではなく、むしろ決然たる口調で言いきった。本気でそう考えているのだろう。アルシア自身、これほど愛しているベネディクトと出会えない人生など、いまとなっては想像もできない。そんな人生に満足できるわけがない。

「でも、いまわたしたちにはお互いがいるわ」

「いまも、これからもずっとだ」

32

それから二日後の夜、アルシアは自分のベッドに横たわりながら耳をそばだてていた。寝室の窓から、いつなんどき合図が聞こえてくるかわからない。その日の朝、以前グリフィスから〝兄たちと連絡を取りたい場合はここへ来るように〟と教えられた場所まで出向き、教えられたとおりの伝言を伝えたのだ。いまはこれ以上ないほど神経を研ぎすませ、緊張状態にある。床板がきしんだり、扉が閉められたり、どこかから何かがぶつかる音が聞こえるたびにびくっとしてしまう。窓辺にろうそくを一本灯《とも》したままにしてあるのは、兄たちがやってきたとき、どれが妹の部屋かすぐにわからせるためだ。

そのとき小さな音がした。窓ガラスに小石がぶつかる音だ。ベッドから抜け出し、慌てて窓のほうへ駆け寄ると、もう一度ガラスに何かがぶつかる音がした。外を見回してみたが、あたりは漆黒の闇が広がるばかり。ろうそくの灯《あか》りを消して、外套《がいとう》を羽織り、寝室の外へ出る。早足で、でもなるべく足音を立てないように注意しながら裏階段をおりて、厨房《ちゅうぼう》へたどり着いた。

扉を開け、歩道に踏み出す。「マーカス？　グリフィス？」

闇のなかから物音一つ立てずに、男二人の大きな人影がぬっと現れた。まるで生き霊のようだ。もし兄たちだとわかっていなければ、恐ろしさのあまり、悲鳴をあげていたかもしれない。

「さあ、なかへ。誰もいないわ」

物音に気づかれる危険があるのは百も承知だけれど。

厨房のなかへ戻り、その場で待っていると、音もなく立ち込める霧のごとく、兄たちが室内へ入ってきた。扉を閉めたのは、あとから入ってきたマーカスだ。

二人のあまりの変わりように言葉を失う。姿かたちは同じなのだが、以前よりずっと存在感が増した。常に周囲に警戒を怠らず、どちらの全身からも張り詰めたようなエネルギーと用心深さが発せられている。強くて危険で、けっして侮ってはいけない男たちといった印象だ。特にマーカスは、かつて動物園で目にした毒ヘビをほうふつとさせる。どんなささいな挑発も見逃さず、いつでも攻撃に出られる鋭い身のこなしだ。

「スコッチでも飲む？」アルシアはウィスキーのボトルをテーブルの上に用意していた。兄たちに飲ませたいと思い、あらかじめ買っておいたものだ。

マーカスが目を合わせてくる。氷のような薄青の瞳に見つめられ、全身に震えが走った。兄の黒髪は伸びており、いまではベネディクトと同じくらいの長さだ。髪の黒さと対照的なせいで、よけいに瞳の青さが引き立って見える。

「ありがとう。だがやめておく。酒を飲んだら感覚も反射神経も鈍くなる」

兄たちはいつ危険にさらされるかわからず、常に互いを必要としているのではないだろうか？　アルシアはにわかに恐怖を覚えた。二人の上着は体にぴったりと合っていない。拳銃やナイフ、あるいはそれ以外の特殊な武器を忍ばせているからでは？

「アルシア、いったいなんの用だ？」グリフィスが口を開いた。わずかだが、いらだちが感じられる。〝こんな手間をかけさせて〟と言いたげな声だ。

抱擁も、再会を喜ぶ言葉もない。最後に別れてから数カ月の間に、グリフィスは変わってしまった。こんなすげない態度を取っていることを申し訳なく思う気持ちも、もはや感じていないのではないだろうか？　グリフィスも髪が伸びていた。マーカスと同じく、髭《ひげ》もそらなくてはいけない。

「お兄様たちに渡したいものがあるの」アルシアは紙でくるんだ小包を手に取った。あらかじめウィスキーと一緒に、テーブルに用意していたものだ。その手をマーカスのほうへ伸ばした。

マーカスは紙包みをのぞき込み、なかに入っている紙幣の束をぱらぱらとめくった。

「ざっと見て四千ポンドはありそうだ」鋭い目でアルシアを見つめる。「どうやってこんな大金を？」

「ほとんどが、レディたちを教えることでもらった報酬よ」頬が染まるのがわかった。なぜそれ以外の話まで打ち明けなければいけないように感じているのだろう？　兄たちと同じように、自分も変わったことを二人に知ってほしいからかもしれない。「賭博場で稼いだお金も千ポンドほど入っているわ」

「おまえは賭け事をしているのか？」グリフィスが尋ねる。

一瞬、三カ月間一緒に暮らしていた頃の兄を思い出し、アルシアは頬を緩めた。

「一度だけよ。このお金があれば、お兄様たちの活動に役立つと思ったの。あるいは……もう活動する必要がなくなるかもしれないって」

マーカスが答えた。「ありがたいが、これはおまえが取っておくべきだ。いつなんどき必要になるかわからない」

「いいえ、もう必要ないはずよ。わたし、結婚するの。二、三日後に新聞で発表される予定だけれど、その前に直接お兄様たちに伝えておきたくて」

「僕はおまえに結婚の許しなど与えていない」

マーカスの有無を言わさぬ威圧的な言葉を聞いて、アルシアは思わず苦笑いをした。

「お兄様の許しをもらう必要なんてないわ。ここ数カ月、わたしは自分だけの力で生きてきたし、これからも自分の好きなように生きていくつもりよ」

「結婚の取り決めをした相手は何者だ？　条件は？」

無神経な言い方にもかかわらず、マーカスは依然として妹を大切に思っているようだ。

「取り決めなんてしていない。契約の必要なんてなかったの。だってわたしは彼を愛しているし、彼もわたしを愛しているから。彼なしではもう生きていけないの」

「おまえが結婚する相手はトゥルーラヴだな」グリフィスが自信たっぷりに口を挟んだ。

アルシアは下の兄のほうを見て笑みを浮かべた。「そうよ。彼は最近、グラスフォード公爵の息子であり、世継ぎであることがわかったけれど」

「なんてことだ《ブラッディ・ヘル》」

アルシアは笑みをさらに広げた。「ええ、その真実がわかったとき、彼自身もいまのお兄様と同じ反応をしたはずだわ」ふたたびマーカスのほうを見る。「何をしているにせよ、いまお兄様たちが動いている事情のなかには、妹に良縁をつかませるためという理由もあったはず。でもすでにわたしはすばらしい夫を見つけた――それも自分一人の力で。「だから、もしわたしのためにお兄様たちが危険なことをしているなら、もうそんな必要はない。どうしてもそれを知っておいてほしかったの」

マーカスは険しい表情を緩め、優しい瞳になった。ほんの一瞬、アルシアはそこにかつて知っていた兄の姿を垣間見《かいまみ》た気がした。

「父上には守るべき名誉などないが、それでも僕たち一族の名誉なら回復することができる。おまえの子どもたちのためにも、それが望ましい」

アルシアは一歩進み出て、マーカスに近づいた。「わたしがわが子に望むのは、彼らが二人のおじから可愛《かわい》がってもらえることだわ」

「だが、それが名誉とは無縁のおじたちならどうだ？」

アルシアの目を涙が刺した。「いまのままなら、来月の結婚式にお兄様たちが出席できるとは思えない。そうなんでしょう？」

「そのときまでにすべて解決しているとは思えない。僕たちにとって大切なのは、人目につかないようにして、貴族との関わり合いを避けることなんだ。それに僕らと一緒にいるところを見られたら、おまえの身に危険が及ぶ可能性もある。僕たちがいま……つき合っている連中には、僕らが過去の絆《きずな》をすべて断ち切ったと信じ込ませておいたほうがいい。だが、おまえの幸せは心から願っている」

アルシアはどうしても自分を抑えられなかった。マーカスの首に両腕を回し、きつく抱きしめながら言う。「お願い……どうか絶対に無理はしないと約束して。近い将来、お兄様たちにわたしの子どもの顔を見せてあげられるように」

マーカスが抱き返してきた。とても力強くてたくましい腕だ。「そんなに心配しなくていい。僕らはすぐにおまえの人生に戻ってくる」

その言葉が本当でありますように。心の底からそう願った。

マーカスが体を離すと、今度はグリフィスがアルシアを抱き寄せた。マーカスと同じく、しなやかで力強い体の感触が伝わってくる。「まさか、おまえと離ればなれになってこんなに寂しくなるとは思わなかったよ」

アルシアは両腕をグリフィスの体にしっかりと巻きつけた。「マーカスとお兄様自身の身をしっかり守ってね。二人とも愛しているわ。わたしを悲しませるようなことがないよう、くれぐれも用心して」

グリフィスは一歩下がった。「おまえも体に気をつけるんだぞ。トゥルーラヴに伝えておいてくれ。もしおまえを大切にしなかったら、僕たちから仕返しされることになるぞと」

「そんなこと、絶対にありえないわ」

「ああ、そうだな。あの夜、彼がおまえを見つめている様子を見ていてすぐに、大切にしてくれるはずだとわかった。それでもちゃんと伝えておくんだ」

「そろそろ行かないと」マーカスが言う。「この金はありがたく頂戴していく。今後何かの役に立つはずだ」

「もし他にも必要なものがあれば、遠慮なくわたしに――」

マーカスは短くうなずいた。「ああ、わかっている」

マーカスが扉を開けると、アルシアは兄二人に続いて扉から出て、彼らが暗闇のなかに姿を消すのを悲しい気分で見送った。

二人の結婚式は聖ジョージ教会で執り行われた。その日、教会にやってきたあふれんばかりの貴族たちを目の当たりにして、ビーストの隣の新妻アルシアは不思議そうにつぶやいた。

〝自分でも決めかねているの。彼らはわたしの父がしでかしたことを完全に忘れたのか、それともわたしが彼の娘であることを忘れたのか、どっちなんだろうって。あるいは、父親の取った行動は娘にはどうにもできなかったのだから、これ以上わたしを悲しませるべきではないと思い直したのかしら？〟

しかしながら、結婚式のあとにグラスフォード公爵夫妻の屋敷で開かれた披露宴は、家族と友人だけに限られた、ごく内輪の集まりとなった。ビーストの母エティが、より居心地よく楽しめるようにという配慮からだ。

それでも正式な祝いの席であることに変わりはない。巨大な食堂のあちこちに純白のレースで覆われたテーブルが配され、ビーストとアルシアは部屋一面を見渡せる長テーブルに座らされた。母エティと公爵夫妻も同じテーブルについている。

次々とごちそうが給仕される間、ビーストは身を乗り出し、アルシアの耳元でささやいた。「食事より、早くきみを味わいたい」

アルシアは真っ赤になりながらも、優しい瞳で答えた。「それならわたしたち、急いで食べるべきね」

「きみはどう思う？　誰も気づかないだろうか？　もし俺たちが……ちょっとだけ姿を消しても？」

アルシアが妻になることに同意してくれて以来、彼女とは体を重ねていない。だからこそ、今夜の新婚初夜が楽しみでしかたなかった。まずゆっくりと愛し合い、次に性急に体を重ね、もう一度ゆっくりと睦《むつ》み合うつもりだ。

「わたしたちは主賓だから、いないと気づかれてしまうわ」

そのときグラスを叩《たた》く音が聞こえ、グラスフォード公爵が立ち上がった。静かになった会場を見回しながら、公爵は口を開いた。

「この宴《うたげ》を始める前に、わたしから少し話しておきたいことがあります。わたしがまだ十六歳の少年だった頃、ある日の夕暮れ近くに峡谷を見渡していたとき、小川で水遊びをしている少女、マーラを見つけました。わたしにとって、それはまさに運命の瞬間でした。一瞬で激しい恋に落ち、自分には彼女以外の女性は必要ないと考え、二人で紡ぐ未来をあれこれと思い描いたのです。たくさん子どもをもうけて、その子たちの結婚式に夫婦として出席し、やがて孫たちが生まれたら二人でさんざん甘やかすことになるだろうと」そこで公爵は首を振った。「だが運命とは本当に気まぐれなものです。寝室の窓からこっそり抜け出して、思い出の小川のほとりで待ち合わせをし、月明かりの下、マーラとわたしはいろいろな夢を思い描いたり、明るい未来をささやき合ったりしました……しかし、そういった夢や未来が実現することはなかったのです。

しかし、今日からは違います。わたしたちの大切な息子が戻ってきてくれ、こうして二人で彼の結婚式に出席しています。そして、そうです、わたしたちはもう一度、孫たちを甘やかす夢を持てるようになったのです。

とはいえ、もしエティ・トゥルーラヴがいなかったら、わたしたちがここにこうやって集まることも、ふたたび夢を見られることもなかったでしょう。エティ、あなたはわたしたちの息子に、わたしたちが与えてあげられなかった家族を与えてくれました。そしてマーラとの約束を守り、わが子のように息子を愛してくれました。息子がおおぜいの人から呼ばれているあだ名から察するに、そうするのはあまり簡単な仕事ではなかったはずです」

周囲から笑い声があがるなか、ビーストはにやりとした。ふたたび食堂が静かになると、公爵は言葉を継いだ。

「わたしたち夫婦は心の底からあなたに感謝しています。そして、息子のきょうだいたちにも。きみたちが特別な絆で結ばれているのは、誰の目にも明らかです。しかも、実に賢いきみたちは、それが特別なことではなく当然だと考えているようです。そして今日、ベネディクトは晴れて愛らしい妻をめとりました。わたしたち夫婦も、これから時間をかけて彼女と知り合うことを心から楽しみにしています。
そのために、わたしはここでわが息子と新しい娘に、伝統的なスコットランドの乾杯の挨拶を贈りたいと考えました。ただ、この部屋にいるのはほとんどが英国人のため、スコットランドの言葉ではなく、みなさんにも理解できる言葉で述べたいと思います」
公爵はシャンパングラスを手に取った。
「きみたちがこれまで目にした一番いい出来事が、
これからのきみたちにとって一番よくない出来事となるように
きみたちの食料庫から離れない一匹のネズミがいても、
その目に一粒の感謝の涙が浮かんでいるように
きみたちがいつも元気で優しい心の持ち主であるように
年老いて最後の息を引き取るその日まで
きみたちが常に幸せであるように
きみたちの母《マ》さん《ー》とわたしが常にそうであるように」
公爵はグラスを高々と掲げた。「乾杯《スラーンチエ》」
「乾杯《スラーンチエ》」
みんなの声が食堂じゅうに響き渡ると、めいめいがグラスからシャンパンを口にした。
そしてビーストが妻にキスをすると、歓声がわき起こった。

一週間後　スコットランド

「わたし、スコットランドにもうめろめろみたい」

頭のうしろで手を組みながらベッドに座っていたビーストは、妻の言葉を聞いて笑みを浮かべた。アルシアはいま、一糸まとわぬ姿のまま窓の前に立ち、早朝の光景を眺めている。目の前に広がる峡谷はすっぽりと霧に包まれたままだ。今回、両親はロンドンに残り、息子とアルシアに二人きりの時間を与えてくれた。しばらくしたら、公爵夫妻もこの領地へやってくる予定だ。

「俺は目の前の光景のほうがもっと好きだ」

アルシアは笑い声をあげると振り返った。「あなたはもうわたしに飽きてきているのではないかと思っていたのに。だってここへ到着してから、わたしたち、ほとんど裸のままだもの」

それは、二人がこの寝室をほとんど離れようとしないからだ。領地に到着した二日めに、ビーストはアルシアを乗馬に誘い、細長い入り江《ロッホ》や丘陵、深い森へ連れていった。夕方には二人で美しい庭園を散歩する。だがビーストはズボンとシャツ以外のものをめったに身につけようとしないし、アルシアもコルセットは外したままだ。

そのほうが部屋に戻ってきたとき、お互いの衣服を脱がせやすいからだった。結婚式まで何週間も続いた禁欲生活を、ここでいっきに取り返そうとしている。

「わたしたち、ここに住んだらどうかしら?」

「ああ、一年のうち、数カ月はそうしてもいいだろう。だが、ここことは別の翼に住んだほうがいい。きみがあげる悦《よろこ》びの声を、俺の両親に聞かせるわけにはいかないからな」

妻が声をあげると、ビーストの興奮はさらにかき立てられる。ここだと周囲を気にする必要がないし、実際に気にしてなどいない。

初めに慌ただしくクライマックスに達したあと、次は二人ともゆっくりと時間をかけて互いを愛撫《あいぶ》し、これまで知らなかった相手の新たな一面を一つ残らず探究し尽くそうとする。そういう意味ではかつてと何も変わらないが、以前とは違い、一つ確実なことがある。アルシアがビーストの妻になり、これからもそうあり続けるだろうということだ。

アルシアはごくゆっくりとした蠱惑的《こわくてき》な動きで窓辺から戻ってくると、ベッドへよじのぼってビーストの上から覆いかぶさり、その腰にまたがった。

「またわたしの火をかき立てて」

ビーストは笑い声をあげると、妻の髪に指を差し入れ、彼女を引き寄せて唇を重ね合わせ、自分のものだと言いたげに舌を差し入れた。いまだに、アルシアの口から唇を離すのは難しい。アルシアにとっても、それは都合がいいことのようだ。どうやら妻もまた、こちらの口から唇を離すことなどできない様子だから。とにかく二人の相性は最高だ。相手を求める気持ちも、興奮の高まりも、相手を悦ばせたいという願望もすべて、まったく同じなのだ。

アルシアはうめき声をあげ、少し腰を浮かせると、いっきに夫を受け入れた。屹立《きつりつ》した自身をすっぽりと包み込まれ、ビーストも思わずうめく。引き締まった場所に、ぐいぐいと締めつけられるこの感じがたまらない。絶対に飽きることはないだろう。

そのとき、窓から太陽の光が差し込んできた。燦々《さんさん》たる陽光を浴びながら夫にまたがるアルシアを見つめ、ビーストは思わずにはいられない。こんなまばゆい太陽の光を浴びているせいで、アルシアの体のうしろ側にはそばかすがいくつかできたかもしれない。そして、俺にキスされるのを待っている……。

アルシアが切羽詰まったあえぎ声をあげ始め、ビーストは気づいた。妻がクライマックスに達しようとしている。この自分と同じように。

本当に不思議だ――二人の波長がこれほどぴったり合うなんて。

妻の絶頂の叫びと低いうなり声が相まって、なんともいえない愛のメロディーを生み出していく。できることなら人生最後の日まで、このメロディーを聞き続けたい。

倒れ込んできたアルシアを受け止め、しっかり抱きしめる。しばしそのままの姿勢でいると、二人の荒い呼吸はおさまり、ほてった体の熱も冷めてきた。

数分後、ビーストはようやく体を動かせるようになった。ただし、動かせるようになったのは喉だけだ。

「初めてきみに会ったとき、俺が何を考えたかわかるか？」

アルシアは体をわずかに持ち上げると、夫と目を合わせ、かぶりを振った。

「きみは俺とは違う、別世界の住人だと思った。だが俺は間違っていたよ、わが心の人《モー・ヒア》。たとえどこにいようと、きみは俺と同じ世界の住人なんだ」

アルシアが熱っぽく唇を重ねてくる。夫への、あふれんばかりの愛が感じられるキス。

そのとき、ビーストは思い至った。そこがどこであれ、自分も彼女と同じ世界の住人なのだと。

エピローグ

一九一〇年十一月　スコットランド

グラスフォード公爵は胸の前で腕組みをしながら大広間の壁にもたれ、妻である公爵夫人が五十人近い縁者たちをまとめようとする姿を眺めていた。巨大な暖炉の前で、子どもたちやその伴侶たち、そして孫たちが一堂に会している。いまはトゥルーラヴ家全員がこうして集まり、家族写真を撮ろうとしているところだ。彼らを手際よくまとめていく公爵夫人の采配たるや、見事としか言いようがない。

ビーストがグラスフォード公爵となって、すでに二十年近くが経《た》とうとしている。歳月を重ねるにつれ、母マーラはどんどん病弱になっていった。若い頃、息子を守ろうとさまざまなつらい体験をしたせいで、体力が落ちていたのだろう。ビーストにはそうとしか思えない。それゆえ、せっかく再会できたのに、わずか十数年しか息子とともに過ごすことができなかったのだ。

優しい笑みを浮かべながら、母マーラはひっそりと天国へと旅立っていった。彼女を心から愛する二人の男たちに手を取られたままで。最愛の妻を失い、公爵の心はぽっきりと折れてしまった。だから、母が亡くなってからわずか六週間後、父が就寝中に静かに息を引き取ったのがわかったときも、ビーストはさほど驚かなかった。両親はそれほど強い愛情で結ばれていたのだ。二人の絆《きずな》は現世だけでなく、あの世でも続いているに違いない。

初めて生まれた息子を抱っこしたときの誇らしさとあふれんばかりの愛情は、いまでも忘れられない。こうしてその息子が、最近生まれた彼自身にとっての初めての息子を抱っこしている姿を見ていると、同じ感情がふつふつとわき起こってくる。これでキャンベル家の血筋は、少なくともあと二世代は確実に続くことになる。自分の両親があともう少し長生きして、その事実を見届けられたらよかったのだが。二人ともひ孫には会うことなく天国へ旅立ってしまった。

「妻がどうやってみんなを整列させているのか、俺にはさっぱりわからないよ」ビーストはぽつりと言った。最近ますますスコットランドなまりが強くなっている。

「俺の孫たちを脅しつけているのかもな」そう答えたのはエイデンだ。

「いや、そんなふうには見えない。むしろ、おまえの孫たちのほうが恐ろしいほど手に負えないじゃないか」

「まさか。みんな、小さな天使のように可愛《かわい》い。誰一人例外なくだ」

柔らかな笑い声をあげながら、ジリーがかぶりを振る。「ねえ、信じられる？　いままでは、わたしたちにこんな大家族がいるなんて」

彼らの子どもたち全員が結婚しているわけではないが、結婚した子どもたちにはすぐに赤ん坊が生まれることになるだろう。

「正確には何人いるか、誰か数えたことはあるか？」フィンが尋ねる。

「そんなことをしても意味ないさ」ミックが答えた。「ようやく答えが出る頃には、誰かが結婚するか、誰かに赤ん坊ができているかのどっちかだ」

「母さんはものすごく幸せそうに見えるわ」ファンシーが言う。「こんなにたくさんの孫やひ孫たちに囲まれているんですものね。ほら見て、頬を赤らめていてすごく可愛い」

アルシアの指示により、エティは高い背もたれのある白い袖椅子に座り、つい最近生まれたばかりの赤ん坊を抱っこしている。他の小さな子どもたちはエティの足元に集まり、年長の子どもたちはエティの背後に立っていた。

「母さんの頬が染まっているのは、子どもたちのせいだけとは思えない」ジリーは考え込むように言った。「ミックの庭師のせいじゃないかしら。最近、午前中の早い時間に母さんを訪ねるといつも、必ずあの庭師と一緒に紅茶を飲んでいるんだもの」

数年前、ミックはロンドン郊外の広大な土地に自分の領主館を建てた際、母エティのために美しいコテージも造った。自分の目の届く場所で、母が自立した生活を続けられるようにという配慮からだ。ビーストやきょうだいたちが、母が少しでも暮らしやすくなるよう心を砕いているのは言うまでもない。コテージの維持や使用人の手配、その他にも母からの要望にはなんでも応えるようにしている。

「ジリー、母さんはもう九十年も生きているんだぞ」ビーストは思い出させるように言った。

「それを言うなら、あなただってもう七十年も生きている。で、どう？　僧侶みたいになんの欲もなくなったと言える？」

「そうは言えない。だが……」ビーストはミックをにらみつけた。「その男はいい奴《やつ》なのか？　兄貴の庭師っていうのは？」

ミックは肩をすくめた。「ああ、いい男だ。母さんの頬を染めさせるくらいにね」

「二人はいつからそういう関係なんだろう？」フィンが尋ねる。

ミックはため息をついた。「もう何年にもなるかな」

「くそっ、おまえ、知っていたのに俺たちに話さなかったんだな？」エイデンが怒ったように言った。

「そうじゃないかなと思っていたていどだ。彼は俺の庭園よりもはるかにたくさんの時間を母さんの庭園で過ごすからな。母さんの庭園は俺の十分の一ほどの大きさしかないのに」

「母さんはずっと一人ぼっちで寂しさを我慢していたわけじゃなかったのね。特別な人がいたんだわ」ファンシーは輝かんばかりの笑みを浮かべた。「わたし、それってすばらしいことだと思う」

「おまえは昔から恋愛物語に弱いからな」エイデンが言う。「ロンドンへ戻ったら、俺がその庭師と話してみる」

「いや、おまえはやめておいたほうがいい」ミックがすかさず答えた。

「そいつが母さんにつけ込むのを許すわけにはいかない」

「なあ、エイデン、さっき俺は〝もう何年にもなる〟と答えたが……あの二人は、実際には二十五年くらいつき合っているんだ」

「そんなに前から？」ジリーは驚いたように言った。「どうして母さんはわたしたちに話してくれなかったのかしら？」

「おまえだって母さんがどんな人か知っているだろう？　母さんには母さんなりの秘密があるものなんだ」

「もしかすると、いたずらっ子のような気分を楽しんでいるのかもしれないな」ビーストはうなずいた。「だが、母さんに俺たちの気持ちを伝えておくのは悪いことじゃない。いつでもその彼を家族の一員として迎えるつもりだとね」

その場にいる誰もが真顔でうなずくなか、ビーストはふと肩越しにロビンを見つめた。

見立てどおり、ロビンは成長するにつれて背丈がぐんぐんと伸び、いまではビーストに比べて三センチ低いだけだ。「ロビン、今日はいつになく静かだな」

ロビンは痩せた肩をすくめた。だがもはや、彼は少年ではない。自分のカメラを片手に世界じゅうを旅して、さまざまな国にいる動物たちの写真を撮っている。かつてソーンリー公爵に〝人は動物たちをむやみに捕まえるのではなく、彼らの祖国に残しておくべきだ〟と意見したのは、ロビンがまだ十二歳のときだった。

「ちょっとびっくりしただけだよ。おばあちゃんとあの庭師の関係を知っていた人がほとんどいないのは意外だったなあ」

「おまえは知っていたのか?」エイデンが尋ねる。

ロビンはにやりとした。「何年か前にあの庭師に尋ねたことがあるんだ。おばあちゃんにキスしたことはあるのかって。そうしたら、あっさり認めたんだよ」

あたりに穏やかな笑い声があがった。

「おまえはその質問を誰彼かまわずしていたんだな?」エイデンが愉快そうに尋ねる。

ロビンは両眉をくねくねと動かした。「ねえ、エイデン、つい最近、あなたの次男がキスをした相手が誰か知りたい?」

ビーストにはエイデンの気持ちが手に取るようにわかった。その相手が誰か尋ねたくてたまらないに違いない。だが、彼はふざけたようにロビンの肩をぐいっと押した。「人のキスばかり気にしていないで、おまえは自分の奥さんにキスすることに集中しろ」

「おかげさまで、アンジェラとはじゅうぶんすぎるほどキスしているよ」

アンジェラがフィンの娘であることを知る者はほとんどいない。フィンにはその事実が知らされないまま、別の夫婦によって育てられた事実もだ。アンジェラがロビンと結婚してトゥルーラヴ家の一員となった日、ビーストもきょうだいたちも深い感慨を覚えずにはいられなかった。正しいものが正しいところにおさまったのだ、と。

「いや、じゅうぶんすぎるなんてことはない」ミックがロビンに言う。「次のキスをするタイミングはいつだって狙えるんだぞ」

「これでよし！」アルシアは大声で叫ぶと、身ぶりで彼らのほうに合図をよこした。「今度はあなたたちの番よ。さあ、加わって」

他のきょうだいとともに暖炉に向かって歩きながら、ビーストは炉棚の上に掲げられたキャンバスをちらりと見た。額に入れられたキャンバスには、さまざまな色で塗られた〝ＴＲＥＷＬＯＶＥ〟という文字が並んでいる。はるか昔のクリスマス・イブに、彼らが全員で色を塗ったあのキャンバスだ。あれからずっとロビンが持っていたのだが、イートン校へ進学するとき、ビーストに譲ってくれた。

〝あなたの名字はもうトゥルーラヴじゃない。だから僕よりも、その事実を思い出させるものが必要かもしれないと思ったんだ〟と。

思い出させてくれるものなど必要ない。自分は根っからトゥルーラヴ家の一員だし、これからも常にそうあり続けるだろう。とはいえ、ロビンの優しい申し出に深く胸を打たれたため、ありがたく贈り物を受け取ることにした。かつてサリー・グリーンがポケットにこっそり入れてくれていた硬貨と同じように。

あれからもベネディクト・トゥルーラヴという名前で小説は発表し続け、何年にも及ぶ執筆活動のなかで、結局三十冊のシリーズ作品を生み出すことができた。新作に取り組むたびに、アルシアは〝あの執事が真犯人ね〟と推理を働かせたが、最後の作品まで執事を殺人犯にすることはなかった。その三十作めでは、ビーストなりに妻への感謝の気持ちを表現した。これを最後に筆を折ろうと心を決めていたため、主人公である警部を、一作めで夫殺しの犯人だと疑われた未亡人と結婚させることにしたのだ。

ビーストときょうだいたちは石造りの暖炉の前、一段高くなった部分に一列に並んだ。ミック、ジリー、エイデン、フィン、ベネディクト、ファンシー、ロビン。

それから彼らの伴侶たちが加わった。ビーストが両腕をアルシアの体に巻きつけ、妻の肋骨《ろっこつ》の下で指を組むと、彼女はその上から手を重ねてきた。炉床自体にじゅうぶんな高さがあるため、そこに立つ者たちの顔は前に整列した者たちの頭に隠れない。小柄なアルシアも、息子の妻の頭の上からちゃんと顔を出すことができている。

長い歳月の間にアルシアの髪の色は薄くなり、いまではほとんど銀色になっている。ビーストの頭髪にも白いものが交じっているが、大部分はまだ黒いままだ。

「さあ、撮りますよ」写真家がそう言うと片手を掲げた。「わたしの指を見て、乾杯《スラーンチエ》と言ってください。さあ、ご一緒に！」

「乾杯《スラーンチエ》！」

大広間じゅうにみんなの声が響き渡るなか、写真家は五回シャッターを切った。

「さあ、これでおしまいです」写真家がとうとうそう言うと、ポーズを取っていた者たちは嬉《うれ》しそうに何か話しながらも、すぐに散り散りになった。

ビーストの腕のなか、アルシアは体の向きを変えて夫を見つめるとため息をついた。

「やれやれ、これで終了。また来年ね」

今年の家族写真はこれで終了だが、まだ肖像画が残っている。毎年、トゥルーラヴ家の近親者たちの姿を油絵で描かせるようにしているのだ。キャンベル家の他の世代の人びとの記録も、こんなふうに入念に残されているのだろうか？　ビーストにはそうは思えない。

「きみはおおぜいの人たちを管理するのが本当に上手だね」

「長年あなたを管理してきた豊富な経験があるから」

ビーストは苦笑すると、笑い声をあげた。「たしかに、きみにはずっと管理されっぱなしだ。傲慢すぎる男にならないようにとね」

ビーストは思いやりを込めて人差し指をアルシアの顎にかけ、親指で下唇をなぞり始めた。

　妻の美しさはいまだに色あせない。初めて出会った日、こちらのテーブルにやってきて注文はどうするかと尋ねてきた、あのティアのままだ。彼女を見ると、いまでもはっと息をのんでしまう。あの日からずっと心をわしづかみにされ続けている。

「俺がどれだけきみを愛しているか、いままで俺のそばにいてくれたことをどれだけ感謝しているか、きみにわかるだろうか？　きみのおかげで、俺の世界がどれだけ明るくなったかも」

「幾千もの小ろうそくがこの世を照らし出すみたいに？」

　すっかり忘れていた。サリーがほほ笑むとそんな気分になるのだと、かつての自分が表現していたことを。

「いや、きみの場合、小ろうそくの数は幾千をはるかに超える。前にロビンから、きみにキスするとどんな感じなのかと尋ねられたんだが、そのときはあの子に〝大海よりも広く、星々がまたたく夜空よりも果てしない感じだ〟と答えた。だがいまでは、そんな表現でさえもつまらなく思えるよ。これまで生きてきた長い歳月のなかで一番感謝したいのは、初めてきみの姿を見つけたあの瞬間なんだ」

　アルシアは満面の笑みをたたえ、変わらぬ愛情に目を輝かせながら、夫の首に両腕を巻きつけた。「わたしたちくらいの年齢になったら、みんなわかってくれるはずよ。もし階上にあがって、少しお昼寝をしてもおかしくはないって」

結局、昼寝をすることにはならないだろう。するとしても、妻と愛し合ったあとになる。

「俺がきみにぞっこんなことも、ここから俺たちの寝室まで五分はかかることも、ここにいるみんながわかっている。だからみんなも理解してくれるはずだ。俺が寝室にたどり着くまで待ちきれず、せめて妻の唇を味わいたいと思っていることをね」

ビーストはアルシアを引き寄せると、唇を重ねた。妻から熱心にキスを返され、確信が深まる。階上にある寝室へはすぐに向かうことになるだろう。

ふと、あの結婚式での父親の祝辞を思い出し、胸がいっぱいになった。思えば、父と母はずっと息子の幸せを願っていてくれた。その両親の願いは叶《かな》えられたのだと、自信を持って言いきれる。

これだけ長い歳月が過ぎても、自分は本当に幸せすぎるほど幸せなのだから。

親愛なる読者のみなさまへ

一八六九年、英国では法律が改定され、たとえ謀反を企てた貴族がいても、その爵位と領地は英国君主によって没収されることなく、そのまま世継ぎが継承できるようになりました。残念ながら、わたしがその事実に気づいたとき、すでにこの物語の構想はほぼできあがっていました。無理に手直しをしようとすると、ストーリーそのものがぎこちなくなってしまいます。現実とは異なる架空の世界を生み出すフィクション作家である以上、わたしには文学的許容《リテラリー・ライセンス》、つまり作品の効果を高めるための論理上の逸脱が許されると考え、そのまま執筆することにしました。それゆえ、わたしが生み出した本作品の世界においては、先の法律が存在しないか、あるいは、議会が女王暗殺を企てた公爵に対して例外的な判断を下したかのどちらかということになります。

ビーストと実の父親に共通する特徴として描いているのは小耳症《しょうじしょう》と呼ばれるものです。その症状はさまざまで、聴力に影響を及ぼすケースも考えられます。全体の約五パーセントが遺伝性と言われています。

ハリエット・ウィルソンは摂政時代に実在した、悪名高き高級売春婦です。実際に回顧録を出版し、著作権の保護期間を経過した社会の公共財産《パブリック・ドメイン》として、現在では複数の情報源からダウンロード可能となっています。

〈テン・ベルズ〉はいまもなお現存するパブです。切り裂きジャックの被害者のうち、少なくとも二人はこのパブの常連であり、殺害された夜もこのパブから出ていく姿が目撃されていたと言われています。

この時代、労働者階級の多くは自分用の時計を買う金銭的余裕などなく、目覚まし時計はまだ発明されていませんでした。だからみんなが目覚まし屋《ノッカー・アッパー》を雇っていたのです。その仕事をしていた最中のビーストが女性の遺体に出くわす場面は、切り裂きジャックの被害者の一人と遭遇したことのあるノッカー・アッパーの実話に基づいています。

フィンとラヴィニアがロビン少年を養子に迎えたのち、トゥルーラヴの名前を与えなかったことに疑問を抱いている読者の方もいらっしゃるでしょう。英国では一九二六年になるまで養子縁組みは法的に認められていなかったのです。それ以前は非公式に——ほとんどの場合は秘密裏に——行われており、法的拘束力はいっさいありませんでした。

ビーストとアルシアの結婚式で、グラスフォード公爵が述べた乾杯の言葉は、スコットランドに古くから伝わるものです。かつてスコットランド人の親友が乾杯するときに述べたのを聞き、たちまちその文言に心奪われました。

このトゥルーラヴ家の物語が、多くの方に楽しんで読まれることを願ってやみません。
なお、次回作では、本作でアルシアの兄として登場した二人がそれぞれ主人公となり、永遠に続く幸せを探し求めることになります。こちらもどうぞご期待ください。

ロレイン

どうか読書を楽しんで《ハッピー・リーディング》!

訳者あとがき

読者のみなさま、お待たせいたしました。『公爵家の籠の鳥』『公爵と裏通りの姫君』『路地裏の伯爵令嬢』『午前零時の公爵夫人』『伯爵と窓際のデビュタント』に続く、シリーズ六作目をお届けします。

庶子であるトゥルーラヴ家のきょうだいたちがそれぞれに熱い志を抱き、降りかかる困難にもめげず、運命の相手を見つけ出すこのシリーズ。今回の主人公は、他のきょうだいたちが全員結婚したにもかかわらず、一人独身を貫いているビースト。個性豊かなキャラクターが数多く登場するこのシリーズのなかでも、一番謎めいている男性です。実際、本書のなかでもさまざまな顔が明らかになっていきます。

ベネディクト（ビースト）・トゥルーラヴは三十三歳。トゥルーラヴ家の他のきょうだいたちと同じく、彼もまた、社会的に立場の弱い者や力のない女性たちにつけ込もうとする輩《やから》が許せないたちです。そういう輩に対して拳を振るい、正義の鉄槌《てっつい》を下すうちに、いつしか〝ホワイトチャペルのビースト（野獣）〟として一目置かれる存在となりました。でも本来のビーストは、きょうだいのなかで最も思慮深く、誠実そのものであり心優しい男性です。売春婦たちを助けたい一心で売春宿の所有者となりましたが、彼女たちに手を出したことは一度もありません。〝自分の庇護下《ひごか》にある女性とは絶対に男女の関係にはならない〟という厳しいルールを自分に課しているからです。

最近では、一緒に暮らす売春婦たちを、もっと社会から尊敬されるような別の職業へ転職させる支援活動に力を入れています。いずれ彼女たち全員を送り出し、売春宿をたたみたいと考えているのです。ただ悩ましいのは、彼女たちに短期間できちんとしたマナーや教養を教えられる教師役がなかなか見つからないことでした。

そんなある日、ビーストは姉の経営する酒場で、教師役としてうってつけの人物と出会います。その女性の名前はアルシア・スタンウィック。メイドとして働いているのですが、言葉遣いといい、物腰といい、どう見ても上流階級の生まれです。しかも出会った瞬間に、ビーストはその凛《りん》とした美しさに心を奪われました。やがて暴漢に襲われた彼女を助けたことをきっかけに、ビーストはアルシアの窮状を知り、いてもたってもいられなくなり、自分が所有する売春宿で教師役をしないかと提案します。

ところがアルシアから返ってきたのは意外な返事でした。彼女から「それならわたしに殿方を誘惑するための方法を教えて」と交換条件を出されたのです……。

このシリーズを通じていつも感心させられるのは、人物造形の巧みさです。小さなエピソードを積み重ね、そのときどきの心情をていねいに描くことで、小説のページから本人が立ち上がってくるかのような立体的な人物像が楽しめます。著者ロレイン・ヒースは、運命のいたずらに翻弄されながらも、しっかりと前を向いてしなやかに生きようとする女性たちを描かせたら天下一品です。特にこの作品で登場する、ビーストの実母マーラは強烈な印象を残すキャラクターと言えるでしょう。

また、小道具の使い方がうまいのも、この著者ならではの特徴です。懐中時計、マッチ入れ、ロケットペンダント、コルセット。いまではほとんど使われなくなったからこそ、これらの小道具が本書になんともいえない郷愁と深みをつけ加えています。

読者のみなさまのなかには、本書で登場したアルシアの二人の兄たちのその後が気になっていらっしゃる方も多いでしょう。早くも本国では本シリーズのスピンオフ作品として二〇二一年に『Scoundrel of My Heart』『The Duchess Hunt』、二〇二二年には『The Return of the Duke』が刊行されています。こちらの作品にもどうぞご期待ください。

最後に、本書が世に出るまでには、多くの方々のお力を頂戴しました。この場を借りて、厚く御礼申しあげます。

二〇二三年七月

さとう史緒

訳者紹介　さとう史緒

成蹊大学文学部英米文学科卒。企業にて社長秘書等を務めたのち、翻訳の道へ。小説からビジネス書、アーティストのファンブックまで、幅広いジャンルの翻訳に携わる。ロレイン・ヒース『伯爵と窓際のデビュタント』(mirabooks)など訳書多数。

mira

公爵令嬢《こうしやくれいじよう》と月《つき》夜《よ》のビースト

2023年7月15日発行　第1刷

著　者　ロレイン・ヒース
訳　者　さとう史緒《しお》
発行人　鈴木幸辰
発行所　株式会社ハーパーコリンズ・ジャパン
東京都千代田区大手町1-5-1
03-6269-2883(営業)
0570-008091(読者サービス係)
印刷・製本　中央精版印刷株式会社

定価はカバーに表示してあります。
造本には十分注意しておりますが、乱丁(ページ順序の間違い)・落丁(本文の一部抜け落ち)がありました場合は、お取り替えいたします。ご面倒ですが、購入された書店名を明記の上、小社読者サービス係宛ご送付ください。送料小社負担にてお取り替えいたします。ただし、古書店で購入されたものはお取り替えできません。文章ばかりでなくデザインなども含めた本書のすべてにおいて、一部あるいは全部を無断で複写、複製することを禁じます。®と™がついているものはHarlequin Enterprises ULCの登録商標です。

この書籍の本文は環境対応型の植物油インクを使用して印刷しています。

© 2023 Shio Sato
Printed in Japan
ISBN978-4-596-52086-9